ro
ro
ro

Kristen Bailey wurde 1980 in London geboren und hat mehrere Jahre in den USA und in Asien gelebt. Heute wohnt sie mit ihrem Mann und den gemeinsamen vier Kindern in Fleet, Hampshire. Sie ist Serien-Junkie, Hundebesitzerin, Menschenbeobachterin und eine enthusiastische Rezepte-Sammlerin, jedoch leider eine furchtbare Köchin.

Kristen Bailey

Tütensuppenglück

Ein Familienroman

Aus dem Englischen von Christiane Steen

ROWOHLT TASCHENBUCH VERLAG

Die Originalausgabe erschien 2016 unter dem
Titel «Souper Mum» bei Accent Press Ltd., Abercynon.

Deutsche Erstausgabe
Veröffentlicht im Rowohlt Taschenbuch Verlag,
Reinbek bei Hamburg, Mai 2018
Copyright © 2018 by Rowohlt Verlag GmbH, Reinbek bei Hamburg
«Souper Mum» Copyright © 2016 by Kristen Bailey
Redaktion Hanna Bauer
Umschlaggestaltung und Motive bürosüd, München
Innentypographie Daniel Sauthoff
Satz Dolly PostScript (InDesign)
Gesamtherstellung CPI books GmbH, Leck, Germany
ISBN 978 3 499 27395 7

Für die Mini-Baileys.
J, T, O & M

Prolog

«Vielleicht hilft ja Sex?»

Ich bin sprachlos. Matt sieht mich skeptisch an. Vermutlich fragt er sich, ob seine im neunten Monat schwangere Frau beim Sex explodieren würde wie John Hurt in *Alien*. Sex hilft hier definitiv nicht, und zwar schon allein deshalb nicht, weil ich bereits jetzt am Rand des Sofas balanciere, um eine irgendwie erträgliche Position für mein Gebirge von Bauch zu finden; aber auch, weil schweißtreibender, animalischer Sex in meinem Zustand einfach zu entwürdigend ist. Das Baby hopst in mir herum, und ich stelle mir vor, wie eine Miniaturausgabe meiner selbst mit Schweißbändern zu Sugarhill Gang tanzt. Sie hört auf.

«Ich werde überhaupt nie wieder mit dir Sex haben», erkläre ich. «Du und dein Sperma werden in Zukunft einen Sicherheitsabstand von fünf Meilen um meine niederen Körperregionen halten, sobald die Kleine aus mir raus ist.»

«Also ab jetzt nur noch Einzelbetten und einteilige Schlafanzüge?»

Ich nicke. Matt versucht zu lachen. Aber ich meine es todernst. Mit diesem Baby sind es vier. Vier kleine Menschen. Von jetzt an sind die abendlichen Aktivitäten meiner Wahl Lesen, Wein, Häkeln und süchtig machende iPhone-Spiele. Matt reicht mir meinen Tee und klopft das Sofa auf der Suche nach der Fernbedienung ab. Ich lächle in mich hinein, denn a) macht Matt echt guten Tee, und b) hat mein Rückenspeck die Kontrolle über die Fernbedienung. Ich trage den Nachwuchs dieses Mannes über die Vierzig-Wochen-Marke hinaus, und darum gehört der Fernseher mir. Ich schlürfe laut meinen Tee, während er die Spielzeugkiste durchwühlt.

«Hast du zufällig …?»

«Vielleicht in der Küche?»

Ich widme mich wieder meiner Sendung. Es tut gut, endlich anderen Geräuschen zu lauschen als dem hohen Gekreische von drei Kindern unter zehn Jahren. Ich höre Matt nebenan fluchen. Er kommt wieder zurück und kratzt sich am Kopf.

«Das war wieder Jake, stimmt's? Er benutzt die Fernbedienungen als Rampen für seine Autos.»

«Vermutlich.» Ich gewinne. Ich gewinne.

«Was guckst du da eigentlich?»

«Irgendeine Kochsendung.»

Kochsendungen sind das, was mich durch Schwangerschaften bringt. Wenn ich aufgequollen und übermüdet auf dem Sofa hänge, weil ich mich buchstäblich nicht mehr davon erheben kann, dann ist es immer tröstlich, jemandem beim Bratenbegießen oder Kuchenglasieren zuzusehen. Matt sieht das anders.

«Können wir auf BBC 2 schalten?»

«Nein.» Weil ich nicht noch eine lahme Sendung über irgendeinen Mann ertrage, der die walisische Küste entlangspaziert, und das offensichtlich aus keinem anderen Grund, als sich nassregnen zu lassen. Und dann sieht er noch nicht mal gut dabei aus.

«Bitte, alles ist doch besser als das hier. Echt jetzt, Jools. Dieser Typ da ist ein totaler Idiot.»

Ich starre auf den Bildschirm. Tommy McCoy: Michelin-Sternekoch, Fernsehstar. Ein Typ, der auf Pastasoßen zu sehen ist, auf Hochglanz-Kochbüchern und ständig im Fernsehen, wo er einen dazu auffordert, beim lokalen Gemüsehändler einzukaufen, natürlich Bio-Gemüse, und selbst angebautes Obst einzukochen. Na gut, vielleicht ist der Kerl ein Angeber, aber das heißt nicht, dass ich deswegen den Fernseher aufgebe.

«Hey, Liebelein, ich bin es, Tommy. Sie kennen mich bestimmt aus dem Fernsehen – und nun stehe ich vor Ihnen. Hahahahaha, wie erschrocken Sie gucken! Toll!»

«Ich meine, ernsthaft, diese dämliche Masche von dem wird doch langsam öde, oder?»

«Also … Balsamico-Essig schmeckt ja soooo lecker auf Erdbeeren. Das hätten Sie nicht gedacht, hm?»

Matt kuschelt sich neben mich aufs Sofa. «Man kann die Erdbeeren auch einfach so essen, du Schwachmat. Wieso heult die Frau jetzt?»

«Das ist Teil der Show. Er hat sie im Supermarkt überrascht, bewertet jetzt die Einkäufe in ihrem Wagen, erklärt ihr, was für einen Mist sie da einkauft, und bringt ihr dann eine Woche lang bei, wie man gesundes Essen einkauft und zubereitet.»

Matt runzelt die Stirn und versucht zu verstehen, wieso dieses Konzept eine Frau zum Weinen bringt. Ich bin von mir selbst überrascht, wie viel ich über diese Sendung weiß.

«Jetzt kommt der Teil, wo er Bilder zeigt, wie ihr Körper aussehen wird, wenn sie so weiterisst wie bisher.»

Und wirklich, Tommy hält ein paar Zeichnungen mit einem vergrößerten Herzen und einem Magengeschwür in die Höhe. Matt verzieht das Gesicht.

«Was für ein Moralapostel. Also ehrlich, der kriegt Millionen dafür, dass er den Leuten erzählt, sie sollen was Anständiges essen? Was für eine neue Erkenntnis! Dieser Möchtegern-Koch verdient vermutlich mehr am Tag als ich in einem Jahr.»

Ich nicke und warte auf die übliche antikapitalistische Schimpftirade, bei der Matt einen Augenblick lang wieder sein sozialistisches Studentenselbst annimmt und die gerechtere Verteilung von Vermögen predigt. Dass die Reichen immer reicher und die Armen immer ärmer werden. Die arme kleine Kirchenmaus Matt mit den gestopften Socken und seinem bedauernswerten Leben mit seiner Ehefrau, die immer mehr an den fettleibigen Jabba aus *Star Wars* erinnert. Das ist der Vortrag, den ich am wenigsten mag, weil er mir immer das Gefühl gibt, Matt würde mich und die Kinder am liebsten nicht in seinem Leben haben wollen. Aber er ist immer noch besser als sein «Teebeutel-im-Spülbecken»-Vortrag.

«Warum umarmen die sich jetzt alle? Und was ist das in der Schüssel?»

Ich sehe genauer hin.

«Couscous.»

Es gibt keine Erklärung dafür, warum sich jemand wegen eines Getreideprodukts umarmen sollte. Matt schiebt seine Hand in die Ritzen des Sofas und sucht wieder nach der Fernbedienung. Er zieht eine Plastikkuh, eine Tesco-Clubkarte, drei Lego-Männer und irgendwas Gräuliches, Rundes hervor.

«Du meine … Herrgott, Jools – ist das ein Stück Fleisch?»

Ich betrachte die pelzige, ledrige Scheibe neugierig.

«Nein, das ist eine alte Stilleinlage.»

Matt starrt sie schweigend an und überlegt offenbar, wie lange sie da wohl schon liegt. Fünf Jahre, um genau zu sein. Dann schenkt er mir diesen Blick, den er auch immer draufhat, wenn er saure Milch im Kühlschrank findet oder eine dicke, klebrige Masse Süßigkeiten auf dem Rücksitz unseres Autos – es ist sein Gesundheitsrisikoblick. Ich halte dagegen.

«*Alles ist gut, Liebelein! Ich habe da ein wunderbares Hähnchenrezept für Sie. Gefüllt mit Zitronen, Thymian und ein bisschen Schinken. Na, was sagen Sie?*»

«Ich sage, ich kann nicht glauben, dass ich mir diesen absoluten Bullshit ansehe, *Liebelein*!» Matts tiefe Stimme zeigt mir, dass er langsam die Geduld verliert.

«Ach komm, ist doch bloß Fernsehen … nur ein alberner TV-Koch, und du kriegst gleich ein Magengeschwür.»

Ich lehne mich vor. Die Fernbedienung fällt mir buchstäblich aus dem Rücken. Ich versuche, sie mit dem Fuß unters Sofa zu kicken, aber die abrupte Bewegung lässt mich kippeln wie ein Stehaufmännchen. Als Matt lacht, werde ich wütend.

«Ooooh, Tommy McCoy verdient mehr Geld als ich, obwohl er gar nichts tut … schmoll doch, Campbell.»

«Vielleicht sollten wir den mal herbestellen», erwidert Matt. «Dann kann er dir ein bisschen Kochen beibringen.»

Ich erstarre. Am liebsten möchte ich Matt mit meinen schwangeren Brüsten ersticken, aber … Ich sehe an mir herunter. Ein feuchter Fleck breitet sich auf meiner Schwangerschaftsshorts aus wie eine dunkle Regenwolke. Erst denke ich: Mein Tee? Dann denke ich: Verdammt, mein Beckenboden! Ich habe mich eingenässt. Und dann zieht sich plötzlich mein Bauch zusammen. Ich sehe zu Matt und kralle mich in den Sofakissen fest, bis meine Fingerknöchel weiß werden. Herrgottverdammtermistnochmal. Tommy McCoy strahlt mich aus dem Fernseher an.

«Keine Sorge, Liebelein, ich bin Tommy. Ich bin für Sie da!»

Bitte, lass diesen Kerl nicht das Erste sein, was mein Baby sieht. Bitte. Der Schmerz schießt mir durch den Rücken, als würde mir jemand die Wirbelsäule bügeln.

«Matt, ooooooohhh mein Gott, sie kommt.»

Auch wenn Matt das hier schon zweimal miterlebt hat, wird er ganz starr, dann sieht er mich begeistert an und hält mich fest.

«Wow. Dann müssen wir also doch nicht mit Sex nachhelfen …»

Ich lache und klammere mich an ihm fest. Das Baby kommt. Und alles, was ich höre, ist Tommy McCoys verfluchte Stimme in meinem Wohnzimmer, während ich versuche, meinen Unterleib unter Kontrolle zu behalten.

«Beim Huhn müssen wir immer erst mal prüfen, ob noch Innereien drin sind. Schieben Sie Ihre Hand einfach in das Loch und ziehen Sie sie heraus.»

Erstes Kapitel

Ungefähr einmal die Woche habe ich diesen Traum: Ich befinde mich mit den Kindern in einem Zimmer. Das Zimmer hat keine Fenster oder Türen, ist aber irgendwie gepolstert. Matt ist nicht da, und Millie hat fast immer keine Windel an. Jake merkt es als Erster und sagt, dass sie bestimmt gleich überall hinpinkelt und wir alle ertrinken. Währenddessen bohrt Ted gelangweilt in der Nase. Hannah sitzt ganz ruhig da und fragt, wo ihr Vater ist und warum ich mein Handy nicht dabeihabe. Ich trage eine Schlafanzughose aus Jersey mit schmeichelhaft fließenden Hosenbeinen und dazu ein Unterhemd, das auf wundersame Weise meine schlaffen Brüste hebt. Meine Haare sitzen einfach phantastisch. In der Tasche meiner Pyjamahose ist ein Schlüssel. Aber da ist doch keine Tür? Alle schreien auf einmal um Hilfe, und Ted wird nervös und isst die Früchte seiner Nasenbohrerei.

Ich trommle mit den Fäusten gegen die Wände, dann taste ich mit den Fingern daran entlang. Sie sind rau und hinterlassen feinen weißen Staub an meinen Händen. Ich weiß, was das ist. Ich halte den Staub an meine Lippen. Er ist süß. Die Wände sind ganz nachgiebig. Warte mal – Donutteig! Das Zimmer besteht aus Donutteig! «Esst!», befehle ich den Kindern. «Esst euch einen Weg nach draußen!» Sie tun, was ich ihnen sage. Die Wände sind mit Marmelade gefüllt: Erdbeere, Apfel, manche mit Senf, was total ekelhaft ist, wie wir alle finden. Die Kinder hauen kräftig rein, ziehen händeweise Teig heraus. Sie haben Zucker um die Lippen, Marmelade im Haar, aber sie sehen alle so zufrieden aus, so glücklich. Ich lächle. Dann sehe ich durch eine kleine Öffnung, die wir in die Wand gegessen haben, das Tageslicht. Wir hören Matts Stimme. Ich kann mich nie daran erinnern, was er sagt, aber er klingt nicht besonders beeindruckt. Die Stimme wird lauter. Millie pinkelt jedes Mal auf den Fußboden. Dann wache ich auf.

«Jools … Jools! Heb endlich deinen Hintern aus dem Bett.»

Und immer checke ich erst mal … Keine Donuts. Keine Marmelade. Keine schicke Schlafanzughose. Kein Schlüssel.

«Jools, komm schon!»

Habe ich den Schlüssel? Es ist wieder passiert, oder? Ich ziehe mir die Bettdecke über den Kopf und betrachte meine übliche Schlafzimmergarderobe: ein altes, unförmiges T-Shirt und eine Jogginghose. Meine Haare sehen aus, als hätten sich darin kleine Säugetiere für einen langen, harten Winter eingerichtet. Eine eingetrocknete Stilleinlage klebt an meiner Stirn. Draußen sitzt eine Taube auf dem Fensterbrett, kackt und fliegt in den Nieselregen davon. Ich sehe runter auf den feuchten Fleck, wo

ich vor Müdigkeit oder Appetit auf Donuts auf mein Kissen ge-
sabbert habe. Das Bett erbebt, als ein fünfjähriger Junge neben
mich springt. Steh auf. Steh auf. Steh auf.

«Jake, hol du deine Zombie-Mama aus dem Bett.»

Jake tut, was man ihm sagt, und versucht mir die Augenlider mit seinen Fingern zu öffnen. Er hat Glück, dass Zombie-
Mama nicht beißt. Matt erscheint mit nacktem Oberkörper in
der Zimmertür, nur mit seiner Anzughose bekleidet. Wenn ich
in das Dämmerlicht unseres Schlafzimmers blinzle, sieht er ein
bisschen aus wie Richard Gere am Anfang von *American Gigolo*,
abgesehen davon, dass seine Tanzpartnerin eine Febreze-Fla-
sche ist. Er findet an der Rückseite der Badezimmertür noch ein
Hemd und sprüht es hektisch ein, streicht es mit den Händen
glatt. Jake drückt den Schalter der Nachttischlampe an und aus,
sodass sie mir grell ins Gesicht blinkt.

«Bist du tot?»

«Nein.»

«Kann ich dann gehen?»

«Ja.»

Er küsst mich auf die Wange und verschwindet. Ich taste
auf dem Nachttisch nach meinem Handy. 7.27 Uhr. Matt starrt
mich mit Schaum um den Mund an. *Jetzt ist nicht die Zeit für
Facebook, Frau*, scheint sein Blick zu sagen. Ich starre zurück,
wie er da mit offener Hose steht. Er wirft einen Blick auf Millie,
die leise schnarcht.

«Wie oft war sie denn heute Nacht wach?»

Ich spüre den Drang zu übertreiben, damit Matt aus Mitleid
vielleicht, vielleicht die Kinder zur Schule bringt.

«Dreimal.»

«Dann mach dir lieber einen großen Kaffee.»

Sagt er, der mal wieder kein einziges Mal aufgewacht ist, sondern über drei Viertel des Bettes ausgebreitet geschlafen hat, während ich nur seine nächtlichen Schnarchgeräusche zur Gesellschaft hatte. Um ehrlich zu sein, habe ich vergessen, ob Millie überhaupt nachts wach geworden ist; ich erkenne es bloß daran, dass eine meiner Brüste raushängt. Ich rolle mein T-Shirt hoch. Meine Brustwarze neigt sich traurig in Richtung Boden. Matt sieht mir leicht entmutigt zu, wie ich sie wieder in meinen BH stopfe. Dann sagt er etwas, das niemand hören will.

«Wir haben keine Milch mehr.»

Wir sehen uns fünf Sekunden lang an, um die Nachricht zu verdauen. Mist. Die große Frage ist, ob jemand die Schuld daran hat. Werden wir es überleben? Wie werden wir damit umgehen? Frühstück ist in unserem Haus Matts Zeit. Er setzt sich mit den Kindern an den Tisch und hat seine quality time bei Cornflakes und Schoko Krispies, während ich entweder noch eine Viertelstunde weiterschlafen kann oder mich um Millie kümmere. Das klingt vielleicht nach einer wichtigen Familienzeit, die sie miteinander haben, aber tatsächlich redet kaum einer von ihnen dabei. Sie starren sich einfach bloß schläfrig an, die Milch läuft ihnen über das Kinn, die Zwillinge beschweren sich, dass einer von ihnen mehr Krispies bekommen hat als der andere und sie die ganze Welt hassen.

«Die Kinder haben noch jeder eine Viertel Tasse voll fürs Frühstück, aber wir haben auch sonst nicht mehr viel.»

Er sieht mich an. *Das ist deine Abteilung: Catering und Getränke. Deine Abteilung hat nicht performt.*

«Ich gehe heute einkaufen. Ist dein Gehalt da?»

«Hier geht es um Essen. Die Kinder müssen essen. So was kann man auch mit Kreditkarte bezahlen, weißt du?»

«Aber du hast doch gesagt ...»

Ich unterbreche mich, weil ich so früh am Tag nicht schon Themen wie Geld und seinen lässigen Umgang damit auf den Tisch bringen will, denn sonst fallen mir noch die Augen aus ihren Höhlen. Da ich mit einem Buchhalter verheiratet bin, glaubt Matt, er habe bezüglich unserer Finanzen immer das letzte Wort, und ich steigere mich da nicht rein. Trotzdem – sich mit neunundzwanzig immer noch für seine Kreditkartenabrechnung rechtfertigen zu müssen, gibt mir das Gefühl, als wäre ich irgendein verplanter Teenager, der Matts Verdienst für Alkohol und Klamotten verprasst. Als er mir den Rücken zudreht, salutiere ich. Millie hebt ihren Kopf von der Matratze und guckt sich um. Auf ihren Wangen ist ein rosiger Fleck von ein paar schmerzenden Zähnen. Ich streiche ihr übers Gesicht und schiebe die Beine über das Bett.

«Millie stinkt.»

«Du auch.» Ich strecke Matt die Zunge raus, aber er findet es nicht lustig. Leider hat er recht. Ich lege Millie auf den Wickeltisch und versuche, sie mit einem Ellenbogen festzuhalten, während ich mit der Windel hantiere und bete, dass nichts danebengegangen ist. Keine Feuchttücher. Mist. Ich trage Millie ins Badezimmer und versuche sie mit ein paar Wattepads und lauwarmem Wasser zu säubern. Ihr Gesicht spricht Bände. *Das ist unwürdig, Mutter.* Dann lege ich sie auf den Boden, klappe die Klobrille herunter und pinkle. Die Tür geht auf. In diesem Haus gibt es keine Privatsphäre. Ich habe seit Jahren nicht mehr allein gepinkelt.

«Mum, kann ich dieses weiße Zeug aus dem Kühlschrank trinken?» Ted steht in Startposition in der Tür. Unser Sohn kann nämlich keine Minute ruhig bleiben. Mein Mittelstrahl scheint ihn nicht besonders zu stören. Ich beuge mich vor, um Millie daran zu hindern, den Inhalt des Schränkchens unter dem Waschbecken zu durchwühlen.

«Das ist aus dem Messbecher mit dem Tesafilm.»

«Nein, Schatz – das ist Kokosmilch.» Ich bin beinahe froh, dass er mich gefragt hat, denn ich glaube, das steht schon mindestens seit letztem Freitag im Kühlschrank.

«Was, Kokosnuss, so wie in Bountys? Ich liebe die. Bitte.»

«Hier wird nicht gehandelt, Ted. Wenn du das trinkst, wird dir schlecht.»

«Aber …»

«Sie hat recht, Dicker.»

Matt nickt und sieht mich wieder so an, als wolle er sagen: «Unsere Kinder müssen den Kühlschrank durchsuchen!» Ted akzeptiert wie alle anderen auch eher Matts Urteil als meine Autorität – das ist ein wenig enttäuschend, aber immerhin kann ich mich mal in Ruhe abwischen. Oder auch nicht. Als ich gerade halb über dem Klo balanciere und mir die Hose hochziehe, geht die Tür schon wieder auf.

«Kann man meine Brustwarzen durch das Hemd sehen?»

Matt schaltet das Deckenlicht im Schlafzimmer an, und ich zucke zusammen wie ein Vampir aus einem Dreißiger-Jahre-Film. Matt steht an der Tür – kein Richard Gere mehr, sondern eher eine pastellblaue, faltige Bulldogge.

«Ein bisschen.»

«Mist.»

Sein Blick wandert zum Wäscheberg in der Ecke, dann wieder zu mir. Er weiß, dass er ihn nicht berühren sollte; eine falsche Bewegung, und er fällt zusammen wie ein Kartenhaus. Ich wasche mir die Hände, dann gebe ich ihm Millie, während ich in der Wäsche herumwühle. Ich finde ein Unterhemd und ziehe mich wieder ins Badezimmer zurück. Während ich mir die Zähne putze, starre ich die Frau im Spiegel an. Sie kommt mir vage bekannt vor. Ich sehe auf das alte T-Shirt herab, das ich trage, und auf den nassen Fleck über meiner linken Brust. Ich habe wieder vergessen, beim Stillen die Seiten zu wechseln. Ich ziehe mein T-Shirt und den Still-BH aus und ziehe ein Unterhemd, Hemd und Jeans von oben aus dem Wäscheberg. Dann schlüpfe ich langsam in die Jeans, ziehe den Bauch ein, um den oberen Knopf zuzukriegen, und entspanne dann meinen Ricottakäse-Mamabauch über dem Hosenbund. Der heutige Look ist blass, uninteressant und BH-frei. Egal. Ich höre Matt nebenan fluchen.

«Scheiße, ich habe den 7.47-Uhr-Zug verpasst. Denk dran, dass der Typ von Sky heute kommt. Und du musst die Vodafone-Rechnung bezahlen, und dann war da noch was anderes ...»

«Milch?»

«Nein. Ja. Ich schreib dir.»

Ich sehe zu, wie Matt seine Socken beschimpft, dann vor dem Spiegel steht und seine verwuschelten blonden Haare glatt streicht. Beim Anblick seiner schlechtsitzenden Uniform seufzt er laut und erschöpft. Dann dreht er sich zu mir um, und es gibt diesen Moment zwischen uns – wir müssen es nicht mehr laut aussprechen. Keine Verabschiedung, kein Kuss. Wir sehen uns bloß an. Es ist ein Blick, der sagt: viel Glück. Auf in den Kampf.

Als ich nach unten komme, ist Matt schon weg, und es ist fünf vor acht. Jetzt aber mal los. Heute essen die Kinder in der Schule, also suche ich hektisch Kleingeld zusammen, kämpfe mit den Schultaschen und scanne den Kalender nach wichtigen Terminen oder Deadlines, die ich vermutlich verpasst habe. Ich habe keine Zeit mehr für einen Kaffee, also stürze ich irgendein klebriges Zitronengetränk runter, wickle Millie in ihre Jacke und blase zum Abmarsch. Hannah sitzt auf der vorletzten Treppenstufe und bindet sich die Schuhe, während ihre Brüder immer noch ohne Pullis das Sofa als eine Art Hochsprung-Matratze missbrauchen.

«Aber die Frage ist, wird Ted die drei Meter schaffen?»

Dann springt er vom Couchtisch aufs Sofa, wobei er seinen Körper in der Luft dreht und schließlich mit dem Kopf zwischen den Kissen landet. Hannah verdreht die Augen, während ich mir Millie auf die Hüfte schiebe und Ted am Knöchel packe, um ihn irgendwie wieder rauszuziehen. Jake sitzt daneben und lacht sich halb tot.

«Hilfst du vielleicht mal mit, Jake?»

«Das war so genial!»

Ted taucht wieder auf, die Haare voller Sofaflusen, aber ansonsten auch nicht unordentlicher als sonst.

«Jungs! Pullis und Schuhe an!»

Sie schlurfen zur Haustür, während ich in meine Converse schlüpfe. Keine Zeit für Socken.

«Meine Schuhe sind nicht da, Mum.»

«Wieso nicht?»

Jake tut das, was er am besten kann, nämlich gleichgültig mit den Schultern zucken, während er sich ein Sweatshirt über den Kopf zieht. Ich schalte in den Suchmodus, hüpfe zwischen den unterschiedlichen Bereichen unseres kleinen Erdgeschosses herum, taste unter Sofas und in Schränke, so tief und unergründlich wie Schwarze Löcher, allerdings mit dem einzigen Erfolg, dass mir der Staubsauger entgegenfällt und ich die Fernbedienung für den DVD-Player finde, die schon seit drei Monaten fehlt. Dann gehe ich in die Garage. Schuhe! Ja! Aber … Shit!

Was ist das?

Verdammteroberkackmistscheiß.

«WIESO IST HIER ÜBERALL FARBE AUF DEM GARAGENBODEN?!»

Atmen, Jools. Einfach bloß atmen. Ich kneife die Augen zusammen und lese «Lack» auf der Farbdose.

Jake packt seine Schuhe und wird von seiner Schwester aus dem Haus geschoben. Schweigen. *Warum, Leute? Warum, warum, warum?* Ich werfe noch einen Blick in den Spiegel. *Nicht ausflippen. Nicht hysterisch werden. Das macht Falten und hört sich schrecklich an. Es sind eben noch kleine Menschen. Deine kleinen Menschen.* Ich schließe die Tür ab, schnalle Millie an und setze mich dann auf den Fahrersitz. *Nicht ausflippen.* Hannah dreht sich vom Beifahrersitz nach hinten und macht ihren Brüdern Zeichen.

«Tut mir leid, Mum.»

Ich antworte nicht. Teds Augen werden feucht.

«Mir auch.»

«Sie lernen in der Schule gerade Verkehrsregeln, darum haben wir gedacht, wir brauchen einen Zebrastreifen», fügt ihre große Schwester hinzu.

«IN DER GARAGE?»

Ich drehe mich um, um zumindest ein erzieherisches Statement abzugeben. *Die Garage ist tabu! Hört auf, unser Haus zu entwerten! Die einzige Farbe, die ihr im Haus verwenden dürft, sind diese blöden Filzstifte, die sich abwischen lassen!* Aber als ich den Kopf herumdrehe, sehe ich, dass sich Jakes Hand um etwas Verbotenes krallt, etwas Pinkes. Ted kaut.

«Was zum … Woher habt ihr die?»

«Haben wir auf dem Rücksitz gefunden.»

Ich verziehe das Gesicht. Jetzt muss ich auch noch das Auto saugen. Ich greife nach den angekauten Süßigkeiten und schalte den Motor an. Ich seufze schwer. Als ich gegen die Recycling-Tonne fahre, höre ich das Plastik splittern. *Nicht ausflippen.* Ich reibe meine klebrigen Finger an meiner Jeans ab und bemerke eine Speckrolle, die sich aus meinem Hemd hervordrängt, wo eigentlich zwei Knöpfe sein sollten. Hoffentlich hat Millie nichts von dem klebrigen Zeug erwischt. Ich schalte das Radio an. Hannah singt zu One Direction, und mir bricht ein kleines bisschen das Herz. *Schule. Bring sie einfach zur Schule.*

«Süßigkeiten sind kein Frühstück, Jungs.»

«Aber wir hatten Hunger», klärt Ted mich auf. «Es gab heute Morgen kein Brot. Oder Cornflakes. Also haben wir nur Nesquick bekommen.»

Ich wette, Matt war begeistert.

«Daddy wollte uns Chokonana-Shakes machen, aber der Mixer war ein Arsch», flötet Jake.

Ich wirble herum.

«Und darum hat er uns bloß die Bananen gegeben und gesagt, wir sollen sie in die Milch tauchen.»

Das A-Wort hängt immer noch in der Luft, und weil ich einfach zu müde und sprachlos bin, mich damit auseinanderzusetzen, übersehe ich eine Lücke im Verkehr, und ein Auto hinter mir blendet auf. Noch jemand scheint hier heute Morgen ein Arsch zu sein. Ich drehe mich zu ihm um und brülle etwas, das ich nicht brüllen sollte. Millie lacht.

Wir halten vier Minuten vor Unterrichtsbeginn vor der Schule, und ich bleibe neben dem Auto stehen, bis alle drei sicher ausgestiegen sind, während meine Nippel in der feuchten Kälte praktisch aufrecht stehen, weil ich vergessen habe, mir eine Jacke anzuziehen. Und einen BH.

«Jools? Hi! Hattest du ein schönes Wochenende?»

Paula Jordan springt mir praktisch ins Gesicht, von Kopf bis Fuß sexy, mit pinkfarbenen Nikes, trainierten Bauchmuskeln und einem sichtbaren Tanga. Alle unsere Kinder sind in den gleichen Klassen, was bedeutet, dass wir gezwungenermaßen Freundinnen sind. Sie späht in mein Auto. Millie klebt ein feuchtes, mit Fusseln bedecktes Schaumgummi-Schwein an der Stirn.

«Ja, es war ganz nett. Und du?»

«Sind das etwa Süßigkeiten zum Frühstück? Das ist bestimmt nicht gesund – dieser ganze raffinierte Zucker.»

Ich versuche, meinen Körper zwischen sie und das Fenster zu schieben.

«Oh nein, das ist bloß eins von diesen kleinen Play-Doh-Dingern. Du siehst super aus für einen Montagmorgen.»

Ihr Pferdeschwanz wackelt bei diesem Kompliment.

«Yogalates. Ein genialer Kurs im Park! Man atmet die Morgenluft, richtet seine Chakras neu aus – wirklich, das macht fit für den Tag!»

Ich habe das Gefühl, als würde sie eine Fremdsprache sprechen. Ich scanne ihre Bauchmuskeln, um zu sehen, ob sie echt sind, oder vielleicht nur so aufgesprühte wie in den Magazinen. Um ganz sicherzugehen, könnte ich ihr in den Bauch boxen. Aber ich tue es nicht.

«Die Kinder machen auch mit. Ehrlich gesagt, Harriet und Toby hilft es total, ihre Energie zu fokussieren – deine Zwillinge könnten auch davon profitieren.»

Versteckte Beleidigung Nummer eins. Ich nicke und denke daran, dass sie ihre Energien normalerweise darauf fokussieren, so lange im Kreis herumzurennen, bis sie umfallen und die Energie einfach verpufft. «Vielleicht, ja.»

«Also, ich bin dann um halb sieben bei dir?»

Ich nicke wieder. Heute bin ich dran, die Jordan-Kinder nach dem Schwimmunterricht bei uns zu beschäftigen. Nicht, dass es mich besonders stören würde, aber jetzt kommt das Unausweichliche.

«Nur noch mal zur Erinnerung: Die Kinder haben eine Gluten- und Milchunverträglichkeit. Aber das weißt du ja, oder?»

Ich stelle auf Autopilot und nicke lächelnd. Ich weiß es, weil sie mich jede Woche daran erinnert, weil es auf den Schlüsselanhängern ihrer Schultaschen eingraviert ist und sie mir sogar eine laminierte Liste für meinen Kühlschrank geschrieben hat, auf der alles steht, was sie nicht essen dürfen.

«Es ist nur so, wenn sie von euch kommen – das soll kein Vorwurf sein, aber dann sind sie immer ein bisschen … aufgedreht. Und das liegt eben an solchen Sachen wie Zucker, Speisefarben,

Geschmacksverstärkern – selbst Kakao. Das bekommt ihnen einfach nicht.»

Versteckte Beleidigung Nummer zwei. Sie tut immer so, als würde ich ihnen flaschenweise gelbe Lebensmittelfarbe in den Rachen kippen, wenn sie bei uns sind. Tatsache ist allerdings, dass sie ständig in der Schule herumläuft und jedem sagt, wie empfindlich ihre Kinder sind und dass Gluten Gift für sie ist. Aber die kleine Harriet hat mir mal erzählt, dass ihr Dad sie heimlich Peperami und Oreos essen lässt, wenn ihre Mum bei ihrer wöchentlichen Darmspülung ist.

«Ich meine, falls du nichts zu Hause hast, ich habe einen Sack Hirse im Auto. Die Kinder lieben gekochte Hirse mit rotem Mangold.»

Ich nicke wieder. Ein Sack Getreide im Auto. Ich sehe auf Millie runter, die ein Laserschwert auf dem Rücksitz gefunden hat.

«Wir kommen schon klar. Ich fahre gleich in den Supermarkt.»

«Waitrose?»

«Sainsbury's.»

Schweigen. Ich hätte Lidl sagen sollen.

Zweites Kapitel

Endlich kann ich tief Luft holen. Allerdings sollte ich dabei den Mund schließen, ich Dussel. Zu spät. Kaffee läuft mir das Kinn herab und tropft auf mein kariertes Hemd. Millie betrachtet mich nachdenklich – bestimmt überlegt sie, wer hier am Tisch eigentlich das Kind ist. Wir sitzen bei Caffè Nero neben Sainsbury's und frühstücken: einen Cappuccino mit doppeltem Espresso und zwei Tüten Zucker für Mami, ein ungesundes Croissant für Millie; die Sorte von verschrumpeltem Gebäck, bei dessen Anblick die Franzosen bestimmt anfangen zu heulen und den Eurotunnel am liebsten wieder zumauern würden. Überall in Millies Gesicht kleben Krümel, und ich wische sie ihr immer wieder ab. Sie kichert und wischt mir ebenfalls über den Mund. Ich spüre Schuldgefühle in mir aufsteigen, weil das heute vermutlich der einzige Moment ist, den wir in Ruhe miteinander verbringen. Meistens ist die Zeit, in der ich ihr beim Füttern tief in die Augen gucken sollte, um unsere Mutter-Kind-Bindung zu stärken, mit Multitasking angefüllt: Ich lese nebenbei eine Geschichte vor, schmiere Wundsalbe auf Kriegsverletzungen oder koche das Abendessen. Aber Millie ist eines dieser Kleinkinder, die sich daran nicht zu stören scheinen. Sie sitzt einfach da und nimmt alles hin mit ihren roten Locken und ihren kleinen, dicken Marlon-Brando-Backen.

Die rötlichen Haare hat sie nicht von mir. Nach einer blonden Achtjährigen und den Zwillingsjungs mit schokoladenbraunen Haaren hatte ich mich schon gefragt, was jetzt kommt. Auf jeden Fall habe ich keine roten Haare erwartet, das ist mal sicher. Ich erinnere mich sehr gut an den Blick der Hebamme im Geburtszimmer, als sie mich fragte, ob ich während der Schwangerschaft viele Karotten gegessen hätte. Ich begriff nicht, was sie damit sagen wollte, bis sie mir das winzige, rothaarige Bündel auf den Bauch legte. Wunderschön. Aber ihr Kopf leuchtete wie ein Kürbis.

Ich schreibe die Einkaufsliste auf eine Serviette, und zwar mit einem alten Kuli, den ich aus meiner Handtasche gekramt habe. Erst mal das Wichtigste: Milch, Brot, Eier. Solange wir diese drei Dinge im Haus haben, können wir alles überstehen. Wir brauchen in jedem Fall noch Cornflakes, Feuchttücher und einen Plan fürs Abendessen. Nachdem Paula Jordan mich am Schultor in der Abgaswolke ihres Nordic Silver Honda CRV hatte stehen lassen, habe ich mir fast gewünscht, ich hätte diesen Sack Hirse genommen. *Was soll ich heute kochen, was soll ich kochen, was soll ich kochen?* Das ist so ungefähr das Mantra, um das herum sich meine Tage drehen; eine knifflige Gleichung, bei der man den Inhalt seines Kühlschranks mit dem verbinden muss, was die Supermarktregale gerade zu bieten haben und was die Geduld und Zeit einem erlauben. Und heute muss ich noch die Variablen der Jordan-Kinder hinzuaddieren. Bedeutet das Rohkost? Steinzeitkost? Lakto-vegan? Ich denke an Paulas Blick. Ich denke an unseren Garagenfußboden. Es ist Montag. Fischtag. Zeit für Fischstäbchen-Auflauf! Ein uraltes Rezept meines Vaters, bestehend aus einer Packung Fischstäbchen, einer Dose Tomatensoße, massenhaft Gratinkäse, serviert mit billigem weißem Buttertoast. Es ist allerbestes Trostessen, voller Kohlenhydrate und Fett.

Ich habe es den Jordan-Kindern mal serviert, als Paula mich gefragt hat, wie ich eigentlich mein Schwangerschaftsgewicht wieder loswerden will. Ich erinnere mich daran, wie Toby es ohne nennenswertes Besteck in sich reingeschaufelt hat. Ja, heute ist definitiv ein Fischstäbchenauflauf-Tag.

Während ich meine Liste zu Ende schreibe und Millie gleichzeitig daran hindere, Butterstückchen wie Käse in sich hineinzustopfen, höre ich die beiden Frauen an der Theke miteinander reden. Die eine betrachtet ihre Haare im Milchschäumer, die andere füllt die Holzstäbchen zum Umrühren auf.

«Oh Gott, das ist heute! Scheiße, glaubst du, wir können da irgendwie mit drauf? So im Hintergrund?»

«Mann, der ist so was von scharf. Wir brauchen unbedingt ein Autogramm.»

Ich recke den Hals, um besser lauschen zu können, während mir einfällt, dass wir auch noch Zucker brauchen und Tampons.

«Hast du die ganzen Lasters dadraußen gesehen? Da ist alles voll Lampen und Kameras, total der Riesenaufriss.»

Ich korrigiere simultan ihre Grammatik, während ich aus dem Fenster sehe: Tatsächlich, überall *Lastwagen*. Und ich dachte, es wäre die mobile Bücherei auf einer ihrer Runden. Eine Menge Leute mit Baseballmützen rennen herum und versuchen, sich mit ihren Clipboards gegen den Regen zu schützen. Vielleicht drehen sie einen Werbespot? Ein Fotoshooting? Mein Starren wird vom Klingeln des Handys unterbrochen und von meinen hektischen Versuchen, es in den Untiefen der Wickeltasche zu finden.

«Hallo?»

«Mrs. Campbell? Juliet Campbell?»

Immer wenn ich meinen ganzen Namen höre, setze ich mich aufrecht hin. Es ist definitiv nicht Dad. Das kann nur ein Lehrer, ein Polizist oder meine Schwiegermutter sein.

«Ja?»

«Hier ist Mrs. Terry, die Schulsekretärin der Clifton Grundschule. Es tut mir leid, aber Ted geht es nicht gut. Er hat sich bei der Morgenversammlung übergeben. Könnten Sie sich darum kümmern, dass er abgeholt wird?»

Mist! Das machen abgelaufene Kokosmilch und schimmliger Mäusespeck eben mit jungen Mägen. Der arme kleine Junge. Böse Mami. Ich betrachte meine Liste. Wenn ich ihn jetzt gleich abhole, gibt es nichts zu essen, wenn die anderen nach Hause kommen. Dann muss ich den Jordan-Kindern Thunfisch aus der Dose servieren wie Katzenfutter. Außerdem muss ich Terpentin kaufen, um die Spuren der Zwillinge vor ihrem Vater zu vertuschen. Und wir brauchen auf jeden Fall Milch. Ich streiche ein paar Dinge auf der Liste durch und schaue auf die Uhr an der Wand.

«Hm, ja, natürlich. Ich bin nur gerade beim Arzt. Ist es okay, wenn ich … in einer halben Stunde komme?»

«Natürlich.»

Ihre Stimme klingt herablassend, so, als wüsste sie genau, dass ich lüge. Als wollte sie sagen: «Ihr Sohn ist krank, aber das ist Ihnen ja wohl egal.»

«Ich beeile mich.»

Montagmorgens kaufen nur wenige Leute ein, abgesehen von älteren Pärchen, die ihre Vorräte an Schweinepasteten, Reispuddings und Zeitungen auffüllen, weshalb unser Einkaufswagen-Slalom viel schneller vonstattengeht als sonst. Wir lassen reihenweise Rentner hinter uns. Millie hat Spaß am Tempo, nur meine Brüste sind nicht so froh über die fehlende Unterstützung. Als wir zu den Tiefkühltruhen kommen, sind Fischstäbchen gerade im Angebot, nur ein Pfund die Packung, also werfe ich drei Packungen in den Wagen und nehme noch ein paar geschmacksneutrale Cracker für Teds empfindlichen Magen. Ich schieße aus einem Gang heraus und sehe Mini-Muffins, die direkt aus der Supermarkt-Backstube kommen. Habe ich später Zeit, selbst zu backen? Habe ich die Nerven? Rein in den Wagen damit! Das klappt doch super. Vielleicht schaffe ich es sogar in zwanzig Minuten. Jetzt noch Brot, Eier, Tomatensoße, das Terpentin steht neben den Glühbirnen, und dann zum Milch-Gang, die Flaschen nach dem richtigen Fettgehalt aussuchen und gucken, dass nichts tropft. Weil Montag ist und das Motto des Tages Trostessen lautet, packe ich noch eine

Packung Schottische Eier dazu. Ich steuere selbstzufrieden – wenn auch besorgniserregend atemlos – in Richtung Kasse. Hinter mir höre ich plötzlich ein Rumpeln. Offenbar möchte jemand an mir vorbei, also schiebe ich kurz an den Rand und reibe mir die Hände, als mich eisige Kühlschrankluft trifft. Aber niemand überholt mich. Ich drehe mich um, und ein riesiges Licht scheint mir direkt in die Augen. Aus irgendeinem Grund nehme ich an, dass es von der Decke gefallen sein muss. Mir werden die Knie weich. Doch dann sehe ich ein Gesicht. Heilige Sch...

«Hallo, Liebelein! Nun schauen Sie doch nicht so überrascht. Ich bin Tommy – schön, Sie kennenzulernen. Wie heißen Sie denn?»

Ich trage keinen BH. Ich werde von einem Scheinwerfer geblendet, und irgendjemand hält mir eine Kamera mitten ins Gesicht. Tommy McCoy. Er legt einen Arm um mich, während ich aus unerfindlichen Gründen in die Kamera winke.

«Scheiße. Sorry, ich meine ... ja, Sie sind ...»

Tommy und seine Kohorten lachen hinter vorgehaltener Hand über meine Sprachlosigkeit. Millie scheint sich zu fragen, womit wir solche Aufmerksamkeit verdient haben, und ihr Kinn glänzt von Sabber. Ich stelle fest, dass alle darauf warten, dass ich etwas sage.

«Ich bin Jools.»

«So wie Jools Holland?»

«Ja. Aber ich kann nicht Klavier spielen.»

In meinem Kopf klang das lustiger. Die ausdruckslosen Gesichter vor mir bestätigen mir das. Ein paar ältere Damen bleiben stehen und glotzen. Angestellte in Kitteln und Fleece-

Pullis tauchen auf und starren mich an. Ich trage immer noch keinen BH.

«Und wer ist dieser kleine Karottenkopf hier?»

Millie, die diesen Kosenamen seit ihrer Geburt schon oft gehört hat, sieht sofort gekränkt aus. Ich wünsche mir im Stillen, dass sie ihn anspuckt.

«Das ist Millie.»

«Ist sie Ihr einziges Kind?»

«Nein. Ich habe noch drei andere.»

«Ach du liebe Güte. Sie legen die wohl am Fließband, was?»

Was zum Teufel soll man darauf antworten? Ja? Genau, das tue ich! Wie Eier! Ich lächle zurück. Seine Haare sehen aus, als hätte man ihn kopfüber in Wachs getaucht, und von nahem sieht man den Puder auf seinem glänzenden Gesicht kleben. Die hellblauen Augen könnten ihm einen freundlichen Ausdruck verleihen, wenn man von seinen zerrissenen Jeans, dem T-Shirt mit Aufdruck und den orangefarbenen Lederturnschuhen absieht. Er hüpft herum, dreht sich immer wieder zur Kamera und blinzelt hinein. Und dann drückt er in der Annahme, sein Ruhm und sein Aussehen würden ihm die Erlaubnis dazu geben, meine Schultern.

«Also, erzählen Sie doch mal von sich, meine Beste.»

Meine Beste? Ich bin nicht sicher, was er hören will. Ich bin auch nicht sicher, wie ich stehen soll. Er ist bedeutend größer als ich, sodass ich jedes Mal, wenn er mir den Arm um die Schultern legt, in seine Achselhöhle gezerrt werde. Mir ist außerdem sehr bewusst, dass ich in meinem lässigen Studentenchic ziemlich schlampig aussehe. Ich stelle mich auf die Fußspitzen.

«Ich bin Mutter von vier Kindern. Ich wohne hier. Äh … Also

nicht im Supermarkt, sondern … in Kingston. Ich, ähm, und dann bin ich auch noch mit Matt verheiratet.»

Ich hoffe, Matt sieht das nicht und fragt sich, warum mir das erst als Letztes eingefallen ist. Unzählige aufgerissene Augen sehen mich erwartungsvoll an und fragen sich, ob auf meine kurze, dürftige Rede über mein Leben noch etwas folgt.

«Und sind Sie auch berufstätig?»

«Ich bin eine Haus- … Mutter … Hausfrau.»

Ich schweige. Ich hasse diesen Begriff und die mitleidigen Blicke, die darauf folgen. *Ist das etwa alles? Sie sind bloß Hausfrau?* Ich bin kurz davor zu sagen, dass ich sonntags als Astronautin arbeite. Aber dann lasse ich es. Tommy spricht weiter.

«Also, ich weiß ja nicht, ob Sie die Show schon mal gesehen haben, aber wir suchen Leute, denen wir helfen können. Erzählen Sie doch mal, was Sie heute Abend kochen wollen. Darf ich mal in Ihren Einkaufswagen sehen?»

Er fragt mich nicht wirklich um Erlaubnis, sondern kündigt eher an, was er tun wird. Vielleicht kann ich einfach weglaufen. Oder alles abstreiten. Das ist gar nicht mein Einkaufswagen, und das Kleinkind da habe ich noch nie im Leben gesehen. Er fängt mit den Fischstäbchen an.

«Fischstäbchen? Ist das Ihr Ernst?»

Ich will ihm antworten, aber ich kann nicht. Tommy runzelt die Stirn und verzieht den Mund, als hätte ich ihm gerade gesagt, dass ich meinen Kindern frittierte Hundehaufen serviere.

«Und das essen Sie in Ihrer Familie oft?»

«Nur hin und wieder. Das sind Fischstäbchen, ich wollte einen Auflauf machen.»

Er zieht die Lippen über die Zähne zurück.

«Ich meine, so als Trostessen. Weil Montag ist. Bloß ...»

Er sieht mich an und seufzt etwas. Ich will ihm sagen, dass ich massenhaft Leute kenne, die ein Fischstäbchen-Auflauf unfassbar glücklich macht. Aber ich tue es nicht. Er wendet sich wieder dem Inhalt meines Einkaufswagens zu, kramt durch Terpentin und Milch und findet das Toastbrot.

«Ist das die Sorte Brot, die Sie normalerweise kaufen?», fragt er und quetscht die Laibe zusammen. «Ein durchschnittlicher Haushalt kann bis zu zweihundertfünfzig Pfund im Jahr sparen, wenn er sich einen Brotbackautomaten zulegt. Damit kann man alle möglichen Brote backen: ganz zuallererst mal Vollkornbrot, oder Mehrkornbrot, herrliche mediterrane Brote mit Olivenöl und sonnengetrockneten Tomaten ...»

Der Mistkerl hat meine Brote völlig zerquetscht, sodass sie nie wieder ihre ursprüngliche Form annehmen werden. Jetzt wendet er sich meinen Schottischen Eiern und den Mini-Muffins zu, stochert ebenfalls in ihnen herum und zählt vor der Kamera ihre ganzen künstlichen Zutaten auf.

«So eine Schande, Liebelein, wissen Sie, denn diese Dinge kann man ja so leicht selbst machen. Ein bisschen Hackfleisch, Kräuter und Brotkrumen. Ich habe ein köstliches Rezept dafür.»

Ich nicke. Es ist ja nur eine Ausnahme. Ich brauchte heute einfach ein Schottisches Ei, um mich aufzumuntern.

Die Zuschauermenge, die sich mittlerweile um mich herum versammelt hat, schüttelt die Köpfe, als hätte ich mitten auf den Gang gepinkelt. Ich stehe sprachlos da, schockiert und sauer. *Ich habe keine Zeit für euer Urteil, dafür bin ich nicht angezogen. Ich muss zu meinem lieben Sohn Ted und seinem empfindlichen Magen.*

Ich spüre außerdem, wie meine Haut anfängt zu glänzen – diese Scheinwerfer sind verdammt heiß.

«Schauen Sie, Liebelein, ich will Ihnen doch nur helfen, und ich sehe schon, dass Sie sich unwohl fühlen, also frage ich Sie einfach rundheraus: Sie sind eine vielbeschäftigte Mutter von vier Kindern, und ganz ehrlich, ich kann es nicht ertragen, dass Sie Ihren Liebsten diesen Müll zu essen geben. Kann ich Ihnen nicht helfen?»

Ich schaue auf mein Handgelenk und auf die Uhr, die ich nicht trage.

«Hm, die Sache ist nur, dass ich gerade überhaupt keine Zeit habe. Ich muss noch wohin.»

Die versammelte Menge keucht. Eine Frau mit Gesundheitsschuhen, Dauerwelle und Twinset scheint einfach nicht zu begreifen, was ich da sage. *Sie meinen, Sie lehnen ab? Sind Sie irre?* Andere Mütter drängen sich nach vorn, damit die Produzenten sie als Nächstes erspähen. Ich lächle Tommy an, der offensichtlich noch nie zurückgewiesen wurde.

«Kommen Sie, Liebelein. Sie können mich für einen ganzen Tag bei sich zu Hause haben und kommen ins Fernsehen. Ich helfe Ihnen, Ihr Leben umzustellen. Was sagen Sie? Für Ihre Kinder?»

Bisher bin ich ziemlich stolz auf mich, denn keine seiner kleinen Erpressungsversuche erweichen mich. Er könnte mein Leben verändern, wenn er mir einen ordentlichen Scheck ausstellen würde. Aber mein Stolz hält mich davon ab, ihn einfach um Kohle zu bitten. Er packt erneut meine Schultern in dem sinnlosen Versuch, ein paar Gefühle aus mir herauszuquetschen.

«Sorry, aber ich kann nicht.»

Ich wende mich um, froh darüber, der Kamera endlich den Rücken zudrehen zu können, doch dann höre ich, wie er jemandem mit einem Clipboard in der Hand zumurmelt:

«Lass uns jemand anderen nehmen. Wenn der Tussi das alles egal ist, kann ich ihr und ihrer Brut auch nicht helfen.»

An diesem Punkt sollte ich wirklich gehen. Ich sollte zur Kasse laufen, bezahlen, einpacken und zu Ted fahren, der vermutlich auf einem dieser orangefarbenen Polyesterstühle im Schulbüro sitzt und sich fragt, wo ich bleibe. Um ehrlich zu sein, braucht es heute nicht viel, um mich zu reizen. Ich bin normalerweise nicht empfindlich, übersensibel oder streitlustig. Man kann mir meinen Parkplatz klauen, meinen Drink verschütten und an meiner Tür klingeln, um mir irgendeinen Scheiß zu verkaufen. Aber heute ist ein echt mieser Montag. Er glaubt, mir ist alles egal? Ich drehe mich um und stelle fest, dass er mich immer noch anstarrt, während er seinen Kragen zurechtrückt.

«Meinung geändert?»

«Eigentlich nicht, nein.»

Der Produzent scheint sich über mein zurückgekehrtes Interesse zu freuen, aber die Menschenmenge wirkt etwas genervt.

«Ich habe nur gerade gehört, was Sie gesagt haben. Ich finde, das war ziemlich daneben.»

Tommy zuckt gleichgültig die Schultern.

«Na ja, wie schon gesagt, Liebelein, es kommt mir eben so vor, als wäre es Ihnen egal. Sie haben einen Haufen Mist in Ihrem Einkaufswagen, wenn ich das mal so sagen darf, und das wollen Sie wirklich Ihren Kindern geben? Mütter wie Sie brechen mir das Herz.»

Mein Hirn rast wie ein aufgemotzter Computer und filtert alles, was an seinen Worten gerade falsch war. Erstens ist es einfach Schwachsinn, und zweitens gebe ich das alles nicht bloß meinen Kindern, sondern es sind auch zwei Erwachsene dabei. Und was heißt überhaupt *Mütter wie ich?*

«Nun, dann klären Sie mich doch bitte über die Sorte Mutter auf, die ich Ihrer Meinung nach bin, da Sie mich ja offenbar so gut kennen.»

Die bereits in Auflösung befindliche Menge drängt sich wieder zusammen, in Erwartung eines potenziellen Dramas, das sich gleich vor ihren Augen bieten wird.

«Na, was stellen Sie sich denn unter Kochen vor?», fragt er. «Dass Sie irgendwas Tiefgekühltes in den Ofen schieben? Sie haben kein Obst und kein Gemüse eingekauft. Vermutlich müssen Ihre Kinder den ganzen Tag lang irgendwelche Snacks essen.»

«Ich habe Obst und Gemüse zu Hause, und meine Kinder essen vernünftig. Und ich finde es ziemlich unhöflich, dass Sie mich aufgrund eines Einkaufswagens beurteilen, nachdem Sie mich gerade erst getroffen haben.»

«Wirklich? Sie haben also Gemüse zu Hause, ja?»

Warum zum Henker soll ich wegen eines bisschen Broccoli lügen? Jemand aus dem Produktionsteam reicht ihm einen Rettich, und ich hoffe, dass er darauf ausrutscht und der Rettich sich direkt in seinen Hintern bohrt.

«Wie heißt das denn, bitte?»

«Das ist ein Rettich. Ein Winterrettich, glaube ich.»

Er sieht überrascht aus. Ich ziehe die Augenbrauen hoch. *Na los, zeig mir doch dein außergewöhnliches Gemüse, du blöder, herablassender Angeber. Du hältst mich also für ungebildet oder dumm, ja?*

Ernsthaft? Ted ist krank. Okay, das liegt daran, dass er einen alten Mäusespeck zum Frühstück gegessen hat, aber darauf will ich jetzt nicht näher eingehen. Tommy kramt in einem Korb und befingert irgendeine Physalis.

«Moment mal, Fräulein.»

Ich erstarre. *Fräulein?* Ich spüre den unwiderstehlichen Drang, irgendwas nach ihm zu werfen. Leider habe ich gerade keine Ananas zur Hand. Ich bin durcheinander, mir ist kalt, und ich habe den Verdacht, dass Millie wieder in die Windeln gemacht hat.

«Wirklich, ich finde, Sie haben mich für heute genug beleidigt. Ich glaube nicht, dass ich noch einen weiteren Vortrag ertrage. Danke.»

Seine Augen werden glasig. Er legt mir schon wieder seine Hand auf die Schulter und neigt den Kopf zur Seite.

«Entschuldigung. Hören Sie – ich will Ihnen doch nur helfen, Liebelein. Und Sie nicht verurteilen. Gesundes Essen kann billig und einfach sein. Nehmen Sie wenigstens ein Buch von mir mit, mit ein paar Rezeptideen.»

Er hält es für die Menge hoch. Es ist eine Hochglanzausgabe mit seinem Gesicht darauf, und der Titel lautet «Der wahre McCoy». Dann reicht er es mir.

Ich schlage die erste Seite auf und sehe, dass er es signiert hat. Mein erster Gedanke ist: eBay. Ein junger Emporkömmling mit ähnlich leuchtenden Turnschuhen verteilt ein paar Bücher in der Menge. Eine Frau drückt sich ihr Buch mit Tommys glänzendem Gesicht an die Brust, schnuppert daran und sieht aus, als erlebe sie gerade einen ganz besonderen Moment. Ich lege meins in den Einkaufswagen.

«Wollen Sie denn nicht reinschauen?»

«Ähm, nein. Danke. Das hat Zeit.»

Er wirft die Hände in die Luft, als wäre ich ein hoffnungsloser Fall, offenbar ist irgendwas in meinem Hirn nicht richtig verdrahtet. Wieso liege ich nicht in den Wehen östrogener Verschmachtung und hänge an seinen Lippen? Ich erhasche ein Bild von mir im Spiegel der Kameralinse. Meine Haare sehen aus, als hätte ich mich mit dem Kopf an einem Luftballon gerieben.

«Sie sollten an Ihre Kinder denken.»

«Das tue ich.» Ich runzle die Stirn und warte ab, worauf er hinauswill.

«Denn Ihre Kinder ...»

«Meine Kinder?»

«Haben etwas Besseres verdient.»

Ein angespanntes Schweigen legt sich wie Nebel über die Menge. Tommy macht einen Schritt zurück. Er weiß, dass er eine Grenze überschritten hat. *Geh einfach, Jools, geh weg.*

«Wie bitte? Welches Recht haben Sie eigentlich, mir das zu sagen? Klar, wenn ich Geld scheißen könnte so wie Sie, dann würde ich bestimmt nur noch Bio-Produkte kaufen und mein eigenes verdammtes Brot backen. Das Problem ist nur, ich habe Ihre Millionen nicht. Dafür habe ich vier Kinder und eine Hypothek. Und deswegen brauche ich keinen aufgedrehten Fatzke, der jeden Bezug zur Realität verloren hat und mich wegen eines verfickten Fischstäbchens runtermacht.»

Ich habe «verfickt» gesagt. Millie sieht mich betrübt an wie ein kleiner Hummer. *Mami hat wieder ihren Wutanfall.* Die Fischstäbchen haben sich irgendwie in meine Hand gestohlen, als wollten sie mein Schlussplädoyer untermauern. Die ehemals tiefgefrorene Packung fühlt sich schon ganz weich an. Vielleicht kann ich noch als Argument anführen, dass es sich um hundert Prozent Schellfisch handelt, und dass Käp'n Iglu wirklich vertrauenswürdig aussieht.

Tommy ist endlich mal sprachlos, während sich meine Verwandlung in eine rasende Irre fortsetzt. Der gesamte Supermarkt schaut zu.

«Wir sind alle Eltern, Liebelein. Wir wissen, wie schwer das manchmal sein kann.»

Das sagt er zu den Zuschauern. Einige seiner Getreuen nicken. Den anderen bleibt die Ironie seiner Worte nicht verborgen.

«Wirklich, Tommy? Dann erklären Sie mir doch bitte mal, was an Ihrem Alltag jetzt genau so schwer ist.»

Tommy schweigt und schleudert mir mit seinen Blicken Dartpfeile entgegen. Aber jetzt bin ich richtig in Fahrt.

«Das habe ich mir doch gedacht. Holen *Sie* nachher vielleicht die Kinder von der Schule ab? Oder wechseln Sie heute die Windeln? Kochen Sie sich Tee, den Sie niemals trinken, weil Sie einfach nicht dazu kommen? Haben Sie schon mal Käse gerieben, bis Ihnen die Finger bluten, oder baden Sie Ihre Kinder? Nein.»

Ein paar Leute kichern. Eine Gruppe Teenager, die die Regale befüllen, hat sich zur schweigenden Zuschauermenge hinzugesellt. Irgendwie treibt mich das noch mehr an.

«Sie sind kein bisschen wie ich. Es ist absolut anmaßend von Ihnen, unser beider Leben miteinander zu vergleichen. Also hören Sie auf mit dieser dämlichen ‹Ich-bin-dein-Freund›-Nummer und merken Sie mal, dass Sie von meinem Leben *überhaupt nichts* wissen. Wenn ich mal wieder als Mutter versage, brauche ich ganz sicher niemanden wie Sie, der mir das auch noch unter die Nase reibt.»

Wow. Das war ziemlich mutig von mir und auch noch überraschend eloquent, ganz untypisch für mich. Ein Mann im Hintergrund applaudiert. Alle anderen sind wie gelähmt vor Schreck. Also gehe ich. Ich eile. Ich renne. Ich halte mich an meinem Einkaufswagen fest und stürme zu den Selbstbezahler-Kassen, um jeden weiteren menschlichen Kontakt zu vermeiden. Ich bin vermutlich ziemlich rot im Gesicht, unter den Achseln feucht und dazu atemlos. Ich habe meine eigenen Einkaufstaschen mitgebracht. Zählt das irgendwie? Ich spüre die Blicke der Angestellten und Kunden, die sich in meinen Hinterkopf bohren. Auto. Jetzt schnell ins Auto. Als ich rauskomme, regnet es wieder, und ich laufe zum Wagen und verwende eine leere Obsttüte, um Millies Kopf damit zu schützen. Alles landet durcheinander im Kofferraum. Schließlich sitze ich auf dem Fahrersitz und betrachte mich im Rückspiegel. Auf meiner Oberlippe ein Schweißfilm, Haare wie ein Heuhaufen, meine Augenpartie knittrig vor Emotionen, die ich nicht mehr zurückhalten kann. Tränen tropfen auf mein Lenkrad, während mir klarwird, wie verdammt wütend ich bin. Dieser dämliche, dämliche, dämliche Idiot! Und außerdem habe ich die blöden Cornflakes vergessen.

Drittes Kapitel

Ted liegt mit Wasser, Cracker und iPad in meinem Bett. Ich habe ihn schweißgebadet von der Schule abgeholt. Meine Wangen waren immer noch so rot, dass die Schulsekretärin mich gefragt hat, ob ich gerade aus dem Fitnessclub käme. Ich hätte am liebsten gelacht. Aber in dem Moment wirkte Ted, als würde er gleich sterben, nur um mich im Auto schon wieder nach Süßigkeiten zu fragen. Zu Hause kotzte er dann auf unsere WILLKOMMEN-Fußmatte. Am Geruch konnte ich feststellen, dass er zum Frühstück tatsächlich dieses weiße Zeug aus dem Kühlschrank getrunken hatte.

Während die Matte nun also in einem Eimer im Garten einweicht, drehe ich meine übliche Runde durchs Haus. Mein Vater war da. Man muss meinen Vater einfach lieben: Jeden Morgen, nachdem ich weg bin, lässt er sich durch die Hintertür rein

und macht sich nützlich, spült Geschirr oder hängt die nasse
Wäsche auf. Als hätten wir ein Heinzelmännchen mit Hang zu
Cordhosen und Herbstfarben. Heute hat er die Betten gemacht,
die Pyjamas gefaltet unter die Kissen gelegt, den leeren Klorol-
lenhalter aufgefüllt und mir eine Nachricht geschrieben:

*Hat ein Hai eure Recyclingtonne gefressen? Ich habe die Stadt an-
gerufen, damit man euch eine neue hinstellt. Ihr braucht außerdem
Milch und Terpentin für eure Garage. Dad x*

Ich darf den Garagenboden nicht vergessen. Also: Was muss
ich alles tun? Ich lege das Telefon wieder auf die Ladestation,
wechsle Millies Windel, lege Sachen von einer Seite zur anderen
und nenne es Aufräumen. Die Vodafone-Rechnung. Ich klappe
den Laptop auf und logge mich ein, werfe einen Blick auf die
Rechnung – jeden Monat die gleiche Summe –, die besagt, dass
ich all unsere Frei-SMS dazu verwende, um Matt zu schreiben,
dass wir Milch brauchen, während Matt all unsere Freiminuten
dafür benutzt, um mich zu fragen, ob wir noch was anderes
brauchen. Ich bezahle die Rechnung, dann gehe ich auf Facebook – irgendwas muss doch den Wahnsinn dieses Vormittags
vertreiben. Es gibt heute nicht viel Neues: Lewis Young (habe
ich in meiner ersten Woche im Studentenwohnheim kennengelernt; haben zusammen Toasties gegessen und bei einer Hal-
loween-Party rumgeknutscht) hat Fotos von seinem Trip nach
Machu Picchu gepostet. Helen MacDougall (Sommerjob-Freun-
din; haben zusammen bei WHSmith Stifte geklaut) postet in
ihrem Status: *Die Foo Fighters gestern Abend waren genial! Danke
fürs Mitnehmen, Babe xxx.* Joe Farley (wir sind zusammen zur
Grundschule gegangen; er trug eine dicke Brille; hat inzwischen
einen Gebrauchtwagenhandel) spielt Mafia Wars und Farmville

und bittet mich, ihm dabei zu helfen, eine Kuh zu kaufen. Ben (mein jüngerer Bruder) ist online. Ich schreibe ihn an, da ich weiß, dass er praktisch in seinem Telefon lebt und daher vielleicht gleich antwortet.

> J. Was machst du?

Er antwortet sofort.

> B. Suche gerade den Bus in Acton. Was für eine
> WAHNSINNSNACHT!

Ich runzle die Stirn, weil er mir bewusst macht, wie lebendig sein Sozialleben ist, sogar an einem Sonntagabend, während ich Mini-Poloshirts gebügelt und mir dabei das Finale von *X Factor* im Fernsehen angesehen habe.

> J. Acton ist doch in der Nähe von IKEA. Hackbäll-
> chen zum Frühstück!
> B. Hatte ich gerade, Schwester. Er hieß Marcel.
> J. Zu. Viel. Information. Pass auf dich auf. Bring mir
> ein Sieb mit.

Und damit ist er offline. Ich konnte ihm noch nicht mal von meiner Begegnung mit McCoy erzählen. Ich starre an die Wand, dann scrolle ich weiter durch die Posts. Millie sieht mich aus dem Flur an und schlägt Bauklötze gegeneinander. Ich überlege: Vielleicht sollte ich mein Erlebnis posten. Das wäre auf jeden Fall interessanter als meine sonstigen Posts, wie: «Ich schwöre, die haben was an den Jaffa Cakes geändert! Die sind viel weniger orange ☺»

Also los ...

Jools Campbell *hat heute Morgen Tommy McCoy bei Sainsbury's getroffen – was für ein Arsch.* Eine Chatbox flackert auf. Annie. Anwältin, Freundin und Retterin in der Not.

> A. Du hast Tommy McCoy getroffen? Kommst du jetzt ins Fernsehen?
> J. *Oh Gott, ich hoffe nicht. Ich sah furchtbar aus. Fürchte, ich war außerdem etwas unhöflich zu ihm.*
> A. Hahahahaha ☺ Was hast du gesagt?
> J. *Weiß schon nicht mehr. Irgendeinen PMS-induzierten Fluch.*
> A. Sehr gut. Ich kann den Kerl nicht ausstehen. Lust, Freitag was trinken zu gehen?

Annie fragt mich das immer, obwohl sie weiß, dass daraus nie was wird. Entweder kriege ich keinen Babysitter, oder ich habe keine Zeit oder keine Energie, mich aufzubrezeln, mit der Bahn in die Stadt zu fahren und in einer übervölkerten Bar zu sitzen, wo ich meinen Platz mit Hilfe der Ellenbogen gegen dürre Büromiezen verteidigen muss. Aber Annie gibt nicht auf, und dafür liebe ich sie.

> J. *Vielleicht. Oder du kommst her, und wir machen uns ein Curry?*
> A. Klingt super. Ich muss los – wichtige Sache ... Wir zählen heute Eier.

J. Normalerweise gibt's die in Sechser- oder Zehner-packs.

A. Nein, meine Eier – hoffentlich habe ich noch ein paar davon, denn die Alternative wäre, dass ich schon in der Menopause bin. Igitt!

J. Du kamst mir in letzter Zeit schon ein bisschen faltig vor.

A. Da habe ich nur versucht, nicht auf deine Monobraue zu starren.

J. Hahaha.

Ich taste etwas verunsichert in meinem Gesicht herum.

J. Schreib mir nachher, wie's war. Die Campbells lieben Tante Annie x

A. Bis später, Madame x

Millie krabbelt unter den Küchentisch zwischen den Stühlen, Hockern und Hochstühlen im Slalom und legt ihren Kopf an meine Knie. Meine süße Millie. Ich greife runter und streiche ihr durch die Haare. Facebook wartet schweigend darauf, dass ich ihm wieder Aufmerksamkeit schenke und scheint mir einen ebenso schweigenden Vorwurf zu machen, dass ich sonst nichts Interessantes zu sagen habe. Tommy McCoys Name starrt mich an, und ich starre meine Packung Schottischer Eier auf dem Küchentisch an. Sofort packen mich Schuldgefühle. Ich klammere mich also in Krisenzeiten an Kohlenhydrate, E-Nummern und nicht identifizierbare Fleischprodukte? Ich nehme eine Birne aus der Obstschale, die in der Mitte des Küchentisches steht.

Es geht doch immer um die richtige Balance. Ich klappe mein Handy auf und rufe Matt an. Er geht nach dreimal Klingeln ran, wie immer.

«Matt Campbell?»

«Ich bin's.»

Matts Stimme entspannt sich, als er mich hört und klingt anziehend dunkel. – Es ist dieselbe Stimme, mit der er mich schon bei unserer ersten Begegnung verführen konnte.

«Wie geht's?»

«Ein wüster Vormittag. Ted ist wieder zu Hause – er hat sich in der Schule übergeben.»

Ich höre, wie Matt den Stuhl von seinem Schreibtisch wegrollt.

«Magen-Darm?»

«Eher eine ungünstige Frühstückskombi. Er liegt jetzt mit dem iPad im Bett. Den anderen beiden geht's gut. Jedenfalls hatte ich ein total surreales Erlebnis im Supermarkt. Rate mal, wen ich getroffen habe.»

«Wen?»

«Rate.»

Nach acht Jahren Ehe weiß ich, dass er dieses Spiel nicht mitmacht.

«Tommy McCoy.»

«Ich hoffe, du hast ihm gesagt, was für ein talentloser Penner er ist.»

«Ja, so ziemlich.»

«Was ...?»

«Er hat versucht, mich für seine Sendung zu kriegen, und ich bin explodiert. Es war ehrlich gesagt etwas peinlich.»

«... Der Leiter der Rechnungsstelle ist am Sonntag im Büro. Können Sie vielleicht dann mit ihm sprechen?»

«Ist dein Boss in der Nähe?»

«Ja. Ich rufe Sie später noch mal an, um die Einzelheiten zu besprechen.»

«Ja, das wäre sehr freundlich. Ich liebe dich.»

Er sagt es nie zurück, jedenfalls nicht bei der Arbeit. «Ja, vielen Dank für Ihren Anruf.»

Ich lächle. Zwei Minuten später schickt er mir eine Nachricht.

> ‹Bin bis 5 im Meeting. Ich will Einzelheiten.
> Umarmung für Ted. Bezahl bitte die Rech-
> nung und kauf Milch. Typ von Sky kommt vor
> 2. Verführ ihn nicht.›

Ich antworte.

> ‹Der Sky-Mann? Dann such ich mal meine Reiz-
> wäsche.›

Reizwäsche? Besitze ich so was überhaupt noch? Schwarze, französische Spitze. Das letzte Mal, dass ich die getragen habe, war vermutlich, als ich Matt kennenlernte. Matteo Campbell. Der Mann, mit dem ich mich anfangs tröstete und den ich schließlich geheiratet habe.

Das war 2001 an der Universität in Leeds. Ich wollte nie in den englischen Norden und hatte eigentlich gehofft, näher bei meiner Familie bleiben zu können, aber dann folgte ich doch meinem damaligen Freund Richie Colman, der Bauingenieurswissenschaften studierte, und von dem ich dachte, dass ich ihn heiraten und Kinder mit ihm haben würde. Richie dachte anderes und machte nach unserem ersten Jahr Schluss, nur um eine blonde Biochemikerin namens Dawn zu vögeln. Um meinen Frust zu bekämpfen, ging ich in einen der geschmacklosesten Clubs, die Leeds zu bieten hatte, und betrank mich fürchterlich. Matt war auch da. Natürlich kann ich nicht mehr sagen, wie und wann wir uns dort genau getroffen haben. Meine damalige Mitbewohnerin Annie hat mir im Nachhinein erzählt, dass unser Treffen ungefähr so ablief: Es war schon sehr spät am Abend, ich hatte Unmengen von B52s und Slippery Nipples Cocktails intus und hatte mich zu einer Gruppe von Leuten gesellt, die ich nicht kannte, darunter auch Matt. Annie erinnert sich daran, dass es auf einmal hell wurde und unsere Münder wie zwei Dorsche aneinander klebten. Als sie versuchte, mich von ihm zu lösen und mich in ein Taxi zu zerren, hielt ich Matts Hand fest und nahm ihn mit zu uns nach Hause. Ich erinnere mich nicht mehr an den Sex, im Gegensatz zu Annie, die alles hören durfte, inklusive Bonusmaterial, weil ich mich kurz danach übergeben musste. Sie erzählt diese Geschichte immer etwas süffisant, dabei hat sie an jenem Abend ebenfalls jemanden mitgenommen – einen Rugby-Spieler mit Mordsarmen, der am nächsten Morgen bloß in Unterhose in die Küche kam, sich an seinem Untergestell kratzte und dann auf der Suche nach einem Teelöffel in unseren Schubladen kramte.

Aber mein One-Night-Stand entwickelte sich zu mehr. Matt ging am Morgen, aber ich traf ihn am nächsten Abend im selben Club wieder. Ich trauerte noch um Richie, wollte seinen Verlust mit Alkohol und wildem Geknutsche vergessen. Matt sah mich von der anderen Seite der Bar, kam rüber, und *bumm*, diese verführerische schottische Stimme, und schon war er wieder in meinem Bett. Von da an wurde er – und ich sage es nicht gern – mein Fickfreund. Er brachte mir Süßigkeiten mit und teilte seine Joints mit mir. Er studierte Sozialpolitik und Philosophie, ich Psychologie. Er hatte so viele Ideen über die Welt, globale Entwicklungen und wie man Dinge verändern könnte. Er trug Strickmützen, und morgens lag er Kopf unter der Bettdecke, sein sandblondes Haar verwuschelt, seine schiefergrauen Augen ein wenig glasig von Gras und sah einfach total süß aus. Aber ich hatte die letzten vier Jahre mit Richie Colman verbracht, brauchte Ablenkung, Platz, Zeit. Er war einfach ein Trostfreund – und mein Verstand sagte mir, dass Matt zwar wirklich toll war, dass unsere Beziehung aber auf jeden Fall endlich sein musste. Wir waren beide zwanzig, unsere größten Sorgen waren, an billigen Alkohol zu kommen und Studienscheine zu bestehen. Dann änderte sich alles: Das Kondom platzte.

Viertes Kapitel

Die Schwimmhalle der Clifton Grundschule. Vermutlich der Ort mit der höchsten Luftfeuchtigkeit nördlich des Äquators. Die Fenster sind durch die überschüssige Hitze immer beschlagen, was wiederum die nichtschwimmenden Kinder in wild herumwirbelnde Derwische verwandelt, während die Eltern auf der Aussichtsterrasse elegant vor sich hin schwitzen und in ihre iPhones reden. Ich gebe Toby Jordan und Jake ein paar Mini-Muffins, die sie mit Apfelsaft runterspülen, während ich aufpasse, dass Ted nicht von der Bank springt und im Pool landet. Die Kraft der Ablenkung wirkt bei einem empfindlichen Magen Wunder. Ich starre auf das Blau des Schwimmbeckens und frage mich, warum ich so müde und erschöpft bin. Vermutlich die Schottischen Eier, die ich im Auto gegessen habe. Es war ein ruhiger Nachmittag. Der Mann von Sky kam um zwei

Uhr und erklärte mir, dass er gern an meiner Schüssel herumfummeln wolle. Ich widerstand der Versuchung, eine sexuelle Anspielung zu machen, denn der gute Stuart war ungefähr ein Meter fünfzig groß und einen Meter breit. Also kochte ich ihm bloß einen schwachen Tee, wie eine gute Gastgeberin, und Ted bot ihm einen Keks an, den er verspeiste wie ein Hackspecht und dabei einen Haufen Krümel auf der frischgewaschenen Türmatte hinterließ.

«Mami, Toby hatte drei Muffins und ich bloß zwei.»

Toby sieht sehr zufrieden mit sich aus. Schokoladenkrümel liegen auf seinem Kragen. Ich muss daran denken, ihn gründlich abzuwischen, bevor seine Mutter ihn sieht. Ich reiche Jake noch einen, mit dem er davonläuft, und bin beinahe ein bisschen stolz, dass er so gut zählen und die Zahlen vergleichen kann. Aber so war Jake schon immer. Als er klein war, hatte er immer diesen bestimmten Blick, als wüsste er mehr, als er zugab. Matt nennt ihn das Mastermind, als hätte er Ted zuerst aus meinem Bauch geschickt, um erst mal die Lage zu checken, bevor er selbst auf die Welt kam. Ted ist anders, mehr der treue Gefolgsmann. Er würde seinen Bruder immer bis aufs Blut verteidigen. Vermutlich war er auch derjenige, der den Zebrastreifen in die Garage gemalt hat, weil Jake es ihm gesagt hat. Apropos, ich darf nicht vergessen, den Garagenfußboden zu säubern, wenn ich nach Hause komme.

«Na, alles klar, Jools? Hat Paula ihre Kinder wieder bei dir abgeladen?»

Ich drehe mich zu Donna um. Sie ist die Mutter von Ciara (aus Hannahs Klasse), Justin (zwei Jahre jünger) und Alesha (ein Jahr älter als Millie und immer in Kreischpink) und wohnt fünf Häuser von uns entfernt. Ich mag Donna. Sie ist immer geradeheraus, sagt immer, was sie denkt, was sehr angenehm ist verglichen mit den vielen verkrampften Müttern, die aus allem einen Wettbewerb machen müssen. Sie trägt Skinny Jeans, kniehohe Stiefel, eine weite Strickjacke und ein T-Shirt mit Slogan, bei dem ich mich freue, dass die Kinder noch nicht lesen können. Ich trage immer noch dieselben Klamotten von heute Morgen, plus einen grauen Kapuzenpulli und inzwischen auch einen BH. Ich werde das Haus nie wieder ohne BH verlassen.

Donna schiebt die Hand in meinen Plastikeimer mit Muffins und nimmt sich einen. Dann streicht sie sich ihre glatten schwarzen Haare aus dem Gesicht.

«Diese Kuh geht mir so was von auf die Nerven. Sie hat zu mir gesagt, Harriet kann nicht zu Ciaras Pizzaparty kommen, weil sie allergisch auf Getreide ist.»

Ich werde auf keinen Fall Öl in dieses Feuer gießen, indem ich ihr erzähle, dass ich Harriet heute Abend mit Gluten vollstopfe.

«Ach, lass sie. Am Sonntag, stimmt's?»

«Ja, und Matt kann auch kommen und eure anderen Kinder natürlich auch. Du weißt ja, wie es bei mir ist, alle sind willkommen.»

Ich schaue zu, wie sie Alesha Muffinstückchen mit ihren perfekt manikürten blauen Fingernägeln reicht, auf denen keltische Muster zu sehen sind. Donna wirkt vielleicht ein bisschen wild mit ihren ganzen Tattoos, den riesigen Ohrringen und dem Dreifach-Mascara, aber das ist eben ihr Stil. Ich fühle mich ihr jedenfalls viel näher als Paula Jordan – eine von den Müttern, die behaupten, dass ihre Kinder deshalb auf die Clifton gehen, weil sie linke *Guardian*-Leser sind, auch wenn sie sofort auf die Privatschule wechseln würden, wenn sie das Geld hätten. Bei Donna weiß man wenigstens gleich, woran man ist. Außerdem hat sie immer die neuesten Klatschgeschichten parat.

«Hast du Jen Tyrrell heute Morgen gesehen. Sie hätte Mr. Pringle auch gleich am Schultor besteigen können.»

Jen Tyrrell ist Paula Jordans BFF, aber noch zehnmal schlimmer. Ich wundere mich immer, dass sie keine Spur aus Gras und Diätpillen hinter sich herzieht. Sie ist die Sorte Frau, die immer unbedingt im Mittelpunkt stehen muss. Schon in der Schule habe ich einen weiten Bogen um solche Leute gemacht. Mr. Pringle – der neue Lehrer der Mädchen, der erst in den Zwanzigern ist – hat blaue Augen und wird von den meisten Müttern nur zu gern vom Schultor aus beäugt. Er sieht wirklich gut aus, aber durch seine Jugendlichkeit und seine ganze Energie fühle ich mich gleich umso unzulänglicher.

«Hast du gehört? Sie hat ein ‹Diskussionsforum für Eltern› gegründet, damit sie ihm jeden Dienstagabend ihre Titten ins Gesicht schieben kann.»

«Was diskutieren die denn da?»

«Blödsinn. Spendengelder, Schultheater, bescheuerte Wohltätigkeitsgeschichten.»

Ich lache. An der Clifton Grundschule gab es schon immer zwei sehr unterschiedliche Gruppen: die einen Eltern, deren Kinder hin und wieder Fastfood essen dürfen und so aussehen, als wären sie von Claire's Accessories beworfen worden; und dann gibt es die Boden-Fraktion, die alle untereinander wetteifern, wer die tollste Bio- und Umweltmutter im Land ist. Ich gehöre zu keinem dieser Teams, sondern schaue stattdessen von der Mittellinie aus zu und weiß, dass diese beiden nie zusammenkommen werden. Jedenfalls sicher nicht durch Donna, die gerade die Reihen scannt. Aber hier ist niemand, mit dem sie sich anlegen kann, außer vielleicht das Au-pair, das auf die kleine Maisy wartet: eine Tüte mit getrockneten Biofrüchten in der einen Hand und Reiskeksen in der anderen.

«Hast du Hugh Tyrrell letzte Woche bei dem Elternabend gesehen? Ich sag dir, wenn ich den vögeln müsste, dann würde ich mir erst mal die Augen rausnehmen lassen.»

Hugh Tyrrell – ein stämmiger Mann, wenn man es freundlich ausdrücken will, mit Haaren, die wie Unkraut aus seinem Kragen sprießen. Ich lache und nicke, aber um ehrlich zu sein, bin ich emotional und körperlich zu erschöpft, um zu antworten. Donna merkt es sofort.

«Alles okay mit dir? Du bist so still.»

«Ein ziemlich anstrengender Tag. Rate mal, wen ich heute Morgen getroffen habe?»

Donna zuckt die Schultern.

«Tommy McCoy.»

«Was? Den wahren McCoy? Du spinnst! Der ist ja so berühmt.»

«Vielleicht, aber auch ein totaler Angeber. Er war bei Sainsbury's, und ich fürchte, ich habe mich mit ihm angelegt. Es war irgendwie surreal.»

Donna ist begeistert von der Vorstellung, dass ich mich streite. Eigentlich findet sie jeden Streit super.

«Alte Scheiße, echt? Hast du dich mit ihm wegen Tiefkühlkost gekloppt?»

«Wegen Fischstäbchen, tatsächlich.»

«Du hast ihm hoffentlich gesagt, wo er sich die hinstecken kann.»

«Ich glaube, das habe ich.»

Donna grinst, legt einen Arm um meine Schultern und schiebt die andere Hand in meine Muffinbox.

«Gut gemacht! Andererseits schade, ich fand ihn immer sexy. Es heißt, er ist bestückt wie ein Esel.»

Mein Muffin bleibt mir im Hals stecken, während sie aufspringt und zu ihrem Sohn Justin rennt, der sich gerade die Hose bis zu den Knöcheln heruntergezogen hat und offenbar in die Handtasche von jemandem pinkeln will.

Fünftes Kapitel

Nicht lange, nachdem ich die Kinder auf illegale Weise in meinem Auto gestapelt und zu uns nach Hause kutschiert habe, sind sie bis zum Rand mit Fischstäbchen-Auflauf vollgestopft. Und ich habe immer noch kein schlechtes Gewissen deswegen. Da mich McCoys verdammte Stimme aber immer noch verfolgt, schneide ich jetzt Äpfel in Spalten und zupfe Weintrauben auf einen Teller. Irgendwas an diesem Morgen wurmt mich immer noch – es war dieses Aburteilen, diese Anmaßung, aber auch die Tatsache, dass er mich so schnell in eine Schublade gesteckt hat; dass er einen einzigen Tag mit Fertigessen sofort als grundsätzliches Versagen eingestuft hat. Ich denke daran, was er gesagt hat, und betrachte die leeren Teller. Ob sich die industriell verarbeiteten Nahrungsmittel in den Körpern meiner Kinder jetzt gerade wohl ausbreiten, sich in schlechte Fette verwandeln und sie dumm machen? Vielleicht hätte ich heute Abend frische Spaghetti bolognese kochen oder selbst Muffins backen sollen. Ich zupfe noch ein paar Weintrauben ab.

Von oben dröhnt irgendeine Boyband durch die Decke. Das sind sicher die Mädchen. Den Jungs habe ich erlaubt fernzusehen, denn die Alternative wäre gewesen, dass sie sich gegenseitig vom Sofa werfen oder an der Deckenlampe hin- und herschwingen. Millie sitzt in ihrem Hochstuhl und schnappt mit ihrem Mund nach Weintraubenstückchen wie ein trainierter Seehund. Noch eine halbe Stunde, bis Paula Jordan kommt. Alle Nahrungsmittel mit künstlichen Farbstoffen und Gluten habe ich bereits versteckt und meine beiden besten Tassen herausgestellt. Ich lasse die Kinder sogar Discovery Channel sehen, der jetzt dankenswerterweise viel weniger unscharf ist, nachdem Stuart, der Sky-Mann, an unserer Schüssel herumgefummelt hat.

«Daddddyyyyy!»

Dieses Geräusch ertönt jeden Abend. Als hätten ihn die Kinder seit Monaten nicht gesehen. Ich höre, wie sich die Haustür öffnet und schließt und sehe von der Küche aus, wie sich die Jungs in seine Arme werfen. Toby Jordan sieht voller Bewunderung zu. Ich schätze, Paula verlangt bei sich zu Hause mehr Selbstbeherrschung. Die meisten Kinder mögen Matt, zum einen wegen seines schottischen Akzents, aber vor allem, weil er sie immer durch die Luft und über seine Schulter wirft.

«Na, Ted, geht's dir wieder gut?»

Ted fällt wieder ein, dass er heute krank war, und verzieht das Gesicht. Matt nimmt ihn in die Arme und setzt ihn wieder

vor den Fernseher. Es gibt noch einen zweiminütigen Ringkampf, bis er zu mir kommt und Millie einen Kuss gibt.

«Korrigier mich, wenn ich mich irre, aber wir haben doch nur
zwei Söhne, richtig? Oder vermehren die sich jetzt von allein?»

«Die Jordan-Kinder sind da. Hast du was gegessen?»

«Nö.»

«Es gibt noch Fischstäbchen-Auflauf, wenn du willst.»

«Ja, warum nicht? Und ein Bier nehme ich auch.»

Matt kommt immer mit geröteten Augen und einem teigigen,
verquollenen Gesicht von der Arbeit, so als hätte man ihm dort
einen Teil seiner Seele herausgesogen. Er hat schon immer lange
gearbeitet, um uns zu versorgen, aber ich weiß, dass er nicht unbedingt Buchhalter werden wollte. Um kein totaler Firmen-Klon
zu werden, klammert er sich an die letzten Dinge seiner Jugend,
von denen er glaubt, dass sie ihn jung und bedeutend wirken
lassen: die Aktentasche im Vintage-Stil; die großen Kopfhörer,
die Playlists von Kruder & Dorfmeister, den ungestylten Blur-
Haarschnitt. Wenn er könnte, würde er sich bestimmt noch die
Krawatte um die Stirn binden, sobald er das Büro verlässt. Ich
weiß nicht, was Matt getan hätte, wenn wir nicht mit zwanzig
schwanger geworden wären, sondern unsere Uniabschlüsse
dazu verwendet hätten, ein anderes Leben zu führen. Er wäre
jetzt vermutlich auf einem Greenpeace-Schiff und würde den
Walfängern die Hölle heißmachen, oder ein Journalist in Ost-Ti-
mor oder ein Anti-Kriegs-Aktivist, der Minenopfern hilft, neue
Gliedmaßen zu bekommen. Stattdessen hat er sich an Pricewa-
terhouseCoopers verkauft. Ich kann mich noch nicht mal mehr
daran erinnern, was ich mal werden wollte.

Bevor er seine Tasche und die Schuhe wegstellt, guckt er erst einmal ziellos in sämtliche Schränke. Dann setzt er sich mit zerzausten Haaren neben Millie, streckt seine Arme hinter dem Rücken aus und nimmt einen großen Schluck Tee. Schließlich sieht er auf.

«Also, was gibt's?»

Das sagt er immer. Er weiß, dass ich ihm eine Million Sachen erzählen will, wenn er durch die Tür kommt, und mit diesem Satz gibt er mir zu erkennen, dass er bereit ist, sich alles anzuhören. Ich lehne mich gegen die Arbeitsplatte, trinke aus meiner Tasse und kratze die Reste aus der Auflaufform.

«Fang mit Tommy McCoy an.»

Ich erzähle ihm die Einzelheiten, und er nickt und lacht und beendet meine Erzählung mit einer Umarmung. Matt und ich umarmen uns. Mittlerweile habe ich erkannt, dass wir mit diesem Verhalten ein gewisses Level an Intimität beibehalten, da uns ansonsten die Kraft dazu fehlt, uns zu küssen oder dem anderen ein Kompliment zu machen. Also berühren sich unsere Hüften, seine Bartstoppeln streicheln über meine sommersprossigen Wangen, und eigentlich stützen wir uns eher aneinander ab. Heute riechen seine Haare nach Mango, weshalb ich schlussfolgere, dass er kein Shampoo mehr hat und das von den Kindern benutzt hat, aber unsere Umarmung dauert heute überraschend lang. Ich sehe, wie Millie bei unserem Anblick lächelt, als wüsste sie, dass die Welt genauso sein sollte.

«Na, lass dich nicht von diesem Bastard beeindrucken. Du bist okay als Köchin.»

Ich schenke ihm ein schiefes Lächeln, weil mir auch klar ist, dass man keine besonderen Fähigkeiten braucht, um Fischstäbchen in eine Auflaufform zu werfen und billiges Weißbrot dick mit Butter zu bestreichen, aber «okay»? Hm. Er deutet auf den Kühlschrank.

«Na ja, du tust das, was alle Mütter tun, du versuchst eben, zurechtzukommen. Irgendwie.»

Ich starre auf den Kühlschrank und auf die zahlreichen Rezeptkarten und Ausschnitte aus Heften, die ich mit alphabetischen Magneten befestigt habe. Vielleicht hat er recht. Vielleicht ist das ein Thema, das auch an mir nagt. Nicht, dass ich je in McCoys Feinschmecker-Liga mitspielen könnte, aber eigentlich habe ich immer gern gekocht. Kochen ist eines der wenigen Dinge in meinem gehetzten Leben, das mir Spaß macht, auch weil ich das Gefühl habe, etwas Sinnvolles zu leisten. Wenn ich etwas in der Küche zubereite und dann sehe, wie die Kinder es hinunterschlingen und nach mehr verlangen, dann fühle ich mich als Mum beinahe nützlich. Selbst wenn ich meinem Mann etwas koche, habe ich das Gefühl, ich könnte ihm zumindest eine kleine Freude am Ende eines harten Arbeitstages machen.

Er setzt sich hin und fängt an zu essen, als es an der Hintertür klopft. Adam. Der ältere meiner beiden Brüder wohnt um die Ecke in einer Junggesellenbude, und das mit einem Mitbewohner, den die Kinder Stinke-Seb getauft haben. Wenn Adam kein Geld mehr für Take-away-Essen hat, kommt er zu uns.

«Matteo! Juliet! Wie geht's?»

«Hast du was gegessen?»

«Nein.»

Ich hole ihm einen Teller. «Also, steht das mit heute Abend noch? Hast du den Fernseher reparieren lassen?»

Meine hochgezogenen Augenbrauen zeigen den Männern an, dass hier eine Erklärung fällig ist. Matt nickt und zwinkert

Adam zu. «Heute ist Halbfinale der Champions League. Liverpool gegen Inter Mailand. Adam und ich wollen das zusammen sehen.»

Ich blähe die Nüstern. «Kommen noch mehr?»

«Nein. Kannst du vielleicht ein paar von diesen tollen Chickenwings machen?»

«Nein, ich kann jetzt keine verdammten Chickenwings machen.»

Adam hält seine imaginäre Handtasche hoch. Matt lächelt mich an und hofft, dass er sich damit einschleimen kann. *Vergiss es, Matteo Campbell.*

«Also, ich hätte nichts dagegen, wenn ihr beide die Kinder badet und ins Bett bringt, bevor ihr euch auf dem Sofa niederlasst.»

Ich tätschle Millie den Kopf. Adam und Matt murmeln, dass sie die Geschäftsbedingungen akzeptieren, dann schlingen sie den Rest des Fischstäbchen-Auflaufs runter.

«Dad hat die Fischstäbchen immer mit Tabasco besprenkelt und sie dann unter dem Grill knusprig gebraten. Legendär.»

Ich stehe mit offenem Mund da und frage mich, wie er es wagen kann, wo er sich gerade meinen Auflauf in doppelter Geschwindigkeit reinpfeift. Jake kommt in die Küche und schnüffelt wie immer auf der Suche nach Zucker herum. Sein Gesicht erstrahlt beim Anblick meines verkommenen Bruders.

«Onkel Adam! Kommst du zum Fußballgucken?»

Ich merke, dass dieser Abend schon länger geplant worden ist, und stelle mich näher an Millie, um ein bisschen Trost in weiblicher Solidarität zu finden.

«Klar, Jakers. Wie geht's dir, kleiner Mann?»

«Ganz gut, aber Alfie Lingham hat mich heute Schamhaar genannt.»

Matt fällt ein Stück Fischstäbchenkruste aus dem Mund, was Millie ausgesprochen unterhaltsam findet. Adam sieht mich hilfesuchend an – das geht über seine Pflichten als Onkel hinaus.

«Weißt du überhaupt, was ein Schamhaar ist?»

«Nein.»

Ich bin erleichtert, immerhin ist er erst fünf.

«Na, das sind Haare, die in der Unterhosengegend wachsen.»

Matt lacht und schiebt sich noch mehr Essen in den Mund, damit er keine Erklärungen abgeben muss.

«Was, so wie bei Daddy? Er hat da ganz viele Haare.»

«Ja, so ungefähr.»

Adam wird ganz rot vor unterdrücktem Lachen und platzt dann hysterisch heraus, wobei ihm Fischstäbchenbrocken aus dem Mund fliegen.

«Also, das ist ja bescheuert. Wie kann man denn ein Schamhaar sein? Was soll's, Tobys Mama ist da.»

Wir erstarren alle. Ich erkenne einen Umriss im Flur.

«Paula? Paula! Hey, komm doch rein. Meine Güte, Kinder, was?»

Offenbar unbeeindruckt davon, dass mein Mann haarige Eier besitzt, tänzelt sie in die Küche. Die Jungs stehen sogar auf, um sie zu begrüßen. Glücklicherweise fokussiert sich ihr Blick mehr auf die hellorange Zubereitung, die vor ihr steht, und auf die Tatsache, dass sich Adam gerade ein Sandwich mit Chips, süßer Chilisoße und Eisbergsalat zubereitet.

«Danke noch mal, dass du auf die Kinder aufgepasst hast. Sind sie so weit?»

«Ja, klar. HANNAH!»

Paula kann den Blick immer noch nicht vom Essen abwenden.

«Kann ich dir was anbieten?»

Sie zwingt sich zu einem Lächeln und starrt auf den Brotlaib auf der Anrichte. Ihr Brot ist vermutlich aus dunklem Vollkorn mit einer leckeren Kruste, nicht neonweiß und weich. Sie schüttelt den Kopf.

«Habe ich dir eigentlich schon von der neuen Vollwert-Abteilung bei Waitrose erzählt? Wir haben diesen Tempeh-Schinken probiert, und er ist köstlich. Man merkt überhaupt keinen Unterschied.»

Es ist ein so seltsamer Kommentar, dass sogar Millie verwirrt aussieht. Ich nehme an, es soll eine Falle sein, damit ich gestehe, dass ich die Eingeweide der Kinder mit Fischstäbchen geschädigt habe. Es ist auch eine scheinheilige Art mir zu sagen, wie gesund sie ist, warum sie so dünn ist und ihre Haut wie ein reifer Pfirsich leuchtet (Donna sagt, das hätte nichts mit ihrem veganen Lebensstil zu tun, sondern bloß mit der Dermatologin, zu der sie geht, und mit der Bauchstraffung, die sie sich nach den Kindern hat machen lassen). Matt und Adam sehen sie fragend an.

«Glaube ich dir. Wenn ich das nächste Mal da bin, dann ...»

Ich höre, wie Adam «Tempeh?» murmelt und ein Lachen unterdrückt.

«Ähm, Paula, das ist mein Bruder Adam.»

Sie wendet sich ihm zu, um ihn zu begrüßen, und er nimmt

ihre Hand und schüttelt sie heftig. Ich mache mir Sorgen, dass ihr gleich der Arm auskugelt. Adam checkt sie auf seine unverhohlene Art ab: erst die Brüste, dann das Gesicht. Ich glaube, Paula freut sich über seine Aufmerksamkeit.

«Unsere Kinder sind im selben Schwimmunterricht.»

«Wow, Sie sind also auch Mutter. Hätte ich nie gedacht.»

Bitte, Adam. Nicht Paula Jordan. Um eine drohende Katastrophe abzuwenden, rufe ich Hannah und Harriet mit ziemlich schriller Stimme nach unten und sage den Jungs, sie sollen endlich aus dem Wohnzimmer kommen. Paula setzt sich nicht hin, aber sie scannt wie immer die abgeplatzte Farbe an den Wänden an, die ein Jahr alten Elternbriefe aus der Schule am Kühlschrank und meine zusammengeknoteten Haare, die aussehen wie ein Kakadu von hinten.

«Möchtest du vielleicht was trinken?»

Ich deute auf meine besten Tassen, doch wieder schüttelt sie den Kopf, denn sie weiß ja, dass ich bestimmt nicht dieses Ingwer-Holunder-Getränk habe, an das sie gewöhnt ist. Sie wirft ihre Haare zurück. Es riecht warm und chemisch, und ich überlege, ob sie, während ich mich um Harriet und Toby gekümmert habe, bei Tony and Guy war.

«Also, machst du auch mit beim Elterndiskussionsforum jeden Dienstag? Wir finden, wir sollten die Treffen bei den Eltern zu Hause abhalten. Ideen?»

Ich lächele in mich hinein und denke daran, was Donna mir vorhin im Schwimmbad erzählt hat. Jetzt wollen sie den armen Mr. Pringle also zu sich nach Hause locken und ihn im Abstellraum verführen.

«Ich weiß nicht, ob ich die Zeit dafür habe, Paula.»

Ich sehe rüber zu Matt und lese in seinem Gesicht die Frage: «Was zur Hölle ist ein Elterndiskussionsforum?» Paula liest mit.

«Die Eltern wollten Mr. Pringle willkommen heißen und alle zwei Wochen ein Forum abhalten, in dem wir mit ihm Ideen über die außerschulischen Aktivitäten der Kinder diskutieren.»

«Armer Kerl.»

Ich lache, vielleicht schnaube ich sogar dabei. Paula sieht auf einmal gekränkt aus. Matt läuft zur Hochform auf.

«Soll keine Beleidigung sein, Paula, aber das ist doch ein junger Typ. Der will bestimmt seine Dienstagabende lieber im Pub verbringen – und nicht mit übereifrigen Müttern, mit denen er über Kinder reden soll, mit denen er schon den ganzen beknackten Tag verbracht hat.»

Ich schließe die Augen. Ganz langsam. Vielleicht war das ein klein wenig beleidigend. Ich rufe die Treppe rauf nach Harriet, dass sie sich beeilen soll. Paula steht da und betrachtet die Krümelspuren auf dem Fußboden. Harriet taucht auf und schmollt, weil sie nach Hause muss. Toby kommt und lächelt mich beim Schuheanziehen an, als wollte er von mir adoptiert werden. Während sie ihre Jacken holen, versucht Paula noch mal, mich dazu zu bewegen, meine Dienstagabende in den größeren, besseren und farblich abgestimmteren Häusern der biodynamischen Mutterschaft zu verbringen.

«Also, ich denke, das ist eine sinnvolle Zeitinvestition.»

Ich kenne noch eine. *EastEnders.*

«Ich weiß noch nicht. Ich schau mal.»

Sie kneift die Augen zusammen. Ihr Blick soll mich entweder

als nichtsnutzige Mutter abklassifizieren, die ihr trauriges Leben mit Nachmittagsfernsehen füllt, oder er wirft mir völliges Desinteresse vor. In jedem Fall kenne ich das Gefühl nun schon zur Genüge von heute Morgen, weshalb ich ihr auch nicht winke, als sie zu ihrem Honda CRV rausstampft. *Dann eben tschüs.* Wie wär's mal mit: Danke, dass du auf meine Kinder aufgepasst hast? Ich schicke die Jungs und Hannah wieder ins Wohnzimmer und tausche die pädagogisch wertvolle Natursendung gegen sinnlose Alien-Cartoons aus, dann kehre ich in die Küche zurück, wo Matt abwäscht und Adam im Kühlschrank Platz für Bier schafft.

«Wenn man mal von ihrer Victoria-Beckham-Nummer absieht, ist sie eigentlich eine MILF.»

«Adam, du bist so ein Flittchen. Sie ist verheiratet und zehn Jahre älter als ich.»

«Der Ausdruck dafür ist ‹erfahren›, Schwester.»

Matt lacht in sein Bier.

«Und was hat mir Matt da erzählt? Du hast dich mit diesem Feinkostspinner McCoy angelegt? Sehr schön. Er ist so ein Arsch.»

Ich lächle und kratze das letzte weiche Fischstäbchen aus der Auflaufform. Matt sagt zu mir:

«Was hast du Millie denn da zum Abendbrot gemacht? Das sieht aus wie Kotze.»

Ich werfe einen Blick auf ihre Schüssel.

«Das ist Kotze.»

Für Adam das Stichwort, die Küche zu verlassen und die drei Kinder im Wohnzimmer zu nerven. Millie sieht wirklich ziemlich blass aus.

Ted hat sich im Wohnzimmer noch mal übergeben, hatte aber die Geistesgegenwart, sich dafür einen Spielzeuglaster heranzuziehen; Jake folgte seinem Beispiel kurz darauf. Hannah schloss sich daraufhin in ihrem Zimmer ein und wollte nicht mehr rauskommen, weil das ganze Haus die Pest hätte und sie bestimmt sterben würde. Paula rief mich um sieben Uhr an und erzählte mir, dass es Toby nicht gutgehe und ob das Erbrochene meiner Kinder auch hellorange wäre. Ich ließ Matt «orangefarbenes Erbrochenes» googeln, um mit einer plausiblen Erklärung die Wahrheit über die Fischstäbchen zu vertuschen. Millie blieb mit den Fußballfans unten, lag schlafend auf dem Sofa und übergab sich nur noch einmal leicht.

Durch irgendein Wunder muss ich gerade einmal keinen Teppich, keine Tagesdecke, keine Matratze oder irgendein Kleidungstück sauberschrubben, also bin ich jetzt in Hannahs Zimmer, wo wir uns durch die Harry-Potter-Romane arbeiten. Hannah hält eine dicke Strähne meiner Haare und wickelt sie sich um die Hand, während sie zuhört.

«Mum, kann ich am Wochenende ins Kino?»

«Was möchtest du denn sehen?»

«Den 1D-Film.»

Na, super.

«Okay, vielleicht. Wir könnten ja am Vormittag gehen.»

«Oh, nicht mit dir. Ich will mit Tash gehen.»

«Oh. Zusammen mit ihrer Mum?»

«Nein, nur wir beide. Lucys Mama lässt sie auch allein ins Kino gehen, und sie hat sich Ohrlöcher stechen lassen.»

Lucys Mum zieht sich auch an, als wäre sie fünfzehn, mit ihren nicht gerade schmeichelhaften bauchfreien Tops und

Haremshosen. Ich betrachte Hannahs weiche Ohrläppchen und stelle mir vor, wie man sie mit heißen Nadeln attackiert oder wie sich mein kleines Mädchen in eine glitzernde Schönheitskönigin verwandelt. Ich habe ganz vergessen, wie groß der Gruppenzwang an der Schule sein kann. Auf jeden Fall habe ich mir eingeredet, dass das alles noch mindestens fünf Jahre Zeit hat.

«Wir schauen mal.»

«Das sagst du immer.»

«Weil ich dich liebhabe.»

Was zum Teufel soll das für eine Begründung sein? Hannah kauft sie mir genauso wenig ab. Wahrscheinlich weiß sie, dass ihre Mutter einfach keine Ahnung hat, wie sie zu bestimmten Sachen steht, deshalb schaut sie mich manchmal an, als würde ich mir meine elterlichen Fähigkeiten gerade aus den Fingern saugen. Sie sitzt unbeeindruckt da und dreht immer noch an meinen Haaren.

«Es ist schon spät. Wie geht es deinem Bauch? Alles okay?»

Sie antwortet nicht, also gebe ich ihr einen Kuss auf die Stirn und mache das Licht aus. Es ist schon spät, und sie wird am Morgen schwer aus dem Bett kommen. Als ich aus ihrem Zimmer komme, schaut Matt gerade nach den Jungs, die in Sternenform nebeneinander schlafen.

«Ted hat Fieber. Jake habe ich gerade noch ein bisschen Wasser hingestellt. Wie geht's Han?»

«Ganz okay, aber sie ist sauer, weil ich sie morgen nicht allein ins Kino lassen will.»

«Aber sie ist doch erst acht.»

«Genau. Und wo ist Millie?»

«Schläft bei deinem Bruder.»

Aus irgendeinem Grund löst das in mir den Drang aus, die Treppe runterzulaufen, aber Matt nimmt mich in die Arme, und ich werde ruhig. Noch eine Umarmung – das ist ja schon ein Wochenrekord. Das heute Abend war noch gar nichts. Das Schlimmste bisher war eine heftige Grippe, als die Jungs noch Babys waren, Hannah erst drei und wir alle krank. So krank, dass Jake ins Krankenhaus musste, Matt sich vom Husten einen Rippenmuskel riss und Hannah sich über den neuen Teppich auf dem oberen Treppenabsatz übergab, den wir seitdem mit einem Läufer überdeckt haben.

«Also, was gibt es noch so?»

«Zu viel. Ich erzähl es dir später.»

«Tut mir leid, dass ich dir wegen Fußball nichts gesagt habe.»

Ehrlich gesagt bin ich nicht mal sicher, ob ich deswegen sauer bin. Es ist nichts im Vergleich zu dem, was anderen Ehefrauen offenbar Sorgen macht. Allein in Hannahs Klasse gibt es eine Menge Gerede über untreue, spielsüchtige und tinderbegeisterte Männer. Leere Bierflaschen auf dem Tisch und Chipskrümel auf dem Sofa sind eine ziemliche Lappalie dagegen.

«Also, im Gegenzug für den Fußballabend biete ich an, morgen den Einkauf zu erledigen, allein, allerdings mit ausgeschaltetem Handy.»

«Handy an.»

«Handy aus, und ich gehe nur zu Primark.»

«Abgemacht.»

Er lächelt. Wir stehen im dunklen Zimmer und sind beide zu müde, um uns auf das nächste Level zu begeben, was immer das sein sollte. Umarmung mit wandernden Händen, schätze ich. Aber der Augenblick ist auch schon vorüber, denn von unten wird gerufen.

«Du verpasst das Spiel!»

Matt schaut zur Uhr.

«Nein, es ist Halbzeit.»

«JOOLS! JOOLS! Ach du Scheiße, komm schnell!»

Wir rasen die Treppe hinunter, beide in Sorge um Millie, beide hoffend, dass sie nicht aufs Sofa gespuckt hat. Doch als wir ins Wohnzimmer kommen, hockt Adam vor dem Fernseher und lauscht angespannt. Millie schläft. Wir hören die Nachrichten und reißen den Mund auf. Das Blut weicht aus meinem Gesicht.

«... die Frau mit Namen Jools ist auf YouTube bereits eine Sensation. Der Film ihres Streits mit dem bekannten Fernsehkoch Tommy McCoy, der vom Handy eines Supermarktangestellten aufgenommen wurde, wurde in nur wenigen Stunden bereits zwölftausend Mal angeklickt. Der Starkoch versuchte, die Frau für seine beliebte TV-Show zu rekrutieren ...»

In dem Clip bin ich sehr deutlich zu erkennen. Ich stehe bei den Joghurts: Haare, Brüste, Jeans, der totale Horror. Matt starrt wie gebannt auf den Bildschirm, Adam reibt sich das Kinn und hängt an jedem Wort.

«... Im Video kritisiert die vierfache Mutter Mr. McCoys Ideale und lehnt seine Hilfe ab, weil sie seine Absichten anzweifelt, wie sie überhaupt seinem Fernsehimage insgesamt Heuchelei unterstellt. Mr. McCoy stand für einen Kommentar nicht zur Verfügung ...»

Der Clip wird noch einmal gezeigt. Adam sagt als Erstes etwas:

«Scheiße. Seht euch Millies Haare an. Sieht aus wie ein roter Afro.»

Das stimmt. Wenn man nicht genau hinsieht, könnte man denken, ihr Kopf steht in Flammen. Aber das Einzige, was ich sehe, bin ich selbst. Bin ich wirklich so fett? Ich habe gehört, dass man im Fernsehen immer ungefähr zehn Kilo dicker aussieht, aber warum sind fünf Kilo davon in meinem Gesicht? Ich sehe aufgequollen und blass aus. Und von meinen Haaren wollen wir gar nicht erst anfangen. Dass ich keinen BH trage, ist überdeutlich. Zwischen den fehlenden Knöpfen meiner Bluse mit den Kaffeeflecken drängt sich mein Speckbauch über dem Hosenbund hervor. Und außerdem glänze ich vor Schweiß, als wäre ich gerade gerannt.

Und dann mein Ausbruch. Habe ich das wirklich alles gesagt? Wer ist diese grässliche Frau? Warum stehe ich auf den Zehenspitzen? Warum trägt Millie keine Strümpfe? Matt legt den Arm um mich, als Tommy McCoy mich wegen meiner Brotwahl vorführt. Adam klatscht, als ich den Rettich korrekt benennen kann. Matt drückt mich, als ich Tommy erkläre, dass ich keine Lust mehr hätte, mich von ihm beleidigen zu lassen. Sie lachen beide, als ich sage, ich würde kein Geld scheißen. Der Höhepunkt des Clips ist offenbar, als ich Tommy sage, er würde nie so sein wie ich, und davonstürme. Ich dachte eigentlich, ich wäre relativ selbstbewusst davongeschritten, doch im Clip sehe ich nichts als meinen ausladenden Hintern, meine zerschlissenen Jeans, die am Saum drei Nuancen dunkler sind, wo sie sich in den Pfützen vollgesogen haben.

«Und nun zu weiteren Nachrichten ...»

Wir stehen schweigend da, während die Nachrichten zum

nächsten Thema wechseln, einem Hund, der zu einem Song von Adele bellen kann.

«Oh mein Gott, es tut mir ja so leid. Das war …»

Grauenvoll. Absolut grauenvoll. Von meinen tiefhängenden Nippeln über meinen prämenstruellen Wutanfall bis zu meinem Outfit aus billiger Bluse, schlechtsitzenden Jeans und abgelaufenen Turnschuhen. Ich schäme mich in Grund und Boden.

«Das war vermutlich der beste Scheiß, den ich je gesehen habe, Jools. Komm her!»

Adam zieht mich in seine Arme und hebt mich hoch. Matt schüttelt amüsiert den Kopf und schaut abwechselnd zwischen dem Bildschirm und mir hin und her. Das soll gut sein? Mich im Fernsehen zu blamieren, ist gut? YouTube? Matt und ich sind sprachlos, während Adam, der überhaupt nicht mehr an Fußball denkt, zum Computer eilt.

«Hast du noch ein Bier, Matt?»

Matt verschwindet in Richtung Garage, während Adam nach dem Ereignis googelt. In meinem Kopf dreht sich alles vor Schreck, mein Gesicht in HD gesehen zu haben, mit riesigen Tränensäcken unter den Augen, einer ungekämmten Mähne und meinen peinlichen Klamotten. Bis eine Stimme durch die Küche schallt:

«JOOLS! WIESO ZUR HÖLLE IST HIER ÜBERALL FARBE AUF DEM VERDAMMTEN GARAGENFUSSBODEN?!»

Sechstes Kapitel

Am nächsten Morgen finde ich Adam ausgestreckt auf dem Sofa, wie ein Backfisch in Zeitungen eingewickelt. Es ist ein merkwürdig ruhiger Morgen. In der Nacht habe ich entweder auf dem Badezimmerboden gehockt und den Kopf eines der beiden Jungs über die Kloschüssel gehalten oder in den Computer gestarrt und mich gefragt, warum ich 352 neue Freundschaftsanfragen auf Facebook bekomme. Matt hat sich mit dem Anrufbeantworter und dem Internet beschäftigt. Adam mit dem Bier, und um sechs Uhr morgens ist er zur Tankstelle gefahren und hat alle Morgenzeitungen gekauft. Jetzt wirkt das Haus wie nach einer Party mitten unter der Woche – es stinkt nach Alkohol, Kotze, und alle haben verschlafen. Außer mir. Millie hat sich erholt und sitzt auf meinem Schoß, während ich mir eine Zeitung nehme und meinen Kaffee trinke. Es ist die *Sun*, und ich habe es auf Seite acht geschafft. Es gibt wie immer eine fettgedruckte Schlagzeile, viele Ausrufezeichen und grobpixelige Bilder, auf denen ich eher aussehe wie ein Taschendieb auf der Überwachungskamera als eine streitsüchtige Mutter. Die *Sun* freut sich sehr für mich und schließt den Artikel mit der Frage, ob Tommy das alles wohl verdauen könne. Haha!

Offenbar habe ich es nicht in die *Financial Times*, den *Telegraph* oder die *Times* geschafft, aber der *Guardian* hat mir eine Spalte gewidmet und schreibt, ich hätte mich für die Durchschnittsfrau starkgemacht und dass ich ein besseres Beispiel für unsere Zeit sei als McCoy. Der Artikel ist allerdings ein wenig entmutigend, ich wirke darin mit meinen Fischstäbchen geradezu schmuddelig.

Als ich den Fernseher anschalte, scheine ich glücklicherweise keine Meldung mehr wert zu sein, abgesehen von einer hitzigen Debatte im Frühstücksfernsehen, in der eine Dame in einem schicken Lagenkleid eine Faust in die Luft reckt, um mir ihre Unterstützung zuzusichern. Ich schalte den Computer an und stelle fest, dass der YouTube-Clip, der alles in Gang gesetzt hat, immer noch angeklickt wird. Wie bitte? 867 423 Mal? Vermutlich haben wir ihn gestern Abend selbst schon allein zweihundert Mal angesehen, und zwar aus jeder Perspektive, bevor es langweilig wurde und wir die Zeitungen und Tommy McCoys Fanseiten durchgesehen haben.

Matt erscheint in seinem dunkelgrünen Morgenmantel. Er sieht mit den verwuschelten Haaren wie ein Boy-Band-Mitglied aus den Neunzigern aus.

«Ich melde mich heute krank. Ich bringe Hannah nachher zur Schule.»

Er setzt sich neben mich und legt seinen Kopf auf meine Schulter. Millie kämmt die Haare an seinen Beinen mit ihren winzigen Fingern.

«Also, irgendwelche Neuigkeiten?»

Wir scrollen die YouTube-Seite runter und lesen die Kommentare. Es ist eine Mischung aus Hass und Begeisterung. Die bösen Kommentare sind ziemlich heftig. Mrs. Mccoy4eva findet, ich sei eklig und hässlich und solle endlich erwachsen werden. TommysBabe findet, ich sei undankbar, und fragt sich, ob alle meine Kinder solche rothaarigen Hackfressen sind. Ich habe zu Matt gesagt, er solle sich da nicht engagieren, aber er und Adam haben gestern Nacht noch einen eigenen YouTube-Account eingerichtet, unter dem kreativen Pseudonym McCoyIsACock, um unsere Ehre zu verteidigen, und haben jedem geantwortet, der ein schlechtes Wort über mich oder die arme kleine Millie gesagt hat. Auch wenn ich dankbar für ihre Unterstützung bin, so stören mich die ganzen namenlosen Leute im Netz viel weniger als mein Schamgefühl, weil ich im Fernsehen so lächerlich ausgesehen habe. Matt tippt eine weitere Cyberantwort ein, und ich lege Millie neben Adam aufs Sofa und hoffe, dass sie ihm die Finger unter die Augenlider schiebt.

«Was schreibst du?»

«Ich antworte Eve, Weymouth, Dorset auf der *Daily-Mail*-Website, die findet, dass du schlimm aussiehst und offensichtlich ein fieses PMS hattest.»

Eve, Weymonth, Dorset hat vermutlich sogar recht, aber ich lasse Matt seine Kommentare posten. Millie klopft Adam währenddessen freundlich mit der Fernbedienung auf den Kopf.

«Ja, ja, okay, Millie … Danke.»

«Musst du heute nicht arbeiten?»

Er grunzt zur Antwort. Adam arbeitet im Verkauf, und das seit fünf Jahren, auch wenn ich keine Ahnung habe, was genau er eigentlich verkauft. Auf jeden Fall braucht er dafür ein Bluetooth-Headset und einen peinlichen Nissan. Er bittet mich um Kaffee und greift sich die nächstliegende Zeitung – The Express –, wo er Fußballberichte überfliegt und nach Meldungen von gestern Abend sucht. Matt fängt beim Tippen an zu lachen.

«Hört euch das an: *Wir sind für dich da, Tommy. Diese Ziege ist ein Nichts. Sie wäre bloß gern so wie du. Wir lieben dich! Deine größten Fans.* Und danach zwei Zeilen Küsse. Ich meine, sie richten ihre Kommentare an ihn, als würde er sie lesen. Total bescheuert.»

«Wo bist du gerade?»

«Auf der Website von Tommy McCoy. Wusstest du, dass er eine Frau namens Kitty hat?»

Vor meinem inneren Auge taucht eine Bohnenstangen-Schönheit mit Extensions und einem Schrank voller Hermès-Handtaschen und Designerschuhen auf. Ihr Name ziert Babynahrung und Biosuppen. Matt verschluckt sich fast, als er Tommys Biographie vorliest:

«Kitty und ich begegneten uns bei einem Yogakurs in Cornwall. Unser Wunsch nach einem ganzheitlicheren und ethischeren Leben sowie mein umwerfendes Rezept für Limabohnen-Eintopf haben uns zusammengebracht.»

Adam prustet Kaffee aus der Nase, was Millie zum Lachen bringt.

«Scheint so, als hätten sie auch eine Ginger.»

«Ein rothaariges Kind, meinst du?»

«Nein, das Kind heißt tatsächlich Ginger. Er hat vier, so wie wir: Basil, Mace, Clementine und Ginger.»

Wir schweigen einen Moment, um die Namen sackenzulassen und die armen Kinder zu bedauern. Adam unterbricht das Schweigen.

«Er hätte einen der Jungs Chip nennen sollen oder Crispy. Crispy McCoy. Alle hätten dieses Kind geliebt.»

Wir prusten los, und ich falle beinahe vom Stuhl. Die schlaflose Nacht hilft nicht wirklich. Und immer wieder habe ich dieses schreckliche Bild von mir im Supermarkt vor Augen und sehe mein Gesicht im Fernsehen. Hannah taucht in der Wohnzimmertür auf, über und über mit Puderzucker bestäubt.

«Worüber lacht ihr?»

Ich lächle über ihre wild vom Kopf abstehenden Haare. Natürlich habe ich ihr noch nichts davon erzählt, was passiert ist.

«Nur was in den Nachrichten.»

Sie hält etwas Rundes in der Hand, das nicht aus unserer Küche kommt.

«Woher hast du den Donut, Fräulein?»

«Opa ist in der Küche. Er war einkaufen.»

Ich stehe auf, während Matt weiterschreibt und googelt und Adam versucht, aus seinem halb komatösen Zustand zu erwachen. Ich sage Hannah, sie solle ihm den Donut vor die Nase halten, weil ihn das vielleicht zum Aufstehen bewegen könnte. Als ich in die Küche komme, hat Dad schon Tee aufgesetzt und wischt die Arbeitsflächen ab.

Meine Erinnerungen an Dad sind irgendwie alle mit der Küche verbunden: wie er am Tisch sitzt, während wir unsere Zeugnisse vorlesen; wie er die Waschmaschine verflucht, die

Ofenhandschuhe anzieht, uns beim Abendbrot zusieht. Früher unterrichtete er Konstruktionstechnik. Er kam immer mit neuen Rezepten nach Hause, die er in alte Wirtschaftsbücher gekritzelt hatte und dann an uns ausprobierte. Der Tag, an dem er Pasta entdeckte, war eine Offenbarung. Die Kutteln mit bunten Pfefferkörnern weniger. Er erkannte bald, dass er uns mit Essen etwas Gutes tun konnte – genau wie heute, wo er weiß, dass eines der wenigen Dinge, die jetzt vielleicht helfen könnten, ein altmodischer Donut mit Marmelade ist: Himbeermarmelade – blutrot und klebrig – in schaumigem Teig und in einer weißen Papiertüte mit Fettflecken. Er hat gleich zehn mitgebracht und einen Stapel Tageszeitungen. Ich gebe ihm einen Kuss, während er die Teebecher auf dem Tresen aufreiht.

«Sag mal, Jools, was ist das für eine Geschichte, dass du diesen Fernsehkoch vermöbelt hast?»

Meine Augen werden tellergroß.

«Vermöbelt?»

«Der *Daily Star*. Seite fünf.»

Ich blättere und finde den Artikel samt Foto aus dem Videoclip, auf dem ich so aussehe, als wollte ich McCoy gleich meinen Kopf in die Brust rammen.

«Ich war gestern Abend wie immer bei meiner Tanzstunde. Und kurz nachdem ich mich danach zu Hause ins Bett gelegt habe, ruft um halb elf oder elf deine Tante Sylvia an und erzählt mir, jemand sei im Fernsehen, der so aussieht wie du. Und ich denke, Tante Sylvia hat vermutlich ihre Brille falsch herum aufgesetzt, aber nein, als ich den Fernseher anschalte, bist tatsächlich du zu sehen. Meine Jools, die sich vor laufender Kamera mit diesem Knacker streitet.»

Dad schwenkt die Teebeutel in den Bechern mit heißem Wasser. Seine grauen Haare hat er wie üblich über seine kahle Stelle auf dem Kopf gekämmt. Er trägt die gepunkteten Socken, die ihm die Zwillinge zu Weihnachten geschenkt haben.

«Und was hat Tante Sylvia gesagt?»

«Keine Ahnung. Sie hat sich nur gefreut, dich im Fernsehen zu sehen.»

«Und du?»

Er hebt die Teebeutel raus und stapelt dann die Donuts auf einem Teller.

«Wo sind die Jungs?»

«Noch im Bett. Sie bleiben heute zu Hause. Magenprobleme.»

«Wegen deiner Kochkünste?» Er lacht vor sich hin.

«Ein Virus.»

Er zieht sich einen Stuhl heran und setzt sich hin, dann blättert er mit einer Hand durch die Zeitungen und hält mit der anderen einen Donut. Ich warte mit angehaltenem Atem auf seine Antwort, denn ich weiß tief in meinem Inneren, dass seine Meinung mir am meisten bedeutet.

So wie vor neun Jahren, als Matt und ich in dem zerbeulten Punto von Leeds zu ihm fuhren, um ihm zu erzählen, dass ich schwanger war und ich das Baby bekommen würde. Mir war völlig schnuppe, was alle anderen dachten, ich machte mir auch nie Sorgen um mich, das Baby oder Matt. Aber Dad ... Ich war sein Goldkind, das Alphaweibchen im Haus, das als Studentin für Größeres bestimmt war. Und im zweiten Jahr würde ich nun ein Baby bekommen. Er schwieg eine ganze Weile, nachdem wir es ihm erzählt hatten. Seine Fragen waren alle sehr pragmatisch, und er legte uns all die Schwierigkeiten dar, denen wir uns stellen müssten. Er bewertete unsere Entscheidung mit keinem Wort. Aber ich bin nicht sicher, ob ich diesen enttäuschten Blick in seinem Gesicht noch ein einziges Mal ertrage – der Blick, der mir sagte, dass er sich für mich etwas anderes gewünscht hätte. Er hebt seinen Becher und nimmt eine großen Schluck Tee, während der Finger seiner anderen Hand auf einem Artikel im *Mirror* liegt.

«Diese Frau hier ist wirklich dreist. Sie nennt dich ein *weibliches Aushängeschild für alle verzweifelten und unfrisierten Mütter.* Dabei sieht sie selbst auch nicht gerade nach Ölgemälde aus. Hat ein Gesicht wie ein Katzenhintern.»

Er schiebt mir einen Becher Tee zu.

«Alles in Ordnung?»

Ich zucke die Schultern.

«Ist nicht schön, wenn man lesen muss, wie ‹verzweifelt und unfrisiert› man aussieht. Mein Selbstwertgefühl hat ganz schön Schläge eingesteckt.»

Er schiebt mir auch einen Donut zu.

«Jools, Schatz, das ist eine echt schräge Situation, in die man dich da gebracht hat, aber du hast dich doch wacker geschlagen. Dieser Kerl ist ein echter Mistkerl.»

«Du findest also nicht, dass ich mich blamiert habe?»

Er grinst. «Oh, doch. Du siehst echt schlimm aus, mein Mädchen, du trägst noch nicht mal Strümpfe. Aber du hast dich erhobenen Hauptes gewehrt. Und das ist alles, was ich euch Kindern beibringen wollte.»

Und damit nimmt er den Teller mit den Donuts und geht in Richtung Wohnzimmer.

«Ist dein Bruder da?»

«Welcher?»

«Adam. Der Kerl sollte mir dabei helfen, meinen neuen Geschirrspüler einzubauen.»

Ich nicke, und er marschiert davon. Während ich mit Tränen in den Augen in unserer kalten Küche sitzen bleibe, höre ich durch die Wände, wie sich alle begrüßen und sich die Kinder freuen. In mir herrscht eine seltsame Aufregung, die mich beinahe überwältigt, als ich die Schlagzeilen über Millie und unser Abenteuer bei Sainsbury's lese:

EIFERSÜCHTIGE EXFREUNDIN GREIFT FERNSEHKOCH McCOY AN

Ich lache. Und weine. Beide Gefühle versuchen ihr Bestes, um sich gegenseitig zu besiegen.

Um 8.30 Uhr sind meine Augen immer noch vom Weinen gerötet, also fährt Matt Hannah zur Schule und Adam nach Hause, während Dad bei mir bleibt und sich um die Jungs kümmert und um mich, weil ich «ziemlich zerbrechlich» wirke. Was bedeutet, dass er mich mit weiteren Donuts vollstopft und anbietet, sein berühmtes Chili con Carne zum Abendessen zu kochen und die Nachrichtensender nach weiteren Meldungen über mich und McCoy abzusuchen. Ich schalte *BBC Breakfast* ein, und Dad ruft im Sender an, um ihnen die Meinung zu sagen, mit der einzigen Folge, dass er fünfzehn Minuten lang in der Warteschleife hängt und schließlich aufgibt. Eine Journalistin nennt mich die «Revolutionsführerin gegen den herrschenden Snobismus hinsichtlich der Ernährung der Mittelklasse», wozu Dad applaudiert. Auf *ITV* ist der Fernsehkoch des Tages – der eigentlich ziemlich nett ist und dem ich gern zusehen würde, weil er total auf Nachtisch steht – ganz offensichtlich kein Fan von mir, was mich ein bisschen betrübt. Er erzählt den Zuschauern, ich sei eine dieser Mütter, die glaubten, der Einkauf und die Zubereitung von Bio-Essen seien zu viel verlangt, obwohl es tatsächlich am Ende günstiger sei. Um seine Behauptung zu untermauern, bereitet er einen einfachen Fischauflauf für nur fünf Pfund zu, während mein Fischstäbchenessen viel mehr gekostet hätte. Natürlich weiß er nicht, dass die Fischstäbchen im Angebot waren. Dad meint, der Fischauflauf sieht aus wie Hundefutter und dass der Typ mich nicht kennt und nicht weiß, dass ich auch andere Dinge kochen kann. Meine Lammkoteletts sind offenbar ziemlich lecker. Ich lächle Dad an, weil er so sehr versucht, mich aufzumuntern, und starre auf den leeren Teller, auf dem eben noch ein Berg von Donuts lag.

Um neun Uhr stehen die Jungs auf, und ich mache ihnen Toast, weil ich alle Donuts aufgegessen habe. Ted kommt in die Küche gestürmt.

«Schatz, musst du dich wieder übergeben?»

«Nein. Opa sagt, du sollst kommen. Jetzt sofort, Mami.»

Er nimmt meine Hand und zieht mich ins Wohnzimmer. Auf dem Fernsehbildschirm sieht man die Clifton Grundschule im Hintergrund, davor sind vertraute Autos und Gesichter zu erkennen. Die Jungen starren auf die Reporterin.

«Der Name der Frau ist Jools Campbell, und wie wir erfahren haben, gehen drei ihrer Kinder auf diese Schule, die Clifton Grundschule. Wir haben ein paar Mütter nach ihrer Meinung zu diesem Thema gefragt und wollten wissen, ob der Vorfall die Grundeinstellung der Eltern hier widerspiegelt.»

«Mami, warum sind die an unserer Schule?»

Mir fehlen die Worte. Die Einspieler sind schnell geschnitten, Eltern und Lehrer und jemand, der wohl der Hausmeister ist. Die Erste vor der Kamera ist Jen Tyrrell.

«Ich versuche, meinen Kindern nur Bio-Essen zu geben. Ich meine, man will ja schließlich nur das Beste für seine Kinder, oder?»

Dann eine andere Mutter.

«Bio-Essen ist natürlich das Beste, aber ich kann es mir nicht immer leisten.»

Eine Fremde:

«Sie war ein bisschen hysterisch, aber ich finde, sie hat recht.»

Ein bekanntes Gesicht! Poojas Mutter Sivani in diesem staubrosafarbenen Fleece, das sie anscheinend immer trägt:

«Sie ist wirklich eine nette Frau. Ich finde, Tommy McCoy hatte kein Recht, sie zu kritisieren. Ich kenne ihre Kinder, und sie sind wirklich nett. Sie ist nett. Ihre Familie ist nett.»

Ein bisschen zu viel nett, aber ich schicke ein Dankeschön an den Bildschirm und merke mir, dass ich die kleine Pooja demnächst mal zum Tee einlade. Dann – oh mein Gott, Paula Jordan taucht auf. Sie trägt Kaschmir und wirft ihre Haare nach hinten.

«Meine ganze Familie ernährt sich ausschließlich biologisch. Wir sind vegan. Es ist ein Lifestyle, der einfach zu uns passt.»

Dad schnaubt.

«Die kenne ich doch. Sie war schon mal hier, oder?»

Ich nicke und erwähne nicht, dass sie gerade erst gestern bei uns gewesen ist.

«Sie scheint ja ziemlich von sich selbst eingenommen zu sein.»

Die Jungs drehen ein bisschen durch, als sie Paula im Fernsehen sehen. Sie drücken ihre Erdnussbutterfinger auf die Scheibe und zeigen auf Freunde im Hintergrund. Ich sehe Donna am Tor stehen und winken, bevor sie rüberkommt und ihre Meinung sagt.

«Jools Campbell ist meine Freundin. Und ich bin echt froh über das, was sie gemacht hat. Der Kerl ist ein ...»

Sie bemerkt die Kinder um sie herum und korrigiert sich sicherheitshalber.

«Der Kerl hat überhaupt keine Ahnung. Echt nicht. Der sollte man versuchen, eine Woche lang mit meinem Haushaltsgeld auszukommen. Ehrlich.»

Danke, Donna. Meine Augen versuchen, alles gleichzeitig aufzunehmen.

«Mami, bist du berühmt?»

Mir fällt keine Antwort darauf ein. Besonders nicht, als ich unseren kleinen roten Fiat Punto sehe, der gerade vor der Schule anhält. Zu spät, man hat sie schon erspäht.

«Mr. Campbell? Matteo Campbell? Können wir kurz mit Ihnen sprechen?»

Matt sieht im Fernsehen unendlich viel besser aus als ich. Vielleicht weil er sich die Haare gekämmt hat, oder wegen seines Hundeblicks, aber er wirkt auch so, als hätte er das ganze Chaos um sich herum im Griff. Ich sehe, wie andere Eltern im Hintergrund stehen bleiben und zusehen. Die Dienstagmorgen an der Clifton Grundschule sind seit heute deutlich interessanter geworden.

«Ich habe Ihnen nichts zu sagen. Wir sind fassungslos über die unverhältnismäßig große Aufmerksamkeit, die die Situation ausgelöst hat.»

Ich sehe, wie sich Hannah an Matts Bein klammert. Ihre großen blauen Augen sind weit aufgerissen, und eine Hand beschirmt das Gesicht gegen die Scheinwerfer.

«Hannah? Du heißt doch Hannah, oder? Was denkst du darüber?»

Matt sagt nichts und schiebt sie ganz professionell zum Schultor, wo Mrs. Whittaker in ihrer ganzen Blütenpracht steht und ihre beeindruckende Oberweite dafür einsetzt, niemanden durch die Eingangstür zu lassen.

«So, und nun gehen Sie bitte, wir haben hier Kinder, und ich werde nicht zulassen, dass ihr Unterricht weiter gestört wird. Verlassen Sie den Vorplatz, sonst muss ich die Polizei rufen.»

Sie greift nach Hannah, die Tränen in den Augen hat, und nimmt sie mit sich. Ich heule, was wiederum Ted traurig macht, der mich nun umklammert wie eine Klette. Ich habe das Bedürfnis, in meinem Schlafanzug zur Schule zu laufen und Hannah da rauszuholen. Ich sehe dasselbe Gefühl in Matts Augen, als er beim Tor steht und nicht weiß, ob er ihr folgen soll oder lieber gehen. Er dreht sich zu der Reporterin um, die immer noch versucht, ihm einen Kommentar abzuringen. Mist, er sieht nicht gerade amüsiert aus.

«Mr. Campbell? Mr. Campbell? Wo ist Ihre Frau heute? Kann ich einen Kommentar von Ihnen zu den gestrigen Vorfällen bekommen und wie sie das alles gemeint hat?»

Er ist sichtlich sauer. Beim Auto bleibt er stehen und dreht sich um.

«Ja, ich habe einen Kommentar für Sie. Jeder, der meine Frau und meine Familie beleidigt, beleidigt mich. Tommy McCoy kann sich ins Knie f...»

Der Bericht wird auf einmal zum Nachrichtensprecher umgestellt, der sich für die Worte entschuldigt, die vielleicht einige Zuschauer beleidigt haben. Die Jungs springen auf dem Sofa herum, weil ihr Vater im Fernsehen war. Ich heule immer noch. Dad hat Millie auf dem Arm und sieht zu mir rüber.

«Na, das hätte doch noch schlimmer kommen können, Schatz.»

Ich starre Dad an, doch er geht in die Küche, um neuen Tee aufzusetzen.

Zehn Minuten später fährt Matt in die Einfahrt. Die Jungs warten schon an der Tür und klammern sich an ihn, als er hereinkommt. Dad steht mit einer Tasse Tee in der Wohnzimmertür.

«Matt, wie geht's dir, mein Sohn?»

Matt starrt mich sprachlos an, die ich beschämt, schuldbewusst und überhaupt ziemlich fertig neben der Küchentür stehe. Er reibt sich die Schläfen, wie er es sonst immer tut, wenn die Kinder zu viel Krach machen und er es langsam nicht mehr aushält. Dad führt die Jungs ins Wohnzimmer, um mit ihnen zu spielen. Ich breche in Tränen aus und sinke auf einem Stuhl zusammen. Matt kommt und legt einen Arm um mich.

«Jetzt wein doch nicht. Das ist alles total ausgeartet. Aber wir müssen jetzt an die Kinder denken. Ich werde Mrs. Whittaker anrufen und mich formell bei ihr entschuldigen. Sie ist wirklich super damit umgegangen.»

Ich nicke.

«Oh, und meine Mutter hat angerufen.»

Toll. Wirklich ganz toll. Gia Campbell, Matts italienische katholische Mutter, die mich schon genug hasst, weil ich ihren heißgeliebten einzigen Sohn korrumpiert und ihn gezwungen habe, ein durchschnittliches Leben zu führen. Ich frage mich, wie ich ihr die Lage am besten erklären soll.

«Keine Sorge. Sie war nur etwas beunruhigt. Ich habe dich gedeckt. Ich schätze, es war etwas komisch für sie, all unsere Gesichter im Fernsehen zu sehen.»

«All unsere Gesichter?»

Matt geht auf die Website der *Sun*, wo in einem interessanten Artikel mein Leben mit dem von Tommy McCoy verglichen wird, und zwar mit Hilfe von Familienfotos.

«Wo haben die verdammt noch mal die Fotos her?»

«Facebook?»

Die *Sun* ist allerdings wirklich nett. Offenbar schlage ich Tommy damit, dass zwei meiner Kinder Zwillinge sind, sie schönere Namen haben und ich für sehr viel mehr Mütter spreche. Andererseits schlägt Tommy mich in puncto Aussehen, Reichtum und natürlich als Koch. Es schmerzt mich, dass unsere Kinder für diesen Mist benutzt werden.

«Gibt es keine Gesetze gegen so was? Ist das nicht ein Eingriff in unsere Privatsphäre?»

Matt zuckt die Schultern und wirft einen Blick in meinen E-Mail-Eingang.

«Weißt du, auf dem Rückweg habe ich nachgedacht. Ein paar E-Mails stammen von Zeitungen, die Interviews machen wollen. Vielleicht sollten wir denen wirklich was sagen und damit unseren Standpunkt klarmachen. Ich meine, ein paar würden sogar dafür bezahlen.»

Damit überzeugt er mich. Immerhin haben wir ein Haus, das praktisch voll finanziert werden muss, sowie Kreditkartenrechnungen, die auf Begleichung warten. Ich setze mich vor den Computer, scrolle durch die Mails und finde die Namen bekannter Frauenmagazine, Zeitungen und eine Nachricht von den Produzenten einer Nachmittagssendung. Matt liest jede einzelne Anfrage.

«Schau. Die Leute hier sagen, du könntest ein Telefoninterview geben. Damit könnten wir die Sache vielleicht abschließen.»

Matt hat recht. Ich deute auf einen Namen auf dem Bildschirm.

«Wer ist Luella Bendicks? Die klingt wie ein Pornostar.»

Matt liest die E-Mail und trinkt dazu seine fünfte Tasse Tee.

«Offenbar eine Journalistin. Sie bietet umfassende Unterstützung bei Medienauftritten.»

«Ich mag ihren Namen.»

Matt guckt mich an. Jetzt ist wirklich nicht der Zeitpunkt, sich Entscheidungen leichtzumachen. Er deutet wieder auf das Telefoninterview und schreibt sich etwas auf die Rückseite von *The Sport*, während er schnell den Artikel überfliegt, der mich als Tommys Exfreundin beschreibt. Er lacht. Zum ersten Mal am heutigen Tag – obwohl ich nicht sicher bin, ob er lacht, weil er die Geschichte für so absurd hält, oder eher wegen der Tatsache, dass ich seiner Meinung nach niemals einen Freund diesen Kalibers haben könnte. Ich werfe einen Blick auf seine Notizen:

- Überraschung zeigen, dass diese Situation derartig ausgeartet ist
- Scherze über Aussehen
- zu Aussagen stehen, aber ohne zu schreien
- Tatsache bekräftigen, dass Kinder sich sehr gut ohne Tommy McCoys Hilfe ernähren

Er nimmt den Hörer auf und wählt. *Wollen wir das jetzt sofort machen? Ich habe mir noch nicht mal die Zähne geputzt.* Nicht, dass das wichtig wäre, aber ich binde mir trotzdem noch mal die Haare und ziehe meinen Schlafanzug gerade, damit ich mit John Elswood sprechen kann, einem selbständigen Journalisten. Ein sehr zuverlässig klingender Name.

Das wird sicher gut laufen. In fünfzehn Minuten werden meine Eloquenz und sein journalistischer Stil dazu beitragen, dass die Angelegenheit beendet ist.

«Johnno Elswood?»

Johnnos Küstenakzent wirft mich etwas aus der Bahn und macht mich nervös.

«Ja. Hi. Also, ich bin Juliet Campbell, und Sie … ähm … Sie haben mir heute Morgen geschrieben wegen des Interviews, vielleicht …»

«Yeah, Mann, danke, dass Sie anrufen. Wie geht's denn so?»

«Ähm, na ja. Die letzten zwölf Stunden waren wirklich verrückt. Ich bin völlig schockiert darüber, dass das alles derartig aufgeblasen wurde.»

Matt hält die Daumen hoch.

«Also, fangen wir mal von vorn an. Wie würden Sie denn gern bezahlt werden?»

Matt und ich haben vergessen, vorher über Geld zu sprechen.

Ich weiß nicht, was üblich ist. Er redet schon wieder, bevor ich die Chance habe, irgendwas vorzuschlagen.

«Klingen fünfhundert Pfund gut für Sie?»

«Oh Gott, ja, okay.»

Ich höre es im Hintergrund klicken, und dann fängt er an zu fragen. Meine Hand klammert sich um die Tischkante.

«Also, mal in Ihren eigenen Worten, okay? Was ist passiert.»

«Na ja, ich würde sagen, es war genauso wie auf dem Video. Tommy hat versucht, mich für seine Fernsehshow zu gewinnen, und ich finde, das hat er auf eine ziemlich beleidigende Art getan.»

«Wie beleidigend?»

«Oh, er hat einfach angenommen, nur weil ich Fischstäbchen in meinem Einkaufswagen hatte, würde ich das meinen Kindern jeden Tag vorsetzen. Und diese Unterstellung hat mich einfach gewurmt.»

Matt formt fragend «gewurmt» mit den Lippen, und ich zucke mit den Schultern.

«Er hat also einfach unterstellt, Sie seien irgendeine Rabenmutter, die sich kein bisschen für ihre Kinder interessiert und ihnen irgendeinen Scheiß zu essen gibt, ja? So ungefähr?»

«Ähmmm, ich schätze schon. Ich weiß nicht genau, wie ...»

«Sie haben also vier Kinder, ja? Hannah, Jake, Ted und Lily.»

«Nein, sie heißt Millie.»

«Und was kochen Sie normalerweise für sie?»

«Oh ... Alles Mögliche. Sie essen gern Pasta, Reis, Kartoffeln, Suppen ...»

Das ist eine Frage, die man nicht beantworten kann. Wir essen alles von Bohnen auf Toast bis zum Festbraten.

«Und was gibt es heute Abend?»

«Mein Vater kocht uns sein Chili.»

«Sie kochen also heute nicht selbst?»

«Ähm, nein?»

«Und die kleine Lily kriegt auch Chili? Ist sie nicht ein bisschen zu jung dafür?»

«Sie heißt Millie. Ähm, nein. Sie bekommt was anderes, wahrscheinlich etwas aus dem Tiefkühlschrank. Und Milch.»

Er schweigt, während ich ihn kritzeln und mit Papier rascheln höre.

«Haben Sie gestillt?»

Häh? Was hat das mit der Sache zu tun? Er fragt mich über meine Brüste aus. Ich werde rot und klopfe auf einen Zettel auf dem Tisch, um darauf Antworten zu finden.

«Ja, Millie schon.»

«Und die anderen?»

«Nun, bei den Zwillingen war es schwierig, weil ich Probleme mit verstopften Brustwarzen hatte, also ...»

Matt weicht das Blut aus dem Gesicht. Ich sehe zur Decke. Matt deutet auf unseren Zettel und auf die Dinge, die ich sagen soll. Aber ich habe keine Kontrolle mehr über dieses Interview. Ich bin total in Verteidigungshaltung.

«Super, und gibt es sonst noch was, das Sie Tommy McCoy gern sagen würden?»

Ich möchte ihm eine Menge sagen, aber ich bin nicht sicher, ob man das drucken darf. Hauptsache, das alles hört wieder auf. Ich sehe Hannahs verweinte Augen immer noch vor mir, und wenn das die Folge von ein bisschen medialer Aufmerksamkeit ist, dann möchte ich wahrhaftig nicht mehr davon. Ich will nicht, dass mein kariertes Hemd auf noch mehr Zeitungen prangt. Oder dass meine Kinder weiter belästigt werden und mein Mann mir aus dem ganzen Schlamassel heraushelfen muss. Ich merke, dass ich eine längere Weile geschwiegen habe, während ich an all das dachte.

«Ich will diese Geschichte einfach nicht noch unnötig in die Länge ziehen. Tommy McCoy kann seine Show machen, und ich bin sicher, dass viele Leute von seiner Erfahrung profitieren, aber uns geht es auch ohne ihn gut. Wir sind entsetzt darüber, dass wir so viel Aufmerksamkeit auf uns gezogen haben, und wir bitten einfach nur darum, dass unsere Privatsphäre jetzt zum Wohl unserer Kinder respektiert wird.»

Matt hält wieder die Daumen in die Höhe, aber diesmal langsamer, wegen meines Nippel-Kommentars. Am anderen Ende der Leitung herrscht Schweigen. Ist er eingeschlafen? Ich höre ihn schreiben, dann ein paar gemurmelte «Hmmms».

«Also, an welche Zeitung werden Sie das Interview geben?»

Wieder keine Antwort.

«Glauben Sie, dadurch werden diese Meldungen endlich aufhören? Es war ganz schön schlimm.»

Er hört gar nicht zu. Kein bisschen. Vielleicht isst er auch, denn ich höre, wie seine Kiefer im Hintergrund aufeinander krachen. Und Verkehrslärm. Fährt er etwa gerade Auto?

«Das Geld wird Ihnen in den nächsten Tagen überwiesen, Mrs. Campbell. Vielen Dank.»

«Aber ich habe Ihnen doch noch gar nicht meine Konto...»

Dann legt er auf. Matt wartet darauf, dass ich ebenfalls auflege. Aber ich halte den Hörer fest und weiß, dass das hier gerade nicht so gelaufen ist wie geplant. Überhaupt nicht.

Siebtes Kapitel

Ich sitze in der Küche und starre auf die Wanduhr, die nicht mehr richtig geht, seit Jake seinen Spielzeughubschrauber dagegengesteuert hat. Es könnte neun Uhr sein oder zehn. Es könnte auch mitten in der Nacht sein. Ich esse die Reste von Dads Chili mit einem Teelöffel und halte in der anderen Hand eine Tüte Chips. Das Chili meines Dads hat etwas wahnsinnig Tröstliches, wenn die Schärfe sich von ganz hinten im Mund in den gesamten Oberkörper ausbreitet. Auf dem Tisch liegen die Artikel, die er heute aus den Zeitungen ausgeschnitten hat und die aussehen wie eine Collage für die Grundschule. Aber alles, was ich sehe, sind die Bilder von mir: dieses Hemd, das ich sofort weggeworfen habe, die geschürzten Lippen, die verstrubbelten Haare, und alles in fünfzehnfacher Ausführung.

Matt kommt mit leeren Milchbechern herein, Millies Decke

über die Schulter geworfen. Er öffnet das Fach über dem Kühlschrank und holt eine staubige Ginflasche heraus, gießt etwas
davon in zwei Gläser und setzt sich dann neben mich.

«Wie geht's den Kindern?», frage ich.

«Alles gut. Hannah hat mir noch ein paar Fragen gestellt. Ich
schätze, sie hat sich in der Schule eine Menge anhören müssen.»

Matt schiebt seine Hand in meine und sortiert die Artikel
auf dem Tisch. Ich nehme einen Schluck von dem Gin, wenn
es wirklich einer ist. Es könnte auch irgendein ungarischer
Schnaps sein, den Adam von seinem letzten Junggesellen-
abschied mitgebracht hat. Er verbrennt mir die Kehle, und ich
frage mich, ob ich damit vielleicht den Lack vom Garagenfußboden abbekommen könnte. Matt hat offenbar keine Schwierigkeiten damit, seinen runterzustürzen, dann geht er zur Spüle,
um abzuwaschen. Er hält eine Pfanne hoch, in der eine gelbe
Masse klebt. Ich versuche, ihn zu beruhigen.

«Kein Erbrochenes. Nur der Versuch eines Omelettes.»

Das Mittagessen der Zwillinge, das sich durch meinen momentanen Zustand in käsiges, ungenießbares Rührei verwandelt hat. Matt starrt das gelbliche Zeug misstrauisch an und
zieht die Gummihandschuhe über. Was mich erstaunlicherweise irgendwie anmacht.

«Wie kann ich das alles nur wiedergutmachen?»

Matt zuckt die Schultern und wendet sich den Tellern zu.
Die Zwillinge haben die Nachrichten von meinem Supermarkt-
Showdown ziemlich gut aufgenommen und sich nicht lange
damit beschäftigt. Aber bei Hannah mache ich mir immer
etwas mehr Sorgen. Sie hat eine zarte Seele. Ich schätze, wenn

man die ersten zwei Jahre seines Lebens in einer Studentenbude verbringen muss, dann wird man so. Ich habe mit ihr geredet, als sie von der Schule nach Hause kam, aber meine Erklärungen blieben weit hinter dem zurück, was sie gehört hatte. Nach Lisa und Zaras Aussage bin ich mittlerweile verrückt geworden, und sie muss demnächst ins Heim, weil mich die Männer in Weiß abholen. Als ich mein Supermarkterlebnis zu erklären versuchte, sagte Hannah, ich hätte mich nicht streiten sollen, sondern einfach weggehen. Genau wie ich es meinen Kindern immer rate.

«Fein, Mami hat sich falsch verhalten und hätte gehen sollen. Hat sie aber nicht gemacht. Und jetzt? Jetzt stehe ich in jeder Zeitung. Daran könnt ihr also alle sehen, dass es wirklich besser ist, einfach weiterzugehen.»

Aber sie sah nicht überzeugt aus. Ich war es auch nicht. Darum senkte ich beim Zubettbringen den Kopf und sagte ihr einfach, alles würde wieder gut werden. All das wäre bald vorüber. Hoffte ich.

«Hast du gehört, was dein Vater den Zwillingen geraten hat, falls jemand wieder was Gemeines zu ihnen sagt?»

Ich werfe Matt einen misstrauischen Blick zu.

«Er hat ihnen gesagt, wenn irgendjemand etwas Fieses über sie sagt, dann bedeutete das bloß, dass derjenige eifersüchtig ist, weil seine eigene Mutter ihn nämlich gleich nach der Geburt zur Adoption freigegeben hat, weil er einfach zu hässlich war.»

Mehrere Haare auf meinem Kopf fühlen sich an, als würden sie gerade ergrauen. Matts Schultern zucken, während er unser zu kleines und unebenes Abtropfgestell beschimpft.

«Vielleicht hättest du das McCoy sagen sollen, was?»

Ich lache.

«Wie war es bei der Arbeit? Hat dich irgendwer darauf angesprochen?»

«Ich bitte dich. Die Hälfte der Leute weiß noch nicht mal, dass ich verheiratet bin, und hat keine Zeit, Nachrichten zu gucken. Da mache ich mir keine Sorgen.»

Ich überlege, ob das bedeutet, dass er mich vor der Außenwelt geheim hält wie irgendeinen Elefantenmenschen. Matt und ich tragen noch nicht mal Eheringe. Wir haben mal welche getragen. Billige Ringe, die wir für die Zeremonie in einem Gothic Shop im Zentrum von Leeds gekauft haben. Aber es gab noch nicht mal einen Verlobungsring. Matt hat mir in meiner Wohnung in Headingley einen Antrag gemacht, im Bett. Ich war etwas fertig von der ständigen Morgenübelkeit und den ganzen Sorgen, und Matt war zu einer Art Fixpunkt in meiner Wohnung geworden, der mich immer wieder in die Normalität zurückholte. Mein Magen vertrug eine Zeitlang nichts anderes als Sprite und Haribo, also schleppte Matt ständig Obst und Vitamine an, weil er sich Sorgen machte, dass unser Baby aussehen würde wie ein Gummibärchen. Hannah würde eine Realität werden, das wussten wir, doch das Wie und Warum war nicht so sicher. Das Warum war eine Mischung aus Matts nicht praktizierten katholischen Schuldgefühlen und meiner Angst, eine verlorene Teenagermutter zu werden. Doch auch wenn wir nicht wirklich dazu bereit waren, Eltern zu werden, fühlte es sich richtig an. Auch wenn wir eine gewisse Abneigung verspürten, die Dinge mit Religion in Verbindung zu bringen, war es doch ein Segen, wenn man so will. Es fühlte sich niemals falsch an. Als Matt also an jenem Morgen zu mir ans Bett kam, ich ein bisschen grün im Gesicht, sah ich einen Teller mit Crackern und Obststücken und einem Ring aus Fruchtgummi obendrauf. Ich dachte, der sei zur Dekoration gedacht, bis ich in Matts strahlende blaugraue Augen sah und er sagte: «Lass uns heiraten. Ich will, dass du meine Frau wirst.» Und wie es so typisch für uns ist, diskutierten wir nicht lange. Ich war vollkommen hormongesteuert und außerdem aufgeregt wie jede Zwanzigjährige, die einen Antrag bekommt. In meiner Angst vor dem Unbekannten sagte mir mein Bauchgefühl, dass ich mich zwar gern übergeben würde, aber ja sagen sollte. Ich nickte, und eine Woche später kauften wir ein Paar Ringe aus Edelstahl. Drei Monate danach wurde Matt sein Ring zu klein, ich verlor meinen in der Spüle oder daneben? – das weiß ich nicht mehr. Und seitdem haben wir sie nie ersetzt, da unsere Hypothek und die Rechnungen immer dringender waren. Ich frage mich, ob die Frauen in seiner Arbeit deshalb glauben, dass er zu haben sei. Spricht er über seine Kinder? Über mich? Ich weiß, dass Matt nicht der Typ ist, der unsere Gesichter auf seinem Mauspad oder auf seinem Bildschirmschoner platzieren würde.

«Danke für heute. Ich hatte zwischendurch echt die Krise.»

«Hey, du bist immerhin meine Frau.»

Ich schweige. Bedeutet das, er will mir nicht aus Liebe helfen, sondern sieht es als Verpflichtung?

«Der ganze Rummel wird jetzt bestimmt abebben, und dann ist wieder alles wie vorher. Ich habe Hannah gesagt, was sie tun soll, wenn sie in der Schule noch mal deswegen geärgert wird.»

Ich sehe ihn mit gerunzelter Stirn an.

«Ich auch. Was hast du gesagt?»

«Dass sie einfach weggehen soll, wenn jemand was Fieses zu ihr sagt.»

«Dito.»

Dann ein Blick. Der Blick, der mich überlegen lässt, ob wir dieselben Dinge denken und sagen, weil wir schon so lange zusammenleben, dass wir unsere Algorithmen aufeinander abgestimmt haben – so wie Frauen, die zusammenwohnen, auch gleichzeitig menstruieren. Nach neun Jahren hat man einfach einen Rhythmus gefunden, wie die Dinge am besten laufen. Wir bauen uns gegenseitig auf (normalerweise in dieser Küche). Wir stehen es durch. Natürlich könnte man es auch so erklären, dass wir irgendwie seelenverwandt sind. Ich sehe, wie er mein Spiegelbild im Küchenfenster anlächelt. Wie auch immer.

In diesem Moment klopft es an der Hintertür, und wir drehen uns beide um. Ein gestylter Kopf und Skinny Jeans treten ein, und ich lächle.

«Ben! Mann, du hast mich vielleicht erschreckt.»

Er boxt Matt gegen die Schulter, dann umarmt er mich. Bens Umarmungen haben mich durchs Abitur gebracht. Ben ist das Gegenteil von Adam. Er hängt seine Schultertasche über einen der Stühle und rollt die Ärmel seines gelben Pullis mit V-Ausschnitt und Lederellenbogenpatches hoch.

«Du dummes Weibstück. Und ausgerechnet in einem Karohemd.»

Ich starre ihn an, während er mir die Chips aus der Hand nimmt.

«Wie geht's?»

Ich zucke die Schultern und falle wieder auf meinen Stuhl.

«War gerade bei Dad. Er hat mir alles erzählt.»

Ich rümpfe die Nase und schiebe mir Hackfleisch in den Mund.

«Und was denkst du darüber?»

«Ich finde es zum Schreien komisch. Aber du warst auch überraschend eloquent für jemanden, der so hormongesteuert ist. Ich bin beinahe stolz auf dich.»

Er setzt sich neben mich und legt den Kopf auf meine Schulter.

«Dad hat gesagt, vorhin ist hier ein Typ mit einer großen Kamera gewesen?»

Daraufhin geht Matt mit seifigen Händen ins Wohnzimmer.

«Er hat Dad gefragt, was in seiner Tüte ist, und Dad hat ihm gesagt, es sind nur Gläser mit Tommy-McCoy-Soßen.»

Ben lacht. Ich nicht.

«Aber ich würde mir keine Sorgen machen. Dad hat ihm die Meinung gesagt und dass er sich verziehen soll. Wir haben schon nachgesehen, du bist nicht wieder in den Nachrichten. Du wurdest von zwei Zwillingspandas aus einem Zoo in Beijing ersetzt. Also war es das jetzt vielleicht.»

Ich schiebe meinen Kopf durch die Tür und sehe, wie Matt die Vorhänge zur Seite schiebt, Autos und Straßenlaternen überprüft und die Haustür doppelt verriegelt. Bens letzter Satz beruhigt mich allerdings. Genau wie ich mir gedacht habe: Bedrohte Tierarten, Krieg und Beyoncé sind einfach interessanter. Ich bin total erleichtert. Ben verschluckt sich, als er einen Schluck aus meinem Becher nimmt.

«Anti-Grippe-Tee? So schlimm kann es doch nicht sein, Schwester.»

Ich deute auf den Schrank, den er durchwühlt und eine uralte Flasche Kahlúa findet.

«Aber geht's dir gut? Dad hat gesagt, du hättest ganz schön was einstecken müssen.»

Ich zucke die Schultern, und er umarmt mich wieder. Der Kahlúa ist so alt, dass er noch nicht mal die Flasche verlassen will.

«Du hast aber alles richtig gemacht. Ich meine, jetzt bist du fast berühmt, fast schon auf der Z-Liste. Beinahe so berühmt wie die Frau, die die Katze in den Mülleimer geworfen hat.»

Ich lächle. Bens Ehrgeiz ist, auf irgendeiner Liste zu stehen – auch wenn sich sein Ruhm hoffentlich auf etwas Bedeutenderes gründen wird als einen Supermarkt-Wutanfall. Er wendet seine Aufmerksamkeit einer offenen Flasche Wein im Kühlschrank zu.

«Du könntest das neue Gesicht von Käpt'n Iglu werden. Ich finde, du hast eine Menge Werbung für die gemacht. Du könntest Käpt'n Iglus Frau sein – und mal mit den Gerüchten aufräumen, dass er schwul ist.»

Und zum ersten Mal an diesem Abend lache ich laut los. Ich kann es mir richtig vorstellen: Ich in Marinestreifen und Mütze, vielleicht noch ein kleines Bolerojäckchen mit goldenen Tressen, wie ich meinen Kindern auf unserem Spielschiff Fischstäbchen serviere. *Gesegnet seist du, Ben, mit deinen trendy Schuhen und deiner Morrissey-Frisur aus den Achtzigern.* Ich strecke die Arme nach ihm aus, damit er mich noch mal umarmt. Er kommt rüber, und ich darf meinen Kopf an seinen unverschämt flachen, nicht existenten Bauch legen.

«Ich finde, wir sollten anstoßen. Auf mittelmäßige Berühmtheit und auf die Tatsache, dass nächste Woche niemand mehr weiß, wer du bist.»

Er lächelt und hebt sein Glas, bevor er merkt, dass er sich den roten Weinessig eingegossen hat und ihn über den Küchenfußboden spuckt.

In dieser Nacht kann ich kaum Schlaf finden. Ich habe wilde Träume, in denen Tommy McCoy mit Donuts jongliert. Meine Kinder lieben ihn und wollen zu ihm ziehen, doch ich sage nein – sie sollen für immer mit mir in meinem Haus aus Fischstäbchen leben. Ich wache alle halbe Stunde in fiebrigem Delirium auf und frage Matt, ob er schon aufgestanden ist. Doch als ich mich zu ihm umdrehe, sehe ich, dass er im Tiefschaf neben mir liegt. Auch die Kinder schlafen heute durch und scheinen sich von diesem Virus, oder was auch immer es war, erholt zu haben. Ben ist unten auf dem Sofa und guckt fern, hoffentlich keinen Porno. Ich möchte zu gern die Augen schließen und schlafen, aber irgendwas stimmt nicht. Nur was?

Um 6.36 Uhr (wie mir die Uhr auf dem Nachtkästchen sagt) merke ich, dass jemand neben dem Bett steht. Mein erster Gedanke ist: Jemand hat sich übergeben, ins Bett gemacht oder einen Albtraum, also rolle ich herum und strecke einen Arm aus, um einen Kopf zu tätscheln, doch stattdessen fühle ich Jeansstoff. Ich sehe auf und reiße die Decke erschrocken hoch, denn da steht Ben. Zuerst denke ich, er hat vielleicht wieder seine Schlafwandelanfälle (beim letzten Mal haben wir ihn im Schuppen gefunden), aber er kniet sich neben das Bett.

«Jools, du solltest lieber kommen.»

«Was zum Teufel, Ben – ist was mit den Kindern?»

Er schüttelt den Kopf, und ich schleiche aus dem Bett, ziehe mir Bademantel und Hausschuhe an und folge ihm nach unten. Draußen herrscht dieses marineblaue Dämmerlicht, das einem anzeigt, dass alle überall schlafen, außer man selbst, und man hasst sie heimlich dafür. Er führt mich ins Wohnzimmer, wo ich einen Haufen Schokoladenpapier finde, sowie Adam und die Morgenzeitungen.

«Was machst du eigentlich noch hier? Musst du nicht arbeiten? Du solltest lieber schlafen gehen.»

«Ich melde mich zur Not krank. Du ... du solltest dich setzen.»

Der Fernsehbildschirm summt immer noch. Und ich merke, dass jemand auf der Enzyklopädie der Kinder Zigaretten gedreht hat.

«Ich bin zur Tankstelle gegangen, um die ersten Tageszeitungen zu kaufen, und ...»

«Und was?»

«Wirf mal einen Blick auf den *Express*.»

Ich blättere durch die Zeitungen und finde mein Gesicht auf der Titelseite, ein Facebook-Bild von mir – auf Annies Junggesellinnenabschied in London. Ich sehe völlig lächerlich aus in meinem babyrosa T-Shirt, das wir alle tragen mussten und das mir und meinen milchprallen Brüsten viel zu klein war. Nicht nur das, ich bin auch total betrunken von den billigen Cocktails, und jemand wedelt mit einem Plastikpenis vor meinem Gesicht herum. Die Titelzeile: DIE WAHRHEIT ÜBER DIE SAINSBURY-MUTTER. Ich sehe schnell, dass ich die Seiten vier und fünf belege, und zwar mit einem Exklusivinterview von Johnno Elswood. Als ich zu lesen beginne, verkrampfe ich mich vor Entsetzen.

«Auf die Frage nach der Bezahlung für das Interview reagierte Mrs. Campbell auf die angebotene Summe mit einem flapsigen ‹Egal›. Des weiteren sagte sie, sie sei schließlich keine Rabenmutter, die sich nicht um ihre Kinder schere und ihnen irgendeinen Mist zu essen gäbe, kurz darauf jedoch berichtete, sie wolle ihrem Kleinkind am selben Abend ‹irgendwas aus der Tiefkühltruhe› machen – vielleicht ja noch mehr Fischstäbchen? Vielleicht hat die kleine Lily Campbell ja deswegen so orange Haare? Obwohl sie im Interview nicht über McCoy sprechen wollte, braucht man nur auf ihre Facebook-Seite zu gehen, auf der sie ihn als ‹Arsch› bezeichnet. Eine recht derbe Sprache für eine Mutter mit kleinen Kindern.»

Adam hält sich den Kopf mit beiden Händen.

«Aber, das habe ich nie …»

Die Zeitung knistert in meinen Händen, als ich weiterlese.

«Auf Nachfrage zeigte Mrs. Campbell zudem eine ziemlich lässige Einstellung zum Stillen, obwohl die Weltgesundheitsbehörde dies mindestens ein halbes Jahr lang empfiehlt. Doch es überrascht kaum, wenn man bedenkt, dass Mrs. Campbells Vorstellung von guter Ernährung ein wabbeliges Weißbrot ist. Will man diese Frau, die ihr erstes Kind zu einem Zeitpunkt bekam, zu dem sie selbst kaum älter war als ein Teenager, wirklich als Beispiel für junge Mütter in diesem Land betrachten? Jemanden, der kein Problem damit hat, Kinder in die Welt zu setzen, aber offenbar keine Vorstellung davon, wie man sie gesund aufzieht?»

Die Zeitung weicht langsam unter meinen Tränen auf. Große, dunkle Flecken landen auf dem Papier, während ich die Auswahl an Fotos betrachte, die ich aus mangelnder Eitelkeit auf

Facebook habe stehenlassen. Bilder von mir, auf denen ich aus-
gelaugt und fertig mit den Kindern zu sehen bin, ein Foto, auf
dem ich mit einer Straßenlaterne tanze, ein besonders furcht-
bares, auf dem ich den Mittelfinger hochrecke, weil Matt mir
morgens um 3.30 Uhr eine Kamera ins Gesicht hält. Und diese
schrecklichen Worte, die aus dem Zusammenhang gerissen zu
so etwas Gemeinem geworden sind. Ben setzt sich neben mich,
und ich heule an seiner Schulter.

«Komm, Schwester. Du weißt doch, morgen ist das schon
Papiermüll.»

«Was denn?»

Matt steht in der Tür und trägt Millie auf dem Arm. Meine
nassen Wangen verraten mich, und ich reiche ihm die Zeitung.
Beim Lesen färbt sich sein Gesicht rot, und Adam nimmt ihm
Millie ab und geht mit ihr Tee kochen.

«Dieser beschissene Arsch. Wenn ich den jemals ...»

Ich bin völlig am Boden zerstört. Ich schluchze in Matts Bademantel und fühle mich wie ein Wrack. Matt tätschelt beim
Weiterlesen meinen Rücken. Ich höre, wie der Kessel pfeift, und
sehe, wie der Himmel langsam heller wird. Licht strömt in die
Küche. Doch für mich wirkt alles nur grau, ungefähr so wie
schimmliges Fleisch.

Achtes Kapitel

«Was ist das?»

Annie deutet auf einen Stuhl, auf dessen Sitzfläche braune Schmiere klebt. Ich betrachte sie lange und schnüffle dann vorsichtig daran. Annie trägt einen unglaublich luxuriösen Kaschmir-Anzug und verdreht den Kopf, um ihre Rückseite zu betrachten.

Ich hebe die Hände zum Himmel. «Nutella! Alles gut.»

Ich reibe ihren Hintern mit einem Tuch ab, und Millie beobachtet uns von ihrem Hochstuhl und versucht offenbar, unsere Beziehung einzuordnen. *Du bist diese Frau, die manchmal kommt und mich ewig abknuddelt, weil du eigentlich selbst ein Baby willst. Aber du siehst immer besser aus als Mami und hast eine richtige Frisur.*

«Also erzähl mir noch mal, was Matt gemacht hat.»

Annie ist heute Morgen in ihrer Funktion als rechtsberatende Freundin hier, die Trost spendet und zuhört, wie ich, Jools Campbell, bescheidene vierfache Mutter, mich offenbar in diese bizarrste Promi-Situation manövriert habe. Sie sitzt mit einem *Bob-der-Baumeister*-Becher da und unterhält Millie mit ihrer schicken orangefarbenen Kate-Spade-Handtasche. Ich werfe einen verstohlenen Blick auf meinen New-Look-Shopper – der an einer schlimmen Form von Handtaschendermatitis leidet, bei der sich das Kunstleder bereits an den Nähten ablöst.

«Er hat die Zeitung angerufen, damit sie eine Stellungnahme abdrucken, aber sie haben sich geweigert, also hat er damit gedroht, sie zu verklagen.»

«Und dann ...»

«Nichts. Ich glaube, die Frau hat sogar gelacht.»

Annie zuckt die Schultern, als wollte sie damit sagen, kein Wunder. Für so einen Schritt braucht man Macht, Geld, Zeit und noch mehr Geld. Etwas, für das die Campbells nicht gerade berühmt sind.

«Und dann hat er diese Frau angerufen.»

Luella Bendicks: Journalistin, Medienberaterin und Promi-Agentin. Und der Grund, weshalb Annie hier ist: Sie soll meine Hand halten und offiziell aussehen, wenn Luella gleich kommt und mich und mein Leben komplett durchleuchtet. Wir haben Luella angeschrieben und sie um Rat gebeten, weil wir nach dem Elswood-Artikel nicht mehr weiterwussten. Sie antwortete wenige Minuten später und sagte, sie würde am Freitagmorgen vorbeikommen. Sie war sehr direkt, sehr auf den Punkt. Matt meinte, das wäre vielleicht genau das, was wir jetzt bräuchten.

Während wir also auf ihre Ankunft warten, kratze ich Nutella von den Stühlen, und Annie liest sich durch die Artikel, die an unserer fleckigen Küchenwand hängen. Mein momentanes Hassobjekt ist das Magazin, das ein Foto von mir in ihrer «Schäm dich»-Rubrik zeigt, auf dem ein dickes Stück Croissant meinen Hals ziert wie eine riesige Warze. Die Bildunterschrift bezeichnet mich als «Tiefkühl-Mum».

Ich lache. Annie wiegt Millies Kopf in ihren Händen.

«Schau dir nur all diese Artikel an, die die über deine Mama schreiben. So ein Glück, dass sie mich hat.»

Annie war schon auf der Uni meine Rettung. Als andere Freunde von meiner Schwangerschaft erfuhren, durfte ich mir in den meisten Fällen Mitleid und Platituden anhören, und angebliche Freunde wendeten sich sogar von mir ab. Annie war immer da. Sie half Matt und mir, eine Wohnung zu finden, suchte mit uns einen Kinderwagen aus, saß mit mir im Krankenhauswartezimmer. Und sie ist immer geblieben, als ernüchterndes Beispiel dafür, wie mein Leben hätte aussehen können (als junge Berufstätige, die Städtereisen macht und Kosmetiktermine einhält), und vor allem als Freundin, die meine Familie immer unterstützt.

Sie liest die Ausdrucke, die Matt von den Mumsnet-Seiten gemacht hat. Einige dieser Leute da haben sich vor Wut über mich bereits Knoten in ihre Jute-Unterhosen gemacht und nutzen die Gelegenheit, sich gegenseitig zu beweisen, wer der beste Bio-Mensch im Land ist.

«Was meint Matt denn zu alldem?»

Annie kennt die Umstände nur zu gut, wie Matt und ich zusammengekommen sind, ebenso wie den prekären Zustand unseres Fundaments. Ich glaube, dass sie tief in ihrem Inneren immer noch überlegt, wie wir so lange zusammenbleiben konnten.

«Du kennst ihn ja. Er ist eben Matt – er war einfach da. Er hat meinen Mist sortiert.»

Sie nickt. Das beschreibt Matt völlig, und ich stürzte meinen Tee herunter. Zwischen uns gab es nie ein Feuerwerk oder lodernde Leidenschaft – er ist einfach ein netter Mann, der bei mir geblieben ist und mich durch das tägliche Chaos steuert. Annie weiß, ich könnte es sehr viel schlimmer haben. Ich könnte mit einem Lügner oder Betrüger oder einem Schläger zusammen sein. Aber als wir uns einmal gemeinsam betrunken haben, hat sie mich gefragt, ob ich mich vielleicht einfach bloß mit ihm begnügen würde. Damals war ich wütend und beteuerte meine Liebe zu Matt und wie froh ich sei, dass ich so einen wundervollen Mann in meinem Leben habe. Aber sie sprach aus, was vermutlich jeder dachte: Hatte ich ihn geheiratet, weil es eben das Richtige war, anstatt etwas, das ich wirklich wollte. Ich müsste lügen, wenn ich sagen würde, dass ich nicht auch noch heute darüber nachdenke, aber wenn man eine Familie hat, dann wägt man alles gegen die Kinder ab und hat im Hinterkopf, dass ihre Beziehungen vom Vorbild ihrer Eltern geprägt werden. Ich wusste nur, dass eine Trennung die Fähigkeit hat, große Löcher in Teile des Gehirns zu reißen, und dass es eines der schlimmsten Dinge ist, die man jemandem antun kann. Das wusste ich aus eigener Erfahrung.

Es klingelt an der Haustür, und ich gehe hin, um zu öffnen. In der Scheibe sehe ich das unscharfe Bild einer Person mit Haaren wie Lack. Ein glänzender, kurzfransiger Bob, wie man sie von Lego-Figuren kennt oder von mittelalterlichen Pagen. Ich öffne die Tür, und sie kommt so schnell ins Haus, als wäre sie am Briefschlitz festgeklebt.

«Luella Bendicks. Sie müssen Jools sein. Freut mich.»

Ihr Händedruck bringt meinen Arm bis in die Wirbelsäule zum Schwingen. Sie mustert mich von oben bis unten. Ich trage schwarze Jeans und ein Trägertop, dazu Turnschuhe und eine Strickjacke und finde, ich sehe ziemlich gut aus. Luella trägt ein bedrucktes Wickelkleid mit schwarzen Leggins, halbhohe Stiefel und einen schwarzen Trenchcoat. Ihr Schmuck wirkt sehr vintage, und ihre Tasche war ganz sicher total teuer. Ich bete, dass sie sie nicht auf irgendeinem Nutella-Fleck abstellt, während ich sie in die Küche führe und ihr Annie vorstelle. Sie taxieren sich kurz, als Annie aufsteht und in ihrem Kaschmir-Anzug überlegen und wichtig aussieht.

«Annie ist eine gute Freundin von mir. Nach dem ganzen De-bakel mit Johnno Elswood dachte ich, ich bräuchte jemanden, dem ich vertrauen kann.»

Ich hoffe, das klingt jetzt nicht zynisch oder ängstlich. Luel-la scheint das nicht weiter zu stören, denn schon schimpft sie los.

«Hmmmm, lassen Sie uns erst gar nicht mit diesem Wich-ser Johnno anfangen. Der Typ ist ein echtes Arschloch. Aber keine Sorge, dem zahlen wir's heim. Ist das die Millie aus dem Video?»

Millie hat sie angestarrt, seit sie hereingekommen ist. Ich schätze, es liegt an Luellas glänzenden Haaren und ihrem Schmuck. So was kriegt Millie nicht oft zu sehen.

«Ja.»

«Und die anderen?»

«Die sind in der Schule.»

«Natürlich.»

Annie sieht mich an und zuckt die Schultern, während Luella in ihrer Tasche kramt und es sich gemütlich macht. Sie holt ein paar Akten heraus, die mit Post-its und Aufklebern markiert sind.

«Möchten Sie einen ...»

«Tee. Grünen, wenn Sie haben, sonst einfach schwarzen, ohne Zucker.»

Ich nicke, während Annie mich mit aufgerissenen Augen anstarrt.

«Also, kommen wir gleich zum Geschäftlichen. Mal abgesehen von dieser Johnno-Elswood-Sache, haben Sie sonst mit irgendjemandem gesprochen?»

Ich schüttle den Kopf, frage mich aber, ob sie das wortwörtlich meint, denn natürlich habe ich mit anderen Menschen gesprochen, da ich ja nicht stumm bin.

«Also, dann halten wir mal fest: Das Elswood-Ding war eine riesige Schweinerei. Der Kerl wollte Ihren Namen unbedingt durch den Schlamm ziehen, bloß um ein paar mehr Zeitungen zu verkaufen. Aber ich schätze – vielmehr weiß ich es sogar –, dass Tommy McCoy und er eine gemeinsame Vergangenheit haben. Es würde mich gar nicht überraschen, wenn er ihn dafür bezahlt hätte, ordentlich im Dreck zu wühlen.»

Annie und ich nicken durchgehend, während Millie immer noch Luellas Haare anstarrt.

«Aber wenn man davon mal absieht, hat die Sache die Debatte ganz schön angeheizt. Jeder hat irgendwas dazu zu sagen. Sehen Sie sich das an.»

Sie zieht etwas hervor, das aussieht wie ein Tortendiagramm mit meinem Namen drauf.

«Sie waren an achter Stelle der Personen, über die am meisten in den Zeitungen gesprochen wurde. Das ist nicht schlecht.»

Ich werfe einen Blick auf das Diagramm. Über mich wurde mehr geschrieben als über die aktuellste Reality-TV-Schwangerschaft und die Tatsache, dass Primark Absatzschuhe für Kleinkinder verkauft. Ich weiß nicht recht, was ich dazu sagen soll – eigentlich wäre es doch schön, wenn niemand über mich sprechen und sich all das hier in Luft auflösen würde. Ich spüre, dass meine Reaktion nicht die ist, die sie sich erhofft hat. Sie zieht mehrere Artikel hervor, die ich noch nicht kenne.

«Die Sache ist die, dass Sie ein ganz schöner Aufreger im McCoy-Lager sind, und jetzt kämpft er gegen Sie an, und zwar sogar mit seiner Frau an seiner Seite.»

Sie legt ein Bild der perfekt gestylten Kitty McCoy vor mich hin, die eine Wassermelone wie ein Baby im Arm hält. Ich frage mich, wie sie mit diesem Körper vier Kinder bekommen konnte. Ich überfliege den Artikel, und als sie nach mir gefragt wird, sagt sie, es sei eine Schande, dass ich derartig ausgeflippt sei, wo ihr Ehemann doch nur helfen wollte.

«Miese kleine Schlampe, was? Aber keine Sorge, bei Bedarf habe ich frühere Fotos von Kitty, als sie noch in billigen Baumwollnachthemdchen posierte, und zwar für die Cover von Schmonzetten. Ein paar davon sehen aus wie Pornos.»

Ich reiße den Mund auf.

«Die wollen natürlich nicht, dass ihnen jemand erzählt, dass ihr ganzer gesunder Scheiß eben totaler Mist ist. Also hat Tommy aufgerüstet. Der ganze Vorfall hat seine Medienpräsenz verdreifacht, und das nutzt er zu seinem Vorteil. Er hat Talkshow-Einladungen, Rezept-Kolumnen, und nächste Woche ...»

Sie wühlt in den Papieren, um die Flyer zu finden.

«Die Signierstunde für sein neues Buch in Covent Garden, während der er den Weltrekord im Pfannkuchenwerfen brechen will. Sie sind für die McCoys und ihr Brandmanagement ein Riesenproblem.»

Ich lege den Kopf zur Seite und versuche zu begreifen, warum ich ein Problem für deren Feinschmecker-Königreich sein soll.

«McCoy ist überall. Zeitungen, Fernsehen, Bücher und Radio; er hat überall seine Hände drin und beeinflusst damit die Presse. Das ist wie unterschwellige Werbung – je öfter man sein Gesicht in der Presse sieht, desto mehr wird man daran erinnert, dass man seine Soßen essen und seine Bücher kaufen soll.»

Bei mir funktioniert das nicht. Sein Gesicht löst bei mir mittlerweile Übelkeit aus.

«Wenn also jemand daherkommt und was anderes behauptet, nämlich dass seine Marke großer Mist ist, dann reißt es die Leute aus ihrem McCoy-Liebesrausch und bringt sie dazu, ihre Markentreue zu hinterfragen. Und dafür, verdammt noch mal, liebe ich Sie.»

Luella ist ein Wirbelsturm an Informationen. Ich bin sprachlos und muss zugeben, dass mich ihre Kenntnisse der Angelegenheit beeindrucken. Aber ich weiß noch nicht recht, was ihre Absichten sind. Etwas in ihrem Ton und in ihrem Blick sagt mir, dass sie die McCoys auf schmerzvolle und hinterhältige Weise ruinieren will. Ich dagegen möchte einfach nur klarstellen, dass meine Kinder normal essen, dass meine Tochter Millie heißt, und dass Johnno Elswood ein Mistkerl ist.

«Und was wollen wir jetzt machen?»

«Na, erst mal habe ich Ihnen ein Interview mit Jill Robertson im *Guardian* verschafft. Sie ist die Familienredakteurin. Und das steht weit über Johnno und seinem Scheißjournalismus und Boulevardmist. Wir können Ihre Geschichte erzählen und die Wahrheit drucken.»

Mein ganzer Körper leuchtet auf, auf einmal verpuffen der Stress, die Sorgen und die Müdigkeit der letzten Tage. Das will ich. Doch der *Guardian* ist anspruchsvoll. Ich müsste erst mal meinen Thesaurus hochladen und herausfinden, wie weit links ich eigentlich wirklich stehe. Luella blättert durch die Papiere, während Annie sie weiter genau beobachtet.

«Also, eins nach dem anderen. Ich muss mehr über Sie wissen. Können Sie kochen?»

«Na ja, ich kann schon ein Essen zubereiten, aber ich bin kein Jamie Oliver.»

Luella lacht. Es ist kein richtiges Lachen, eher so ein Pferdewiehern. Ich bin etwas beleidigt.

«Oh, das habe ich nie angenommen, aber auf einer Skala von eins bis zehn?»

Ich denke einen Augenblick nach. Jemanden nach seinen Fähigkeiten in der Küche zu fragen, ist so ungefähr wie jemanden darum zu bitten, seine Fähigkeiten im Bett einzuschätzen. Bestimmt muss man doch auch die anderen Beteiligten fragen? An manchen Tagen kann ich mit geschlossenen Augen Makkaroni mit Käse zubereiten. An manchen Tagen kann ich mit meinen Hackbällchen Fenster einwerfen. Genau wie Sex ist Kochen immer ein Experiment, manchmal klappt es einfach nicht, und manchmal bin ich einfach zu faul, es richtig zu versuchen.

«Ich würde sagen, eine gute Sechs.»

Sie runzelt die Stirn.

«Sechseinhalb? Ich habe Hauswirtschaftslehre in der Schule gehabt. Und eine Eins für meine Obstkuchen bekommen.»

Annie unterbricht mich. «Sie untertreibt. Sie hat definitiv Talent. Du kannst doch diesen leckeren Kuchen mit all diesem Kram machen.»

Annie packt meine Hand, während ich versuche herauszufinden, welchen Kramkuchen sie meint. Luella macht sich Notizen.

«Ich meine, könnten Sie bei einer Kochshow wie *MasterChef* gewinnen?»

«Hmmm, nein.»

Luella verzieht das Gesicht und sieht ein bisschen enttäuscht aus.

«So koche ich nun mal nicht. Ich mag keine molekulare Restaurantküche. Ehrlich gesagt, stehe ich nicht so darauf, mitten in einer überfüllten Küche zu stehen und mich von einem kahl werdenden, mittelalten Mann anschreien zu lassen.»

Sie lacht leise und scheint irgendwie Gefallen an mir zu finden.

«Aber Sie mögen Essen?»

«Na ja, klar. Allerdings bin ich nicht sicher, ob es mich immer so mag.»

Ich klopfe mir auf die Oberschenkel. Luella lächelt.

«Und haben Sie ein Ernährungsethos?»

Ich runzle die Stirn. Ethos? «Ich bin nicht sicher, ob es eine Bezeichnung für ‹fünf Mahlzeiten am Tag aus dem, was ich mag und nicht so viel Ungesundes› gibt.»

Sie lacht wieder. Vielleicht kriege ich sie noch auf meine Seite.

«Ich meine, ich versuche, gesund zu leben. Aber manchmal essen wir eben etwas, was wir nicht sollten, und es ist nicht makrobiotisch oder bio, sondern irgendwo dazwischen.»

Sie schreibt mit. Ich entziffere: «Muss noch gestrafft werden.» Hoffentlich meint sie damit nicht meine Oberschenkel. Tatsache ist, ich befinde mich irgendwo zwischen Nigella Lawson und der großen Delia Smith. Ich schiebe mir weder eine Babyzucchini auf pornographische Weise in den Mund, noch habe ich einen Schrank voller importierter Gewürze, aber ich koche vernünftig und verlässlich und modern. Aber auch hierfür gibt es vermutlich keine Bezeichnung.

«Und über Ihren Ehemann müsste ich auch mehr wissen. Matt, oder?»

Ich nicke vorsichtig.

«Was ist sein Beruf?»

«Er macht eine Ausbildung zum Buchhalter.»

Luellas Schultern fallen herab. Offenbar hat sie etwas Aufregenderes erwartet. Matt vermutlich auch.

«Nun, er sieht auf jeden Fall gut aus. Wir können ihn gut verwenden, die Kinder auch. Die hier gefällt mir. Ihre Haare sind toll. Ich persönlich finde ja, dass die McCoy-Kinder aussehen wie Inzucht, aber das passiert eben, wenn man seinen Kindern bloß Hülsenfrüchte und Nüsse zu essen gibt.»

Annie prustet etwas Kaffee aus der Nase. Millie lacht, weil

sie gehört hat, dass ihre Haare etwas Besonderes sind, und freut sich, dass jemand das bemerkt hat.

«Aber am dringendsten rate ich Ihnen, Ihre Geschichte ordentlich zu erzählen. Sagen Sie, was sie zu sagen haben, und lassen Sie nicht zu, dass die McCoys Ihren Lifestyle und Ihre Familie kritisieren.»

Ich nicke. Das ist vernünftig. So wird mein Leben wieder normal werden.

«Und danach haben Sie den Ball auf Ihrer Seite. Ich mag Sie. Ich glaube, Sie kommen sympathisch rüber, sind jung. Am Kochen können wir noch arbeiten, aber das hat echt großes Potenzial. Beinahe eine Million Klicks auf YouTube, der Clip hat sich sogar schon bis in die USA verbreitet. Wir könnten Ihnen ein paar Talkshow-Auftritte besorgen, Gastauftritte in *Saturday Kitchen*. Glauben Sie, Fernsehen wäre was für Sie?»

Ich sehe Annie an, die plötzlich sehr interessiert wirkt.

«Sie meinen, da wäre noch was zu machen?»

«Schätzchen, ich bin die Beste in diesem Business. Ich kann Ihnen für nächste Woche ein Makeover in *Closer* besorgen und einen Kochbuchvertrag zu Weihnachten. Wenn Sie wollen, kriege ich Sie auch für nächstes Jahr bei *Let's Dance* unter. Tommy McCoy hat das Ende seiner fünfzehn Minuten erreicht, Herzchen. Jetzt wird zurückgeschlagen, und dadraußen sind genügend Leute, die sich freuen, wenn jemand wie Sie ihm mal eins überzieht.»

«Aber ich habe ja gar nichts gegen ihn persönlich. Ich meine, schon, aber ...»

«Kommen Sie. Wer will nicht jemanden wie ihn, mit all seinem Missionarseifer, seinem Geld und seinen hochgestochenen Vorstellungen von der Welt mal ein paar Stufen runterschicken? Und Sie? Ich glaube, Sie sind genau die Frau, die das schaffen könnte. Die Öffentlichkeit will das, sie hat keine Lust mehr auf diese dünnen, hyperaktiven Promi-Köche. Sie wollen normale Hausfrauen. Ich bin schon lange in diesem Geschäft. Ich setze nicht auf Pferde, die nicht gewinnen.»

Annie ist jetzt total auf Luellas Seite. Sie klatscht wie ein Seehund in die Hände und wirkt gar nicht mehr wie meine Anwältin mit Pokerface. Ich glaube, es war die *Let's Dance*-Bemerkung. Annie versucht schon ewig, dafür Karten zu kriegen. Das soll nicht heißen, dass Luella mir nicht auch ein wenig Hoffnung und Trost vermittelt hätte. Aber sie macht aus der Sache etwas ganz anderes, als ich ursprünglich wollte. Ich kann Linien in den Sand ziehen. Aber Schlachten schlagen, in denen ich eine Art Hausfrauen-Mutter-David spiele, der sich gegen diesen McCoy und sein Goliath-Reich auflehnt, das hört sich sehr anstrengend und zeitaufwendig an. Außerdem habe ich keine Schleuder. Und auch keine Steine, mit denen ich angreifen könnte. Mann, ich würde sogar in Gladiatoren-Sandalen bescheuert aussehen. Meine Beine sähen aus wie eingeschnürte Würstchen. Annie und Luella beginnen, meine Angriffsstrategie zu planen, während ich nicke und mir den Teller mit Keksen heranziehe, die ich mir mit Millie teile, in deren Händen sie zu beigefarbenen Krümeln zerbröseln.

Neuntes Kapitel

Es ist Samstag. Das bedeutet zweierlei in unserem Haus, nämlich keine Arbeit und keine Schule. An diesem Tag schaufeln
wir ausnahmsweise einmal nicht hastig unsere Cornflakes in
uns rein, sondern bereiten ein extravagantes Frühstück mit
Pfannkuchen und gebratenem Speck zu, bis irgendwann der
Rauchmelder angeht. Unsere Gewohnheiten ändern sich auch
an diesem Wochenende trotz der Ereignisse nicht, allerdings
gibt es eine Neuerung: eine Zeitung auf dem Frühstückstisch,
die Matt und ich hochkonzentriert durchblättern. Was zur Folge hat, dass ich nicht merke, wie Ted sich den halben Inhalt des
Honigbären auf den Teller quetscht. Jake schaut auf, als er mein
Foto auf der Zeitungsseite sieht.

«Bist du wieder in der Zeitung, Mum? Du siehst hübsch aus
auf dem Bild.»

Ich drücke ihm hastig einen Kuss auf die Stirn. Jake, der Schmeichler. Hannahs Gesicht wirkt dagegen ganz zerfurcht, während sie versucht, Millie mit einer Erdbeere zu unterhalten.

«Diese Frau hat tatsächlich mal ein paar wirklich nette Sachen über mich geschrieben und keine Lügen erzählt.»

Die Kinder sind nicht besonders interessiert. Matt liest beim Essen, während Ted feststellt, dass sich sein Pfannkuchen in eine Art klebrigen Fliegenfänger verwandelt hat. Matt hat heute Morgen um sieben Uhr das Haus verlassen, um zehn Ausgaben vom *Guardian* zu kaufen. Ich weiß nicht, was er mit zehn davon vorhat, aber er liest den Artikel jetzt zum siebten Mal.

«Weißt du was, ich glaube, das ist gut. Du kommst nett und viel wichtiger rüber, so als hätte dieser Elswood-Typ bloß mit dem Arsch geredet.»

Jake und Ted freuen sich immer, wenn Matt so was sagt. Dann haben sie einen Grund, sich an die Pobacken zu fassen und sie zum Reden zu bringen. Aber bitte nicht, während wir noch Pfannkuchen essen. Ich nehme eine Zeitung und lese noch mal, was Jill Robertson geschrieben hat:

«... unbestritten, dass Mrs. Campbell viel besser für die moderne Familie sprechen kann. Ihr Leben ist ein deutlich überzeugenderer Indikator dafür, was Mütter tagtäglich auszuhalten haben. Dass sie ehrlich ausspricht, dass ihr die häusliche Routine manchmal zu viel wird, ist bei weitem realistischer und weniger herablassend, als aus dem Mund eines Promis ...»

Routine. Bedeutet das Langeweile? Ich sehe zu Matt hinüber und hoffe, dass er sich nicht gekränkt fühlt.

«... indem McCoy versucht, ihr häusliche Verfehlungen vorzuwer-

fen, um seine missionarische Haltung gegenüber Ernährung zu unterstreichen und ein paar weitere Zuschauer zu gewinnen, hat er nur gezeigt, was für ein Ernährungs-Snob er ist. Mrs. Campbell würde sofort zugeben, dass ihre kulinarischen Fertigkeiten denen McCoys unterlegen sind, doch sie kann einen Winterrettich erkennen, und ihre Kinder bekommen ‹normalerweise auch ihre fünf Mahlzeiten – vielleicht sind es manchmal auch dreieinhalb›, lacht sie.»

Ich stecke Millie ein paar Blaubeeren in den Mund, während ich das lese. Dann betrachte ich noch mal das Bild von mir im Restaurant, in dem das Interview stattgefunden hat. Ich trage ein grünes Kleid, das Luella für mich bei Zara ausgesucht hat, dazu Leggins und braune Pumps. Ein großer Schlüpfer und ein noch größerer BH halten darunter alles zusammen. Ich sehe, wie Matt das Bild betrachtet. Er sagt nichts.

«Sehe ich zu muttimäßig aus? Ich wollte Jeans tragen, aber Luella meinte, ich sollte ein bisschen eleganter aussehen. Es sieht nicht übertrieben aus, oder?»

Matt schüttelt den Kopf.

«Und was ist mit dem Teil über Dad? Nicht zu viel? Meinst du, das ist okay für ihn?»

Die Journalistin hat mich gefragt, wo ich kochen gelernt habe. Bei meiner Mutter? Ich verzog das Gesicht und erklärte ihr dann, nein, mein Dad hätte es mir beigebracht. Bei zwei jüngeren Brüdern musste ich schnell lernen, wie man nach der Schule Käsetoast macht, Bohnen aus der Dose aufwärmt und Spaghetti kocht. Mit fünfzehn hatte ich mir alle anderen Kniffe aus der Sendung Ready Steady Cook abgeschaut. So habe ich gelernt, was für interessante Dinge man mit einer roten Paprika machen kann. Der Artikel ist empathisch, aber nicht so sehr, dass ich wie eine Waise mit Küchenschürze rüberkomme. Und er dramatisiert auch nicht.

«Nein. Ich glaube, ihn stört das nicht. Es ist ein guter Artikel. Ich glaube, das haben wir gut gemacht.»

Er stopft sich einen ganzen Pfannkuchen in den Mund, zum großen Staunen der Jungs, die es ihm gleich nachmachen wollen, bei denen jedoch der ganze Honig über Kinn, Nase und Haare läuft. Das Telefon klingelt, und Matt nimmt ab.

«*Buongiorno …*»

Ich wirble herum. Wenn er italienisch spricht, dann ist es seine Mutter. Die bestimmt anruft, um den Artikel und meine Fähigkeiten als Ehefrau auseinanderzupflücken und ihre Meinung dazu zu sagen. Ich starre auf Matts Gesicht und versuche ein paar Worte zu verstehen.

«*Si, mi fa piacere che hai letto l'articolo. Hai comprato quante copie? Si, si … sono sicuro che questa sai la fine. Si, certo, i ragazzi mangiano bene.*»

Irgendwas mit Stühlen, Kindern und Essen? Ich tue so, als würde ich den Jungs die Gesichter abwischen.

«*Beh … è molto gentile da parte di Zio Dino, ma cosa me 'ne faccio con dieci chili di mozzarella?*»

Käse und Dinosaurier? Ich muss mein Italienisch-Buch mal wieder rausholen. Was Gia Campbell wohl von der ganzen medialen Aufmerksamkeit hält? Vielleicht freut sie sich, dass jemand endlich mal darauf hinweist, was sie mir schon die letzten acht Jahre immer wieder vorwirft: Ich backe nicht genug, meine Kochkünste beschränken sich auf Kartoffeln und Hackfleisch. Matt wechselt zurück ins Englische.

«Mamma, du bist hier immer willkommen, aber ich

glaube wirklich, der Artikel hat jetzt alles geklärt. Wirklich? Okay …»

Meine Nackenhaare stellen sich auf.

«Kommt Nonna uns besuchen?», fragt Jake. Matt legt die Hand über die Sprechmuschel. «Sie will mit dir reden.»

Ich verziehe das Gesicht, nehme aber zögernd den Hörer, weil ich weiß, dass ich vor den Kindern wenigstens höflich und pflichtbewusst tun muss. Das hat nichts mit dem Schwiegermutter-Klischee zu tun. Es ist nur, dass ich mich wegen der Mischung aus starkem italienischem und angeberischem Edinburgh-Akzent manchmal schwertue, sie richtig zu verstehen. Ich krame mein Basis-Italienisch hervor.

«Gia! *Comma sty?*»

Sie schweigt einen Moment und versucht offenbar herauszufinden, ob ich wirklich gerade über Zeichensetzung sprechen will.

«Juliet?»

«Ja.»

«*Ciao.* Ich lese gerade Zeitung. Mir gefällt deine Frisur.»

«Danke, Gia.»

Erstes peinliches Schweigen.

«Es tut mir sehr leid, dass diese ganze Sache derartig aufgeblasen wurde. Ich wollte nicht, dass die Familie sich meinetwegen schämen muss.»

«Ich schäme mich doch nicht für dich. Alles gut.» Es sind Worte dazwischen, die ich nicht verstehe.

Zweites peinliches Schweigen.

«Ich schicke dir Besen.»

«Oh, meinst du, für den Garten?»

Drittes peinliches Schweigen.

«Nein, zum Essen. *Formaggio*!» Ich kapiere es nicht.

«Okay, danke. Ich bin gespannt.»

«Gib mir Matteo. *Ciao*, Juliet!»

Ich reiche ihm das Telefon zurück und zucke die Schultern. Matt lächelt mich an und murmelt irgendwas, bevor er auflegt.

«Sie schickt uns Mozzarella.»

«Mit der Post?»

Matt zuckt die Schultern. «Sie wird es schon hinkriegen.» Er dreht sich um und hält den Jungs eine Packung Feuchttücher hin. Ich sehe zu Hannah, die ihren Pfannkuchen bisher nur auf ihrem Teller herumgeschoben hat und den Honigbär ernsthafter betrachtet als nötig.

«Alles okay, Han?» Sie zuckt die Schultern, und ich sehe zu Matt in der Hoffnung auf Unterstützung.

Endlich platzt es aus Hannah heraus.

«Werden die Leute in der Schule darüber auch wieder lästern?»

Matt lauscht, während er Jake eine Blaubeere aus der Nase holt.

«Wie denn, zum Beispiel?»

«Na ja, Imogen hat gesagt, ihre Mum hat gesagt ... Sie hat gesagt, du bist ...»

«Was?»

«Erst hat sie gesagt, ich bin ein Unfall gewesen ... und dann hat sie gesagt, du bist peinlich.»

Matt drückt ein bisschen zu fest zu, sodass die Blaubeere plus ein großes Stück Popel aus Jakes Nase fliegen und auf

Millies Teller landen. Millie isst weiter, während Matt und ich uns anstarren.

«Na ja, Imogens Mutter sollte lieber den Mund halten. Sie trägt einen Vokuhila.»

«Matt!»

Ich drehe mich in meiner besten Mutterhaltung zu Hannah um, was nicht ganz einfach ist, wenn man bedenkt, dass ich ein schlechtsitzendes Top und eine Pyjamahose mit Kühen darauf trage.

«Schatz, es gab keinen Unfall. Du warst eine Überraschung. Und zwar eine schöne Überraschung.»

Matt nickt. Überraschung ist leicht untertrieben. Meine Periode war eine Woche überfällig. Ich schob es auf den Examensstress, zu viel Alkohol und miese Ernährung. Drei Tage später machte ich mit Annie zusammen einen Schwangerschaftstest. Zwei Wochen danach erzählte ich es Matt. Er weinte. Große Tränen rollten seine Wangen herab. Einen ähnlichen Schock erlebt man vermutlich, wenn man erfährt, dass man adoptiert wurde. Die gesamte Identität erfährt eine seismische Verschiebung, eine Verdrehung des bisher so flachen und ruhigen Horizonts. Ich habe tagelang nichts empfunden. Diese kleine blaue Linie hat mich praktisch paralysiert. Matt unterbricht meine Gedanken.

«Imogens Mum ist bloß eifersüchtig, weil sie mit Imogen bestraft ist und dich nicht als Tochter hat. Ich schätze, ihre Mum ...»

Ich trete Matt unter dem Tisch, weil ich schon ahne, welche Erklärungen er so parat hat.

«Waren wir auch Unfälle, Mum?»

Ich sehe die Zwillinge an. Wenn Hannah unser Unfall war, dann waren die Zwillinge unser Blitz aus heiterem Himmel, der uns umhaute. Wir wollten noch ein weiteres Kind, am besten einen Jungen, damit die Familie vollständig wäre. Dann stellte der Arzt beim Ultraschall fest, dass unser Sohn entweder ein besonders großes Geschlechtsmerkmal besaß, oder es musste ein weiteres Bein sein. Zwillinge. Und dann noch Zwillingsjungen. Matt starrte so gebannt auf den Bildschirm, dass ihm ein wenig Spucke aus dem Mundwinkel lief. Ich sehe zu Millie rüber. Sie kam aus reiner Faulheit zur Welt. *Geh du doch los und kauf Kondome, ich habe keine Lust. Ach, komm, wir tun es einfach, und wenn es passiert, dann passiert es eben. Aber vermutlich passiert es nicht.*

«Nein, niemand war ein Unfall. Und jemanden peinlich zu nennen, ist auch nicht sehr nett.»

Hannah nickt zustimmend.

«Das hat sie auch mal über Ciaras Mum gesagt. Und zu Liam Baxter, weil er zwei Mums hat.»

Matt und ich sehen uns an. Wir sind beide entsetzt, dass jemand so indiskret sein kann.

«Was dämlich ist. Weil Liam Baxter trotzdem einen Dad hat, aber seine Mums sind eben homosexuell, und das versteht sie nicht.»

Matt und ich halten den Atem an, als die Jungs die Ohren spitzen.

«Was ist homosexuell?»

Hannah antwortet. «Das ist, wenn ein Mann und ein Mann sich lieben. Oder eine Frau und eine Frau. Und sie können heiraten und alles und Babys haben.»

Die Jungs scheint die Vorstellung nicht besonders zu beeindrucken.

«So wie Onkel Ben. Er mag auch lieber Männer.»

«Hannah, woher weißt du ...?»

«In der Schule haben wir einen Film darüber gesehen, dass man alle Menschen respektieren muss. Homosexuelle. Moslems, auch wenn alle immer denken, das sind Terroristen. Oder wenn man bloß eine Mum hat, und dein Dad ist abgehauen so wie bei Carly Matthews in der Schule. Ich weiß das von Onkel Ben, weil er diesen Typen zu Weihnachten mitgebracht hat, und ihr habt mir gesagt, er ist bloß ein Freund, aber ich hab gesehen, wie sie sich im Garten geküsst haben.»

Matt und ich starren uns an. Die Jungs haben Hannahs Begründungen ohne Bedarf nach weiteren Erklärungen akzeptiert. Sie zucken bloß die Schultern und fragen, ob sie aufstehen können, um das Wohnzimmer zu verwüsten. Ich scheuche sie raus und räume den Tisch ab. Ich schätze, für sie sind solch lächerliche Stereotypen, dass ein Mann mit einer Frau zusammen sein soll, nicht gerade in Stein gemeißelt, wie man auch an der Tatsache erkennen kann, dass Jake bis letztes Jahr noch ziemlich sicher war, dass er die kleine Meerjungfrau heiraten wollte. Sie würde aber in der Kirche nicht mit ihm den Gang heruntergehen können, hat Hannah ihm erklärt. Was Jake egal war. Er meinte, er würde sich einen Fischschwanz operieren lassen und mit ihr im Meer leben. Ich schätze, die Menschen mussten schon Schlimmeres für ihre wahre Liebe durchmachen.

«Also, wenn Imogens Mum so einen Scheiß von sich gibt ...», sagt Matt.

«Dann soll ich nicht hinhören?», beendet Hannah den Satz.

Ich hadere noch damit, dass Matt «Scheiß» gesagt hat und es nun in der Luft hängt, wo Jake und Ted es hören, abspeichern und in der Schule wiederholen können.

«Genau», sage ich. «Versuch nicht hinzuhören. Denk immer dran, dass wir nette Menschen sind und versuchen, nett zu anderen zu sein.»

Ich habe es offenbar übertrieben mit dem Nettsein. Das sehe ich an Hannahs hochgezogenen Augenbrauen und ihren geschürzten Lippen, die so wirken, als wüsste sie genau, dass ich die Erziehungsberechtigte spiele und zwar nicht sehr überzeugend. Matt lacht leise vor sich hin.

«Und was ist mit diesem Fernsehkoch?»

«Das ist jetzt erledigt, Han.» Matt hält den Zeitungsartikel hoch, in dem ich als ganz normale, nicht durchgedrehte Mutter dargestellt werde. Ich sehe Matt an. Es ist vorbei. Ende.

Hannah wirkt nur halb beruhigt und läuft zu ihren Brüdern. Jetzt ist nur noch Millie am Tisch, und ich überlege, ob sie noch Hunger hat, müde ist und eine neue Windel braucht.

«Hast du es deiner Mum erzählt?», frage ich Matt und halte meinen Becher mit lauwarmem Kaffee. Matt stapelt in seiner effizienten Samstagmorgen-Ehemann-Weise klebrige Teller aufeinander.

«So ungefähr. Ich meine, wozu es noch weiter diskutieren. Guck dir an, was mit Han in der Schule passiert ist – sie braucht so was wirklich nicht.»

Ich nicke etwas beschämt, weil ich weiß, was ich gleich sagen werde. «Aber was, wenn das nicht das Ende war?»

Matt sieht mich fragend an.

«Ich meine, diese Medienberaterin hat gesagt, daraus könnte

man was machen. Vielleicht eine Karriere als eine Art mütterliche Fernsehköchin.» Matt prustet los. Ich versuche, nicht verletzt zu reagieren.

«Was? Jamie Oliver im Rock?»

«Weiß ich nicht. Sie hat gesagt, da könnte man eine Menge draus machen. Was denkst du darüber?»

Er sieht mich an, als hätte ich gesagt, ich würde in einem Raumschiff aus gekochtem Schinken zum Mond fliegen wollen. Er schüttelt den Kopf und stellt die Teller in die Spülmaschine. Sein Schweigen ist ziemlich eindeutig, und ich habe nichts anderes erwartet.

«Ich meine, vielleicht sollten wir diese Publicity ausnutzen. Wenn wir daraus Kapital schlagen können, dann wäre das doch nicht schlecht.»

Matt dreht sich genervt um.

«Ach ja? Die letzte Woche war total irre – guck dich doch an, was es mit dir gemacht hat, dass fremde Menschen in unserem Leben herumgestochert haben. Das ist es doch wohl nicht wert.»

«So muss es ja nicht immer sein.»

«Ja, aber so war es. Ich finde, du solltest dir das gut überlegen – der Markt ist voll mit solchen Köchen, und die meisten sind einfach bloß dämliche Fernsehnasen. Warum willst du einer von denen sein?»

«Wieso nicht? Ich könnte den Markt ja noch mal richtig aufmischen. Ich könnte die bodenständige Mutter spielen, die viel näher an den Zuschauern dran ist.»

«Mit einem Unterschied: Du kannst nicht kochen.»

Ich ziehe die Luft ein. Das Beste und Schlimmste an Matt ist, dass er immer die ungeschminkte Wahrheit sagt und sie direkt aus der Hüfte schießt. Manchmal ist es gut, wenn einem die Wahrheit gesagt wird, anstatt dass einem jemand Rauch in den Hintern bläst, aber manchmal wäre es auch schön, er könnte ein bisschen weniger direkt sein, damit man das Gefühl hätte, es würde ihm etwas daran liegen, mein Selbstwertgefühl hin und wieder aufzupeppen.

«Entschuldige mal? Bisher haben die Kinder wohl ganz gut überlebt – und du auch. Letzte Woche hast du noch genau in dieser Küche gesagt, es würde dir schmecken.»

Er schüttelt den Kopf. «Ja, aber das ist doch kein Vergleich zu einem richtigen Koch.»

«Ganz genau. Dadraußen gibt es Millionen von Müttern, und wer weiß eigentlich, was die tun? Für die würde ich sprechen.»

«Hast du Luella von der Lasagne erzählt, die dir auf die Ofentür gefallen ist?»

Das erzählt Matt nur zu gern. Genauso gern, wie ich erzähle, dass er die Bettlaken getrocknet hat, ohne zu merken, dass Ted einen Karton Johannisbeersaft im Trockner versteckt hatte.

«Das war ein Unfall.» Ich hatte einen ganzen Nachmittag geschuftet, um eine Lasagne zuzubereiten, mit der ich Matts Mutter beeindrucken wollte. Jake quengelte hinter mir, als ich mich runterbeugte, um die Form aus dem Ofen zu holen. Ein Ofenhandschuh rutschte ab. Die Lasagne fiel auf die Ofentür und kippte sie aus den Angeln. Ich hockte heulend da und versuchte die Lasagne mit einem Pfannenwender abzukratzen. Ab und zu riecht man immer noch etwas von der zwei Jahre alten Béchamelsoße.

«Ich bin sicher, es gibt unzählige Mütter, denen schon dasselbe passiert ist.»

Er zuckt die Schultern. «Also, du hast mich gefragt, und ich glaube nicht, dass es eine gute Idee ist. So sind wir einfach nicht.»

Er redet über uns im Kollektiv, und vermutlich sollte er das auch, aber ich ärgere mich trotzdem darüber, dass er meint, eine Entscheidung für uns alle treffen zu können. Ich will ihm das gerade sagen, als das Telefon klingelt. *Bitte, lass es nicht wieder Gia sein.*

«Hallo?»

«Jools, hier ist Luella. Großartiger Artikel. Wunderbar. Ich glaube, das kommt sehr natürlich rüber, und Sie sehen auf dem Foto phantastisch aus. Das ist alles sehr gut gelaufen.»

Mir geht es gut, danke der Nachfrage, Luella. Matt kommt näher und tut so, als müsste er unbedingt Millies Hochstuhl abwischen, aber eigentlich will er nur lauschen.

«Also, ich habe ein paar Nachforschungen angestellt, und das ist dabei rausgekommen …»

Dann folgt eine weitere Analyse des Artikels anhand der genauen Zeilenanzahl bis zu einer beängstigenden Tiefenanalyse der Reaktionen im Forum. HelenOfTroy findet mich mutig, weil ich es gewagt habe, das McCoy-Imperium anzugreifen; Lewes4256 ist verliebt; MotherofFive findet, ich versuchte eine Märtyrerin für alle Hausfrauen zu spielen, aber dass wir nicht alle zu bedauern wären. Ich nicke und trage alles mit Fassung.

«Und jetzt müssen wir einfach nur die Sonntagszeitungen abwarten. Meine Quellen sagen mir, dass wohl ein Comeback des Themas zu erwarten ist. Ich möchte, dass Sie darauf vorbereitet sind, also komme ich gegen vier Uhr zu Ihnen.»

«Okay, vier Uhr passt. Ich backe einen Kuchen.»

«Wunderbar. Ich bin allergisch gegen Walnüsse, aber alles andere ist fein.»

Ich hatte es eigentlich ironisch gemeint, aber jetzt habe ich abgesehen von der Wäsche, dem Abwasch, dem oberen Badezimmer – wo Ted neben die Toilettenschüssel gepinkelt hat –, den Hausaufgaben und dem Versuch, Millie die Nägel zu schneiden, damit sie uns mit ihren kleinen Krallen nicht die Augen auskratzt, noch einen weiteren Punkt auf der Liste. Ich blättere mit dem Hörer am Ohr bereits durch ein Backbuch, während sie sich verabschiedet. Matt sieht mich an und flüstert fragend Luellas Namen. Er sieht verwirrt aus, weil ich das Gespräch immer noch nicht beendet habe. *Kuchen, Kuchen, Kuchen.*

«Was meinen Sie mit vorbereitet? Ich meine, wird es noch ein weiteres Interview geben? Soll ich irgendwas lesen?»

Comeback klingt wie der Auftritt einer abgetretenen Popgruppe. Ich atme tief ein, weil Matt natürlich gehört hat, was ich gerade gesagt habe. Das ist dann wohl doch nicht das Ende der Geschichte. Ein Teil von mir weiß, dass weitere Zeitungsartikel die Basis für die Lästermäuler der Schule sein werden. Aber da ist noch etwas anderes bei der ganzen Sache – etwas, das ich noch nicht genau fassen kann, das mich aber aus diesem Haus rausbringen wird. Das alles in eine neue Richtung steuert.

«Ähm, nein. Sie müssen nichts lesen, aber wappnen Sie sich emotional.»

Sie ist seltsam wortkarg.

«Hm, ja. Ich weiß nicht so recht, was Sie damit meinen.»

Matt fängt an, neben mir Geschirr zu waschen und taucht die Teller tief in das dampfende Schaumwasser.

«Nun, morgen druckt *The Sunday Mirror* einen Exklusivartikel über Sie ab. Johnno Elswood hat was über einen Ex von Ihnen geschrieben, einen Richie Colman?»

Bei seinem Namen klappt mir der Mund auf. Meine Hände umklammern das Delia-Smith-Backbuch in meinen Händen. Matt sieht mich fragend an.

«Und es tut mir leid, aber ... Ich meine, er hat ...»

Luella zögert. Ich wende mich meinem Buch zu. Schokoladenbrownies, vielleicht? Oder gehe ich lieber auf Nummer sicher mit einem Victoria Sponge?

«Irgendwie haben die es geschafft, Ihre Mutter aufzuspüren.»

Mein Griff löst sich. Das Backbuch versinkt im Spülbecken, Matt flucht laut, weil er einen Schwall Seifenblasen abbekommt, und der Telefonhörer fällt zu Boden.

Zehntes Kapitel

Ich weiß nur noch, dass es im Oktober passierte. Die Blätter verfärbten sich gerade, und ich trug wieder Strumpfhosen zur Schule. Das ist alles, woran ich mich erinnern kann. Es waren keine Streitigkeiten vorausgegangen, keine dramatischen Szenen, keine Briefe, keine Taxis, die davonfuhren wie in irgendeiner Seifenoper, wo die Leute weinend aus den Rückfenstern schauen. Am einen Tag war sie noch da, am nächsten war sie fort. Rückblickend war es für Dad ein ebenso großer Schock wie für uns, und zwar so sehr, dass er uns eine ganze Woche lang nicht erzählte, was passiert war und uns mit Ausreden wie Friseur, Bingo und kranken Tanten in Suffolk abspeiste. Da wir Kinder waren, nahmen wir alles hin. Solange der Fernseher lief und die Spaghetti auf dem Tisch standen, waren wir nicht beunruhigt.

Eines Tages aber merkte Ben, dass eine Ente vom Kaminsims verschwunden war. Er bekam Panik. Mum liebte diese Ente. Irgendwas war offenbar geschehen. Er sagte Adam, er würde ihn verpetzen. Bestimmt hätte er sie zerbrochen. Adam zuckte die Schultern. Er lief in die Küche, um es Dad zu sagen. Dad kochte gerade irgendwas, Suppe. Lauch-Kartoffel-Suppe. Ich folgte Ben in die Küche. «Wo ist die Ente, Dad?» Er antwortete nicht. «Mum wird sauer sein.» Dann brach Dad zusammen. Suppe kleckerte auf den Boden. Ein Suppenlöffel fiel klimpernd auf die Fliesen. Dad wich in eine Ecke zurück, und die Tränen liefen sein Kinn herunter. «Ich weiß nicht, wo eure Mutter ist, Junge. Ich weiß es einfach nicht.» Ich spürte Adam hinter mir. Ich erinnere mich noch genau daran, wie ich die Treppe hinaufflief und in ihrem Schrank nachguckte, in dem nur noch die leeren Bügel hin- und herschwangen. Das ist alles, was ich noch weiß. Ein Wortwechsel wegen einer Ente und Suppe auf dem Küchenboden. Das ist alles. Sie war einfach weg.

Danach hatten wir immer das Gefühl, es wäre irgendwie grob oder taktlos, das Thema bei Dad anzusprechen, und es hätte ihn wieder zum Weinen gebracht und ihn möglicherweise ebenso vertrieben wie Mum, was wir auf keinen Fall wollten. Also baten wir ihn niemals um weitere Informationen oder sprachen überhaupt noch über sie. Wir hatten natürlich unseren Verdacht: Einen anderen Mann, einen psychischen Zusammenbruch, oder wie Ben annahm, Drogen. Doch dass sie uns verlassen hatte und nie versuchte, mit uns Kontakt aufzunehmen, zerstörte uns nicht. Wir vermieden das Thema, kehrten es unter den Teppich unseres Unterbewusstseins und dachten, es würde schon irgendwann wieder hervorkommen. Eines Tages. Nur wann, das wussten wir nicht.

Und nun ist es so weit. Es ist Sonntagmorgen, und ich sitze in meinem Schlafanzug am Küchentisch und schluchze mir das Herz aus dem Leib. Ich schlürfe lauwarmen Tee und betrachte ihr Gesicht in der Zeitung: Es ist immer noch dasselbe. Während Dad fast alle Haare verloren hat (er gibt uns die Schuld daran) und sein Gesicht voller Falten ist wie gegerbtes Leder, ist sie kein bisschen gealtert – sie trägt die Haare immer noch in einem schulterlangen Bob, dazu dunklen Lippenstift. Sie hat ein weißes Hemd und Jeans an, nicht mehr ihre Achtziger-Jahre-Leggins und die weiten Kleider plus Haarreifen, an die ich mich erinnere. Aber diese Titelzeile: ICH DARF NICHT ZU MEINEN ENKELKINDERN. Ich lese weiter, wobei ich vor Tränen buchstäblich Schaum vor dem Mund habe.

«*Wann haben Sie Jools, ihre Brüder und Ihren Ehemann verlassen?*»

«*Das war 1995. Juliet war etwa zehn. Adam war sieben und Benny fünf.*»

«*Und war die Trennung einvernehmlich? Was war der Grund?*»

«*Ich bin gegangen, weil ich mich in jemand anderen verliebt hatte. Er arbeitete mit meinem Mann zusammen. Als er es herausfand, flippte er aus. Er sagte, ich müsste gehen. Ich wollte sowieso gehen, aber er sagte, er würde die Kinder behalten, und wenn ich versuchen würde, sie ihm zu nehmen, dann würde er mich umbringen.*»

«*Wirklich? Warum haben Sie das nicht der Polizei gemeldet? Warum sind Sie nicht vor Gericht gegangen, um sich das Sorgerecht zu sichern?*»

«*Weil ich die Kinder liebte und sie dem nicht aussetzen wollte. Da-*

nach sagte er zu mir, die Kinder wollten nichts mehr mit mir zu tun haben und ich sollte mich von ihnen fernhalten. Also tat ich das. Ich versuchte, Kontakt aufzunehmen, als ich hörte, dass Juliet zum ersten Mal schwanger war, weil ich dachte, eine Tochter würde ihre Mutter in so einer Zeit brauchen. Ich habe Karten und Geschenke geschickt, aber ich nehme an, sie hat sie niemals bekommen. Bis heute habe ich meine Enkel nicht kennengelernt, und es bricht mir das Herz.»

Der Artikel zeigt Bilder von meiner Mum, wie sie schmerzerfüllt in die Luft schaut, im Hintergrund Bäume, während sie über Fotos von uns streicht. Johnno scheint jedoch etwas dagegen zu haben, ihre Worte für sich sprechen zu lassen, sondern lässt sich noch persönlich darüber aus, wie unmöglich es ist, seine eigene Mutter zu verleugnen und einer armen alten Frau zu verwehren, Verbindung zu ihrer Familie aufzubauen. Ich wische mir die Tränen von der Wange, als das Küchenlicht angeht und Matt mir von hinten die Arme umlegt.

«Wie schlimm ist es?»

«Scheiße, Matt. Ich weiß noch nicht mal, ob das überhaupt stimmt. Warum tut sie das?»

Er drückt mich fester, und ich höre hinter ihm Schritte. Ich wische mir übers Gesicht, weil ich glaube, es sind die Kinder.

«Die beiden hier habe ich an der Haustür getroffen.»

Es sind Adam und Ben. Ben hat helle Spuren auf den Wangen, Adam ist blass und still. Matt setzt den Kessel auf und holt den Rest meiner Brownies aus dem Kühlschrank, während wir uns alle früh am Morgen zusammensetzen, was langsam zur Gewohnheit wird.

«Das ist alles meine Schuld.»

Dad schüttelt den Kopf, während Adam und Ben mit grauem Gesicht am Tisch sitzen und ins Leere starren. Ich habe den Verdacht, dass Adam betrunken ist. Dad wirkt sehr ruhig, beinahe schwermütig; Ben ist kurz vorm Heulen und schweigt, während ich völlig hyperemotional bin, wie in einem asthmatischen und tränennassen Schluchzmodus. Mein jüngster Bruder kommt und nimmt mich in die Arme.

«Wenn ich dieses *Guardian*-Interview nicht gegeben hätte, dann wäre das niemals aufgekommen.»

Niemand antwortet, vermutlich sind alle zu erschöpft davon, was alles in nur vierundzwanzig Stunden passiert ist. In der einen Minute waren wir noch mutterlos und ganz zufrieden damit, in der nächsten gibt es stundenlange Gespräche, Tränen und Spekulationen. Sie ist wieder da. Adam nimmt die Zeitung in die Hand und starrt sie mit einer guten Portion Hass im Blick an.

«Das muss das Geld sein. Nicht, dass ich was anderes von ihr erwartet hätte.»

Ben schüttelt den Kopf.

«Vielleicht haben sie ihre Aussage auch ganz falsch wiedergegeben. So wie bei Jools.»

Möglich. Aber Adam nimmt ihm das nicht ab. Und ich auch nicht. Dad antwortet nicht. Ich stehe bloß da und starre ihr Bild an, als wolle ich es zwingen zu reden oder sich zu bewegen, damit ich draufschlagen kann. Ich frage mich ernsthaft, wie sie sich dieses Szenario wohl ausgemalt hat. *Oh, ich habe zwanzig Jahre nicht mit meinen Kindern gesprochen, aber jetzt hab ich eine Idee: Ich mache das einfach über die Presse. Und wenn ich schon mal dabei bin, erzähle ich auch noch einen Riesenhaufen Mist.* Warum? Warumwarumwarumwarum? Die Frage füllt mein Innerstes mit so unglaublicher Wut, dass ich am liebsten losrennen und eine Art Urschrei ausstoßen möchte. Ich sehe Dad an, der ins Leere starrt, als hätte er immer gewusst, dass dieser Tag kommen würde, aber jetzt trotzdem keine Ahnung hat, wie er damit umgehen soll. Adam sieht wütend aus, kurz vorm Platzen, und Ben wird immer blasser, als würde er sich am liebsten in einem abgedunkelten Zimmer hinlegen.

«Es klingt so, als wollte sie … ihr wisst schon …», sagt Ben vorsichtig.

Adam und ich sehen ihn fragend an.

«… wieder Kontakt aufnehmen.»

Ich sehe, wie Adam die Fäuste ballt. Ich schüttle den Kopf. Niemals. Sie hat die Brücken vor vielen Jahren niedergebrannt – und zwar bis zum Grund der Brückenpfeiler. Ich spüre die Emotionen in meinem Oberkörper aufsteigen und stehe auf. Ich muss irgendwas tun. Ich bücke mich, um einen Blick auf das Huhn im Ofen zu werfen. Matt hat die Kinder mit zu Donnas Party genommen, damit wir reden können. Ich dachte, es wäre eine gute Idee, ein Hühnchen im Ofen zu braten, als ob so was wie sonntägliche Beschäftigungen in der Küche mich von diesem seltsamen Gefühlsplateau heben könnte.

«Machst du Bratkartoffeln?», fragt Adam.

Das wollte ich. Aber ich habe die Kartoffeln zu lange gekocht, also wird es jetzt Kartoffelbrei. Ich hole das Hühnchen heraus, und da steht es nun, ein wenig glänzend, ein wenig duftend, als würde es nasse Strumpfhosen tragen. Alle sind seltsam still, und der Raum knistert vor einer Million ungesagter Dinge. Ich weiß allerdings gerade nicht, wie ich all das in Worte fassen soll, also hebe ich das Hühnchen aus dem Bräter und lege es auf die Platte. Dann zerteile ich es mit solcher Gewalt, als hätte das arme Wesen mir irgendeine grobe Gemeinheit angetan, sodass das Fleisch nur so auf die Anrichte fliegt und das Fett in meine Schubladen läuft.

«Solltest du das nicht lieber ...»

Dad steht auf, um Adam zu unterbrechen. Ich lasse mich weiter gehen, steche auf das Hühnchen ein, bis es aussieht wie ein Kadaver bei einer Yoga-Übung. Schließlich findet Dad, dass man mir lieber das Messer abnehmen sollte. Er kommt zu mir und tätschelt mir den Rücken.

«Das ist wirklich ein großer Vogel. Die Reste kann man noch gut als Sandwich verwerten.»

Ich starre ihn an, doch sein Blick bleibt auf das Hühnchen gerichtet. *Jetzt ist nicht der Zeitpunkt, um über Sandwiches zu sprechen.*

«Erzähl uns, was passiert ist.»

Adam und Ben schütteln besorgt den Kopf. Dad sieht mich bloß an und weiß Bescheid. Er setzt sich und streicht über seine Cordhose.

«Was willst du wissen?»

«Wer war Brian?», frage ich.

«Ein Typ aus der Schule. Hat Geographie unterrichtet. Ich kannte ihn nicht besonders gut, aber eure Mutter schon. Ich erinnere mich nur daran, dass er einen Vollbart hatte.»

Dabei reibt er sich das Kinn und fragt sich offenbar, ob seine fehlende Gesichtsbehaarung der eigentliche Grund für das Scheitern ihrer Beziehung war.

«Und sie haben sich ineinander verliebt. Eure Mutter hat es mir eines Tages gesagt, sie meinte, sie wollte mit ihm zusammen sein, aber er wolle nicht Vater der Kinder eines anderen sein. Und das war es dann.»

Wir sitzen alle schweigend da. Als wäre das das Ende vom Lied. Doch dann erzählt er uns, dass sie sich immer wieder bei Dad gemeldet hätte (jedes Jahr, wenn sie an unsere Geburtstage dachte) und dass Dad ihr nur wenig zu sagen hatte, abgesehen von der Tatsache, dass wir gesund seien. Wie sie von ihrem neuen Leben mit Brian geschwärmt hatte und versuchte zu erfahren, ob Dad sie durch eine andere Frau ersetzt hatte. Aber Dad sagte immer nein, obwohl er diese Frau datete, die er im Internet kennengelernt hatte und die auch ganz in Ordnung war, bis auf die Tatsache, dass sie besessen vom Häkeln war. Dad sagte, das Einzige, was an dem Artikel stimme, sei, dass sie zu Hannahs Geburt eine Karte geschickt hätte. Darauf sei ein rosa Teddybär gewesen, und Mum hätte auf die Rückseite geschrieben, wie froh sie sei, Großmutter geworden zu sein. Dad hatte nicht gewusst, ob das ironisch gemeint war, also zeigte er sie mir nicht. Ich hatte ja auch so genug zu tun. Ich weiß nicht, ob es mich stört. Wir glauben Dad alle, natürlich, es gibt keinen Grund, es nicht zu tun, und das Bild, das sie und Johnno Elswood von Dad gezeichnet haben, dass er «eine Frau wegen seiner Kinder am Hals packen und sie gegen die Wand drücken» würde, war völlig absurd. Während er erzählt, denke ich, dass Mum vielleicht wirklich geglaubt hat, so unsere Aufmerksamkeit zu bekommen und wieder in unser Leben zurückkehren zu können. *Klar, Mum. Indem du den Mann runtermachst, der sich die letzten zwanzig Jahre allein um uns gekümmert hat. Klappt bestimmt.*

«Ich hätte euch das früher erzählen sollen. Es tut mir leid. Wirklich.»

Ben weint jetzt heftig. Adam schüttelt fassungslos den Kopf. Ich bin total genervt, weil Dad glaubt, sich entschuldigen zu müssen.

«Dad, das braucht dir nicht leidzutun. Wir wollten das erst hören, wenn du so weit bist, es uns zu erzählen.»

Meine Brüder nicken und sehen ihn an, während er Mums Bild auf dem Tisch betrachtet.

«Sie sieht immer noch genauso aus, was?»

Ich beobachte sein Gesicht und frage mich, wie oft er wohl um sie geweint hat. Ich denke an die einsamen Nächte im Bett, wenn er sich gefragt haben mag, warum und wie die Dinge so kommen konnten. Ich presse die Lippen aufeinander und gehe wieder zu meinem Hühnchen, um weiter darauf einzuhacken, während ich mich gleichzeitig dafür entschuldige. Dieses arme, verdammte Hühnchen.

Mein Gehacke wird vom Klingeln des Telefons unterbrochen, und von Dad, der etwas Angst bekommt, weil ich es geschafft habe, das Fett bis an die Decke zu spritzen. Ich greife nach dem Hörer.

«Jools? Hier ist Luella.»

Ich habe immer noch das Bedürfnis nach einem Wutanfall.

«Wie geht's Ihnen?»

Ihr Ton ist sachlich. Sie wirkt seit gestern ein wenig zurückhaltender, beinahe lauernd, weil sie die Veröffentlichung nicht verhindern konnte oder sich so hat einmischen können, wie sie eigentlich wollte. Sie hat außerdem gestern erst alle anderen in meiner Familie kennengelernt; Matt und seinen gestreiften Pulli mochte sie gleich und meinen kunterbunten Kinderhaufen sowieso. Doch meinen sechzigjährigen Vater kennenzulernen und zu wissen, dass er am nächsten Tag von den Boulevardblättern attackiert werden würde, hat sie offenbar doch etwas mitgenommen und ihren üblichen Ausstoß an Worten pro Minute halbiert.

«Wie geht es Frank und dem Rest der Familie? Das war wirklich mieser Journalismus.»

Ich ziehe mich in den Flur zurück und lehne mich gegen die Wand.

«Wir schaffen das schon. Aber Luella, ich bin derartig wütend. Es geht überhaupt nicht um mich – dieser Artikel hat meinen Dad dargestellt wie einen Tyrannen. Das ist wirklich nicht fair ihm gegenüber.»

«Das sind also alles Lügen, ja? Wir können sie zu einer Richtigstellung zwingen oder mit einer Gegendarstellung kontern. Das würde ich empfehlen.»

Aber die Vorstellung, meine Geschichte zu veröffentlichen und Gleiches mit Gleichem zu vergelten, scheint so sinnlos zu sein.

«Ich möchte aufhören. Das ist die Sache auf Dauer einfach nicht wert.»

Ich spüre Erleichterung, als ich das sage. Ich sehe zur Uhr. Es ist 4.56 Uhr. Um diese Zeit stelle ich normalerweise *Antiques Roadshow* an und weiß, dass das Wochenende langsam seinem Ende zugeht. Der Himmel hat seine Farbe verändert, der Sonntagsblues hängt bereits in der Luft und kündigt die bevorstehende Arbeitswoche an. Und ich denke daran, was Matt gesagt hat. *Das sind wir einfach nicht.* Es muss jetzt aufhören.

«Wirklich?»

«Ich habe einfach nicht die Kraft weiterzumachen. Ich möchte Johnno Elswood umbringen, ehrlich. Aber ich kann nicht dastehen und zusehen, wie die Presse über meine Familie herfällt. Das kann ich einfach nicht.»

Sie schweigt eine Weile, während ich tief einatme. Ich habe meine Entscheidung getroffen. Kein Rampenlicht mehr.

«Es ist nur so, meine Liebe ... Ich wollte eigentlich nicht diejenige sein, die Ihnen das sagt, doch ich habe ein wenig gewühlt. Und wie sich herausstellt, hat man Ihre Mutter über einen Privatdetektiv suchen lassen, und der wurde bezahlt von ...»

Meine Ohren kribbeln.

«Von wem?»

«McCoy. Er hat eine Mission, Schätzchen. Er benutzt Sie auf schlimmste Art und Weise und versucht, Ihre Glaubwürdigkeit zu beschädigen.»

Ich schweige und klammere mich ans Telefon, um es nicht wieder fallen zu lassen. Erneut steigt Wut in mir auf. Sie rast durch meine Adern, blubbert durch meine Nasenlöcher wie ein schnaubender Ochse und lässt meine Augen in ihren Höhlen zischen. Wie kann er es wagen!

«Jools? Sind Sie noch da?»

«Ja. Wenn er Krieg will, dann soll er Krieg haben. Ich will diesen Bastard fertigmachen. Rufen Sie mich morgen an.»

Und damit lege ich etwas abrupt auf. Ich habe etwas zu tun. Ich stampfe in die Küche und marschiere zum Regal, ziehe das Tommy-McCoy-Kochbuch hervor, das ich besitze, und werfe es ins Spülbecken, dann greife ich nach einer Schachtel Streichhölzer und zünde eins an. Ben hält die Hände über seinen Mund,

Adam rennt durch die Küche und stellt fest, dass er nicht zum Waschbecken und zum Wasser kommt. Während ich meinen Anfall habe und zusehe, wie McCoys hübsches Gesicht in Flammen aufgeht, weiß Dad als Einziger, was zu tun ist. Er weicht von meinem halbzerstörten Hühnchen zurück, packt den Teekessel und leert ihn über den Mini-Scheiterhaufen, bevor er mit der anderen Hand den Rauchmelder ausstellt. Er schaut auf die verkohlten Überreste.

«Du hast das Spülbecken geschwärzt, Schatz. Das wirst du austauschen lassen müssen.»

Ich stehe bloß da, und Ben nimmt mich in die Arme, während Adam anfängt zu lachen. Wenn Tommy McCoy Krieg will, dann hat er sich mit der falschen und dazu noch leicht durchgedrehten Frau angelegt.

Inzwischen ist Abend. Was habe ich da nur losgetreten? Ich habe noch gar nicht mit Matt darüber gesprochen, und das Spülbecken ist schwarz und sieht aus wie ein Hexenkessel, findet Hannah. Die Pizzaparty bei Donna war ein voller Erfolg. Matt erzählt allerdings, dass die anwesenden Eltern nur die Gelegenheit genutzt hätten, ihn mit Fragen zu bombardieren. Ob es stimme, dass ich und meine Mutter nicht miteinander sprechen? Ob ich Geld für die Interviews bekäme? Ob es stimme, dass ich mit Tommy McCoy geschlafen hätte? Am Ende, sagt er, hat er vermutlich mehr Pizza gegessen, als er wollte, bloß um irgendwas im Mund zu haben und nicht antworten zu müssen.

Also sitze ich jetzt in der Küche, starre an die Wand, trinke Tee und drücke mich um den Haushalt. Ich frage mich, ob meine Mutter ihre Tage ebenso verbracht hat, bevor sie uns verlassen hat. Saß sie auch bloß herum und träumte von einem besseren Leben mit ihrem bärtigen Liebhaber, während ein halb aufgegessenes Hühnchen auf der Anrichte lag? Wenn sie auf dem Klodeckel saß und uns in der Badewanne zusah, plante sie dann, wie sie uns am besten verlassen konnte? Meine Mutter befindet sich in diesem grauen Bereich meines Hirns, an den ich nur sehr ungern herangehe. Wenn ich heutzutage doch hin und wieder an sie denke, dann vergleiche ich sie mit meinen eigenen Abenteuern des Mutterseins, und ab und zu, wenn ich ein Taschentuch anlecke, um meinen Kindern den Mund abzuwischen oder ihnen Ofenpommes zum Abendessen mache, dann beruhige ich mich damit, dass es ihnen sehr viel schlechter gehen könnte.

Mit Adam, Ben und Dad ist heute nichts klarer geworden. Wir haben zwar über die Umstände gesprochen, die dazu geführt haben, dass sie uns verlassen hat, aber wir sind nicht schlauer geworden, warum sie sich jetzt so verhält und was wir damit anfangen sollen. Außer Zeit zu schinden und an die Wand zu starren. Oder einen persönlichen Rachefeldzug gegen einen allmächtigen Fernsehkoch zu führen. Meine letzten Worte an Luella dröhnen mir immer noch in den Ohren. *Ich will diesen Bastard fertigmachen.* Womit eigentlich? Mit einem halbgeschmolzenen Pfannenwender? Fischstäbchen? Ich denke wieder an die Kinder. Vielleicht tue ich es ja für sie. Ich starre das durchweichte Kochbuch an, das auf der Ablage liegt. Hat er nicht schon genug Geld, um ganze Fußballteams zu kaufen? Geld. Wir brauchen Geld. Diese Sache könnte uns das Geld bringen, das wir nicht haben. Ich höre das Knarren von Matts Schritten oben im Badezimmer und spüre, wie mir wieder die

Tränen kommen. Scheiße. Ich gehe zum Kühlschrank, um mich abzulenken, und greife instinktiv nach einem Joghurt und einer Flasche Bier. Dann öffne ich den Laptop auf dem Küchentisch und suche nach Ablenkung. Facebook. Chatrooms. Vielleicht können sie meinen Stress vertreiben, denn anstatt von eigenen Müttern und Chefkochs genervt zu werden, kann ich jetzt lesen, was Leute, die mir schnurzpiepe sind, von mir denken. Mumsnet. Wow, mittlerweile bekomme ich sogar Drohungen. Obwohl es hauptsächlich Mütter sind, die über sich selbst reden und wie viel besser sie sind als ich. Toll, dass ihr eure Fischstäbchen selbst macht. Ich gehe auf Facebook und scrolle meine Seite durch. Nichts. Neunundzwanzig Freundschaftsanfragen. Ich öffne den Link und gehe die Namen durch. Dann öffnet sich eine Chatbox.

R. Jools? Baby, wie geht es dir? Wir müssen unbedingt reden.

Ich spüre gar nichts. Ich habe sogar vergessen, dass ich ihn vor Ewigkeiten mal als Freund geadded habe. Ich starre bloß auf den Computerbildschirm und auf das briefmarkengroße Bild von Mr. Richie ‹Love Rat› Colman.

R. Jools? Bist du da?

Ich hab die Geschichte, die er den Zeitungen verkauft hat, noch nicht mal gelesen. Im Vergleich zu dem Gefühlschaos um meine Mum schien das geradezu belanglos. *Wir müssen unbedingt reden?* Ich wühle durch die Zeitungen auf dem Tisch und überfliege den Artikel. Währenddessen antworte ich auf möglichst ungezwungene Art.

J. Hi.

Schließlich finde ich ihn, verbannt auf Seite zehn und elf. Eine Doppelseite mit einem Bild von uns beiden aus Collegezeiten in der Mitte. Ich muss bei dem Anblick würgen – hauptsächlich deshalb, weil mir die Jeans bis zur Brust reichen, aber auch, weil ich so jung und glücklich wirke. Seine braunen Locken fand ich damals wunderschön und süß, aber eigentlich sah er damit aus wie ein Cockerspaniel.

«... Als wir Schluss gemacht haben, nahm sie sich einfach den nächstbesten Typen, der vorbeikam, und kurz darauf hörte ich, dass sie schwanger ist. Ich habe versucht, sie zu treffen, weil ich wissen wollte, ob es ihr gutgeht, aber ihr Typ, Matt, hat mich weggeschickt. Er war richtig aggressiv, wir haben uns gestritten, und er hat mich sogar geschlagen. Ehrlich gesagt, habe ich mir ab da immer Sorgen gemacht, mit was für einem Kerl sie jetzt zusammen ist ...»

Meine Augen prickeln vor Tränen, während ich weiterlese:

«Ich meine, das war das, was sie immer gewollt hatte, eine Familie zu haben und die Mutter sein zu können, die sie nie gehabt hatte. Aber sie hat schon so früh damit angefangen und gleich geheiratet. Ich wusste, dass sie ihn nicht wirklich liebte. Ich wusste, sie hatte noch Gefühle für mich ...»

Ich erstarre einen Augenblick und versuche alles zu verdauen.

R. Du musst total sauer auf mich sein. Aber ich kann das
wirklich erklären.

Meine Finger schweben über den Tasten. *Wie kannst du es wagen,
meinen Mann zu beleidigen? Wie kannst du es wagen, so viele Sachen
über mein Leben und meine Familie zu sagen?* Aber meine Finger
tippen etwas anderes.

J. Was meinst du damit, Matt hätte dich weggeschickt. Du
bist zurückgekommen? Du hast versucht, dich mit mir zu
treffen?

Ich drücke auf Enter und kann meine Eile auf dem Bildschirm
sehen. Ein Teil von mir ist einfach neugierig, weil ich dachte,
dass Matt und Richie immer voneinander unabhängige Pfade
in meinem Leben gewesen seien, die sich niemals hätten treffen können, ohne dass das Universum implodiert. Ich warte
auf seine Antwort und überfliege den Rest des Artikels und das
Foto, das ihn heute zeigt. Er sieht anders aus: lichter werdendes
Haar, Geheimratsecken, und ja, ein ziemlicher Bauchansatz –
ein Leiden, dem viele unserer männlichen Studienkollegen
zum Opfer gefallen sind, nachdem sie zehn Jahre lang von Take-
aways gelebt haben, was ihr verlangsamter Stoffwechsel nun
nicht mehr verzeiht. Ich klicke auf sein Profil. Er arbeitet für
irgendeine tolle Ingenieursfirma, die ihn offenbar um die Welt
schickt, wenn man seinen Fotoalben Glauben schenken will.
Andere Alben deuten auf Abende in exklusiven Londoner Bars

hin, eine Wohnung in Putney und ein angeberisches Sportauto, wie es Friseure fahren. Er mag immer noch dieselbe Musik, sein Lieblingsfilm ist immer noch *Zurück in die Zukunft*, und sein Lieblingszitat stammt von Terry Venables zur Europameisterschaft 1996.

> R. Erinnerst du dich an das Mädchen, mit dem ich nach dir
>   zusammen war?
> *J. Dawn, die Biochemikerin.*

Pause. Vielleicht hätte ich mich nicht derartig schnell an ihren Namen erinnern sollen.

> R. Ja. Hat nicht funktioniert.

Das überrascht mich nicht.

> R. Danach wollte ich mich bei dir melden und mich ent-
>   schuldigen, aber Matt und du wart schon zusammen
>   und du warst schwanger.

Ich weiß nicht, was ich darauf antworten soll.

> *J. Ja, stimmt.*
> R. Ich meine, es ist so schnell gegangen, natürlich hab
>   ich mir um dich Sorgen gemacht. Und als ich vor-
>   beigekommen bin, um nach dir zu sehen, ist Matt
>   total ausgeflippt. Es war schlimm.
> *J. Das glaube ich dir nicht. So ist Matt nicht.*

R. Er hat es dir also nie erzählt.

J. *Warum lügst du so? Dieser Artikel ist ein Witz, Richie.
Wieso redest du so über Matt? Wieso machst du mich
so runter?*

R. Ich gebe zu, eine Menge davon ist falsch rübergekommen. Dieser Elswood-Typ hat ziemlichen Mist geschrieben, aber der Teil über unseren Streit stimmt.

Ich antworte nicht. Wenn das die Wahrheit ist, dann hoffe ich, dass Matt ihm einen fetten Stempel aufs Gesicht verpasst hat. Auf der anderen Seite frage ich mich, warum ich davon gar nichts wusste – warum diese Geheimnisse? War ich zu emotional und schwanger, um den Aufruhr um mich herum mitzukriegen?

R. Übrigens hat mich schon lange keiner mehr Richie
genannt. Jetzt bin ich Rich ☺

Ich antworte immer noch nicht. Ich starre auf den Bildschirm und auf das Foto von ihm in der Zeitung.

R. Wie geht es dir denn? Diese Sache mit McCoy und
deiner Mum muss dir doch total nahegehen. Ich kenne
dich doch.

Ich lese diese vier Worte noch mal.

J. *Du hast mich mal gekannt.*

Ich erinnere mich an die Zeit, als ich ein mutterloser Teenager war und Richie Colman mich überredete, mit ihm nach Leeds zu kommen. Er würde auf mich aufpassen, hat er gesagt. Er wusste von den Ängsten und der inneren Unruhe, die ihre Abwesenheit in mir bewirkt hatten, und er wusste auch, dass all das tief in meiner Psyche verankert war. Mit ihm konnte ich über all das sprechen. Er kannte meinen Wunsch, dass sie eines Tages wieder in mein Leben zurückkehren würde. Zu wissen, dass er das weiß, ist sowohl schmerzhaft als auch beunruhigend.

> *J. Du hast einen anderen Menschen gekannt. Ich habe mich sehr verändert. Und selbst wenn du und Matt euch vor all den Jahren geprügelt haben solltet, dann finde ich es total unmöglich von dir, dass du jetzt einer Zeitung davon erzählst.*

Das ist gut. Daraus spricht, dass er mich nervt und ich zu dem Mann halte, mit dem ich jetzt zusammen bin. Und dass ich mich sehr von diesem High-Waist-Jeansmädchen von damals unterscheide.

> R. Warum, glaubst du denn, haben wir uns geprügelt?
> *J. Wenn das überhaupt stimmt ...*
> R. Vielleicht haben wir uns ja um dich geprügelt.
> *J. Wirklich? *Sarkasmus* Ein Duell im Morgengrauen um die Dame der Herzen, was?*
> R. Ich hab einfach nicht kapiert, wie schnell du dich in diese Situation manövrieren konntest. Du und dieser Typ. Ich dachte wohl, ich könnte dich zurückgewinnen.

J. Aber ich war schwanger ... mit seinem Kind.

R. Woher sollte ich wissen, dass das Baby nicht von mir ist?

Ich habe noch niemals im Leben so schnell getippt.

J. Ist sie nicht. Hannah ist definitiv Matts Tochter. Du hast eine Eins in Biologie – ich dachte, du wüsstest, wie die Zusammenhänge sind.

Darüber habe ich noch nie nachgedacht. Ich war mindestens fünf Monate von Richie getrennt, als ich feststellte, dass ich schwanger war.

R. Herrjeh. Bio-Leistungskurs. Schöne Erinnerungen. Hatten wir nicht mal Sex in einem dieser Labore? ☺

Ich möchte gleichzeitig erröten und den Computer aus dem Fenster werfen. Wie soll man darauf antworten? Ich antworte einfach gar nicht. Ich sollte mich abmelden, denn langsam geht das Ganze in eine seltsame Richtung. Facebook sollte doch bloß eine Ablenkung von meiner Mutter sein, von meinen Gefühlen, vom beschissensten Tag, seit das alles losgegangen ist. *Ich sollte wütend auf dich sein, Richie Colman. Ich sollte dich beschimpfen; wegen der Art, wie du mich hast fallenlassen, wie du die vier Jahre unserer Beziehung einfach vergessen konntest. Wie du so leichtfertig über etwas so Bedeutendes wie die Vaterschaft meiner Tochter reden kannst. Wie du mit einer Zeitung sprechen kannst, nachdem wir schon so lange getrennt sind.* Aber stattdessen schweige ich schockiert, unfähig, noch weitere Informationen in meinem kleinen Gehirn zu verdauen.

> R. Denkst du manchmal daran, was hätte werden können?

Sieh nicht hin. Antworte nicht.

> R. Es tut mir leid, dass ich dich damals so behandelt habe. Ich habe dich wirklich geliebt – aber ich war jung und dumm. Ich wünschte, die Dinge hätten sich anders entwickelt.

Ich knalle den Laptop zu, und mein Herz klopft so schnell, als wolle es mir aus dem Mund springen. Und es schmerzt. Als würde mir ein sehr kleines Herzband gezogen. Was wäre, wenn? Sosehr ich ihn gerade dafür hasse, dass er mir das Allerbeste wünscht, hasse ich auch, wie dieses Gefühl an meinem Herzen nagt, dieser Gedanke, dass mein Leben auch anders hätte verlaufen könnte. Mit ihm, vielleicht. Mit einer Mutter. Den ganzen Tag lang ging es nur darum – um das grünere Gras, um ein anderes Leben als das, das ich jetzt habe. Das emotionale Jo-Jo in mir, das in meinem Innersten herumhüpft.

Matt. Denk an Matt. Den guten, verlässlichen Matt, der vor acht Jahren einfach hätte gehen können, es aber nicht getan hat. Ich denke daran, wie er in unserem schäbigen Apartment in Leeds mit Hannah aufblieb und ihr Zero 7 CDs vorspielte, um sie zum Einschlafen zu bringen. Er war es auch, der mich ins Bett trug, obwohl ich schon im sechsten Monat schwanger war und vermutlich so viel wog wie ein kleines Walross. *Denk an deine Kinder. Denk daran, wie das Leben dir ein anderes Ende geschrieben hat, und dass du es im Großen und Ganzen sehr viel besser getroffen hast. Denk an deine eigene Mutter, wie sie einfach in ihr neues Leben losgezogen ist und wie es so viele verletzt hat. Denk, denk, denk.* Aber alles, was ich sehe, ist mein Leben, das vom Pfad abgekommen ist, ein Leben, über das ich nicht mehr viel Kontrolle habe. Dämlicher Richie Colman. Der mir von der anderen Seite des Zauns zuwinkt. Der mich zum Grübeln bringt und mein Herz schneller schlagen lässt. *Denk, denk, denk. Aber nicht zu viel, denn sonst schimpft Matt mit dir, weil du den Laptop mit deinen Tränen ruinierst.*

Elftes Kapitel

Man lernt jeden Tag etwas Neues. Green-Rooms-Hotels sind gar nicht grün. Dieses hier ist jedenfalls weiß mit einer leichten Broccoligrün-Note. Und es gibt Cappuccino-Maschinen mit kleinen Zimt- oder Kakaospendern, edle deutsche Schokoladenkekse und Croissants, so viele man essen will. Ich weiß inzwischen alles über diesen Cappuccino, weil ich gerade meinen fünften trinke. Wenn man die letzten fünf Jahre auf Nescafé-Gold-Diät war, dann ergreift man jede Gelegenheit, um eine echte Bohnenzubereitung zu trinken. Natürlich bin ich jetzt komplett aufgedreht, ungefähr wie eine Drogensüchtige auf Entzug. Meine Hände zittern, ich kann jeden Zentimeter meiner Fingernägel spüren, und meine Augen wirken riesig. Vielleicht liegt es auch an dem ganzen Lidschatten, den die Make-up-Leute mir aufgetragen haben. Lila? Damit sähen die

Augen größer aus, hat man mir erklärt. Ich finde, ich sehe etwas intergalaktisch aus. Ich kann das Make-up sogar spüren. Es fühlt sich an, als hätte man mein Gesicht in Sand getaucht, so viel Foundation haben sie mir draufgeschmiert, um die Ringe unter meinen Augen und alle möglichen Unebenheiten abzudecken. Luella rennt mit einem Clipboard herum und befeuert Leute, die von Kopf bis Fuß in skinny Schwarz gekleidet sind, mit Fragen. Ich sitze mit meinem Kaffee da und überlege, wie man in einem Kleid sitzen soll. Ich trage fast nie Kleider. Es sei denn, Nachthemden zählen auch? Matt hat vorher Witze darüber gemacht, dass meine Beine aus dem Winterschlaf kommen. Matt. Matt wäre jetzt gut. Ich denke an meinen peinlichen Online-Flirt von gestern Abend – und meine Gedanken fangen vor lauter Schuldgefühlen und Fragen an zu rasen. Haben sie sich wirklich geprügelt? In echter *Fight-Club*-Manier? Wer hat zuerst zugeschlagen? Ich denke daran, was passiert wäre, wenn Richie wirklich um mich gekämpft hätte und ich nicht schwanger geworden wäre. Aber dann gäbe es Hannah nicht, oder die Zwillinge, oder Millie. Ich grüble und grüble und versuche, die Beine übereinanderzuschlagen, wobei ich beinahe vom Sofa falle.

Nach dem McCoy-Feuer, wie es zu Hause jetzt genannt wird, hat sich Luella mit dem Morgenmagazin *This Morning* in Verbindung gesetzt, und schwups, schon sitze ich hier an einem Montagmorgen zu einer unchristlich frühen Zeit. In der Ecke des Raums befindet sich Moderator Phillip Schofield live und in Farbe und in buchstäblich fünfzehn Metern Entfernung. Der Plan ist, dass ich Phil und seiner Kollegin Holly berichte, was bei Sainsbury's vorgefallen ist, ihnen von meinem Leben erzähle und all die Fehlmeldungen richtigstelle, die in den letzten vierundzwanzig Stunden gedruckt worden sind. Und dann habe ich immer noch meine Geheimwaffe. Sie ist klein, rothaarig und trägt Violett. Millie. Luella hat gesagt, falls ich nervös werde oder mir nichts einfällt, dann solle ich von meinem Kind erzählen. Sie sagt, sie hätte ihnen kein Redeverbot zu irgendwelchen Themen erteilt, weil das schon alles über Berühmtheiten aussage, bevor sie nur durch die Tür kommen, also sei das Feld offen. Mütter, Kinder, McCoy, sie könnten mich auch über das Gesundheitssystem befragen, ich solle einfach reingehen und meine Meinung sagen und das möglichst gut. Woraufhin ich Luella ansah und dachte, dass diese Frau mich offenbar nicht allzu gut kennt.

Und so sitze ich jetzt hier, während Millie fest schläft. Es bricht mir das Herz, dass ich sie gleich wecken muss, damit ich sie als Schutzschild benutzen kann. Ich starre auf die Croissants und die Kekse, aber ich weiß es besser. Nicht wieder Krümel auf der Brust oder warzengleiche Reste im Gesicht. Ich gehe einfach bloß zur Kaffeemaschine und mache mir noch einen Cappuccino, bestäube den Schaum mit Kakao und Zimt, allerdings zu viel, weil ich nicht aufhören kann zu zittern. Eine Hand taucht von der Seite auf und packt mein Handgelenk. Luella.

«Gott, Sie sind doch wohl nicht nervös, oder?»

Ich lache. «Natürlich nicht. Ich sitze ja bloß vor zwei Millionen Zuschauern, während mein Leben unter die Lupe genommen wird. Warum sollte ich nervös sein?»

Luella lacht. Ich verstehe nicht, was daran witzig sein soll.

«Entspannen Sie sich einfach. Im Gegensatz zu anderen Moderatoren sind Phil und Holly Schmusekätzchen.»

Soll ich ihr sagen, dass ich eine Katzenallergie habe?

«Auf jeden Fall sind Sie in fünf Minuten dran. Die beiden reden jetzt über die Frühlingshochzeitsmode, dann gibt es eine Pause, und dann sitzen Sie auf dem Sofa. Alles ist gut, ja? Ich stehe direkt neben dem Kameramann, wenn Sie mich brauchen.»

Sie ist nett. Wirklich nett. Ich möchte sie fragen, ob sie nicht das Interview für mich machen will, aber stattdessen hole ich bloß tief Luft, hebe Millie aus dem Wagen und folge Luella aus dem Raum, wobei ich das Gefühl habe, jemand anderes sollte bei mir sein. Matt. Ich vermisse seine Hand.

Als wir den Raum verlassen, richten sich alle Blicke auf mich und das Baby, das immer noch schläft und einen großen Sabberfleck auf meiner linken Schulter hinterlässt. Aus irgendeinem Grund scheint das heute keine Rolle zu spielen. Ich bin ganz in Schwarz. Ein schwarzes Hemdkleid über einer schmalen Jeans und Ballerinas. Die Skinny Jeans sind etwas Neues für mich. Sind das nicht bloß Leggins aus Jeansstoff? Sie sind auch nicht besonders bequem, aber Luella hat mir gesagt, dass sie die Pfunde verschieben. Nämlich zu einem Fleischreifen über den Hosenbund. Aber das weite Kleid verbirgt das wunderbar. *Jetzt einfach nur ausatmen. Oder einatmen. Oder gar nicht atmen, dann kannst du umfallen, und das Interview muss verschoben werden.*

Als ich mich hinsetze, fällt mir als Erstes auf, dass ich Luella von meinem Platz aus nicht sehen kann. Die Studioscheinwerfer blenden mich derartig, dass ich bloß gesichtslose schwarze Figuren sehe, die im Hintergrund herumlaufen wie geisterhafte Wesen. Das Zweite ist, dass dieses Mikrophonpaket unter meinem Kleid aus meinem Rücken hervorkommt wie ein gruse-liger Buckel. Millie wacht schließlich auf und stützt ihr Kinn auf meine Schulter. Bestimmt fragt sie sich, wo ich sie nun wieder hingebracht habe. Sie hat immer diesen Blick, als würde ich ihr die Welt nicht zeigen, sondern sie einfach bloß mit mir mit-schleppen. Phil und Holly kommen zu mir, stellen sich vor und tätscheln Millie den Kopf. Sie sind nett. Holly ist unglaublich hübsch, aber ich erinnere mich gleich an all die Samstagmor-gen, die Matt unbedingt mit Hannah vor dem Fernseher ver-bringen wollte, angeblich, um mit ihr zu *bonden*, aber eigent-lich nur, weil er Hollys Brüste anstarren wollte. Leute winken in den Schatten mit den Armen, und dann fängt ein Licht an zu blinken. Ich blinzle und blinzle, bis ich merke, dass Phil und Holly angefangen haben zu reden.

«Also, vor einer Woche erlangte unser letzter Gast überra-schende Berühmtheit, nachdem ein Videoclip von ihr auf You-Tube über eine Million Mal angeklickt wurde. Jools Campbell, vierfache Mutter, wurde dabei gefilmt, wie sie Fernsehstarkoch Tommy McCoy beschimpfte, nachdem er sie im Supermarkt behelligt und versucht hatte, ihre Art zu leben zu kritisieren. Und heute haben wir sie hier … Hallo, willkommen, und wie ich sehe, haben Sie eine Freundin mitgebracht …»

Ich lese immer noch mit zusammengekniffenen Augen auf dem Teleprompter mit, was er gerade gesagt hat. *Scheiße, er redet ja über mich.*

«Ja, das hier ist Millie. Vielen Dank für die Einladung.»

Holly macht gurrende Babygeräusche, woraufhin Millie zu ihr rüberschaut und wie immer nicht besonders beeindruckt ist.

«Also, seit einer Woche stehen Sie in jeder Zeitung, Ihr Name ist in jedermanns Mund. Wie sind Sie mit dieser Welle an Kommentaren über Ihr Leben umgegangen?»

Ich schiebe Millie auf meinen Schoß, da ich im kleinen Bildschirm rechts sehen kann, wie sich eine große Rolle Speck hervordrängt.

«Ähm, es war ein bisschen irre. Ich ... ich glaube, als das passierte, da dachte ich wohl, es ist einfach bloß so ein irrer Vorfall in meinem Leben, und daraus würde nichts weiter entstehen. Aber jetzt hat sich alles irgendwie irre aufgeblasen. Meine Familie befindet sich auf einmal unter dem Mikroskop, mein Leben, meine Kinder ... irre.»

Irre? Ich sehe Hollys Blick. *Diese Frau da ist irre.* Ich lächle viel, aber ich fange unter den Scheinwerfern an zu schwitzen und hoffe nur, dass das ganze Make-up es aufsaugt. Ich muss aufhören, irre zu sagen.

«Ich denke ... ich finde, Mütter haben es heute schon schwer genug. Wir brauchen nicht daran erinnert zu werden, dass wir nicht den allerbesten Job machen. Ich habe an dem Tag einfach bloß versucht, mich zu verteidigen, und kann immer noch nicht glauben, dass sich das alles so entwickelt hat.»

Sie nicken.

«Wie dieser Artikel mit Ihrer Mutter?»

Ich schweige. Luella hatte recht – es gibt keine Tabus. Die Sache mit meiner Mutter fühlt sich immer noch frisch an. Die Medien haben sich auf diese Narbe gestürzt, und jetzt muss ich sie erst etwas abheilen lassen, bevor ich darüber reden kann. Im Moment tut sie einfach nur weh. Aber ich muss etwas sagen.

«Ähm, wissen Sie ... ich glaube ... genau.»

Eloquent und präzise wie immer, Jools Campbell. Meine Augen werden feucht – kann am Lidschatten liegen, kann aber auch daran liegen, dass mich die Gefühle überwältigen. Hier geht es aber nicht um sie, niemals.

«Aber auch die Tatsache, dass *Heat* mich diese Woche in ihrer Rubrik *Schlechtestes Outfit* untergebracht hat, weil ich im Supermarkt keinen BH anhatte.»

Das Ablenkungsmanöver, das immer funktioniert: über meine Brüste reden. Phils Blick senkt sich. Holly lacht. Ziel erreicht.

«Also, wenn Sie das, was die Medien über Sie berichtet haben, korrigieren wollten, was würden Sie sagen?»

Ich lächle. Zeit, meine Meinung zu sagen. Auf geht's.

«Am Ende des Tages bin ich einfach eine Mutter, die sich bemüht, mit wenig Haushaltsgeld für ihre vier Kinder zu sorgen. Ich koche, aber ich bin keine professionelle Köchin, und manchmal macht diese Rolle Spaß, ab und zu ist es aber auch einfach Stress. Ich bin so wie jede andere Mutter dadraußen, die versucht, das Beste für ihre Kinder zu tun, die aber manchmal auch daran scheitert.»

Ich seufze bei diesen Worten und erkenne die Wahrheit, die hinter dem letzten Satz liegt. *Meine Güte, jetzt werd nicht wieder emotional.* Sie nicken wieder. Ich weiß nicht, ob aus Mitgefühl, oder aus Langeweile.

«Ich glaube, McCoy begreift einfach nicht, dass wir seine Kritik nicht brauchen. Er verspottet uns und zeigt mit dem Finger auf uns, weil wir nicht wissen, was eine Artischocke ist, oder weil ich hin und wieder mal Fischstäbchen serviere. Diese Art von Unterstützung braucht keiner.»

Ich nicke vor mich hin und hoffe, dass ich nicht zu streitlustig rüberkomme.

«... dann sagen Sie uns doch mal, was Ihnen in der Küche helfen würde.»

Ich schweige einen Moment. Soll ich jetzt Zutaten aufzählen, Küchengeräte, oder was ich wirklich will, nämlich einen Küchenjungen, der mir die Zwiebeln schneidet?

«Ich glaube, manchmal will man einfach bloß gute Rezepte, die die alten aufpeppen ... und ein zweites Paar Hände?» Darauf gibt es deutlich weniger Gelächle, als ich gehofft habe.

«Nun, lustig, dass Sie das sagen, denn wir haben Ihnen heute dieses zweite Paar Hände mitgebracht. Bringt sie herein.»

Der erste Gedanke, der mir durch den Kopf schießt, ist: *Nicht meine Mutter, bitte nicht meine Mutter.* Doch die Person, die hinter dem Vorhang hervortritt, ist vermutlich tausendmal schlimmer.

«Kitty McCoy! Und sie hat ihre kleine Tochter Ginger mitgebracht.»

Ich erstarre und halte Millie wie einen Schild vor mich. Was ist das für ein Riesenmist? Ich drehe den Kopf, aber ich kann Luellas Gesicht nicht sehen, bloß eine Figur, die hin und her rennt und mit den Händen herumfuchtelt. Kitty nähert sich mir und schüttelt mir die Hand, während Phil einen lahmen Witz über Millies Haarfarbe und den Namen des jüngsten McCoy-Nachkommens macht. Das Erste, was ich feststelle, ist, wie perfekt ihre Hände sind, eine Haut wie ein Baby, aber ihr Händedruck ist ein bisschen schlaff und ihr Blick etwas bedrohlich.

«Wie nett, Sie kennenzulernen, Jools!»

Ich kann immer noch nicht sprechen. Man hat mich hereingelegt. Schlimmer, jemand hat mich hereingelegt, der mich durch meine ersten Fernsehjahre begleitet hat und jetzt besonders zufrieden mit sich aussieht. *Wie konntest du mir das antun, Phil?* Kitty sieht mich von oben bis unten an. Neben ihr sehe ich aus wie vor meinem Makeover. Ihre Skinny Jeans sitzen viel besser, ihr Oberteil hat Marinestreifen – die Sorte von Querstreifen, die ich auf Rat von Magazinen immer vermeiden sollte, weil ich darin aussehe wie ein Frachtschiff. Baby Ginger sitzt wunderbar still auf ihrer Hüfte und trägt ein wunderschön kariertes Kleid und Strumpfhosen. Die arme Millie in ihrem Alltags-Outfit. Aber Millie hat mehr Haare und hübschere Augen. Wie verzweifelt muss ich sein, dass ich die armen Babys miteinander vergleiche?

«Also, wir haben gedacht, Sie beide könnten sich heute einmal treffen, denn Sie haben beide kleine Kinder im gleichen Alter, und ich weiß, dass Kitty gern ein paar Dinge zu Ihnen sagen würde.»

Ich kann Luella im Augenwinkel mit den Händen fuchteln sehen. Will sie mir damit sagen, ich soll unterbrechen? Nichts sagen? Kitty dreht sich zu mir um und legt mir die Hand aufs Knie. Ich zucke bei der Berührung zusammen. Ich will es nicht hören.

«Ja, Jools. Ich weiß, wie schwer es heute für junge Mütter ist, darum habe ich auch meine eigene Marke für Babynahrung gegründet, und ich dachte, ich könnte Ihnen ein paar Rezepte aus meinem neuen Buch zeigen, die alle jungen Mütter mal ausprobieren sollten, finde ich. Also …»

Auf einmal blitzen überall Ausrufezeichen auf sowie Kittys

neues Buch, *Kitty's Kidz!* ‹*Biologisch! Für jeden Tag! Für die ganze Familie!*› – und dann kommen Leute zum Set und schieben mich zum Küchenaufbau ein paar Meter weiter. Eine vollbusige Frau kommt, um Ginger wegzubringen, eine Frau mit Clipboard bietet mir an, Millie zu nehmen. Ich lehne ab. Phil und Holly folgen uns. Ich kann immer noch nicht sprechen. Ich stehe dort neben dem Küchentresen, während Kitty sich ans Werk macht und ihr eisblondes Haar über die Schulter wirft. Wie dünn sie ist! Wie zum Henker kann man nach vier Kindern so dünn sein? Im Profil wirkt sie, als würde sie nicht mehr als zehn Zentimeter messen und locker durch Gefängnisstangen passen. Ich habe alle Artikel darüber gelesen: Ich habe mich nicht unterkriegen lassen! Ich habe mich gesund ernährt! Ich habe das ganze Fett weggestillt! Ein Teil von mir möchte glauben, dass Diäten, Fettabsaugen und Magenverkleinerungen daran schuld sind. Ein anderer Teil von mir weiß, dass sie sich vermutlich nicht durch drei Packungen Schokokekse pro Tag gefressen oder behauptet hat, das Schieben eines Doppelkinderwagens wäre schon genug Workout.

«Also, Jools, ich habe hier dieses wunderbare Rezept für Kinder kurz vor ihrem ersten Geburtstag. Meine Kinder lieben es, und zu Hause nennen wir es Baby Ganoush.»

Alle lachen, nur ich nicht. Ich lächle, als müsste ich furzen. Kitty holt ein paar im Voraus gebratene Auberginenwürfel aus einem Ofen und verrührt sie mit Joghurt, Zitrone, Knoblauch, Petersilie und fügt noch weitere Gewürze hinzu. Der Mixer wird angestellt, und Millie fängt an zu weinen. Ginger hinter den Kulissen ist dagegen still.

«Ooooh, hat sie Angst vor dem Mixer? Das passiert manchmal bei ungewohnten Geräuschen. Meine Kinder sind daran gewöhnt, weil er bei uns ständig läuft.»

Ich höre gar nicht richtig hin. Erstens bin ich immer noch von diesem Überraschungsangriff verwirrt, und zweitens merke ich, dass Millie gerade in ihre Windel gepinkelt hat.

«Es ist so unglaublich einfach, und meine Kinder essen es sehr gern mit Gemüsesticks oder Pitastreifen. Ein schnelles und leckeres Mittagessen.»

Jemand schiebt einen Teller mit Rohkost von der Seite herein, und Phil und Holly probieren. Es gibt eine Menge Oohs und Aahs. Man bietet mir ein Gurkenstück an, und ich tauche es in die hellgrüne Pampe vor mir. Phil wendet sich mir zu.

«Also, Jools, was denken Sie?»

Das ist meine Chance, etwas zu sagen. Irgendwas.

«Sehr lecker, danke.»

«Also, bei solchen Rezepten gibt es doch eigentlich keinen Grund, ungesund zu kochen.»

Ich lächle durch zusammengebissene Zähne. Ich kann nicht glauben, dass sie es schon wieder tun: mich und meine Fähigkeiten als Mutter runterzumachen, aber diesmal live im Fernsehen.

«Und Kitty hat auch noch ein paar Ideen für einen Nachtisch, die sie Ihnen gern zeigen würde.»

«Ja, meine Kinder lieben momentan einfach exotische Früchte. Besonders Papaya. Und die kann man ganz einfach für Babys pürieren. Wir stehen auch total drauf, unsere eigenen Mangos zu trocknen.»

Phil, Holly und Kitty drehen sich alle zu mir um und sehen mich an. Ich habe schon Probleme damit, die Kleidung der Kinder rechtzeitig bis Montagmorgen trocken zu bekommen, und jetzt soll ich auch noch Obst trocknen? Ich möchte am liebsten heulen. Oder mir noch mehr Rohkost in den Mund schieben, damit es mir bessergeht. *Ja, ich bin ein Versager. Danke, dass ihr es mir noch mal sagt.* Ich esse Baba Ganoush direkt aus der Packung, manchmal mit einem Löffel. Ich benutze meinen Mixer nur ungern, weil er supernervig sauber zu machen ist. Dann greift eine kleine Hand vor mir nach einem Gurkenstück und fängt an, daran zu nagen. Ich möchte sie in die Höhe halten. Seht! Sie isst Gemüse! Aber jedermanns Aufmerksamkeit richtet sich ausschließlich auf Königin Kitty. Millie sieht mich an und strahlt. Dieses kleine süße Grübchen in der linken Wange, und dieser winzige Babyzahn, der gerade durchbricht. Das Lächeln, das mir sagt, wie froh sie ist, weil die Gurke kühl ist und angenehm gegen die Zahnschmerzen. Aber auch dieses Lächeln, das mir zeigt, dass sie mich irgendwie anerkennt. Ich sehe zu ihr runter und lächle zurück. *Du musst jetzt etwas sagen, Jools Campbell. Du musst.*

«Papayas sind allerdings ziemlich teuer.»

Phil und Holly nicken, als würden sie mir beipflichten. Damit haben sie ein paar Browniepunkte hinzugewonnen, die sie vorher verloren hatten.

«Eine Papaya kostet ungefähr zwei oder drei Pfund, und dafür kriege ich schon zwei Tüten Äpfel.»

«Ja, aber der Punkt ist, Ihre Kinder mit anderen Geschmacksrichtungen vertraut zu machen. Papayas sind voller Vitamine und Ballaststoffe. Im Fernen Osten gibt es sie überall.»

«Ja, aber ich wohne in Kingston.»

Niemand scheint zu wissen, wie er darauf antworten soll.

Ich versuche mich daran zu erinnern, wann ich das letzte Mal Papaya gegessen habe. Vermutlich als winzige, nicht identifizierbare Stückchen in einem exotischen Joghurt.

«Außerdem sind da noch die Kosten für den Import exotischer Früchte – ich dachte, bei Bio-Kost geht es auch darum, vor allem heimische Produkte zu essen.»

Phil und Holly sind immer noch wunderbar unparteiisch und nicken mit dem Kopf, während sie der Unterhaltung mit plötzlichem Interesse folgen. Ich sehe, dass Luella im Hintergrund aufgehört hat zu hüpfen. Stille senkt sich über das Set.

«Aber es geht auch darum, den Kindern andere Dinge nahezubringen.»

«Verstehen Sie mich nicht falsch. Das mag alles sein, aber was ist, wenn man nur ein begrenztes Haushaltsbudget zur Verfügung hat?»

Kitty sieht mich genauso an wie ihr Mann, als ich ihm erklärte, dass er sich seine Fernsehshow und seine fehlgeleiteten Versuche, mir zu helfen, sonst wo hinstecken könnte. Es entsteht einer dieser herrlich unangenehmen Momente, die bestimmt irgendwann in einer Liste der peinlichsten Augenblicke des Jahres auftauchen. Kitty ist sprachlos und steckt sich eine Selleriestange mit ihrem Baby Ganoush in den Mund, wobei sie murmelt: «Ich habe ja nur versucht zu helfen. Sie haben gesagt ...»

Wir spitzen alle die Ohren.

«Sie haben gesagt, dass Sie der armen Kleinen immer nur Tiefkühlessen geben. Ich habe bloß an Sie gedacht.»

Phil und Holly atmen hörbar ein. Millie krallt sich an meiner Schulter fest, weil sie merkt, dass meine Brust sich verspannt und ich gleich ausflippe. Aber ich glaube, ich kann mich zusammenreißen.

«Tut mir leid, aber diese Aussage wurde aus dem Zusammenhang gerissen. Ich friere Millies Breie in Eiswürfelbehältern ein. Darauf hatte ich mich bezogen.»

«Na ja, trotzdem, dieses Rezept hier kann man auch gut einfrieren, und es steht auch in meinem Buch.»

Sie schiebt mir eine Ausgabe zu, und ich schiebe sie ihr wieder zurück.

«Brauche ich nicht, danke.»

«Bitte nehmen Sie es. Alle Mütter brauchen hin und wieder ein bisschen Unterstützung.»

«Wenn Sie mir helfen wollen, dann können Sie gern zu mir kommen und meine Bügelwäsche erledigen.»

Holly verschluckt sich vor Lachen an ihrem Paprikastück. Kitty lächelt einfach und mümmelt sich durch ihre Karotte. Ich würde diese Karotte gern nehmen und ihr sonst wohin schieben.

«Es gibt auch eine neue Rubrik mit Snacks. Sie werden feststellen, dass kindliches Übergewicht in einem Zusammenhang mit der Aufnahme von industriell verarbeiteten Lebensmitteln steht.»

Ich sehe Holly und Phil an, die genau merken, dass es hier nur um Kitty geht, um ihr Buch, ihre Agenda. Sie interessiert sich kein Stück für meine Bügelwäsche. Phil blättert durch das Buch.

«Chips? Sie machen Chips selbst?»

Das interessiert auf einmal alle, und wir stellen sie uns vor, wie sie in der Sonnenglut Nord-Londons ihre eigenen Früchte trocknet und stapelweise Chips für ihre Kinder, und all das in ihrem eleganten Kaschmir-Pulli.

«Allerdings. Ich nehme einen Gemüsehobel und verwende alle möglichen Gemüsesorten, von Süßkartoffeln über Pastinaken bis zu Grünkohl. Die Kinder lieben es.»

«Aber wie kriegen Sie dieses Schinkenaroma da rein?»

Phil lacht, und alles ist vergeben. Kitty wirft mir einen finsteren Skinny-Blick zu.

«Chips aus dem Supermarkt sind unglaublich ungesund. Ich würde sie meinen Kindern niemals geben.»

Sie klingt ziemlich resolut. Ich sage jetzt nicht, dass Millie vermutlich aus dreißig Prozent Salt-and-Vinegar-Chips besteht, weil das so ziemlich alles war, was ich in meinem ersten Trimester bei mir behalten konnte.

«Ich meine, selbst industriell gefertigte, gezuckerte Müsliriegel sind die Pest. Ich mache sie immer selbst. Ich habe immer ein paar gesunde Snacks dabei. Wie die hier zum Beispiel: Riegel aus getrockneten Früchten und Honig.»

Sie klappt wieder das Buch auf. Ein Bild von Ginger ist zu sehen, die gerade einen davon isst. Sie strahlt in ihrem paillettenbesetzten Kleidchen, und ihr Gesicht leuchtet vor Gesundheit und Photoshop.

«Das ist der perfekte Snack für Babys.»

Ich werfe einen Blick auf das Bild.

«Für welches Alter?»

«Für jedes Alter. Es gibt keine Altersgrenze für gesundes Essen.»

«Nun, ich glaube doch, wenn man Babys Honig gibt. Hier steht, es wäre ein geeigneter Snack für Kinder ab neun Monaten.

Man darf Babys allerdings keinen Honig geben, bis sie ein Jahr alt sind.»

Kittys Gesicht wird grau, während sie auf ihr Buch blickt. Phil sieht zu mir.

«Wirklich?»

Ich versuche wie eine Autorität zu klingen.

«Das kann zu Säuglingsbotulismus führen.»

Hoffentlich fragt er mich nicht, was das ist, denn ich weiß es selbst nicht. Phil und Holly sehen wieder zu Kitty, die wiederum einen Mann im Anzug ansieht. Luella scheint einen kleinen Veitstanz aufzuführen. Kitty fährt mit ihrem manikürten Finger über das Rezept und erkennt, dass die ziemlich große Typo nicht aus den ungefähr fünf Milliarden anderen Büchern verschwinden wird, die gerade im Umlauf sind.

«Na ja, es ist nur ein bisschen Honig. Und …»

Das Set schweigt. Phil leitet professionell in eine Werbepause über. Kameralichter erlöschen. Luella stürmt herbei, neben ihr ein Mann im Anzug, der offenbar zum McCoy-Trupp gehört. Phil und Holly werden von Leuten mit Knöpfen im Ohr und Make-up-Pinseln in der Hand weggeführt.

«Was zum Teufel sollte das? Wir wurden nicht darüber informiert, dass Kitty hier sein würde. Sie haben Mrs. Campbell in eine Falle gelockt und sie für Ihre eigenen Zwecke missbraucht, nämlich um ihr neues Buch zu bewerben.»

Der Mann im Anzug wendet sich an Luella, und sie fangen an, sich darüber zu streiten, dass mein Ruhm (Ruhm?) nur durch ihren bedingt wurde und dass alles nur die Schuld des Produzenten sei. Kitty marschiert vom Set, hin zu Ginger und ihrem strengen Kindermädchen. Sie wirft mehrmals die Haare zurück. Ich sehe zu Millie, die die Lichter an der Decke mit offenem Mund anschaut. Luella packt mich am Arm.

«Wir verschwinden. Das ist das letzte Mal, dass ich hier gewesen bin. Ich habe die diesjährigen Gewinner von *X Factor* und ihre Familien unter Vertrag, die sich eigentlich hier auf dieses Sofa setzen wollten, aber daraus wird mit Sicherheit nichts werden, haben Sie mich gehört?»

Und begleitet von Luellas Flüchen stürmen wir vom Set.

Als wir nach Hause kommen, ist es fast schon Zeit, die Kinder abzuholen. In der Küche bereiten Ben und Dad das Essen vor. Wenn es um die Kinder geht, funktionieren wir wie eine Wechselmannschaft: Die einen holen die Kinder, die anderen machen den Haushalt. Es sieht nach einem von Dads Klassikern aus: Würstchen im Blätterteig. Als ich reinkomme, schweigen alle. Ich vermute also, dass sie die Show gesehen haben und wie Kitty McCoy mich live demoliert hat. Luella tritt leicht beschämt hinter mir ein. Sie hat sich immer wieder entschuldigt, seit wir das Studio verlassen haben. Es sei falsch, wenn die Produzenten glaubten, sie könnten eine Art Promi-Duell in ihrer Show abhalten, und noch mieser sei es von Kitty, sich meine Sendezeit für ihre eigenen Zwecke zunutze zu machen. Luella ist mächtig angefressen, vor allem, weil sie sich etwas anderes für mich gewünscht hat. Im Auto telefoniere ich mit Annie und Matt. Annie ist lieb, wie immer, und sagt, meine Antworten seien gut und vernünftig gewesen und mein Kleid sehr schick. Matt sagt, was ich hören will, nämlich dass er Kitty nicht mit der Kneifzange anfassen würde. Das, und dass man ziemlich deutlich gesehen habe, dass Millie sich in die Windel gepinkelt hätte. Ben und Dad geben ihre Meinung etwas zögerlicher ab. Ich reiche Ben das Baby, während Luella zu meinem Vater geht und ihm Luftküsse verpasst, was ihn jedes Mal aus der Fassung bringt.

«Frank, setzen Sie den Kessel auf. Dieses Mädchen wurde gerade durch den Wolf gedreht. Haben Sie zugeschaut?»

Dad nickt schweigend und tut, was man ihm sagt.

«Ich meine, das war der reinste Hinterhalt. Das ist so typisch für die McCoys, die drücken überall ihre Knöpfe, um die Presse zu manipulieren. Aber Sie haben sich gut geschlagen, Jools. Einen Augenblick lang habe ich mir Sorgen gemacht – Ihr Gesicht, als Kitty plötzlich rauskam, sprach Bände. Aber Sie haben sich zusammengerissen, und das ist alles, was zählt. Ich nehme keinen Zucker, Frank, und gern grünen Tee, wenn Sie haben.»

Ich sehe Dad an und schüttle den Kopf. Er lächelt und sieht mich einen Moment zu lange an, als ob er mir etwas sagen müsste.

«Dad? Alles okay? Sind die Kinder heute Morgen gut losgekommen?»

«Oh ja. Es ist bloß ... Es ist etwas passiert, als du weg warst.»

Ich gehe im Geist alle Möglichkeiten durch: Kinder in der Schule, Matt bei der Arbeit. Das bedeutet, es muss was mit dem Haus los sein. Ich denke an unsere wackeligen Regenrinnen oder ein verstopftes Klo.

«Deine Mutter hat angerufen.»

Luella hört auf zu reden und starrt Frank an, dann mich, um schließlich festzustellen, dass sie jetzt mal den Mund halten sollte.

«Sprich lieber mal mit Ben, er hatte sie dran, und jetzt

schweigt er die ganze Zeit. Ich weiß nicht, was sie zu ihm gesagt hat ...»

Ich eile ins Wohnzimmer, wo Ben Millie aufs Sofa gesetzt hat und sie aus ihrer Jacke befreit. Er scheint das immer viel besser zu können als ich, und das heißt schon was, da ich immerhin an drei anderen vor ihr geübt habe. Millie liebt Ben, vermutlich weil er immer singt und so lustige Haare hat.

«Dad hat es dir also erzählt.»

«Es tut mir so leid, Schatz. Ist alles okay? Was hat sie gesagt?»

«Sie hat gar nicht geschnallt, wer ich bin. Sie dachte, ich bin dein Mann, und ich meinte nein, ich bin dein Bruder, und dann nannte sie mich Benny und ließ einen ganzen Schwall von Liebesbekundungen ab und wie sehr es ihr leidtut. Es war sehr bewegend.»

Ich ziehe ihn an mich, Millie zwischen uns. Ben war schon immer eher der dynamische, fröhliche Typ, aber wenn er über die komplizierteren Seiten des Lebens sprechen soll, überzieht sich sein Gesicht immer mit einer dunklen Wolke, und er versucht seinen Schmerz mit einer Menge Sarkasmus zu verdecken. Wir setzen uns aufs Sofa und überlassen Millie die Fernbedienungen zum Annuckeln.

«Ich habe ihr gesagt, sie solle am besten nicht noch mal hier anrufen. Ich wusste nicht, was ich sagen sollte. Und dann fing sie mit ihren Entschuldigungen an, und ich hab einfach aufgelegt. Es war ... ich weiß auch nicht. Es war irgendwie so: Du hast mich verlassen, als ich fünf war, also lege ich jetzt aus Rache einfach auf. Ich weiß auch nicht. Vielleicht bin ich irre. Ja, was für eine irre Situation. Total irre.»

Ben hat schon immer versucht, schwierige Situationen mit Sarkasmus zu retten. Ich schlage ihn mit Millies Deckchen, und er fängt an zu kichern.

«War es so schlimm?»

«Na ja, erst hast du geklungen wie ein stotternder Trottel, aber dann hast du die Zügel noch rumgerissen. Ich hatte ganz vergessen, wie angriffslustig du sein kannst.»

«Angriffslustig?»

«Ich meine, du hast Chuzpe. Du hast Adam und mich immer verteidigt, als wir klein waren. Weißt du noch, als Wendy Bird mich in der Schule Schwuchtel genannt hat? Du hast sie im Klo festgehalten und ihr die Haare abgeschnitten.»

Ich verziehe das Gesicht bei dem Gedanken an mein früheres Ich. Da war ich Teenager und auf einer Art Goth-Trip, was in Wahrheit nichts anderes bedeutete, als in gestreiften Leggins herumzulaufen und ständig die Stirn zu runzeln. Wendy Bird war eine blonde Prinzessin, die einfach zu viele gemeine Dinge über meine Familie sagte, also lauerte ich ihr in der Schultoilette auf und schnitt ihr eine fette Haarsträhne ab. Ich finde es jedoch erstaunlich, dass Ben findet, ich hätte mich an Kitty McCoy auf ähnliche Weise gerächt. Er legt seinen Kopf auf meine Schulter, genau wie damals, als wir noch zusammen Disney-Filme geguckt haben.

«Glaubst du, Mum kommt hierher?», fragt er.

«Ich weiß es nicht.»

«Denn falls ja, dann muss ich mich darauf vorbereiten. Eine Rede bereithalten.»

Ich lache, weil er weiß, dass ich dasselbe vorhabe.

«Sonst alles gut?», frage ich ihn.

«Ja, geht schon. Ich … Manchmal glaube ich einfach, dass sie einen Teil meines Gehirns vermurkst hat. Ich weiß nicht, was ich für sie empfinden soll.»

Ich halte ihn fest und spüre, wie schwer er an der Last trägt, die ihm unsere Mutter aufgebürdet hat. Das Problem ist, ich weiß genau, wie sich das anfühlt.

Zwölftes Kapitel

Heute ist Sonntag, sechs Tage sind seit dem Vorfall bei *This Morning* vergangen und beinahe zwei Wochen seit Sainsbury's. Normalerweise füllt diese Menge an Vorkommnissen ein ganzes Jahr. Es ist ausnahmsweise einmal ruhig im Haus, weil ich die Kinder, die trotz des fortgeschrittenen Vormittags noch im Schlafanzug stecken, vor den Fernseher gesetzt habe. Matt versucht gerade, Millie davon zu überzeugen, dass ein kleines Schläfchen eine Superidee ist. Es ist auch deshalb leise, weil vorhin plötzlich eine kleine Person mit kastanienbraunen Locken und in Samt-Joggingjacke vor der Tür stand. Gia Campbell ist hier, um ihren Sohn in die Speckröllchen zu zwicken und sich zu vergewissern, dass ihre Enkelkinder trotz der Umstände genug zu essen bekommen; aus diesem Grund hat sich Stille über das Haus gelegt. Gia und ich haben eine herrlich angespannte Beziehung – hauptsächlich steht folgende Problematik zwischen uns. Sie denkt: «Du wirst nie gut, italienisch und katholisch genug für mich sein», während ich denke: «Was willst du denn noch, du hast einen großen schottischen Protestanten geheiratet.» Das bedeutet, wir lächeln uns an, umarmen uns halbherzig und schenken uns zu Weihnachten Sonderangebote von Marks & Spencer. Und wenn sie Lust hat oder wenn Doug, Matts Dad, zum Angeln geht, dann steht sie unangekündigt vor der Tür, und das meist mit einem ganzen Einkaufstrolley voller Basilikum und anderen ausgesuchten Nahrungsmitteln. Dieses Mal sind die Gründe für ihren Besuch allerdings etwas unklarer. Sie sieht mich ständig an, als hätte sie alle Artikel gelesen und würde mir am liebsten mit den Augen scharlachrote Buchstaben in meine Stirn brennen.

«Sie kann in Hannahs Zimmer schlafen. Ist ja nicht für lange.»

Matt flüstert es mir im Flur zu, während wir Gia in meinen Küchenschränken rumoren hören. Vermutlich sortiert sie die Gewürze neu und fragt sich, warum die Hälfte davon bereits abgelaufen ist.

«Glaubst du, sie hasst mich noch mehr als sonst?»

«Vermutlich. Wahrscheinlich müssen wir noch ein Kind bekommen, um sie wieder gnädig zu stimmen.»

Matt lacht, aber sein Lachen bleibt ihm im Hals stecken, als ich ihm in den Magen boxe. Zumindest für eine Sache war ich gut, nämlich Mini-Campbells zu produzieren, damit sie vor Stolz über das fruchtbare italienische Sperma ihres Sohnes platzen kann.

«Juliet! Juliet!»

Ich werde gerufen. Ich muss zugeben, mir gefällt die Art, wie sie meinen Namen ausspricht, ganz so, wie Shakespeare es gewollt hätte. Matt schiebt mich in die Küche und geht selbst zu den Kindern ins Wohnzimmer. Ich hole tief Luft.

«Gia? Alles in Ordnung hier drin?»

«Du hast keinen Salbei?»

Ich schüttle den Kopf, denn ich verwende lieber Minze für meinen Tee.

«Gut, dass ich welchen mitgebracht habe. Komm. Ich habe schöne Pancetta.»

Ich sehe auf meine Arbeitsplatte, die nicht wie sonst mit Schulmitteilungen, leeren Chipstüten und Hamsternahrung bedeckt ist, sondern freigeräumt und sauber glänzt. Eine Zwiebel und drei Knoblauchzehen erwarten auf dem Schneidebrett ergeben ihr Schicksal.

«Hilf mir kochen. Komm, komm. Ich bringe es dir bei. Wir hacken.»

Ich brauche wegen ihres schottisch-italienischen Akzents erst einmal fünf Sekunden, um die Aussage ganz zu erfassen, dann nähere ich mich dem Schneidebrett. Bevor ich das Messer nehmen kann, packt sie mich an der Schulter. Ich lächle zögernd zurück.

«Was kochen wir denn, Gia?»

«Kochen wir etwas Leckeres. Einfach Risotto. Schöne Pancetta, Zwiebel, und dann rösten wir Kürbis. Die Kinder werden das lieben.»

Na gut. Wenn sie das kocht – na ja, wenn sie irgendwas kocht, von Bolognese über Zabaglione bis zur einfachsten Tomatensoße –, lecken die Kinder immer ihre Teller leer wie

Wildkatzen. Ich brauche einen Moment, um die Situation zu erfassen. *Du willst, dass wir etwas gemeinsam machen? Okay.* Sie nimmt ein paar meiner Kräuterdosen und hält sie sich an die Nase, um sie misstrauisch zu beschnüffeln. Ich fange an, die Zwiebel zu schälen und hacke sie dann auf meine Art, ähnlich wie ein Schimpanse einen Stein benutzt, um etwas zu öffnen. Gia sieht mich neugierig an.

«Ich mag diesen McCoy nicht.»

Ich stehe da und nicke. Das ist vermutlich das Erste und Einzige, das wir gemeinsam haben.

«Ich mag nicht, wie er ins Fernsehen geht und italienisch kocht, wenn er nicht italienisch *ist*. Er denkt, er kann dort Urlaub machen, und dann kann er den Leuten sagen, wie sie mein Essen kochen sollen. *È uno stronzo!*»

Ich zucke bei diesem Ausdruck zusammen. Meine Zwiebel ist ein Haufen kleiner Vierecke, Stücke und Scheiben. Gia betrachtet ihn, nimmt mir das Messer aus der Hand und hackt alles klein.

«Wiege das Messer von Seite zu Seite, *ecco.*»

Ich übernehme wieder, während sie neben mir steht und meine Arbeit begutachtet.

«Alles gut, Juliet?»

Ich nicke verwundert über diese plötzliche Nachfrage, doch sie starrt bereits mein Olivenöl an, schüttelt den Kopf und geht zu ihrem Einkaufswagen, aus dem sie eine andere Flasche hervorzieht.

«Ich dachte, ich sollte herkommen. Ich habe so viel in den Zeitungen gelesen, und ich weiß, es muss sehr schwer sein.»

Ein großer Kloß bildet sich in meinem Hals und wartet

darauf, dass sich das Messer in meinen Händen in meine Halsschlagader bohrt, besonders falls sie über einen gewissen Richie Colman gelesen hat.

«Ich ... Ich weiß nicht, was ich sagen soll, Gia. Es tut mir leid, dass so viele Lügen gedruckt worden sind. Aber das bedeutet wirklich nichts.»

Gia schürzt die Lippen. Ich fühle mich reingelegt. Diese Übung im Bonding ist bloß ein Vorwand, um über andere Angelegenheiten zu reden. Nicht so schlau, solange scharfe Gegenstände in der Nähe sind.

«Ich weiß. Ich mache mir nur immer Sorgen. Ich habe auch das über deine *mamma* gelesen. Es tut mir leid.»

Ich krame in meiner Schublade nach einer Knoblauchpresse. Sie ist voller Knetmasse, und ich picke die Krümel heraus und versuche, Gia dabei nicht anzusehen.

«Ich habe nicht gewusst, dass du keine Mutter hast. Matteo hat nie davon gesprochen. Aber jetzt habe ich das in den Zeitungen gelesen.»

«Die Zeitungen haben das nicht ganz richtig dargestellt, Gia.»

«Oh, *nononono*. Matteo hat es mir erklärt. Aber jetzt habe ich das Gefühl, als würde ich mehr wissen.»

Ich spüre Tränen in den Augen. Wegen der Zwiebel, nicht wegen meiner Mutter, auch wenn Gia sicher annimmt, es sei Letzteres. Ich wische mir die Augen an der Schulter trocken und sehe sie an. Sie hat so einen besonderen Ausdruck im Gesicht. Einen, den ich nicht kenne. Sie tätschelt mir die Schulter und nickt. Ich glaube, sie denkt, dass wir eine Verbindung aufbauen, dass das hier vielleicht ein Durchbruch ist. Sie will ein Rezept mit mir teilen, weil es offensichtlich ist, dass meine Defizite als verführerische Ehefrau und nichtitalienische Mutter doch nicht meine Schuld sind. Fünf Sekunden lang herrscht Schweigen. Was soll's, wenn sie das wirklich glaubt, soll es mir recht sein, solange sie mir ein geheimes Familienrezept beibringt und ich in ihrer Wertschätzung steige. Sie legt einen Arm um mich und drückt mich vorsichtig, ähnlich wie sie die Ciabattas drückt, um zu prüfen, ob sie noch frisch sind.

«Herrgott noch mal, Millie!» Das höre ich so ungefähr jeden Abend. Es ist Matts Stimme, die durch die Decke dringt, wenn er ihr die Windel wechselt und so tut, als würde er zum ersten Mal sehen, wie viel Aa ein kleines Kind machen kann. «Das ist ja über deinen ganzen Rücken verteilt.» Ich höre, wie er wegen der Feuchttücher und der neuen Windelpackung flucht und sich Millie währenddessen ihr kleines Herz herauskichert. Vorn im Haus spielen die Kinder mit Gia, sie murmeln etwas von Piraten und Über-die-Planke-Laufen. Das muss man ihr lassen, die Kinder lieben Gia, ihren italienischen Glamour und ihre Taschen voller Karamellbonbons. Trotz aller Differenzen sind wir beide erwachsen genug um zu wissen, wie wichtig ihre Beziehung zu den kleinen Campbells ist, vor allem, weil sie die einzige Oma ist, die sie haben.

Ich bin in der Küche (in letzter Zeit offenbar mein Hauptaufenthaltsort) und schreibe eifrig Rezepte in den Ordner, den Luella mir bereitgestellt hat. Dies ist Teil von Luellas Masterplan für mich: Ich soll meine gesamten Küchenweisheiten aufschreiben und dann meine Talente verkaufen. Sie plant, dass ich bei der BBC-Kochshow *Saturday Kitchen* kochen soll, also vor

Publikum, vor echten Erwachsenen, nicht nur vor meinen vier quengelnden Kindern, die an meinen Fersen kleben und mir sagen, dass sie gleich verhungern. *Butternusskürbis- und Pancetta-Risotto*, schreibe ich in Schönschrift. Ich starre auf die leeren Teller, die sich im verfärbten Spülbecken stapeln – das Risotto war ein voller Erfolg, etwas, das ich sofort in mein Kochrepertoire aufnehmen muss, auch wenn ich nicht mehr getan habe als eine Zwiebel zu hacken, etwas Knoblauch zu zerdrücken, und umzurühren, wobei ich einiges über Dampf und Rühren gelernt habe. Ich schreibe Gias weise Worte nieder: Ein Risotto sollte *all'onda* sein und auf dem Teller brodeln wie ein zarter Bach. Er sollte nicht aussehen wie alter Porridge. Ich kritzle weiter in meinen Ordner und versuche sogar, die Rezepte noch mit ein paar Zeichnungen aufzupeppen.

«Was machst du da? Wieso malst du einen Riesenpenis neben das Rezept meiner Mutter?»

Matt späht neugierig über meine Schulter.

«Das soll ein Butternusskürbis sein.»

«Ganz ehrlich, ich hab noch nie Aa in dieser Farbe gesehen. Das sieht aus, als würden wir sie ausschließlich mit Erbsenbrei füttern.»

Ich nicke und verziehe das Gesicht – es ist immer ein Genuss, Matts Beschreibungen von verdautem Essen zu lauschen. Zumindest war es kein Curry.

«Die anderen wollen jetzt Nachtisch. Ich rühre mal was zusammen.»

Er geht zum Kühlschrank, wühlt darin herum, bis er ein paar Früchte gefunden hat, Joghurt und noch ein paar Süßigkeiten, und innerhalb kürzester Zeit hat er Mini-Parfaits aus seinem Handgelenk geschüttelt. Ich runzle die Stirn. Ich gebe es nur ungern zu, aber Matt war schon immer der bessere Koch; er denkt beim Kochen nach, braucht keine Maßangaben, kennt die Zauberformel, wenn es um Gewürze geht. Vielleicht sollte Luella besser ihn gegen McCoy antreten lassen. Ich weiß noch, als Hannah anfing, sich von der Brust zu entwöhnen, war er derjenige, der die Breie zubereitete, und selbst jetzt ist er derjenige, der an einem Sonntag nach dem Braten noch die Knochen zusammenkratzt und daraus Suppe macht. Das soll nicht heißen, dass ich nicht kochen kann, aber wenn man dreimal am Tag und fünf Tage die Woche dazu gezwungen ist, dann lässt die Begeisterung und Kreativität irgendwann nach.

«Also, was hat Mum noch so geplant?»

Ja, offenbar ist sie nicht bloß hergekommen, um mir etwas über Risotto beizubringen. Sie hat beschlossen, mir ihre Dienste als Kochguru anzubieten, in der Hoffnung, ein Teil ihres Genies würde mir ins Blut übergehen, so wie es bei ihrem Sohn geschehen ist. Ich sehe zu, wie er Erdbeeren in Sternenform schneidet. Vielleicht hasse ich ihn ein kleines bisschen.

«Na ja, sie will mir ihr Hühnchen Cacciatore beibringen, ihre Gnocchi und wie man Tortellini selber macht. Sie meint, McCoy könne vielleicht Feinschmeckerkost zubereiten, hätte aber keine Spontaneität. Er sei einfach keine so gute Köchin wie sie.»

Matt nickt und schiebt sein Gesicht wieder in den Kühlschrank.

«Sie hat eigentlich recht. Mütter kochen ganz anders, viel instinktiver, spontaner – sie müssen viel schneller reagieren können. Ist das hier Müsli?»

Er hält eine alte Tupperdose hoch.

«Hamsterfutter.»

Er stellt sie wieder in den Kühlschrank, und ich betrachte seinen Jeanshintern und das Stück ausgewaschene Unterhose, das über den Hosenbund guckt. Ich schreibe auf, was er gerade über Spontaneität gesagt hat. Das gefällt mir. Bei uns mussten schon so einige Abende mit drei Kartoffeln, einer Packung Philadelphia und einer Karotte überbrückt werden, die irgendwie zu einem Abendessen werden sollten.

«Hey, soll ich meinen Shepherd's Pie auch mit aufnehmen?»

Matt wackelt mit dem Kopf. *Toll, vielen Dank.*

«Aber deine Hühnchenpastete ist lecker.»

Ich schreibe es auf.

«Ist das für diese *Saturday-Kitchen*-Geschichte?»

Ich nickte heftig.

«Dann mach doch den Pie.»

«Aber die mache ich immer mit Fertigteig.»

«Na und? Ich kenne niemanden, der seinen eigenen Blätterteig macht. Das könnte deine Nische sein: Jools Campbell und ihre Pasteten.»

«Das klingt wie ein mieser Porno.»

Ich sehe, wie sein Körper vor Lachen zuckt. «Kostenlose DVD in jedem Kochbuch.» Ich sehe von meinem Ordner hoch und starre meinen Ehemann an, der immer noch im Kühlschrank kramt und eine halbe, ziemlich pelzige Gurke hervorholt. Ich gebe vor, es nicht zu bemerken. Aus dem unteren Fach holt er ein paar Marshmallows und ein Marmeladenglas, dann geht er zur Arbeitsplatte, stellt alles darauf und krempelt die Ärmel hoch.

«Wie wäre es mit Jools Campbell: die Küchenfee deiner feuchten Träume …»

Ich lächle verkrampft.

«Chez Jools? *Ay Mamita?*»

Er lacht über seinen eigenen Witz. Ich nicht. Ich male eine kleine Pastete mit Sternen drum herum und stelle fest, dass sie aussehen wie Fliegen. Matt schreitet durch die Küche, schiebt sich ein Geschirrtuch in den Hosenbund, und dann schalte ich ab. Er spielt Küchenchef. So ähnlich wie wenn er seinen Black & Decker-Werkzeuggürtel umschnallt, bloß um eine Glühbirne einzudrehen, und damit ausdrücken will, dass er ernsthafte Dinge tut, die meine ungeteilte Aufmerksamkeit verdienen und bei denen er nicht gestört werden will. Wohingegen ich natürlich das Bedürfnis verspüre, mich über sein Alphatierchengehabe lustig zu machen, was meist zu Verstimmungen führt, aber tief in mir drin glaube ich, dass ich diese Seite an ihm immer gemocht habe. Er widmet sich den Dingen auf seine typisch konzentrierte, einfühlsame Weise. Er redet nie viel, wenn es nicht nötig ist, und wenn er es doch tut, verstehe ich ihn zwar oft nicht wirklich, aber er ist immer mit vollem Ernst bei der Sache. Schon der Matt, den ich an der Uni kennenlernte, war ehrlich und ernsthaft. Nach unserem zweiten One-Night-Stand weckte er mich angezogen und mit einer Tasse Tee in der Hand. Seine weichen Haare wellten sich unter seiner Strickmütze hervor, sein Dufflecoat erinnerte an Paddington Bär. Ich nahm an, dass er gehen wollte, also dachte ich mir nicht viel dabei. Es war eine wunderbare Nacht gewesen, er war süß und einfühlsam. Nichtsdestotrotz hatten wir betrunkenen Inkognito-Sex, befeuert von meinem Bedürfnis, wieder mit Richie Colman zusammen zu sein. Ich erinnere mich daran, wie er mich mit benebeltem Blick ansah.

«Ähm, ich muss los. Ich hab mich freiwillig für gemeinnützige Arbeit gemeldet.»

Ich war fasziniert von dieser Ausrede und lächelte ihn an.

«Was Interessantes?»

«Ich sammle Unterschriften für eine Petition, die sich für die Befreiung von ein paar thailändischen Gefangenen in Kambodscha einsetzt.»

Ich weiß noch, dass ich darauf nicht viel zu sagen wusste, da das entweder die aufwendigste Ausrede war, die ich je in meinem Leben gehört hatte, oder die Wahrheit. Also schwieg ich, weil ich weder irgendwas über die geographische noch über die politische Lage wusste. Er fing eine Erklärung an, allerdings nicht auf diese missionarische Weise, wie man sie von diesen Typen kennt, die einem vor dem Supermarkt mit Fotos von ertrunkenen Katzen auflauern. Er wollte versuchen zu helfen. Ich zog die Bettdecke hoch und versuchte, meine Unterhose zu finden.

«Aber wenn du willst, kann ich danach wiederkommen. Es dauert ungefähr zwei Stunden, und dann könnte ich uns was zu essen mitbringen. Also, falls du das möchtest.»

Ich lächelte bloß und nickte, wobei ich die Hand vor den Mund hielt, um den Geruch von schalem Cider abzuhalten. Dann lehnte ich mich zurück in mein Kissen und betrachtete ihn aufmerksam. Ich bemerkte kleine Dinge an ihm, diese kleinen Dinge, die man sich merkt, weil sie neu sind und aufregend, und dann die Dinge, die sich bis heute nicht geändert haben, zum Beispiel wenn er wieder mal Bremsspuren im Klo hinterlässt oder nasse Handtücher auf dem Bett. Eine kleine Speckrolle, als er die Arme über den Kopf hob, ein paar winzige Löcher in seinem T-Shirt, das Grübchen in seiner linken Wange und seine Augen, die beim Lächeln aussahen wie große Mandeln.

«Das ist jetzt vielleicht ein bisschen peinlich, aber du heißt Jools, oder? Nicht Julie oder Julia?»

Vielleicht hätte diese Frage unter anderen Umständen die Romantik der Lage zerstört, aber Tatsache war, dass ich dachte, sein Name sei Toby.

«Na ja, normalerweise nennt man mich Jools. Oder Juliet, wenn du meine Großmutter bist.»

Er sagte meinen Namen ein paarmal laut vor sich hin und lächelte.

«Dann bin ich Matt. Oder Matteo, wenn du meine Mutter bist.»

Ich lächelte. Sein Name hatte diesen exotischen Klang und machte mich noch ein bisschen verliebter. Ich murmelte seinen Namen vor mich hin.

«Also Matt, wann darf ich dich zurückerwarten?»

«Sagen wir, um drei?»

Und damit gaben wir uns einen Abschiedskuss, und ich schlief wieder ein, fest davon überzeugt, dass er nicht zurückkommen würde, weil mein Morgenatem einfach zu übel war. Aber er kam zurück. Um drei Minuten nach drei. Und brachte eine Tüte Tiefkühlbrötchen mit.

Ich hänge noch meinen Gedanken nach, als Matt in der Küche flucht.

«Verdammt, Jools, diese Küche ist ein echter Schweinestall.»

Meine Tagträume lösen sich sofort in nichts auf, als ich in

sein finsteres Gesicht blicke und diesen Ausdruck darin, der mir sagen soll, dass das mein Verantwortungsbereich ist. Da seine Mutter oben und in Hörweite ist, zögere ich, einen Streit vom Zaun zu brechen. Vielleicht kann ich ihr die Schuld geben? Kann ich aber nicht. Um ehrlich zu sein ist das meine Art zu kochen. Die Folge sind immer fleckige Geschirrtücher, jeder Teelöffel in der Küche ist benutzt und die Fliesen sind mit Soßenflecken übersät. Ich schaue mich um. Matt schnalzt mit der Zunge und fängt an, Geschirr neben die Spüle zu stapeln.

«Ich mache das später. Und außerdem ist das eben mein Kochstil. Ordentlich heißt noch lange nicht gut kochen. Man muss auch ein bisschen Liebe und Hingabe hineinschmeißen dürfen.»

«Ich bin nicht sicher, wie viel Hingabe man sich leisten kann bei zwei winzigen Arbeitsflächen . Du musst beim Kochen zwischendurch mal sauber machen. Nigella würde auch nicht in so einem Schweinestall kochen.»

«Nein, die kocht ja auch nicht in ihrer eigenen Küche.»

«Trotzdem würde sie mal den verdammten Mülleimer benutzen.»

Matt wirft abgeschnittene Kürbisstücke und Zwiebelschalen in eine Plastiktüte. Ich würde Nigella zu gern hier kochen sehen – vermutlich würde sie ohne ihren frei schwingenden Küchenmixer und ihre Wiegemesser nicht überleben, weil sie sich mit meiner Messerauswahl von IKEA und den zerkratzten Pfannen begnügen müsste.

«Du brauchst doch keine ganze Arbeitsfläche, um ein bisschen Joghurt auf Teller zu füllen.»

Er schaut mich grimmig an, stapelt noch mehr Teller neben

der Spüle und stellt angebrannte Pfannen übereinander. Vermutlich kommen ihm die vielen Abende, an denen er mit den Kindern Jenga gespielt hat, dabei zugute.

«Und lass das hier nicht einweichen. Ich habe morgens keine Lust, mit aufgeweichtem Reis zu hantieren.»

Dieser Predigtton! Ich werfe ihm von meinem Ordner aus einen finstern Blick zu. Wenn wir uns gegenseitig etwas vorwerfen wollen, dann sollte er bitte auch nicht die schmutzigen Geschirrhandtücher zusammen mit den Babyklamotten waschen oder immer einen winzigen Rest Saft im Saftkarton übrig lassen. Dieser kleine Schlagabtausch ist sinnbildlich dafür, wie wir uns streiten: der ernsthafte Matt gegen die sarkastische Jools. Es ist traurig – normalerweise verteidige ich mich damit, dass ich eben so bin, wie ich bin, und er predigt mir, wie anders er alles machen würde. Dann vergleichen wir die Stresslevel unserer Arbeit. Vier Kinder und ein Haus gegen Buchprüfungen und Sitzungen. Er sagt mir, er würde gern mit mir tauschen, und ich sage ihm, er hätte meine Karrierechancen ruiniert, indem er mich geschwängert hat. Das ist die andere Seite seiner Ernsthaftigkeit: Sie passt nicht gut zu sarkastischen Bemerkungen.

«Ich glaube, jetzt habe ich einen Namen für deine Marke: ‹Deine Mudda. Wehe, wenn man sie auf die Küche loslässt!›»

Ich sehe ihn an, damit er merkt, dass er mich verletzt hat. Er hört auf. Den missionarischen Matt kann ich gerade noch ertragen, aber es gibt Momente, da wird er gemein, und dann verliere ich meinen Humor und kann mich nicht mehr wehren.

«Zu viel?»

«Bloß dass du findest, dass ich einen miesen Job mache. Das

ist immer super, Matt. Baut mein Selbstbewusstsein jedes Mal auf.»

Er kommt mit einer Schüssel perfekt geschnittener Erdbeeren an den Tisch. «Ich hab nur versucht, lustig zu sein. Du weißt, ich finde, dass du einen super Job machst. Es ist bloß diese ganze Celebrity-Sache, das ist nämlich ein Vollzeitding, und ich finde, du solltest erst mal deinen eigenen Kram geregelt kriegen, bevor du dich mit dieser Sache vom Acker machst.»

Sobald die Worte raus sind, weiß er schon, dass das falsch rübergekommen ist. Ich weiß es auch, aber das bedeutet nicht, dass man die Stille danach nicht mit dem Messer schneiden könnte. Es war dieser Ausdruck: sich vom Acker machen. Von hier verschwinden, so wie jemand anderes in meinem Leben. Er schweigt, weiß nicht, was er sagen soll oder ob er überhaupt noch etwas sagen soll. Das Problem mit meiner Mutter ist, dass wir beide nie über sie reden. Ich lasse zu, dass die Sache ganz hinten im finstersten Winkel meiner Seele herumschwimmt, und er stochert nie darin herum. Die Sache existiert einfach, so wie die Kreditkartenabrechnung oder das komische Geräusch, das das Auto neuerdings macht – denn wenn wir darüber reden, wird daraus vielleicht eine Riesengeschichte. Die Gefühle überwältigen mich beinahe. Matt kehrt zur Arbeitsfläche zurück, und selbst die Sahne, die er geschlagen hat, scheint in sich zusammenzufallen.

«Ich meine, ich weiß, du wirst nicht abhauen, aber …»

Ich kann ihm nicht antworten.

«Jools, ich meine doch nur …»

«Ich weiß. Du wolltest ja nie wirklich, dass ich das tue.»

Matt fuchtelt mit den Händen und rudert mit beeindruckender Geschwindigkeit zurück.

«Scheiße, Jools. Ich hab doch bloß gesagt, du sollst mal die
Küche sauber machen. Fang jetzt nicht so an.»

Auch das ist typisch für uns – wenn irgendetwas Alltägliches
und Bedeutungsloses mehr Gewicht bekommt, als ihm zusteht.
Er starrt mich länger als nötig an. *Tu das nicht, wenn meine Mutter nebenan ist.*

«Aber du hast mir ja noch nicht mal gesagt, ob du das richtig
findest. Du hast bloß gesagt, du dachtest, der Artikel im *Guardian* hätte der Abschluss sein müssen. Aber dann kam die Lawi-
ne … Ich weiß nicht. Wir haben diese Entscheidung noch nicht
mal zusammen getroffen. Soll ich denn mehr zu Hause sein?»

«Jools, wann habe ich dich denn je an den Herd gekettet? Du
kannst machen, was du willst.»

«Bloß nicht abhauen, wie meine Mutter?»

«Nein. Nur … Das hat nichts damit zu tun. Wenn du dieses
ganze Kochding für richtig hältst, dann mach das, es wird bloß
Multitasking bedeuten, das ist alles.»

Ich ziehe die Augenbrauen hoch wegen seiner immer noch
herablassenden Haltung; vor allem, weil er offenbar denkt, dass
ich nicht jede Stunde des Tages multitaske, das tue ich nämlich
am Stück.

«Du glaubst also, ich könnte nicht beides, unsere Familie
und einen Job, schaffen, ja? Du findest, ich sollte es bleiben
lassen?»

Er reißt die Hände hoch und hebt die Stimme.

«Herrgott, Jools, ich werde dir überhaupt nicht sagen, was
du mit deinem Leben anfangen sollst, aber wenn das etwas

wird, dann bist du eine berufstätige Mutter. Und das musst du organisieren.»

Ich sitze verwirrt da und versuche zu verstehen, wie sich dieses Gespräch so entwickeln konnte, und auch, was er mir gerade sagen will. Ich soll es nicht machen? Und wenn ich es tue, bitte sehr, aber *sein* Leben soll sich deswegen bitte nicht verändern – viel Spaß?

«Ich meine, ich würde das doch auch für euch machen. Luella sagt, wenn wir die Sache in Schwung kriegen, dann könnte daraus wirklich was werden. Und es würde uns eine Menge Geld bringen.»

Matt sieht mich verwirrt an und zieht sich dann einen Stuhl heran.

«Also, das ist doch ein Riesenhaufen Schwachsinn.»

Ich ärgere mich. Es gibt eine ganze Menge Gründe für mich, etwas aus der ganzen Sache zu machen – um mich an McCoy zu rächen, um Mütter zu verteidigen –, aber er wird doch wohl nicht den finanziellen Gewinn abstreiten, den die Geschichte abwerfen könnte.

«Matt, damit könnten wir vielleicht einen Teil der Hypothek abzahlen oder Geld für die Kinder zur Seite legen. Das ist wichtig.»

Er sieht etwas sauer aus. Matt wird in verschiedenen Stufen sauer (1 = jemand, meistens ich, hat die Garagentür offen gelassen; 10 = Farbe auf dem Garagenfußboden) – und hier handelt es sich etwa um Stufe 6,5. Er sieht etwas verletzt aus, weil ich zum Ausdruck gebracht habe, dass sein finanzieller Beitrag zum Haushalt ruhig verbessert werden könnte.

«Scheiß auf das Geld. Es geht doch um was ganz anderes.

Du musst das offenbar für dich selbst tun, so verstehe ich das jedenfalls.»

Ich halte inne, denn wenn ich es laut aussprechen würde: «Ich will das für mich selbst tun», würde es so unglaublich selbstsüchtig klingen, als ob ich die Bedürfnisse meiner Familie völlig außer Acht lasse. Es muss noch einen anderen Grund geben. Weil auch meine Mutter irgendeinem Instinkt gefolgt ist, der größer war als ihre Rolle als Mutter und Ehefrau, weil sie spürte, dass das hier einfach nicht gut genug war und sie mehr wollte. Ich weigere mich, das laut auszusprechen. Matt sieht mich an.

«Aber ich kann einfach nicht verstehen, warum du weitermachen willst.»

«Was meinst du damit?»

«Diese ganze Nummer, all das Fernsehen und die Zeitungen, das ist doch schrecklich, das ist eine Menge Arbeit und bedeutet viele Tränen. Du hast diesen Fernsehidioten in unser Leben gelassen, in das Leben unserer Kinder, und hast zugelassen, dass der Kerl uns sagt, dass wir nicht gut genug sind, dass unser Leben nicht gut genug ist.»

«Ich habe …»

«Es könnte schon längst vorbei sein. Ist es aber nicht. Ich war ganz auf deiner Seite, als du ihm die Meinung gesagt hast, und fand auch gut, auch dass du die Chance bekommen hast, dich zu rechtfertigen, aber du ziehst es immer weiter in die Länge. Wozu? Nur, um irgend so ein B-Promi zu werden? Über die haben wir uns immer lustig gemacht. Du hast einen Uniabschluss, du bist klug. Du könntest so viel mehr schaffen.»

«Was denn genau?» Matt zuckt die Schultern. «Ernsthaft, Matt, sag mir mal, was ich mit meinem Leben anstellen soll?»

«Ich weiß es nicht, okay? Bloß vielleicht nicht gerade das ...»

Seine Stimme wird ein bisschen lauter, zittert beinahe, doch er unterbricht sich. Er legt die Hände auf die Arbeitsfläche, dann sucht er drei Teelöffel, legt sie in die drei Plastikschalen von IKEA und geht aus der Küche.

R. Hey, Jools. Wurden wir neulich unterbrochen?

J. *Ähm, ja. Mir hat die Richtung unserer Unterhaltung nicht gefallen.*

R. Zu ehrlich und reumütig?

J. *Ich habe es eher unter lügnerisch und banal verbucht.*

R. Versteh es, wie du willst. Es tut mir aber wirklich leid. Und ich habe mich bei der Zeitung beschwert. Sie drucken morgen auf Seite 4 eine Richtigstellung.

J. *Du hast eine ganzseitige Entschuldigung geschrieben? Echt? Wie süß.*

R. Du warst früher nie so sarkastisch.

J. *Ich habe mich verändert, Mr. Colman.*

R. Das merke ich. Du warst immer lustig, aber nie sarkastisch – nie gemein.

J. *Nein, der Gemeine von uns beiden warst ja schon du.*

R. Hart.

J. *Wahr.*

R. Ich soll mich also dafür entschuldigen, dass ich mit 19 mit dir Schluss gemacht habe? Es tut mir leid. Kann ich es auf meine Jugend und Dummheit schieben?

J. *Du kannst es auf die Dämpfe deines Haarwachses schieben, das du dir immer reingeschmiert hast.*

R. Da ist sie wieder!

J. Das lustige Mädchen von früher?

R. Was ist mit dir passiert?

J. Ich habe Kinder bekommen. Viele Kinder.

R. War das schon immer dein Plan? Ich weiß, du wolltest eine Familie, aber du bist auch zur Uni gegangen, und ich dachte immer, du hättest auch noch andere Pläne.

J. Ja, klar, an den Wochenenden schreibe ich meine Doktorarbeit. Und an den Abenden führe ich ein kleines Unternehmen vom Küchentisch aus.

R. Und was verkaufst du so?

J. Autoaufkleber und iPhone-Hüllen.

R. Aber bist du glücklich?

J. Natürlich.

R. Du klingst so resolut.

J. Wieso auch nicht? Ich habe eine riesige Hypothek auf dem Haus, meine Gesundheit, meine Kinder UND noch alle meine Zähne.

R. Jetzt mal Spaß beiseite, bist du glücklich? Wirklich?

Dreizehntes Kapitel

«Mrs. Campbell, noch eine halbe Stunde, bis Sie auf Sendung sind. Brauchen Sie noch irgendetwas?»

Einen Drink, eine Umarmung und eine Ersatzunterhose vielleicht. Der Junge mit der Föhnwelle wie aus Tim und Struppi, dem Clipboard und den Moonboot-Turnschuhen starrt mich an. Seit wann dürfen Männer eigentlich ungestraft High-Top-Sneaker tragen? Ich schüttle den Kopf und lächle.

«Ich brauche nichts, danke.»

«Okay. Oh, und diese wurden vorne für Sie abgegeben.»

Er kommt mit einem dicken Blumenstrauß und einem gepolsterten Umschlag ins Zimmer. Da ich niemals Blumen kriege, quietsche ich ein bisschen vor Begeisterung, was Tim offenbar verunsichert, da er die Tür langsam hinter sich schließt. Dann schießt mir ein Gedanke durch den Kopf – eine Briefbombe? Ich starre den Umschlag lange an, dann öffne ich ihn vorsichtig mit dem Zeigefinger. Darin liegt eine Zeichnung von mir, auf der ich keinen Hals habe, dafür aber riesige Muffins in jeder Hand. Oder sind das meine Brüste? Ich schiebe meine Hand noch einmal in den Umschlag, erspüre einen rechteckigen Gegenstand und ziehe ihn langsam heraus. Es ist ein gerahmtes Schwarz-Weiß-Foto von mir in der Geburtsbadewanne, auf dem ich Millie zum ersten Mal halte. Darauf sehe ich aus wie ein einziges Durcheinander aus Haaren, Plazenta und Schweiß, aber überglücklich. Hinter mir steht Hannah, die gekommen ist, um ihre Schwester in den ersten Minuten ihres Lebens zu begrüßen. Sie trägt ihren gepunkteten Pyjama und winkt ihr mit der Hand zu. Die Jungs haben die ganze Geburt verschlafen und glaubten, dass Millie durch den Schornstein gekommen sei, genau wie der Weihnachtsmann. Millie ist ganz verschrumpelt und entspannt. Wir sind ewig in dieser Wanne geblieben. Wenn man bedenkt, dass wir mit ihr zu sechst waren, war das ein wahrhaft friedlicher Augenblick.

Eine Karte klebt auf der Rückseite des Rahmens:

«Mami! Du hast uns alle vier neun Monate lang in der Röhre gehabt. Und wir sind trotzdem gut geraten! xxx»

Ich spüre, wie mir die Tränen kommen. Zuallererst, weil ich mich zum ersten Mal seit Ewigkeiten oben ohne sehe. Wann haben sich meine Brüste in diese schlaffen Wassermelonen verwandelt? Und zweitens, weil mir plötzlich bewusst wird, was ich in diesem Moment eigentlich tun sollte. Ich sollte jetzt im Schlafanzug sein und meine Kinder an mich ziehen, die um mein Bett herumhüpfen, sie in den Arm nehmen und überlegen, was wir mit dem Rest des Wochenendes anstellen, während ich den anderen Arm über meinen halb schlafenden, missbilligenden Ehemann Matt lege. Dafür sind Samstage doch eigentlich da. Doch nun verbringe ich sie in *Saturday Kitchen*.

Es klopft, und Luella marschiert mit einem dicken Stapel Zeitungen und Kaffee herein, das Handy unters Ohr geklemmt.

«Die Luft ist rein. Falls sie ihn nicht unterm Küchentresen versteckt haben, befindet sich McCoy definitiv nicht im Gebäude.»

Um einen Hinterhalt à la *This Morning* zu vermeiden, war Luella heute auf einer Mission, was durch ihr khakigrünes Outfit und die schweren Armeestiefel noch unterstrichen wird. «Sie brauchen einfach bloß zu kochen und Ihr Ding zu machen. Das wird super. Und jetzt erzählen Sie mal, wie oft haben wir dieses Risotto denn geübt?»

«Oft genug.»

Neunmal ganz genau. Meine Gefriertruhe ist bis oben hin voll damit, abgesehen von Fischstäbchen, Babybrei und ein paar Erbsen. Und auch wenn ich das Rezept halb auf Italienisch, halb auf Englisch herunterbeten kann und man mir bestätigt hat, dass ich bereits im Schlaf von knuspriger Pancetta rede, halte ich Luellas Plan, dass ich dieses Gericht live im Fernsehen koche, immer noch für absurd. Ich hätte gern etwas Einfacheres zubereitet; irgendetwas mit Hack, das ich mit geschlossenen Augen kochen kann. Oder Würstchen, die man einfach in eine Pfanne legt und mit Kartoffelbrei serviert. Aber Luella meinte, ich müsste irgendetwas mit Flair kochen, etwas ohne Fleisch und was schwieriger klingt, als es ist. Also hat sie den Produzenten Risotto vorgeschlagen. Toll. *Saturday Kitchen* ist eine große Sache. Offenbar bringt mich mein Auftritt im Frühstücksfernsehen ins Bewusstsein verkaterter Achtzehn- bis Fünfundzwanzigjähriger und wird meinen Feldzug als ernstzunehmende kochende Hausfrau unterstützen, mit dem ich aus den Boulevardblättern herauskomme. Und nach Luellas Meinung müssen wir unsere Medienpräsenz verstärken, da McCoy und seine Truppe bereits zu den Waffen greifen. Sie schlägt eine Zeitung auf und zeigt mir ein Bild von Kitty McCoy im Leopardenbadeanzug – ohne Dehnungsstreifen oder Brüste. «ICH BIN EIN DSCHUNGELKÄTZCHEN, HOLT MICH HIER RAUS!» Luella schnaubt wie immer, wenn sie Kittys Bild sieht.

«Das kann sich zu unserem Vorteil entwickeln. Niemand mag Mütter, die ihre Kinder allein lassen. Und die, die neben dem Wasserfall posieren, gewinnen sowieso nie.»

«Außerdem ist es wissenschaftlich erwiesen, dass sich beim längeren Betrachten von Leopardenbadeanzügen ein verlässlicher Würgereflex einstellt.»

Luella lacht. Es gefällt ihr, mit jemandem über Kitty zu lästern. Ich fürchte, ihre nächste Telefonrechnung wird ziemlich hoch werden, weil sie Kitty durch sämtliche Dschungelprüfungen der nächsten Wochen votet. Sie zieht eine weitere Zeitung hervor.

«Dies hier hat sie sich als Hauptgericht ausgedacht. *Piers Morgan's Life Storys.* Wenn ich das sehe, möchte ich mir am liebsten die Augen rausreißen.»

«ICH WILL DIE WELT VERÄNDERN!», schreit mir die Titelzeile entgegen, darunter befinden sich Aufnahmen von McCoy in einem leeren Studio. Er hat feuchte Augen und putzt sich die Nase. «MEIN VATER WAR ALLES FÜR MICH …»

Der Beitrag läuft heute Abend zur besten Sendezeit, und Luella ist nicht glücklich darüber.

«Bitte. Erstens: die Welt verändern, haha. Das Einzige, was der verändern will, ist der Umfang seines Bankguthabens, damit er neben den Gallaghers in Primrose Hill wohnen kann. Zweitens hat er seinen Vater gehasst. Sie hatten schon seit Jahren nicht miteinander gesprochen, und trotzdem hat Kitty ihm jedes Weihnachten Gläser mit Pfefferminzbonbons geschickt, bloß um ihm eins reinzuwürgen. Der arme alte Knacker hatte nämlich Diabetes.»

Ich betrachte sein aufgedunsenes Gesicht auf dem Bild und habe ein wenig schlechtes Gewissen, so locker über den Tod seines Vaters zu sprechen. Gleichzeitig frage ich mich, ob Luella recht hat und das alles bloß aufgesetzt ist, um sich die Zuneigung der Öffentlichkeit zu erkaufen. Ich würde auch gern wissen, woher sie weiß, dass McCoys Vater Diabetes hatte. Das geht mit Sicherheit über die Aufgaben einer Journalistin hinaus.

«Netter Kerl, übrigens. Was er wohl über diesen ganzen Wirbel denken würde?»

Ich rutsche in meinem Stuhl herum. Sie kennt seinen Vater? Luella bemerkt meinen Blick und lächelt.

«Sie fragen sich vermutlich ...»

«Na ja, schon. Sie kannten Tommys Vater?»

Sie nickt. «Versprechen Sie mir, dass Sie das nicht aus der Bahn wirft?»

Ich glaube nicht, dass es das tun wird. Wenn man bedenkt, in welche wilden Bahnen mein Leben in letzter Zeit geraten ist, bin ich ziemlich sicher, dass mich nichts mehr umwirft.

«Tommy und ich waren mal ein Paar.»

Ein schwerer Seufzer lässt ihre Brust zusammensacken wie ein Soufflé. Ich wiederum bin völlig baff.

«Sie waren was?»

«Ja, wir waren drei Jahre zusammen, kaum zu glauben, was?»

Ich sitze mit offenem Mund da. Sie und er? Ein Paar? Plötzlich bin ich verwirrt. Hat sie mir bloß deshalb geholfen? Also plant sie doch einen persönlichen Rachefeldzug gegen diesen Mann?

«Oh, das ist schon Ewigkeiten her. Ich will Sie nicht mit den Details langweilen, aber er war als Koch gerade im Aufwind, und wir gingen seit dem College miteinander. Dann aber ging es richtig los, und seine Publicitymaschinerie nahm ihn in die Mache. Sie überzeugten ihn davon, dass eine selbstverliebte Brünette besser zu seiner Marke passen würde, und ich wurde entsorgt.»

Während sie spricht, dreht sie einen Stift in ihren Fingern und sieht dabei aus, als wollte sie McCoy damit aufspießen. Ich nehme ihre Hand und nicke zu ihren Worten.

«Das tut mir ja so leid. Kein Wunder, dass Sie …»

«Tommy hat sich niemals für mich eingesetzt oder an unsere Beziehung gedacht. An all die Zeit, die ich mich für ihn aufgeopfert habe, damit er sich seinen Traum erfüllen konnte, all die Unterstützung, die ich ihm gegeben habe. Auf jeden Fall war er zehn Monate später mit der blonden Dünnen verlobt, und drei Monate später kam Basil auf die Welt.»

Mittlerweile trommelt sie mit den Fingern auf den Tisch, so angespannt ist sie. Mir fällt nichts Besseres ein als ihr die Weinflasche zu reichen, die auf meinem Schminktisch steht. Verdammt, es ist noch nicht mal Mittag, aber die Neuigkeiten, an denen ich gerade teilhaben darf, müssen mit Alkohol heruntergespült werden. Ich entkorke die Flasche unprofessionell und gieße ihr einen Plastikbecher voll.

«Sie sehen also, ich kenne seine Geschichte. Ich weiß, dass alles an ihm ein Haufen Mist ist. Das ist Marketing im besten Sinne, da wird den Leuten ein Mythos verkauft, und sie glauben jedes Wort. Und wenn ich sehe, dass jemand wie Sie von ihm angekackt wird, fühle ich mich dazu verpflichtet zu helfen.»

Sie schluckt den Wein wie Limonade und stellt den Becher ab, dann pickt sie sich Korkenstücke von der Zunge, was sie nicht zu stören scheint. Ich betrachte ihr Gesicht und versuche darin zu lesen.

«Darf ich Sie fragen, ob das der einzige Grund ist, weshalb Sie hier sind? Um sich irgendwie an ihm zu rächen?»

Sie lächelt.

«Oh Gott, nein. Natürlich möchte ich ihn gern als Hochstapler entlarven, aber mir hat Ihre Art gefallen. Ich fand, man musste Sie unterstützen, weil Sie liebenswert sind. Und diese Geschichte ist schon viele Jahre vorbei.»

«Und Sie ... ich weiß nicht ... schmachten ihm nicht noch hinterher?»

Was für ein fürchterlicher Ausdruck. Das klingt, als wäre sie eine liebestolle Wölfin, die bei Mondschein Bilder von ihm anheult. Glücklicherweise lacht sie zur Antwort.

«Hilfe, nein. Ich hab mir einen neuen Mann gesucht. Ein gutaussehender Franzose namens Remy, der einfach toll ist. Aber Sie wissen ja, wie es mit vergangenen Beziehungen ist.»

Sie sieht mich vielsagend an und wartet, falls ich vielleicht irgendwelche Informationen über einen gewissen Richie Colman loswerden will. Seit dem ganzen Palaver mit meiner Mum ist ihr bewusst, dass ich etwas sensibel bin, wenn es um gewisse Momente meiner Vergangenheit geht, also hat sie nicht daran gerührt. Wodurch sie mir noch sympathischer geworden ist.

«Aber jetzt ist sicher nicht der Augenblick, darüber zu reden. Ich bin eine schlechte Journalistin. Tut mir leid, dass ich Sie damit behelligt habe. Jetzt geht es um Sie. Zeit, sich auf Ihren Auftritt zu konzentrieren.»

Sie drückt die Zeitung in meiner Hand runter.

«In dem Interview geht es auch um Sie. Dritte Zeile von unten, Seite zehn.»

Ich scanne über die Zeilen, bis ich die Stelle finde:

Auf die Frage nach der wachsenden Beliebtheit von Jools Campbell, der Frau, die McCoy Paroli bot, als er versuchte, sie für seine Sendung zu gewinnen, schüttelt McCoy den Kopf und hat wieder Tränen in den Augen. «Sie hat mich einfach nicht verstanden. Mein Herz war schon immer auf dem rechten Fleck, weil ich jedem Menschen helfen will. Es geht um die nächste Generation, es geht darum, so gesund wie möglich zu essen und das Beste für unsere Kinder zu tun. Es geht nur um die Kinder.»

Eine Welle der Übelkeit ergreift mich. Luella schnaubt wieder, vermutlich hat sie Schaum vor dem Mund. All das Gerede über jemanden, der sie so mies behandelt hat, kann nicht gut sein. Ich habe das Bedürfnis, sie zu beruhigen.

«Sehen Sie sich mal sein Handgelenk an. Er hat wahrscheinlich seine Uhr angelassen, als er im Bräunungsspray-Studio war.»

Sie hebt die Zeitung näher an ihre Augen, inspiziert das Foto und hört auf zu schnauben, vielleicht lächelt sie sogar.

«Man sollte meinen, dass jemand, der Kinder mag, seinen eigenen zumindest anständige Namen geben würde.»

Noch ein Lächeln. Sie betrachtet sein Bild einen Augenblick zu lang.

«Arschloch. Wirklich. Derartig aufmerksamkeitsgeil.»

Sie starrt die Zeitung noch eine Weile an, denn legt sie sie zur Seite.

«Aber ich bin sicher, der Auftritt heute wird uns weiterbringen, und ich habe auch noch ein paar Magazine in der Pipeline. Wir bringen Sie ganz groß raus als die bodenständige, ehrliche Jools Campbell und pinkeln ihm so richtig ans Bein.»

Es klopft an der Tür, und Tim kommt wieder herein.

«Sind Sie so weit?»

Die bodenständige, ehrliche Jools Campbell. Das klingt wie eine Marketingkampagne für Bio-Erdnussbutter. Ich spähe auf das Foto hinter meinen Blumen: zwei kleine Mädchen, die mich anstrahlen. Auf die Plätze, fertig, koch!

«Nun, Jools, dann erzählen Sie doch mal von diesem Streit mit McCoy – das klang ja ganz schön nach Zoff.»

Der Moderator kommt aus dem Norden, ist groß und sieht ziemlich gut aus. Er trägt Pastellfarben und braune Lederschuhe und führt mich in seinem glänzenden Küchenstudio herum, wo ich versuche, mich irgendwie damenhaft hinzustellen. Luella sagt, ich neige dazu, meine Schultern hängen zu lassen, und würde ständig meine Hände in die Hintertaschen stecken. Also nehme ich die Schultern zurück. Aber sieht das nicht aus, als würde ich ihm meine Brüste ins Gesicht schieben? Ich lasse die Schultern wieder hängen und tue so, als ob ich lache.

«Zoff? Eher eine kleine Meinungsverschiedenheit, würde ich sagen. Ich bin keine Expertin im Kochen, aber es gibt da so gewisse Fernsehköche, die ständig versuchen, uns Müttern ein schlechtes Gefühl zu geben, und das wird langsam ein bisschen nervig.»

Er nickt und lächelt, sodass mir seine Zahnverblendung entgegenleuchtet wie ein frischpolierter Autoscheinwerfer.

«Ich meine, wenn ich was koche, dann ist es vielleicht nicht perfekt, aber es geht immer um meine Familie. Und manchmal wird daraus ein großes Festmahl, und manchmal wird es eben irgendwas aus der Dose mit Toast. Aber wir essen zusammen, und wir sprechen mit den Kindern über gesunde Ernährung.»

Der Moderator lächelt wieder.

«Mir gefällt diese Einstellung. Also Fischstäbchen?»

«Ja, die essen wir hin und wieder. Wer hat keine schönen Erinnerungen an die Fischstäbchen seiner Kindheit?»

«Ich verstehe. Also, das hier haben Sie vorher noch nie gekocht, ja?»

Ich runzle die Stirn. «Na ja, schon … aber nicht so.»

«Na ja, keine Sorge, wie hatten neulich einen Gast hier, der uns fast die Bude abgebrannt hat, also alles fein.»

Ich lache immer noch etwas angespannt, doch ich nähere mich der Arbeitsplatte und rücke meine Zutaten zurecht, die alle bereits abgewogen in kleinen Schüsseln auf mich warten.

«Also, zuerst mal arbeite ich zu Hause nicht mit diesen kleinen Schüsseln. Ich meine, wer macht sich denn freiwillig noch mehr Abwasch als nötig?»

Der Moderator lacht. *Seht mich an, ich kann kochen und Leute zum Lachen bringen. Das ist doch wohl allerbestes Multitasking.*

«Ja, also, ich mache ein Risotto. Das Rezept stammt von meiner Schwiegermutter Gia. Es ist eines dieser wunderbaren Rezepte, für das man nur einen Topf braucht und eine halbe Stunde Zeit, und meine Kinder lieben es.»

Ich hoffe wirklich, dass Gia jetzt zusieht, immerhin habe ich ihr gerade einen Moment im Spotlight der Medien geschenkt. Ich nehme meinen Kürbis und packe ihn fest mit beiden Händen.

«Also, wir fangen mit dem Butternusskürbis an. Den wickelt man als Erstes einfach in Alufolie und legt ihn bei mittlerer Hitze in den Ofen.»

«Man schneidet ihn also vorher gar nicht?»

Ich werfe ihm einen Blick zu. Will er mir jetzt die ganze Zeit Fragen stellen, während ich koche? Fragen habe ich nicht erwartet. Ich dachte, ich müsste bloß kochen. Ich zucke die Schultern.

«Na ja, kann man machen, aber diese Kürbisse sind ganz schön hart. Und wenn Sie bloß einen Haufen beschissener Messer haben, so wie ich, dann müssten Sie vermutlich eine Säge nehmen.»

Ich lache. Dann höre ich auf. Beschissen. Ist das vielleicht ein Wort für die BBC um zehn Uhr morgens? Offenbar nicht, wenn man bedenkt, wie ausgesprochen unwohl mein Gegenüber gerade aussieht. Ich blicke zu den Kameras, hinter denen Luella den Kopf schüttelt.

«Aber es ist am einfachsten und schnellsten, ihn einfach einzuwickeln und in den Ofen zu tun.»

Ich gehe rüber zum Ofen, um es vorzuführen, öffne die Klappe und stelle fest, dass es ohne Ofenhandschuhe viel zu heiß wird, also werfe ich mein kleines Ofenpaket am Ende hinein wie einen Rugbyball. Hat das jemand gesehen? Bloß halb England. Ich haste zum Tresen zurück und fange an, mit den hundert kleinen Schüsseln zu hantieren, die alle ohne Aufschrift sind.

«Also, die Grundlage eines Risottos ist total einfach. Man gibt etwas Olivenöl in einen heißen Topf, dann brät man darin eine kleine Zwiebel und zwei oder drei Knoblauchzehen an.»

Ich werde ein bisschen ruhiger. Vor allem, weil alles schon für mich kleingeschnitten worden ist und ich nichts weiter tun muss, als die Herdplatte anzustellen und den Kram in den Topf zu werfen. Das kann ich. Ich halte Stücke glänzender Pancetta hoch und schlage profimäßig vor, sie gegen fettigen Schinken auszutauschen. Dann gebe ich meinen Reis und die vorbereitete Brühe hinzu. Es sieht beinahe essbar aus. Der Moderator lächelt und packt eine meiner Schultern.

«Also im Gegensatz zu dem, was McCoy so sagt, können Sie kochen? Das sieht phantastisch aus.»

«Na ja, ich versuche es. Ich meine, ab und zu schummle ich, und manchmal klappt es auch nicht so gut, aber ich gebe mir Mühe, und jede Mutter wird Ihnen sagen, dass es nichts Befriedigenderes gibt als einen leergegessenen Teller und ein zufriedenes Bäuchlein.»

Ich drehe meinen Kopf zur Kamera, wo Luella beide Daumen hochhält. Ich rühre um, plappere daher, während die Dampfwolken aus meinem Reis aufsteigen. Alles bestens. Ich kann das. Jemand schiebt mir einen faltigen, angebrannten Kürbis auf den Tresen.

«Wenn der Reis fertig ist, dann kratzt man den gebackenen Kürbis aus … so … und streut Salz, Pfeffer und getrockneten Salbei drauf, und schon ist mein Risotto fertig.»

Wie zum Beweis erscheint ein Topf mit bereits fertig gekochtem Risotto von der Seite, hereingeschoben von Tim mit dem Knopf im Ohr und den Skinny Jeans. Es wird gegen mein halbfertiges Gericht ausgetauscht, und der Moderator macht mir Komplimente darüber, wie gut das riecht und wie leicht es zu kochen war. Na ja, klar, wenn die Hälfte schon für einen vorbereitet wurde und man danach nicht abwaschen muss oder die Wände abschrubben, weil Millie es lustig fand, ihre Brüder mit dem Essen zu bewerfen.

«Und es hat eine herrlich orange Farbe, was bedeutet, dass es bei uns zu Hause in Rekordgeschwindigkeit aufgegessen wird.»

Er lacht. Die Fernsehgäste lachen. Luella springt neben der Kamera wie ein kleiner Küchenkobold von einem Fuß auf den anderen. Ich reiche ihm eine Gabel, und er schiebt sich etwas Risotto in den Mund, ebenso wie ich. Es schmeckt tatsächlich ziemlich gut. Aber es ist verdammt viel heißer als erwartet. Ich rolle meine Zunge zum Gaumen und versuche zu schlucken. Und dann muss ich husten.

«Chuuhd mää laid. Dach icht ... haiiich ...»

Ich huste noch mal, diesmal etwas heftiger. Das Risotto fliegt mir aus dem Mund und auf die beige Hose des Moderators. Schlimmer noch, es landet auf seinem Schritt, sodass ich und der Großteil der Fernsehwelt jetzt sieht, a) wie eng seine Hose ist und b) einen Blick auf den Umriss seines Geschlechtsteils bekommt. Mein Gesicht nimmt die Farbe von Roter Bete an. Ich schnappe mir ein Geschirrhandtuch vom Tresen und fange an, an ihm rumzuschrubben, bis ich merke, was ich da gerade tue. Der Mann sieht aus, als würde er gleich vor Lachen sterben. Ich glaube, ich sterbe auch. Und zwar hier und jetzt.

Vierzehntes Kapitel

Am Abend sitze ich in der Küche und starre niedergeschlagen und etwas betrunken an die Wände. Nachdem ich einen Küchenchef praktisch live im Fernsehen abgeschrubbt habe (der tatsächlich gar nicht verärgert war und offenbar die Situation genossen hat), wurde ich zu Hause von Matt, Gia und den Kindern begeistert begrüßt. *Fernsehgold*, hat mein Dad mir geschrieben. Ben rief an, um mir zu sagen, dass er sich in den Moderator verliebt hätte. Wer hätte gedacht, dass er derartig gut bestückt ist? Luella ist nicht so sauer, wie ich erwartet habe. Fürs Fernsehen war das offenbar ein gelungener Auftritt, und der eigentliche Grund für meinen Auftritt, das Risotto, war ein Erfolg. Ich jedoch fühle mich grauenhaft. Ich hatte mir vorgenommen, anmutig, liebenswert und elegant aufzutreten. Stattdessen komme ich in der Aufzeichnung der Sendung, die ich mir noch einmal angesehen habe, als kochende Perverse rüber. Darum trinke ich jetzt. Und um es nicht allein zu tun, habe ich Luella, Donna und Annie sowie eine sehr große Flasche Tequila dazu eingeladen.

«Das hat Ihre Schwiegermutter gekocht? Scheiße, ich sollte besser ihre Pressesprecherin sein.»

Luella trinkt weniger und ist dafür mehr interessiert an den Resten von Gias Kalbsschmorbraten. Annie ist als meine emotionale Stütze gekommen, Donna zu meiner Aufmunterung. Über uns höre ich das Poltern von Schritten, weil Matt und Gia im Badezimmer mit den Kindern ringen. Luella kaut weiter und gießt mir noch einen ein. Ich starre auf das Glas, dann lecke ich etwas Salz von meinem Daumen, kippe den Tequila runter, und weil wir keine richtigen Zitronen haben, drücke ich mir einen Schuss Zitronenkonzentrat in den Mund. Donna prostet mir zu. Annie schüttelt den Kopf.

«Es war wirklich nicht so schlimm. Wenn du das Risotto ausgespuckt und dann gesagt hättest, es schmeckt furchtbar, das wäre schlimm gewesen – aber so war es einfach bloß ein Unfall», sagt sie.

Ich zucke die Schultern.

Luella mischt sich ein. «Sie hat recht. Die Leute tweeten schon den ganzen Tag darüber, und jeder findet, es war sehr liebenswert.»

Ich sehe sie verwirrt an, und Luella reicht mir ihr iPad und zeigt mir die Seiten mit den freundlichen Bemerkungen. Annie sieht auf einmal ganz aufgeregt aus.

«Hey, du solltest dir einen Twitter-Account zulegen.» Luellas Augen leuchten ebenfalls auf. Ich schüttle den Kopf.

«Ich weiß nicht. Das ist doch ein bisschen übertrieben. Ich kriege da vielleicht zwei Follower.»

Annie öffnet die Twitter-Seite für mich, damit ich es mir ansehen kann. Facebook kann ich zumindest. Erstens ist es unheimlich befriedigend, deine alten Schulfreunde zu stalken. Und außerdem kann man mit so vielen Leuten in Kontakt bleiben, die sich über das ganze Land und den Globus verstreut haben, ihre Babys bewundern, Fotos von ihren Hochzeiten, Geburtstagsfeiern ansehen und das Gefühl haben, an ihrem Leben teilzunehmen. Es ist das Sozialleben der Faulpelze. Aber auf Twitter müssen sich die Leute schon wirklich für dich interessieren, sie müssen unbedingt erfahren wollen, ob du die Kinder in die Schule fährst oder gerade die Betten neu bezogen hast. Ich fürchte, mein Leben ist dafür einfach nicht interessant genug. Annies Finger tanzen auf den Tasten herum.

«So, ich habe dich angemeldet. Unter SuperMum. Hier, siehst du, ich bin dein erster Follower. Ich bin AnnieTheLawyer.»

«Ich werde Ihre zweite sein. LuellaInc.»

Sie tippen derartig schnell auf das iPad ein, dass ich gar nicht dazwischengehen kann. «Wir könnten Rezepte und witzige Mütter-Geschichten und Empfehlungen posten. Das ist ein guter Schachzug, glauben Sie mir», meint Luella.

Annie addet ihren Ehemann als Follower, um die Anzahl in die Höhe zu treiben. Donna nimmt sich das iPad und fängt an zu tippen. Ich überlege immer noch, was so wichtig sein könnte, dass die Leute es lesen wollen. Als sie auf Enter drückt, lese ich:

«GEB MIR MIT DEN MÄDELS DIE KANTE! TEQUILA 4 EVRY1!»

Meine Augen weiten sich, als ich den Text neben meinem Namen und meinem Avatar sehe – Annie hat Marge Simpson dafür ausgewählt. Luella und Annie lachen. Ich sehe schon die Titelzeilen in den Zeitungen. «Nicht genug damit, dass sie ihrem kleinen Mädchen Tequila gibt – sie kann auch nicht schreiben!» Irgendwas in mir will sich nicht darum scheren. Ich lasse es, wie es ist, weil ich weiß, dass Annie und Chris vermutlich die Einzigen sind, die das lesen, und bewege meine Finger über den Touchscreen, um Annies Twitter-Updates zu lesen.

«Doc meint, meine Gebärmutter ist ungastlich. Wenn Chris' Sperma nächstes Mal zu ihr zu Besuch kommt, sage ich ihr, sie soll mehr lächeln und Kekse reichen ☺.»

Annie ist in dem Stadium angekommen, wo sie mit jedem über ihre Unfruchtbarkeit spricht. Donna liest über meine Schulter hinweg, während Annie merkt, was wir da tun.

«Es hat irgendwas mit meinem pH-Wert zu tun.»

«Na dann, Mädel, quetsch dir doch ein bisschen Zitronensaft rein, das verändert deinen pH-Wert bestimmt.»

Luella hustet etwas Kalbfleisch aus. Annie, die praktisch überhaupt keinen Alkohol verträgt, stirbt fast vor Lachen. Donna zieht ihre Strickjacke aus, und ich glaube, ich sehe eine neue Tätowierung über ihrem linken Bizeps mit dem Namen von irgendwem.

«Welche Positionen habt ihr denn schon ausprobiert? Ich schwöre, jedes Mal, wenn ich schwanger geworden bin, haben Dave und ich es in der Missionarsstellung gemacht, und ich hatte meine Knöchel praktisch hinter seinen Ohren.»

Annie scheint sich in Gedanken Notizen zu machen, während ich mich frage, warum ich die beiden nicht schon viel früher zusammengebracht habe. Luella scheint von alldem unbeeindruckt.

«Hast du Kinder, Luella?»

«Zwei. Einen Jungen und ein Mädchen.»

Ich drehe den Kopf und stelle fest, dass mir noch nie eingefallen ist, Luella nach ihrem Privatleben zu fragen. Sie holt ein Foto aus ihrer Handtasche.

«Hier. Xavi und Clio.»

Das klingt nach Autonamen, aber das sage ich ihr nicht. Ich schaue nur auf das Foto und lächle. Sie haben die zu erwartenden Designerhaarschnitte, aber hinter ihnen steht ein sehr bohemehafter Mann, der wohl ihr wunderbarer Ehemann ist.

«Das ist Remy.»

Donna guckt auf das Foto.

«Ooooh, ein Franzose. Ich wette, der ist gut im Bett.»

Ich verziehe das Gesicht, weil Donna immer so ungezwungen mit Leuten ist, die sie gerade erst kennengelernt hat, aber Luella scheint die Bemerkung nicht zu stören. Sie lacht bloß und wirft den Kopf zurück.

«Il est magnifique!»

Donna schnaubt vor Lachen. Annie sieht zu mir herüber.

«Ihr meint, die Stellungen sind wirklich wichtig, ja? Was denkst du, Jools?»

Der Tequila wärmt mich, und es fühlt sich an, als würde ich gleich abheben, denn ich spüre meine Füße nicht mehr. Ich wende mich Gias Kalbfleisch zu und hoffe, dass die Tomographie, die ich mir von den Fingern lecke, etwas von dem Alkohol aufsaugt.

«Ähm, na ja, du weißt ja von Matt und mir. Beim ersten Mal

ist das Kondom geplatzt. Keine Ahnung mehr, welche Stellung das war.»

«Das bedeutet also, seine kleinen Schwimmer wollten unbedingt da raus. Und haben das Scheißgummi durchbrochen», sagt Donna.

Ich lächle, aber Annie weiß, dass ich nie gern über Hannahs ungeplante Geburt spreche, weil es so klingt, als würde der Zufall ihrer Entstehung das Ergebnis irgendwie schmälern.

«Diese Spermien wussten einfach, dass sie mit Jools' Ei zusammen sein sollten, um das hübscheste Mädchen zu erschaffen, das ich je gesehen habe», sagt sie deshalb und fasst mich an der Schulter.

«Alles gut bei dir? Komm, nimm noch einen Tequila. Damit löschst du den heutigen Tag völlig aus.»

Ich zwinge mich zu einem Lächeln, sehe auf mein Glas runter und denke darüber nach, was sie gesagt hat. Dass Matt und ich vom Schicksal füreinander bestimmt waren. Dass unser Unterbewusstsein beschlossen hatte, uns ein Baby zu machen. Dass uns eine zwingende Macht zueinanderzog wie zwei Magnete. Ich denke darüber nach. Und ich denke an Richie Colman.

«Ich habe neulich mit Richie gesprochen.»

Ich weiß nicht, warum diese Worte gerade aus meinem Mund kommen, aber danach spüre ich nur Erleichterung, weil ich darüber reden kann, ohne zu sehr verurteilt zu werden. Luella sieht mich bei der Erwähnung seines Namens fragend an. Donna reibt sich in froher Erwartung von Klatschgeschichten die Hände. Ich schätze, sie weiß ebenso viel, wie in den Zeitungen stand, aber sie merkt, dass es mehr zu sagen gibt. Annie wird ein wenig still. Sie hat mich an der Uni immer verteidigt, war immer auf meiner Seite. Als Richie und ich noch zusammen waren, fand sie die Vorstellung von Sandkastenbeziehungen zwar ein bisschen beengend und dachte, wir würden sowieso nie die Unizeit überstehen, aber sie akzeptierte uns. Als Richie mit mir Schluss machte, war sie supersauer auf ihn und konzentrierte all ihre Anstrengungen darauf, Matt zu mögen, obwohl sie wusste, dass ich mich bloß kopfüber und in voller Montur in etwas hineinstürzte.

«Nur auf Facebook. Wir haben ein bisschen gechattet. Ich ... Er hat nur solche Sachen gesagt, wie ... ach, ich weiß auch nicht.»

Annie schiebt mir ein gefülltes Tequilaglas hin.

«Ich hab den Artikel gelesen. Hat Matt ihn echt geschlagen?»

Luella schließt die Augen.

«Wisst ihr, ich hab noch nicht mal mit Matt darüber gesprochen. Hab ich total verdrängt, wegen all der Sachen mit meiner Mum und dem Fernsehen. Es schien mir so unwichtig, aber er ... irgendwie hat er da was angestoßen.»

Alle sehen mich fragend an.

«War er ätzend zu dir?», fragt Annie.

«Nein, er hat sich entschuldigt, wollte es erklären ... und ein bisschen in der Vergangenheit kramen. Um ehrlich zu sein, war es gar nichts.»

Aber das stimmt nicht. Es hat irgendwas in meinem Hirn ausgelöst, das weiß ich, und vermutlich habe ich deshalb nicht mit Matt darüber gesprochen. Ich sehe, dass Annie leicht beunruhigt abwartet, was jetzt noch kommt.

«Ich hoffe, du hast ihm gesagt, dass er ein Arsch ist. Diese

Trittbrettfahrer, die bloß aufs Geld schielen, gehen mir auf den Sack», sagt Donna. Annie stimmt ihr zu. Luella, die auf genau diese Art ihr Geld verdient, schweigt natürlich. Sie sehen mich immer noch erwartungsvoll an und hoffen offenbar, dass die Geschichte ein interessanteres Ende bekommt.

«Ich wusste nicht, was ich sagen sollte. Das war am Ende eines völlig irren Tages, nachdem dieser Artikel über meine Mum rausgekommen war, aber es hat mich zum Nachdenken gebracht.»

Annie sieht aus, als wolle sie gleich aufspringen. Nachdenken passt offenbar nicht gut zu mir.

«Er war meine erste große Liebe. Und er sprach über unsere Vergangenheit und über dieses Was-wäre-wenn, und da sind einfach Fragen aufgekommen.»

Annie hat schon meine Hand gepackt, als ich «erste große Liebe» gesagt habe. Sie weiß, dass sich meine Beziehung zu Matt nicht auf starke, intensive Gefühle gründet, aber sie hat doch gehalten und hält nach vier Kindern immer noch. Luella mischt sich ein.

«Meine Liebe, das geht uns doch allen so. Wir haben alle einen Richie. Ich sage immer, das ist gesund – vergangene Beziehungen formen einen, sie bringen einen vorwärts. Es wäre doch auch komisch, wenn man nicht hin und wieder an sie denken würde.»

Ich lächle sie an, weil ich nur zu gut weiß, wer ihr Richie ist. Sie wirft mir einen Blick zu, der besagt, dass das weiterhin geheim bleiben muss. Ich hebe mein Glas und proste ihr zu, und sie lächelt und kippt ihren Rotwein hinunter.

Donna mischt sich ein. «Freddie Lyle. Der Soldat, der nach

Afghanistan ging. Ich hab ihm jede Woche einen Brief geschrieben, als er weg war, aber dann fand ich raus, dass er die ganze Zeit schon meine Cousine Felicia gevögelt hatte.»

Luella nickt dazu, froh, dass jemand ihr Argument unterstützt. Annie nickt langsam mit.

«Mark Cadbury.»

Ich nehme Annies Hand. Der große Anwalt, der blonde, weiche Haare hatte wie ein Golden Retriever und ruderte. Er brach ihr das Herz, um sich in die dynamische Gesellschafts- und Arbeitswelt Hongkongs zu stürzen, wofür er unbedingt Single sein musste. Vier Monate später heiratete er dann ein reiches Mädchen namens Pearl Amoy ... Sie hält meine Hand fest.

«Es gibt immer jemanden, der einem unter die Haut geht. Aber du und Matt seid doch ein gutes Paar, oder?»

Gut im Sinne von voneinander abhängig. Wie ein Ashford-and-Simpson-Song. Ich wackle zu Donnas Unbehagen mit dem Kopf.

«Wartet mal, ich hab diesen anderen Kerl doch in den Zeitungen gesehen. Matt sieht viel besser aus als der.»

Luella schnappt sich ihr iPad und tippt. Plötzlich öffnet sich meine Facebook-Seite, und sie scrollt runter, um Richies Namen auf meiner Freundeliste anzuklicken. Als sein Profil sich öffnet, starrt jeder auf die Seite – und Annie bricht in hysterisches Gelächter aus.

«Oh mein Gott, ist der alt geworden. Und er hat eine ziemliche Wampe ...»

Es schmerzt mich, sein Bild zu sehen. Schmerzt mich, wie eine Migräne, die einen blendet – sodass ich beim Anblick seines Bildes vielleicht hypnotisiert werde und auf einmal Sachen denke, die ich über einen Mann, der mir eigentlich egal ist, nicht denken sollte.

«Er kriegt eine Glatze, Jools. Das sind keine guten Haargene», fügt Luella hinzu. Donna scrollt weiter durch die Bilder.

«Guter Sex?»

«Mein Erster.»

Alle sehen mich an. Ich denke zurück. Alles geschah unter der Bettdecke, darum dachten wir die erste halbe Stunde lang, wir hätten tatsächlich schon Sex, obwohl er tatsächlich bloß zu den Innenseiten meiner Oberschenkel vorgedrungen war. Die Damen realisieren, was das bedeutet. Genau, mit Matt habe ich zusammengerechnet erst mit zwei Männern geschlafen. Meine Vergleichsmöglichkeiten sind also sehr dürftig, anders als die zweistelligen Beispiele, die mindestens zwei Personen an diesem Tisch vorzuweisen haben, wie ich annehme. Donna setzt nach.

«Also war er ziemlich schlecht?»

Ich lache und ziehe die Augenbrauen hoch. Nicht, dass es dann besser wurde, als er mich wie ein Stück Fleisch herumdrehte, weil er eine andere Stellung wollte, und mir seine knochige Schulter in die Wange drückte. Richie war jung und vor allem auf sich selbst konzentriert, Oralsex fand an der falschen Stelle statt und auch nur so lang, wie er gerade Lust hatte, von einem Orgasmus hatte ich bisher bloß in Zeitschriften gelesen. Dann kam Matt und änderte alles. Ich meine, es war vielleicht nicht das *Fifty-Shades*-Programm, aber er sah mir in die Augen und küsste mich und hielt mein Gesicht in seinen Händen, als würde es ihm wirklich etwas bedeuten. Wann hatten wir eigentlich zum letzten Mal Sex? Vielleicht vor einem Monat, bevor das

Ganze hier losging; ich hatte Angst, dass Millie alles mitkriegen würde, also taten wir es in der Badewanne, was gar keine schlechte Idee war, weil wir uns danach gleich waschen konnten. Und es war die Sorte Sex, an die wir uns gewöhnt haben. Er stillte sozusagen den Juckreiz. Er war befriedigt, ich ebenso. Wir hielten uns danach dreißig Sekunden im Arm, sagten: «Ich liebe dich», dann lächelten wir uns beim Zähneputzen im Spiegel zu. So war und ist es immer mit Matt, wir bringen zu Ende, was wir angefangen haben.

«So ziemlich, ja.»

Wir lachen alle, aber da ploppt plötzlich ein Text in der Ecke meiner Facebook-Seite auf.

R. Hey! Wir wurden neulich mal wieder unterbrochen, oder? Wie geht's dir?

Donnas Augen weiten sich zu Frisbeescheiben, und sie packt die Tastatur. Es wäre untertrieben zu behaupten, dass ich ausflippe. Ich erhasche gerade noch rechtzeitig einen Blick auf den Bildschirm und lese:

J. Mein Mann hat mich mit seinem Riesenschwanz ins Bett gelockt.

Luella kreischt vor Lachen, und Annie wird ganz blass.

R. Hmmm, okay. Bist du betrunken?

Allerdings. Und nicht nur ich. Aber ich habe noch genug Verstand, um zu erkennen, dass wir diese Art von Unterhaltung nicht fortführen sollten. Ich versuche, mir den Computer unter den Nagel zu reißen, aber ich muss betrunkener sein, als ich dachte, denn ich greife ins Leere.

> J. *Zu viel Schampus. So was trinke ich nämlich jetzt als Promi.*
> R. Hmmm. Bist du das, Jools? Die Jools, die ich kenne, würde sich lieber mit Tequilashots betrinken.

Ich lasse das Glas in meiner Hand fallen, während Donna den Bildschirm untersucht, um sicherzugehen, dass keine Webcam angeschlossen ist. Ich ziehe ihr das iPad weg.

> J. *Ja, ich bin's. Sorry, das war eben eine Freundin.*
> R. Habe ich mir schon gedacht. Du glaubst nicht, wen ich gestern zufällig getroffen habe. Pete aus dem Bio-Leistungskurs.

Drei Paar Augen starren mich an, damit ich die Blinzel-Emojis erkläre.

«Das ist nur was, worüber wir neulich gesprochen haben.»
Das reicht nicht.
«Wir hatten mal Sex im Bio-Labor. Er ...»
Annies Gesicht wird von blass zu bleich. Donna lacht, während Luella mich neugierig abzuschätzen scheint, wie sich das wohl in einem Interview machen würde.
«Habt ihr euch Nacktfotos geschickt?», fragt Donna.

«Mein Gott, nein!»

Meine Finger fliegen beeindruckend schnell über die Tastatur.

> J. Richie, unsere letzte Unterhaltung war total unangemessen. Ich bin verheiratet.
> R. Mit Mafia-Matt.

Annie saugt die Luft durch geschürzte Lippen ein, während Donna sich das iPad zurückholt.

> J. Mit jemandem ohne Wampe, der noch alle Haare hat.

Luella lacht angetrunken und feuert Donna damit nur noch an. Annie grinst. Ich ziehe das iPad wieder zu mir.

> J. Mit jemandem, den ich sehr liebe.
> R. War das wieder deine Freundin?
> J. Vielleicht.
> R. Sag ihr, das hier geht sie nichts an.

Ups. Das reicht, um Donna auf die Palme zu bringen. Sie springt vom Küchenstuhl und versucht, mir den Computer aus der Hand zu reißen. Luella und Annie lachen sich kaputt.

«Komm her! Dieser Minipimmel, dieser Wichser – das geht mich nichts an? Gib mir das iPad!»

Die Küchentür geht auf, als Donna mich gerade von hinten besteigt, und Matt erscheint mit einem nassen Schlafanzug und Millie in seinem Arm.

«Die Damen, offenbar geht es uns wieder besser?»

Donna stellt sich wieder hin, und ich richte mich schuldbewusst auf, und zwar mit Rückenschmerzen, weil ich zu alt bin, als dass ich eine erwachsene Frau noch huckepack nehmen könnte. Luella lächelt Matt an, weil er total trendy aussieht mit seinem alten Ramones-T-Shirt und seiner zerrissenen Jeans. Sie muss denken, dass es einfach nur bescheuert ist, die Beziehung mit so einem Mann in Frage zu stellen. Annie versucht zu überspielen, dass wir gerade über Richie gesprochen haben, indem sie nach Millie greift. Fühle ich mich besser? Ich fühle mich betrunken, das ist mal sicher.

«Also, wer hat einen Minipimmel?»

Alle erstarren. Ein Klumpen von der Größe eines Golfballs bildet sich in meinem Hals.

«Wer schon. McCoy!», sagt Luella. Ich sehe sie an und stelle fest, wie leicht ihr das Lügen fällt. Ich dagegen nehme ein helles Tomatenrot an.

Matt zuckt die Schultern.

«Na ja, vielleicht kann Jools beim nächsten Mal seinen Schwanz anrubbeln und es herausfinden.»

Und alle außer mir lachen, denn das iPad leuchtet in meinem Augenwinkel, und Richies Bild schaut daraus zu mir hoch.

Fünfzehntes Kapitel

Hannah und ich betrachten die Muffins auf dem Küchentresen, und sie tätschelt mir tröstend den Rücken. Nie hat man als Mutter mehr das Gefühl, eine Versagerin zu sein, als wenn irgendwas in der Küche danebengeht. Vor allem bei etwas so Einfachem. Man braucht bloß ein paar Zutaten erhitzen und ihren physikalischen Zustand verändern. Man schneidet alles klein, rührt und püriert, und wenn man sich nicht ganz sicher ist, dann streut man noch ein paar getrocknete Gewürze darüber. Aber nein. Immer wieder lassen einen diese einfachen Gesetze der Hauswirtschaft im Stich. Diese wunderbaren Zutaten verwandeln sich in einen so traurigen Anblick, dass selbst Nachbars Katze sich angeekelt abwendet. *Und wieder hast du versagt.* Die Familie bleibt hungrig, Zeit und Geld sind verschwendet, und abends muss man doppelt so viel abwaschen. Schlimmer noch ist der Blick, den mir meine Tochter jetzt zuwirft. *Du bist meine Mutter. Dafür bin ich dir dankbar, aber bitte, bitte zwing mich nicht dazu, das mit in die Schule zu nehmen.*

«Vielleicht können wir ja die Deckel abschneiden und die Muffins oben mit Nutella und Smarties verzieren.»

Noch so ein Blick. Selbst Millie sieht mich von ihrem Hochstuhl aus an und ist von meinen Backkünsten wenig beeindruckt. Heute ist der Kuchenbasar für die dritten Klassen, und die Erwartungen an die neue «Promi-Köchin» an der Clifton Grundschule sind hoch. Ich hatte mich schon auf die Chance gefreut, mich vor den ganzen Müttern zu beweisen. Denn eigentlich kann ich Kuchen wirklich gut: nicht nur essen, sondern auch backen. Es sei denn, ein zahnendes Kleinkind trägt dazu bei, dass man erst um zehn Uhr dreißig überhaupt zum Backen kommt. Und dann stellt man den Ofen aus Versehen auf Grill ein, sodass die besagten Muffins, die eigentlich hübsch gebräunt sein und kleine Turbane aus Zuckerguss tragen sollten, nun schwarz verkohlt sind und optisch meinem Spülbecken ähneln, seit ich darin mein Tommy-McCoy-Buch verbrannt habe.

«Oder wir könnten mit Schablonen und Puderzucker kleine Batmans draufstäuben.»

Das könnte ein winziges Lächeln gewesen sein. Mir reicht das. Hannah setzt sich und greift nach der Weetabix-Packung, bricht zwei Kekse auseinander und malt mit Honig kleine Smileys darauf, so wie sie es immer macht. Millie schmiert sich ihre in der Zwischenzeit in die Haare, über ihren Schlafanzug, auf die Unterseite der Tischplatte und über die Zeitung, die aufgeschlagen auf dem Tisch liegt und einen Artikel zeigt, der von McCoys neuer Mission schwärmt, die Brotindustrie zu revolutionieren. Vergessen wir skrupellose Banker, die Regierung oder das marode Gesundheitssystem – schlechtes Brot ist der wahre Grund, weshalb dieses Land den Bach runtergeht. Zum Beweis ist ein Bild von mir abgebildet, und darunter steht das Schlimmste, was man je über mich geschrieben hat: «Jools Campbell, 31. Ja, ich bin in ein paar Monaten um zwei Jahre gealtert.» Ich seufze beim nochmaligen Anblick, während Millie noch ein paar Weetabix über die Zeitung schmiert. *Braves Kind.*

«Was ist das?» Gia schlurft mit ihren Hausschuhen in die Küche, den Blick neugierig auf die Muffins auf dem Küchentisch geheftet. Ehrlich gesagt gefällt mir ihr morgendliches Velours-Outfit, sie sieht darin total gemütlich und elegant aus. Auf den abschätzigen Blick kann ich allerdings verzichten. «Ich habe dir gesagt, dass ich dir helfe. Aber *no*, Juliet.» Sie nimmt einen Muffin und schnüffelt neugierig daran, dann klopft sie mit einem Finger darauf. Ich erwarte fast, dass es hallt. Dann hebt sie den Blick und sieht mich an. *Welches Gen fehlt dir eigentlich, dass du nicht backen kannst?* Sie schüttelt den Kopf, schlurft zum Tresen und holt einen Behälter hervor, der hinter der Mikrowelle versteckt war.

«Hannah, *bella*, nimm diese. *Chocolate biscotti.* Die kannst du verkaufen auf diesem Kuchenbasar.»

Hannahs Blick drückt Erleichterung aus. Gias Blick besagt, dass sie die heute Nacht gemacht hat, nur zur Sicherheit. Ich bin ihr dankbar, aber auch beschämt, vielleicht sogar ein bisschen beleidigt, weil sie offenbar wusste, dass ich versage, und deshalb schon mal heimlich gebacken hat.

«Danke, Gia.» Sie antwortet nicht, sondern nickt mir nur

schweigend zu, so als sei ihre Arbeit damit erledigt, dann schaut sie Millie an und schnalzt mit der Zunge, um mir zu sagen, dass ich vielleicht hätte einschreiten sollen, anstatt dieses Weetabix-Armageddon zuzulassen.

Mein Muffin-Desaster und dass ich von Backgöttin Gia übertrumpft worden bin, nagt noch am Schultor an mir, als ich meine Kinder in ihre Klassenzimmer laufen sehe. Hannah umklammert ihre Keksdose wie eine Trophäe. Gias Anwesenheit war ohne Zweifel hilfreich, doch irgendwie scheint sie dauernd ihr wachsames Auge über meine Schulter zu richten, mich zu beobachten, mich zu bewerten und mich ständig beim Kochen zu schlagen. Sie macht mir klar, dass ich zwar versuchen kann, die mediale Inkarnation einer kochenden Wundermutter zu werden, doch dass es immer jemanden geben wird, der mich in diesem Bereich übertrumpft. Meine Schultern sinken. Vielleicht brauche ich einfach auch was aus Velours.

«Mrs. Campbell. Guten Morgen. Können wir uns kurz unterhalten? Es geht um Jake.»

Ich richte mich auf und hole tief Luft.

«Guten Morgen, Mrs. Whittaker. Ist es wegen Samstag? Ich hatte gehofft, es würde diesmal nicht solche Wellen schlagen wie beim letzten Mal.»

Sie sieht mich mit gerunzelten Brauen an. Ich schätze, sie hat die Sendung gar nicht gesehen, sie ist eher der Typ für Naturdokus.

«Oh, nein, es geht darum, dass wir aufgrund von Hygiene- und Sicherheitsauflagen darum bitten möchten, dass Jake morgens inklusive Unterwäsche in die Schule kommt.»

Mein Mund klappt auf. *Seht euch diese Frau an, sie ist derartig von ihrer neuentdeckten Prominenz eingenommen, dass sie sogar vergisst, ihrem Sohn eine Unterhose anzuziehen!*

«Oh! Natürlich. Ich rede mit Jake.»

Sie nickt, als hätten sich ihre Erwartungen nur bestätigt. *Dies ist die Frau, die im Fernsehen und in den meisten Zeitungen ohne BH erschienen ist – vielleicht gibt es in ihrer Familie eine seltsame Abneigung gegen Unterwäsche.*

«Und noch etwas. Mr. Pringle würde Sie ebenfalls gern sprechen. Sie finden ihn in seiner Klasse.»

Ich lächle und nicke wieder. Hannah. Mir fällt ein, dass wir unser kleines Gespräch noch gar nicht geführt haben, und ich frage mich, ob sich ihr emotionaler Stress vielleicht bereits in ihren Aufgaben niederschlägt. Ich stelle mir vor, wie sie in den einfachsten Tests versagt, wie ihre Kunstbilder nur noch aus Grau, Schwarz und Blutrot bestehen.

Ich mag Mr. Pringle. Nicht so, wie die meisten anderen Mütter, die ihm mit flatternden Fingerspitzen zuwinken oder im Vorbeigehen die Schultern straffen, um ihre Brüste hochzuziehen. Aber er ist kein Langweiler und wirkt als Lehrer sympathisch. Als ich ihn aufsuche, bearbeitet er gerade eine Unterschriftenmappe. Er trägt ein großes Hemd, das den unteren Teil seines Rückens wirken lässt, als könne man ihn aufblasen. Er bittet mich, auf einem großen orangefarbenen Sofa im Eingangsbereich Platz zu nehmen, dann bringt er Hannah heraus. Sie starrt mich an, und ich werde ganz steif. Geht es um mich?

«Wie geht es Ihnen, Mrs. Campbell?»

Ich weiß nicht, was ich antworten soll. *Ich befinde mich in*

*einem bizarren Promi-Koch-Krieg mit Tommy McCoy, die Geister
meiner Mutter und meines Exfreundes sind wieder zurück in meinem
Leben, und in den meisten Nächten bekomme ich gerade mal fünf
Stunden Schlaf, wie man an den dunklen Ringen unter meinen Augen
und meiner Kraushaarfrisur sehen kann.* Ich entscheide mich für
eine seriös wirkende Antwort, die man mit seinem Kind neben
sich wahrscheinlich geben sollte.

«Mir geht's gut.» Hannah kommt, setzt sich auf einen Kin-
derstuhl und hakt ihre Arme unter meine Knie. Mr. Pringle
lächelt.

«Ist etwas nicht in Ordnung? Ich weiß, dass die letzten zwei
Wochen ein wenig hektisch waren, und ich habe schon mit
Mrs. Whittaker darüber geredet.»

Er lächelt sein kieferorthopädisch perfektes Lächeln und
schüttelt den Kopf.

«Oh, das, ja. Alles gut. Denke ich. Es geht … Ich wollte mit
Ihnen über Hannah sprechen.»

Ich richte mich gerade auf, ohne zu wissen, warum. Vielleicht sehe ich damit aus wie eine Mutter mit Rückgrat.

«Es ist so … Es ist ein bisschen unangenehm. Ich meine, hat
Hannah schon ihre Periode?»

Er wird rot. Ich werde rot und öffne den Mund. *Wieso sagen
Sie so etwas vor meiner Tochter?* Ich möchte ihr die Hände über
die Ohren legen. Sie sieht mich verwirrt an.

«Oh Gott, nein. Das glaube ich nicht. Ich denke, das hätte sie
mir erzählt. Bestimmt.»

Ich denke noch mal über diesen Satz nach. Haben sich Hannah und ich so weit voneinander entfernt, dass sie sich, als sie
vielleicht verunsichert und verängstigt war, als sie ihre Mutter

brauchte, nicht an mich wenden konnte? Sie ist doch erst acht, verdammt noch mal. Und auch wenn ich schon genug Elternmagazine gelesen habe, um zu wissen, dass so etwas nicht unmöglich ist, glaube ich auf keinen Fall, dass sie in der Lage wäre, ohne auszuflippen Blut in ihrer Unterhose zu sehen. Ganz sicher. Hannah sieht immer noch verwirrt aus. Mr. Pringle errötet bis hinter die Ohren.

«Es ist nur ... Neulich hat sie eine Packung Tampons mit in die Schule gebracht und sie an ihre Freunde verteilt.»

«Als Geschenke?» Ich starre Hannah an.

«Das wusste ich nicht. Aber ich glaube nicht, dass das etwas besonders Schlimmes ist.»

Hannah, die uns bisher angesehen hat, als sprächen wir eine andere Sprache, sagt auf einmal: «Das war wegen Billy Tate.»

Billy Tate hat seine Periode bekommen? Mr. Pringle und ich sehen uns an. «Billy hat gesagt, seine Mum nimmt keine Tampons, und er wollte mal welche sehen, also habe ich sie mitgebracht.»

Ich nicke. Okay, das ist nicht schlimm. Immerhin hat sie keine Zigaretten verteilt oder eine Crackpfeife rumgereicht. Oder noch schlimmer, Kondome. Doch mein entsetztes Gesicht spricht Bände. Mr. Pringle sieht ebenso peinlich berührt aus, ohne mir ins Gesicht zu sehen und darüber zu reden, dass er jetzt weiß, dass ich o.b.s verwende und Fiona Tate nicht.

«Ähm, also ... vielleicht bringst du nächstes Mal einfach nur eins mit. Und nicht gleich die ganze Packung.»

Mr. Pringle nickt, und Hannah auch. Ende der peinlichen Unterhaltung!

«Also, es tut uns leid. Ich schätze, es war einfach nur Neu-

gierde, und ich werde mit Hannah darüber sprechen, solche ...
Produkte von jetzt an zu Hause zu lassen.»

Ich bin nicht sicher, was jetzt noch kommen soll.

«Ich hab gar nicht alle verteilt. Harriet hat keinen genommen.
Sie hat gesagt, Delfine könnten sich an Tampons verschlucken,
und darum nimmt ihre Mum eine Männerstrullertions-Tasse.»
Na klar, bitte sehr. Ich versuche, nicht zu kichern. Mr. Pringle
sieht mich fragend an.

«Du meinst, eine Menstruations-Tasse?»

Hannah nickt und legt ihren Kopf auf meine Knie. Mr. Pringle sieht uns erleichtert an, irgendwie dankbar, und lächelt.
Hannah pickt an den Fäden meiner Jeans. Wie lange wird sie
das noch tun? Einfach so dasitzen und lebensverändernde Informationen an sich vorbeiziehen lassen? Ich verkrampfe ein
wenig bei der Vorstellung von ihr als älterem, miesgelauntem,
prämenstruellem Teenager, der mich hasst und mir die Schuld
an ihren weiblichen Umständen gibt.

«Worüber sprecht ihr eigentlich? Über die Periode, oder?»

«Weißt du, was das ist?», will Mr. Pringle wissen.

«Ein paar Mädchen aus der Sechsten haben es mir gesagt.
Meine Mum hat auch mal versucht, es mir zu erklären. Es ist
irgendwie eklig, aber ich verstehe es.»

Ist es schlimm, dass ich mich nicht mehr daran erinnere,
wann ich ihr das gesagt haben soll? Aus dem Augenwinkel sehe
ich Mr. Pringle zustimmend nicken. Hannah lächelt bloß und
schaut rüber in ihre Klasse, um zu sehen, was sie verpasst. Ich
bin erleichtert, vielleicht sogar ein bisschen stolz.

«Natürlich gibt es in den höheren Klassen noch Aufklärungs-
unterricht, wo all das besprochen wird. Aber ich dachte ...»

«Nein, es ist gut zu wissen. Danke. Wenn es noch was gibt, dann ... ja ...»

«Klar. Wir sollten wieder in die Klasse gehen, Hannah. Und ich bin schon gespannt, was du für den Kuchenbasar mitgebracht hast.»

Hannah sieht mich an und lächelt. «Mum hat ganz leckere Schokoladenkekse gemacht.» Ich lächle zurück.

R. Du bist noch wach.

J. Was willst du?

R. Neulich war ja interessant. Freunde von dir?

J. Was willst du?

R. Tut mir leid, J. Ich wollte bloß sagen, tut mir leid, J.

J. Mich hat schon Jahre keiner mehr J. genannt.

R. Weil ich der Einzige war, der das getan hat.

* lange Pause *

R. Ich hab dich neulich im Fernsehen gesehen. Saturday Kitchen. Total genial. Du bist echt eine Köchin.

J. Schön, dass ich dich unterhalten konnte. Jetzt, wo ich erwachsen bin, kann ich so viele interessante Dinge tun.

R. Das wette ich ☺

J. Hey!!

R. Bitte sag mir, dass du meine Entschuldigung annimmst.

J. Egal.

R. Wie erwachsen von dir.

J. Was willst du?

R. Ich bin in Vollidiot.

J. Schon besser. Mehr davon, bitte.

R. Ich bin ein Trottel.

J. ☺

R. Ich hätte in Kontakt bleiben sollen.

J. Hallo?!

R. Ich meine, das ist doch jetzt schön.

J. Ach ja?

R. Na ja, wenn du das nicht auch findest, warum bist du dann noch hier?

Sechzehntes Kapitel

Letzte Nacht, nachdem wir ins Bett gegangen sind und Matt innerhalb von Sekunden, nachdem sein Kopf das Kissen berührte, eingeschlafen war, habe ich ihn noch lange angeschaut. Er ist nicht im klassischen Sinne hübsch, seine Nase ist ein bisschen schief und sein Gesicht etwas zu rund. Aber er hat ein attraktives Kinn, und seine Haare haben ihre Wirkung nie verloren – diese goldblonden Locken, die ein bisschen aussehen wie Damon Albarn von Blur in den späten Neunzigern. Zumindest hatte er immer einen guten Kleidungsstil; er trägt meist Jeans und irgendein Band-T-Shirt und Sweaterjacken, und er hat sogar immer noch den Parka aus unserer Unizeit.

Einen Sixpack sucht man zwar vergeblich, seine Brust ist leicht eingefallen und die Beine ein kleines bisschen zu behaart. Aber er kann das gut kaschieren. Wenn wir schwimmen gehen, trägt er keine knappen Badehosen, und im Sommer trägt er auch keine Alt-Männer-Shorts. Und dann ist da noch die Art, wie er sich in die Bettdecke wickelt, oder in Wolldecken oder Pullis. Er zieht die Kapuze hoch oder verschwindet im Bett und sucht sich die wärmste und sicherste Stelle, um wie ein überwinternder Hamster einzuschlafen. Er sagt, das sei der Schotte in ihm, der sich auf diese Weise warm hält. In der letzten Woche habe ich oft versucht, mich an die Gründe zu erinnern, warum Matt und ich zusammen sind. Verdammtes Facebook und verdammter Richie Colman mit all seinen blödsinnigen Hypothesen! Ja, Matt hat oft keinen Sinn für Humor und schreit leblose Gegenstände an. Er hat überhaupt nichts dafür übrig, dass ich diese seltsame Promi-Kochwelt betreten habe. Ich finde es schade, dass er das nicht versteht. Wir leben in einem Haus, das viel zu klein ist für sechs Personen. Wir haben nur Sex, wenn es gerade passt, und tagsüber haben wir es nicht mehr gemacht seit, na ja, seit der Uni.

Aber neben alldem, was an uns langweilig und falsch ist, gibt es viele Sachen, die auch gut laufen. Ich frage mich nur, ob andere Paare auch solche Zweifel haben. Gibt es dadraußen Paare, die sich solche Fragen nicht stellen müssen, weil die Liebe, die sie verbindet, stärker ist als alle Umstände? Ich hoffe ehrlich gesagt nicht. Denn ich hoffe, dass Matt dasselbe denkt wie ich. Dass das, was uns zusammenhält, viel wichtiger ist; dass ihm bewusst ist, dass Kinder, ein Haus und eine Ehe mit Verantwortung einhergehen, die man nicht aus dem Fenster wirft, wenn die Liebesflamme gerade ein wenig schwächer brennt.

Und ich hoffe wirklich, dass er weiter so denkt, denn als Luella am nächsten Morgen um acht Uhr vor meiner Tür steht, merke ich, dass irgendetwas nicht in Ordnung ist. Es ist ein typischer Campbell-Morgen. Die Kinder laufen im Haus herum, ich bin erst halb angezogen, nämlich im Morgenmantel, einem grünen Unterhemd, Schlafanzughose und meinen gemütlichen UGG-artigen Hausschuhen. Auf dem Kopf trage ich einen Hut aus Alufolie, weil Jake mich darum gebeten hat. Gia hat den Jungs WALL·E auf DVD gekauft, und das Beste sind aufräumende Roboter. Es wäre toll, wenn die Jungs dadurch dazu motiviert würden, ihre Sachen in Ordnung zu halten, aber momentan scheinen sie eher zu glauben, dass ich der Roboter bin.

«Bringen Sie Ihre Kinder so zur Schule? Das ist ziemlich Lady Gaga.»

Ich lächle und bitte Luella herein, die in ihrem blaugrünen Jerseykleid und schwarzen Leggins makellos aussieht. Sie presst die Zeitungen an ihre Brust und verpasst Gia zwei Luftküsse, die schon seit dem Morgengrauen auf den Beinen ist, um den Kindern French Toasts zuzubereiten. Gia nimmt Millie, die sich über die volle Aufmerksamkeit von jemanden freut, der über und über mit Puderzucker bestäubt ist. Sie scheucht die Kinder die Treppe hinauf, während ich in die Küche gehe und Luella bitte, mir zu folgen. Sie macht einen etwas geheimnisvollen Eindruck, was nie ein gutes Zeichen ist, und schließt die Tür hinter sich.

«Also, Sie müssen jetzt ganz ehrlich zu mir sein, okay? Ich muss das wissen. Haben Sie mit irgendwem eine Affäre?»

Wenn mein Kinn aus Gummi wäre, würde es jetzt auf den Boden knallen, wieder hochspringen und mich k. o. schlagen. Ich staune über diese Unterstellung. Wann sollte ich denn bitte die Zeit dafür haben? Soll ich die Kinder schnell vor dem Fernseher parken, während ich nach oben renne, um zu vögeln? Vielleicht könnte ich es schaffen, bevor ich die Großen von der Schule abhole? Oder im Schutze der Dunkelheit, wenn alle im Bett sind? Luella sieht mich lange an, nickt und prüft die Richtung, in die meine Pupillen wandern, dann setzt sie ihre Tasche ab.

«Dachte ich mir schon. Aber ...»

Matt kommt in die Küche, weil er neugierig ist, wieso Luella unser Haus immer außerhalb normaler Geschäftszeiten stürmt. Ich versuche, das Febreze zu finden, um einen Schulpulli aufzufrischen, der ein bisschen nach Hamster riecht. Matt umklammert seinen Kaffeebecher, und Luella reicht ihm eine Zeitung.

«Herrgott noch mal, die träumen sich die Sachen doch zusammen, oder?»

Er liest mit gerunzelter Stirn, während ich meinen Oberkörper in den Schrank unter der Spüle schiebe, eines der vielen Schwarzen Löcher in diesem Haus.

«Kommt das wieder von McCoy?»

Luella nickt. «Ich schätze, ja. Aber es steht nicht mal auf der Titelseite, er klammert sich an Strohhalme.»

«Die behaupten hier, es gäbe da eine heimliche Unterhaltung ...», liest Matt.

«Ich weiß. Sie versuchen es aussehen zu lassen wie eine große Liebesgeschichte.»

Ich erstarre. Mit wem soll ich diese Affäre haben? Ich blättere in Gedanken durch die Männer in meinem Leben. Scheiße. Nein. Klar, über wen sie reden. Ich sehe zu Matt, den meine Beschämung zu verwirren scheint.

«Es tut mir ja so leid. Wir haben wirklich bloß gechattet, und er hat mit diesen versteckten Andeutungen angefangen und von der Vergangenheit geredet und ... ehrlich, da war gar nichts.»

Luella sieht jetzt ebenfalls verwirrt aus.

«Ich habe seit Jahren nicht mit ihm gesprochen. Er wollte sich einfach bloß für den Artikel entschuldigen und es mir erklären ...»

Matt stellt seinen Kaffee ab, während Luella hinter seiner Schulter zu mir herübersieht, den Kopf schüttelt und die Zähne bleckt. Er reicht mir den *Mirror* mit einem pixeligen Bild von mir und Mr. Pringle. Ich starre es eine Ewigkeit an, ebenso wie die darüber stehende Titelzeile: *Mami Campbell und ihr Toyboy-Lover*

«Über wen hast du denn gerade geredet.»

«Niemanden.»

«Jools?»

Luella sieht aus, als wolle sie überall sein, nur nicht hier. Ich kann nicht lügen. Ich muss auch nicht lügen. Es war ja gar nichts.

«Richie ... Colman.»

Luella nimmt das als Stichwort, um die Küche zu verlassen und die Tür vor lauschenden Schwiegermüttern und kleinen Kindern zu sichern. Ich muss jetzt vorsichtig sein.

«Wir haben auf Facebook gechattet, und es hat sich irgendwie immer weiter aufgeblasen. Aber ehrlich, da war nichts.»

Matts Körpersprache signalisiert Abwehr, er wirkt verletzt. Seine Schultern fallen herab, seine Augen werden feucht.

«Er war derjenige, der sich unmöglich verhalten hat und Bemerkungen über unsere Vergangenheit gemacht hat. Es war falsch, und das habe ich ihm auch gesagt.»

«Aber das hat ausgereicht, dass du annehmen musstest, jemand könnte es falsch verstehen.»

Mein Schweigen spricht Bände.

«Und dass du es mir nicht erzählen wolltest.»

Er dreht sich um und legt beide Hände auf den Küchentresen. Ich sehe, wie sein Ärger langsam zu heißer Wut ansteigt. Ich kann ihm nicht antworten, sondern lege stattdessen meine Hand auf seine Schulter, um ihn zu berühren, aber er schüttelt sie ab. Ich lege sie wieder hin.

«Ich habe dir ja gesagt, dass das alles eine richtig schlechte Idee ist.»

«Matt, jetzt mal ernsthaft, bausch es doch bitte nicht unnötig auf.»

«Und wieso soll ich das nicht? Von dem Moment an, als das alles angefangen hat, ist nichts als Mist dabei rausgekommen. Und jetzt auch noch er? Ausgerechnet er?»

«Ja und?»

Er sieht mich an und schüttelt ungläubig den Kopf.

«Na, dir gefällt die ganze Aufmerksamkeit vielleicht, aber mich kotzt sie langsam an. Es kotzt mich an wegen unserer Kinder, und wenn du mir dann noch so einen Mist erzählst wie eben, dann könnte ich verdammt noch mal platzen. Ich kann einfach nicht ...»

«Einfach nicht was?»

«Er! Er hat dich wie Scheiße behandelt und deine Geschichte an die Zeitungen verkauft, und du hast nichts Besseres zu tun, als einen netten Flirt mit ihm anzufangen? Was zum Teufel ist eigentlich mit dir los?»

«Mit mir? Wieso führst du dich eigentlich so auf? Wir haben

uns bloß unterhalten. Sonst nichts. Komm verdammt noch mal runter!»

Und dann packt er seinen Kaffeebecher und schleudert ihn durch die Küche. Kaffeerinnsale laufen an der Wand herab, von den Stühlen, über die Fliesen. Ich zucke zusammen und bedecke mein Gesicht, als könnte ich dadurch meine Scham verbergen. Die herbeieilenden Schritte vor der Küchentür werden von Luella ins Wohnzimmer umgelenkt. Gia reißt die Tür auf.

«Matteo! *Che cosa succede?*»

«*Niente, mamma. Lascia stare.*»

Sie starrt ihn an, dann richtet sie den Blick auf mich. Die Brownie-Punkte, die ich in der letzten Woche gesammelt haben mag, lösen sich wie Nebel in Nichts auf.

«*Come ti permetti di arrabbiarti così, davanti ai tuoi ragazzi!*»

Ich habe keine Ahnung, was sie da reden, nehme aber an, dass es um mich geht und von Emotionen angetrieben wird, die die englische Sprache nicht bedienen kann.

«*Non dirmi cosa fare. Ti deve piacere! Mi hai sempre avvertito di questo!*»

Sie knallt ihre Hände auf den Küchentresen, sodass wir beide strammstehen, dann fixiert sie Matt und zeigt mit dem Finger auf ihn.

«Genug jetzt! Wir können später diskutieren, wenn die Kinder nicht im Haus sind. Bring sie zur Schule, *presto*! Wir sind spät.»

Acht Uhr zweiunddreißig. *Mist. Was ist denn eben bloß passiert? Matt?* Ich blicke ihn an, doch er kann mir nicht in die Augen sehen. *Bitte geh jetzt nicht so. Es war doch gar nichts.* Er sagt kein Wort, sondern verlässt die Küche, nimmt seinen Mantel vom

Garderobenhaken im Flur und scheucht die Kinder schweigend aus der Tür. Hannah dreht sich um und sucht nach meinem Blick, um sich zu vergewissern, dass alles in Ordnung ist. Gia hat bereits die Haushaltstücher geholt und putzt den Fußboden. Ich habe das Bedürfnis, wenigstens mit einem Menschen Frieden zu schließen.

«Gia, ich weiß ja nicht, was du gehört hast, aber ...»

«Nicht jetzt, Juliet. Geh und zieh dich um.»

Ich gehe zur Haustür. Die Kinder sitzen kerzengerade im Auto, die Zwillinge umklammern ihre Bücher. Ich winke, doch bloß Hannah winkt mir vorsichtig zurück, und ich stehe da mit Tränen auf Stand-by, die darauf warten, mir das Gesicht herabzurollen. Was zur Hölle war das eben? Matt und ich streiten uns nie, zumindest nicht so. Wir diskutieren über unaufgeräumte Küchen, aber nie über größere Dinge, und die Schuldgefühle durchbohren mir das Herz, wenn ich mir vorstelle, wie schlimm es für alle sein muss, so in den Tag zu starten. Millie hängt an Luellas Hüfte und betrachtet neugierig die Aufregung um diese Uhrzeit.

«Jools?», fragt Luella.

Ich drehe mich um und gebe vor, wie eine Gazelle die Treppe hinaufzurennen, um mich umzuziehen, dabei will ich bloß nicht, dass sie die Tränen in meinen Augen sieht.

Als ich nach unten komme, ist Luella die reinste One-Woman-Maschine, die gleichzeitig telefonieren und ausdrucken kann. Gia scheint alle Beweise der kürzlichen Kaffeebecherschmeißerei beseitigt zu haben, und hat sogar die Stuhlhusse geschrubbt und zum Trocknen aufgehängt. Ich schleiche unten herum, aber sie ist nirgendwo zu sehen. Ich fürchte mich ein wenig vor Vergeltung.

«Sie ist zum Supermarkt gefahren.»

Ich seufze vor Erleichterung, aber es überrascht mich auch nicht. Während andere Leute essen, rauchen, trinken oder Sport machen, um ihren Stress abzubauen, scheint Gia das in der Küche zu erledigen. Ich wette, sie bringt ein dickes Stück Fleisch mit, dass erst mal flachgeklopft werden muss.

Luella ist mit Millie in der Küche, die in ihrem Hochstuhl sitzt und mich anglotzt. *Wo bist du gewesen? Ich war hier ganz allein mit der da, und die hat mir ihr iPad nicht gegeben.* Ich gehe rüber und reiche ihr einen Friedenszwieback, wobei ich hoffe, dass keiner von beiden merkt, dass ich im Badezimmer auf unserem roten Vorleger gehockt und geheult habe.

«Danke, Luella. Tut mir leid wegen des Wutanfalls vorhin und der Becherwerferei.»

Doch auch wenn ich versuche, möglichst locker zu klingen, kann ich die Emotionen nicht verheimlichen, die wie ein großer, fetter Buckel auf meinen Schultern sitzen. Luella drückt mich auf einen Stuhl und gießt mir einen Kaffee ein.

«Da bin ich ja schön ins Fettnäpfchen getreten», sagt sie und zieht die Luft durch die Zähne. «Ich habe natürlich gedacht, Sie beide hätten längst darüber gesprochen. Diese Sache mit Richie Colman stand schon vor Wochen in den Zeitungen.»

Ich zucke die Schultern. Das ist so untypisch für Matt und mich. Wir hatten immer einen unausgesprochenen Deal, dass wir nie viel über die Fundamente unserer Beziehung sprechen, da wir wissen, wie wackelig sie sind. Auch was mich selbst angeht, habe ich mich Matt gegenüber nie vollkommen geöffnet.

Wir sprechen nicht darüber, wie meine Mum mich verlassen hat, wir sprechen kaum über die Zukunft. Ich denke eine Sekunde lang an Richie. In dieser Hinsicht war es eine sehr andere Beziehung; so unreif sie vielleicht war, so haben wir doch immer offen und lange miteinander geredet. Alles mit Matt hatte immer freundliche, romantische Untertöne, aber das Momentum hat uns weitergetragen. Neun Jahre lang sind wir einfach so vor- und zurückgeschwungen, ohne wirklich irgendwo hinzukommen.

«War Gia sauer?»

Luella zieht die Brauen hoch.

«Sie hat nicht viel gesagt. Ich nehme an, sie war etwas durcheinander.»

«Was soll ich machen?»

Luella legt eine Hand auf meine.

«Sie sollten die ganze Sache einfach eine Weile ruhen lassen. Matt muss sich erst beruhigen. Sie sind … Sie wissen schon … Sie sind doch nicht mit Richie zusammen, oder?»

Ich reiße die Augen so weit auf, dass sie mir fast aus den Höhlen fallen.

«Nein! Warum …»

«Ich fand bloß, dass Sie schuldbewusster klangen als nötig.»

Ich lege den Kopf in die Hände. Die Schuld entspringt weniger ein paar Facebook-Chats als der Tatsache, dass ich zugelassen habe, an ihn zu denken, ihn mit Matt zu vergleichen, an dieses Was-wäre-wenn zu denken. Ich bin schuldig, dass ich Matt in meinen Tagträumen gegen Richie eingetauscht habe.

«Nun, immerhin wissen wir mit Sicherheit, dass Sie den Lehrer nicht vögeln.»

Ich schüttle den Kopf.

«Kann ich Sie fragen, woher dieses Foto stammt? Wieso schauen Sie auf seinen Schritt?»

«Hannah sitzt neben mir, und wir unterhalten uns, weil sie in der Schule Tampons an ihre Freunde verteilt hat.»

Luellas Körper wird eine Sekunde lang steif, bis auf ihre Finger, die mit erfahrener Präzision über ihr iPad fahren. Dann schaut sie mich an, als hätte sie schon erwartet, dass etwas so Seltsames aus meinem Mund kommt.

«Gut, ich habe für Sie getwittert.»

Ich erstarre.

«Annie hat den Twitter-Account mit ihrem Facebook-Account verlinkt. Das wussten Sie doch, oder?»

Ich sehe auf den Bildschirm. Heilige Scheiße: Ich habe fünftausend Follower auf meinem Twitter-Account. Fünftausend Leute warten mit ihren Smartphones und Computern angespannt auf meinen nächsten Schritt.

SuperMum: *Sam Pringle ist der Lehrer meiner Kinder, Leute! Hier gibt's nichts zu sehen! #glücklichverheiratet.*

Zumindest führt ihr Humor dazu, dass ich die Anschuldigungen nicht so ernst nehme, also ist es auch irgendwie okay, dass sie sich einfach in meine Accounts einhackt. Mein Handy klingelt, und ich sehe Donnas Gesicht auf dem Bildschirm. Ich gehe ran.

«Jools, Babe, wo kriegen die immer diese Scheiße her?»

«HastduMattgesehen? Wiesaheraus? WasistmitdenKindern?»

Donna braucht einen Moment für die Übersetzung. «Beruhig dich, Schatz. Matt sah gut aus, hat die Kinder alle umarmt, als sie in die Schule sind. Entspann dich.»

Mir kommen die Tränen, als ich mir meine Familie in einer großen, kollektiven Umarmung vor der Schule vorstelle.

«Ich hab mich allerdings gerade so richtig mit Paula und Jen gezofft. Meine Fresse, diese Weiber haben vielleicht Klatschmäuler.»

Paula? Über ihre Indiskretion bin ich ein wenig erschrocken, immerhin dachte ich, wir wären befreundet. Dass Jen Tyrrell tratscht, ist dagegen keine Überraschung. Sie ist eine von denen, die Pringle am Schultor auflauern und so tun, als wären sie irgendwie befreundet. Die Sorte Mutter, die alles weiß, alles sieht, und kein Problem damit hat, ihr Wissen auf allen Social-Media-Kanälen zu verbreiten, wie auch am Schultor mit ihrer Lautsprecher-Stimme.

«Was ist passiert? Haben die diese Fotos gemacht?»

«Um ehrlich zu sein, ich weiß es nicht. Es würde mich nicht überraschen, aber es könnte jeder gewesen sein.»

Ich fühle mich gleichzeitig verraten und enttäuscht und gehe im Geist alle mir bekannten Mütter der Schule durch. Alle besitzen Handys mit Kameras, die grobgepixelte Bilder aus der Schule machen und sie an die Presse verkaufen könnten. Ich habe das Bedürfnis zu fluchen und einen Wutanfall zu kriegen, doch die Informationen des heutigen Vormittags lähmen mich.

«Die und ihre Klatschgeschichten – dass sie es überhaupt wagen, über dich und Matt zu reden, wo wir doch alle wissen, dass Paulas Typ das Au-pair-Mädchen vögelt. Aber ich habe denen schon die Meinung gesagt, keine Sorge. Die sollten lieber aufpassen, was sie sagen.»

Ich schließe die Augen und stelle mir die Situation vor: Donna, die sich Jen Tyrell vorknöpft. Ich hoffe, dass sie sich nicht geprügelt hat, um meinen guten Namen zu verteidigen.

«Und Mr. Pringle, hast du den gesehen?»

«Nee, aber ernsthaft, der Typ hat eben erst geheiratet. Ich schätze, er lacht sich darüber tot. – Scheiße, Alesha hat gerade ihren Fruchtzwerg über mir ausgeleert. Ich muss auflegen. Ruf mich an, wenn du mich brauchst.» Donna legt so schnell auf, dass ich erst einmal dem Piepton lausche. Luella tippt weiter, während Millie sich selbst ein Gesichtspeeling aus Zwiebackkrümeln verpasst.

«Alles okay?», fragt Luella.

«Drama am Schultor … und ich sollte Mr. Pringle anrufen und mich entschuldigen.»

«Das Pringle-Thema habe ich im Griff. Ich habe die Schule angerufen und habe seine Kontaktdaten bekommen und ihm einen Fresskorb geschickt. Hoffentlich mag er Käse.»

Ich drehe langsam meinen Kopf und sehe sie an. Käse, ja. Wenn meine Probleme sich bloß alle mit ein bisschen Gouda lösen ließen. Sie sieht mich an und merkt, wie abgelenkt ich bin.

«Jools, es ist alles okay. Richie Colman war gar nichts, und Pringle war bloß ein Boulevardblatt-Lückenfüller.»

«Aber Matt …»

«Wird sich wieder beruhigen. Geben Sie ihm etwas Zeit. Wir haben ihn zu früh am Morgen damit konfrontiert. Das war alles. Das wird schon wieder.»

Luella hat recht, und mein innerer Sorgenmotor beruhigt sich einen Moment. *Es war nichts. Matt wird das einsehen. Alles wird wieder normal.* Doch ich kaue trotzdem die Fingernägel meiner linken Hand ab. Luella sieht mich an.

«Und um gegen diesen Quatsch anzugehen, habe ich für Freitag etwas für uns organisiert. Haben Sie Zeit?»

Ich weiß nie, wie ich auf diese Frage antworten soll. Wegen der Kinder habe ich eigentlich nie Zeit. In jeder anderen Hinsicht habe ich immer Zeit. Ich nicke.

«Also, ich habe was richtig Gutes. *BBC Breakfast News.* Sie und Tommy McCoy und irgendein Politiker zusammen auf dem Sofa. Die wollen eine Art Diskussion über Familien und Ernährung, und Sie sind eingeladen worden, um die moderne Mutter zu repräsentieren, die Stimme des Volkes. Was sagen Sie?»

Ich sage nichts. Matt hat seine Meinung über diese ganze Mediensache ziemlich deutlich gemacht, und der Streit hallt immer noch in meinem Kopf wider. Doch gleichzeitig gibt es da die Möglichkeit, so nah an Tommy McCoy zu sein, dass ich ihm auf den Kopf spucken kann. Meine letzte Begegnung mit ihm hat alles verändert – ob zum Guten oder zum Schlechten, habe ich noch nicht endgültig entschieden –, aber ein Teil von mir überlegt, ob ich mich bei einem erneuten Treffen vielleicht auf ihn stürzen und ihm die Augen mit meinen unmanikürten Fingernägeln rausreißen sollte. Ich bin allerdings nicht sicher, ob die BBC dafür der beste Ort ist. Es klingt ziemlich erwachsen, und ich fühle mich eingeschüchtert. Mit *This Morning* und *Saturday Kitchen* kann ich umgehen, weil sich die Hauptfeatures darum drehen, wer die besten Omelettes backt und wie man fünf Kilo abnimmt, indem man nur noch Babynahrung isst. Bei *BBC Breakfast News* muss man allerdings gesittet, intelligent und bedeutend rüberkommen. Ich muss wieder mein

Guardian-Gesicht aufsetzen und lernen, wie ich die Beine übereinanderschlage, damit ich auf diesem großartigen Sofa auch gut aussehe. Auf der anderen Seite frage ich mich, ob ich vielleicht Angst vor der McCoy-Familie habe. Auch wenn ich mir vorgenommen habe, sie für ihre Einmischung in mein Leben bezahlen zu lassen, so ist es doch irgendwie ermüdend, diese Schlachten im Livefernsehen auszutragen, wo so viel schiefgehen kann. Letzte Nacht hatte ich einen Plan, dass ich vielleicht eine Facebook-Gruppe gründen könnte, die sich dem Ziel verschreibt, die McCoys zu hassen und ihre Bücher öffentlich zu verreißen.

«Oh Gott, sind wir denn dazu schon bereit? *BBC News* ist eine ziemlich große Sache.»

«Ich mache Sie bereit. Morgen schicke ich Ihnen einen Stylisten, und dann können Sie und ich eine riesige Powwow-Session abhalten, um Sie vorzubereiten. Wir können McCoy damit richtig Schaden zufügen. Dieses Mal kann er Sie nicht überfallen oder sich hinter seiner Truppe und seinem Fernsehquark verstecken, jetzt können wir ihn Stück für Stück auseinandernehmen.»

Es klingt sehr verlockend. Wenn Luella Krallen hätte, dann würde sie ihm die Eingeweide rausrupfen und an seinen Knochen nagen. Ich wünsche mir, dass es ihr nur darum geht, meinen guten Namen wiederherzustellen und alle anderen Mütter dadraußen zu unterstützen. Aber mir ist auch klar, dass sie von ihm verlassen wurde und sie auch dieser Grund antreibt. Ich habe noch nicht mal die Kraft, vom Küchentisch aufzustehen, und schon gar nicht, gegen McCoy in den Ring zu steigen. Ich starre bloß in meinen Mülleimer und sehe darin Teile des zerbrochenen Bechers liegen. Ich denke an Matt, dass wir reden müssen, denke an all die Diskussionen, die wir seit neun Jahren zurückhalten.

Siebzehntes Kapitel

Es ist fünf Uhr morgens. Früher hätte ich nie im Leben daran gedacht, um so eine Tageszeit aufzustehen – damals, als ich noch jung war und studierte und schlafen konnte wie ein Bär im Winter. Mittlerweile sind das Morgengrauen und ich gut befreundet, und ich sitze im Badezimmer und sehe Millie in der Badewanne zu, weil sie mitten in der Nacht beschlossen hat, so viel Aa zu machen, dass noch nicht mal eine Betonwindel gereicht hätte. Aber um ganz ehrlich zu sein, ist es für mich sogar eine willkommene Ablenkung.

Als meine Kinder, mein Mann und meine Schwiegermutter gestern Abend zurück nach Hause kamen, wurde alles ziemlich schwierig. Gia war wegen der Kaffeebecherschmeißerei beeindruckend still. Manchmal sah sie mich an, als wäre sie wütend, und murmelte dann leise auf Italienisch vor sich hin. Dann wieder schien sie irgendwie ein schlechtes Gewissen zu haben. Alles in allem sind wir in unserer Beziehung wieder ganz am Anfang angekommen, dort, wo das Einzige, was uns verbindet, die Tatsache ist, dass ich ihren Sohn geheiratet habe. Matt dagegen hat mich äußerst effektiv ignoriert, was in unserem kleinen Haus wahrhaftig keine leichte Aufgabe ist. Als er nach Hause kam, lief er sofort zu den Kindern, um mir nicht zu begegnen, und setzte sich beim Abendessen sogar zu Millie, um mich nicht ansehen zu müssen. Eines Tages werden wir uns wie Erwachsene zusammensetzen und darüber sprechen, wie sich ein zurückhaltender Buchhalter in einen wütenden, becherschmeißenden Neandertaler verwandeln konnte, doch im Moment schweigt er und verbringt besonders viel Zeit im Badezimmer, damit wir uns noch nicht einmal im Flur begegnen müssen.

Jetzt schläft er, ebenfalls um nicht mit mir reden zu müssen, während ich versuche, Millie zu bespaßen, die insgesamt nicht besonders beeindruckt scheint. Die arme Millie. Dieser Monat war ganz schön hart für sie. Ich überlege, ob sie vielleicht alles in sich aufnimmt und Listen über miese Momente in ihrem Leben führt. Ist der hier schlimmer als die Begegnung mit Tommy McCoy bei Sainsbury's? Schlimmer als damals, als ich vergessen habe, ihr auf dem Weg zur Schule eine Windel anzuziehen, sodass sie durch ihren Schlafanzug, die Decke und sogar den Autositz pinkelte? Als die Jungs sie in einer Kiste herumschoben und spielten, sie wäre zu verkaufen? Ich schulde der Kleinen eine Menge Umarmungen und billige Plastikspielzeuge zum Ausgleich dafür, was sie alles erdulden muss. Ich streichle ihr mit der Hand über den Kopf.

Nachdem ich sie gewickelt, ihr einen neuen Pyjama angezogen und ihr die Haare geföhnt habe, ist es zu spät, um noch mal einzuschlafen, also schleichen wir in die Küche, wo ich ihr eine Schüssel mit ihren Lieblingscornflakes mit Rosinen gebe und die Schultaschen der Kinder nach faulenden Essensresten (Jake), kleinen Tieren (Ted – einmal habe ich einen toten Vogel in einer Socke gefunden) und Briefen absuche, die mir von irgendwelchen Vorkommnissen berichten (Hannah). Keine toten Vögel oder Kekse, aber andere interessante Funde. Nach Hannahs Federmäppchen zu urteilen: *One Direction forever!* Ehrlich? Jetzt schon? Ich versuche mir zu merken, mich ein wenig um ihren Musikgeschmack zu kümmern. Doch ich finde auch einen Brief, der mich darüber informiert, dass das Abschlusstheaterstück bevorsteht, *Die Giraffe und der Delfin*, und dass Eltern sich um die Kostüme ihrer Kinder kümmern müssen. Ich überfliege die Seite und sehe, dass in dieser «wunderbaren musikalischen Hommage an das Tierreich, das die Diversität und Toleranz preist» meine Zwillinge zwei Nashörner spielen und meine Tochter eine Hula-Tänzerin. Die Kostüme müssen in drei Wochen fertig sein. Ich weiß noch, wie Dad uns Geschirrhandtücher um die Köpfe wickelte, und schon waren wir Schafhirten, Josef und die Heiligen Drei Könige. Aber Nashörner? In den Taschen der Jungs finde ich die Diktatübungen für nächste Woche. Wörter, die mit K anfangen – Kartoffel, Kessel, Koala –, ein paar Überreste von Papierschwalben und ein ziemlich gutes Bild, das Ted von einem Bus gemalt hat; er hat sogar an die Rückspiegel gedacht. Ich sehe sechs Passagiere und nehme an, das sollen wir sein. Ted sitzt natürlich am Steuer. Jake sitzt mit einer Landkarte auf dem Beifahrersitz. Und einer Pistole? Hannah sitzt ganz hinten – das wird ihr nicht gefallen. Und Millie scheint irgendwie zu schweben. Bleiben noch ich und Matt auf dem Rücksitz, unsere Gesichter dicht zusammen, so als würden wir «knutschen», wie die Jungs sagen, aber eigentlich sieht es mehr so aus, als wären unsere Köpfe durch ein schreckliches genetisches Experiment zusammengewachsen. Ich habe gestern mit ihnen über den Pringle-Vorfall geredet, und sie waren sehr mitfühlend. Jake erklärte mir, ich könnte Mr. Pringle gar nicht küssen, weil ich zu alt wäre, und Hannah meinte, das wäre Quatsch, weil er gerade geheiratet hätte. Damit war das Thema erledigt. Hoffe ich.

Während Millie und ich im Halbdunkel dasitzen, öffnet sich die Küchentür, und Gia kommt mit einer Fleecejacke über ihrem Schlafanzug und Hausschuhen mit riesigen Veloursschleifen herein.

«Millie. *Piccola*! Ist sie krank?»

Ich schüttle den Kopf und streichle ihr die Wange. Sie sieht etwas fröhlicher aus als noch vor einer halben Stunde. Vermutlich wegen der Rosinen. Gia fängt an, in der Küche herumzuhantieren.

«Sie brauchte eine neue Windel, darum sind wir aufgestanden. Gia, es ist gerade mal sechs. Alle schlafen noch.»

Sie hebt abwehrend die Hände.

«Nein, nein, nein, ich mache Frühstück. Luella kommt um sieben Uhr zum Training.»

Training. Das hört sich an, als müsste ich einen Jogginganzug tragen und *Rocky* auflegen. Morgen früh ist diese BBC-Sendung, und Luella hat sich vorgenommen, mich in einen One-Woman-Food-Express zu verwandeln, der McCoy vor laufender Kamera auf die Gleise fesselt und überfährt. Na, zumindest haben wir dann gut gefrühstückt. Ich betrachte Gia mit einer Mischung aus Bewunderung und Verwirrung. Sie scheint immer noch ein wenig nervös in meiner Nähe zu sein, so wie ich in ihrer, aber ich bin ihr dankbar, dass sie so früh aufsteht, um meine Gäste zu bewirten. Im Ernst, wer steht schon vor Sonnenaufgang auf, um Frühstück zu machen? Ich glaube, der einzige Tag, an dem ich früh aufstehe, um zu kochen, ist Weihnachten, und selbst dann stelle ich nur den Ofen an und gehe wieder ins Bett.

«Du magst doch Pfannkuchen?»

Ich nicke. Pfannkuchen sind immer gut. Ich sehe ihr zu, wie sie die Eier mit einer Hand aufschlägt. Wie macht sie das bloß? Hat sie größere Hände als ich? Dann streut sie Zucker in die Schüssel und fängt an zu rühren. Keine Waage, kein Messbecher. Wie macht man das?? Dann gibt sie die richtige Menge Milch hinzu und quirlt, als wäre ihre Hand genau dafür gemacht. Ich warte darauf, dass sie die Pfannkuchen auch noch mit den Füßen herumwirbelt. Aber das tut sie nicht.

Kurz darauf geht die Küchentür auf, und Matt steht in seiner gestreiften Pyjamahose und einem alten Che-Guevara-T-Shirt da, das er noch aus Unizeiten hat. Gia schnalzt missbilligend wegen all der Löcher, aber ich habe es nie weggeworfen, weil es ein Teil seiner politischen Jugend ist, an der er sich so verzweifelt festklammert. In seinen Händen hält er die Zeitung, die er auf den Küchentisch wirft. Seit McCoy bekommen wir sie jeden Tag nach Hause geliefert. Zumindest habe ich so jeden Tag ein Sudoku-Rätsel, das ich lösen kann. Gia stellt einen Becher Kaffee neben mich, den sie offenbar aus der Luft gezaubert hat. Ich nehme einen Schluck und blättere die erste Seite von *The Sun* um.

«ETWAS McCOY GEFÄLLIG?», schreit die Titelzeile. Offenbar ist Kittys Dschungelphase nicht besonders erfolgreich. Abgesehen von der Tatsache, dass der Großteil sich mit einer Affäre zwischen einem verblassten Seifenopern-Star und einem Fußballer beschäftigt, hat Kitty ihre Zeit damit verbracht, quengelig und heulig zu sein, was sie bei den Zuschauern nicht gerade beliebt gemacht hat, weshalb sie zur Strafe einen Känguru-Penis essen musste. Luella wird das gefallen. Ich hebe ihr den Artikel auf. Matt setzt sich mit der *Daily Mail* mir gegenüber an den Tisch, öffnet den Laptop und stützt den Kopf auf eine Hand. Er scrollt runter, dann hält er inne. Er sieht mich an, dann wieder auf den Bildschirm. Dann wieder zu mir. Kein Lächeln. Er schließt die Augen und umklammert die Tischkante. *Irgendwas stimmt nicht. Scheiße. Nicht wieder Richie. Ich bin noch nicht bereit für die zweite Runde.*

«Was ist los?»

Er schüttelt den Kopf. Gia stellt sich hinter ihn und rührt dabei ihren Ricottakäse. Ihr Rühren wird langsamer und angestrengter.

«Das ist ...»

«*Non adesso, mamma. Glielo diciamo dopo.*»

Ich schiebe den Stuhl zurück, um selbst zu sehen, was so schlimm ist, dass sie italienisch sprechen müssen, um es vor mir zu verbergen. Matt versucht, den Bildschirm zu verdecken. Ich ziehe seine Finger weg.

«JOOLS CAMPBELL: IHRE MUTTER KÄMPFT GEGEN KREBS, ABER IHR IST DAS EGAL.»

Es gab eine Zeit in meinem Leben, als ich dachte, dass mein Leben kurz vor der Implosion stehen würde. Die Zwillinge waren gerade geboren und brauchten bergeweise Windeln, saugten meinen Brustwarzen wund, schliefen niemals gleichzeitig und produzierten so viel Wäsche, dass man die Themse damit hätte füllen können. Hannah war drei, und auch wenn sie gern mit diesen beiden lebensgroßen Puppen spielte, durchlebte sie gerade eine Phase, in der sie die ganze Zeit nackt sein wollte und den DVD-Player mit Brotstücken fütterte. Ich heulte Bäche darüber, wie aufgequollen, ungekämmt und müde ich war. Ich hatte das Gefühl, als würde mir mein Hirn aus den Ohren laufen, weil ich den Krach, die Gefühle und den Druck nicht mehr ertrug. Es war ein echter Tiefpunkt in meinem Leben.

Heute fühle ich mich beinahe ähnlich. Es ist 8.23 Uhr, und das habe ich heute zu tun:

- mit Luella alles über die Nahrungsindustrie lernen
- meine Augenbrauen wachsen
- drei meiner Kinder in die Schule bringen
- mit meinem Mann reden
- mit der Tatsache klarkommen, dass meine Mutter Krebs hat
- meine Brüder anrufen
- meinen Dad anrufen
- heulen
- noch mehr heulen

Was passiert ist? Nachdem ich es nach der Zeitungsgeschichte meiner Mutter geschafft hatte, sie wieder in den tiefsten und dunkelsten Winkel meines Hirns zu verbannen, kehrte sie nun mit einem Donnerschlag wieder in mein Bewusstsein zurück: mit einer Geschichte über ihre Krebserkrankung. Ich las den Artikel beim Frühstück und fragte mich, wie sie die Frechheit besitzen konnte, noch mehr Lügen zu erzählen. Wenn sie krank war, dann wusste ich nichts davon; genauso wenig wie bis vor kurzem, dass sie am Leben war. Ich wusste nur, dass ich beim Frühstück heulte und dachte, Gia hätte zu viel Salz in ihre Ricotta-Pfannkuchen gestreut, obwohl sie tatsächlich bloß mit meinen Tränen gewürzt waren.

Luella kam um 7.01 Uhr und umarmte mich, weil sie wusste, wie der Artikel mich treffen musste. Sie entschuldigte sich, dass ihr Radar nicht groß genug gewesen war, um zu verhindern, dass diese Geschichte an die Presse ging. Auch wenn sie eine ganze Truppe von Leuten angekündigt hatte, die mich stylen und vorbereiten sollte, entschied sie sich dagegen und brachte mir stattdessen fünf Säcke mit Kleidung, Schuhen und ihre eigene Pinzette mit, um die unschönen, raupenartigen Dinger über meinen Augen zu zähmen.

Jetzt stehe ich im Flur, und das Haus fühlt sich an wie ein Bienenstock, in dem sich die Kinder auf mich stürzen und wissen wollen, wo ihre Pullover sind oder ob ich ihnen die Haare frisieren kann. Ich stehe da, während sie um mich herumtollen, und weiß nicht, was ich tun soll. Ich bücke mich einfach und packe den, der mir am nächsten steht, Ted, umarme ihn, streichle ihm über den Kopf und schaue ihm in die Augen.

«Hab ich was falsch gemacht?», will er wissen.

Ich schüttle den Kopf.

In der Tür steht Matt mit dem Autoschlüssel in der Hand und blickt auf das Durcheinander.

«Kinder, ab ins Auto. Daddy bringt euch heute zur Schule.»

Nach einem Chor aus Warums und Gejubel eilen alle aus der Haustür, und Matt und ich stehen einen Moment lang einen Meter voneinander entfernt und sehen uns an.

«Ruf mich an, wenn du mich brauchst.»

Ich nicke.

Ich muss Dad oder meine Brüder gar nicht anrufen, denn bis zehn Uhr sind sie bereits alle von allein zu mir gekommen, entweder mit Kuchen in der Hand (Dad), Alkohol (Adam) oder dem grauesten, traurigsten Gesicht, das ich je gesehen habe (Ben). Adam, der angefangen hat zu trinken, seit er die Schlagzeile gelesen hat, liegt mit ausgestreckten Beinen auf unserem Sofa. Dad versucht ihn mit Schokoladen-Eclair zu füttern.

«Hast du das gewusst, Dad?»

Er schüttelt den Kopf. Gia erscheint mit einem Tablett in der Wohnzimmertür, auf dem Tee, Kuchen und frisch gebackene Biscotti liegen. Die Männer richten sich auf.

«Gia, das wäre doch nicht nötig gewesen», sagt Dad.

Sie wird rot und schüttelt den Kopf. Gia hat Dad von Anfang an gemocht. Ich nehme an, Singlemänner eines gewissen Alters, ob nun verwitwet, geschieden oder verlassen, wecken bei Frauen in Gias Alter immer den Versorgungstrieb. Es macht ihn noch attraktiver, dass er drei Kinder allein großgezogen hat und dass er nicht allein zu Hause hockt und Pasteten isst. Ich glaube, sie hat gern das Haus voll, damit sie die italienische Nonna spielen kann. Der Duft von Käse und gebratenem Fleisch zieht durchs Haus. Luella bleibt als Vorkosterin in der Küche.

«Ich kann einfach nicht glauben, dass sie es schon wieder getan hat», sagt Ben.

«Ich schon», antwortet Adam, angetrieben vom Alkohol. Das sieht ihm ähnlich. Als Mum uns verlassen hat, habe ich versucht, die Situation schon mit meinen zehn Jahren zu analysieren, und war wie besessen von Gründen, warum sie gegangen war. Mit zwölf beschäftigte ich mich bereits mit verschiedenen Theorien zur mütterlichen Bindung. Acht Jahre später fand ich Psychologie immer noch so spannend, dass ich das Fach studieren wollte. Adams Reaktion war schon immer das genaue Gegenteil. Nachdem sie gegangen war, wollte er nichts mehr mit ihr zu tun haben. Er sprach bei jeder möglichen Gelegenheit schlecht über sie und flippte aus, wenn er bloß ein Foto von ihr sah oder irgendeinen Gegenstand, der ihr mal gehört hatte. Zwölf Jahre später, als Mädchen und Sex zu seiner Dauerbeschäftigung wurden, konnte er keine wirkliche Beziehung aufbauen. Er braucht immer gleich Affären mit mehreren Frauen. Ich hoffe immer noch, dass er eines Tages die Richtige findet, die ihm die fixe Idee austreibt, dass jede Frau ihn verlassen wird.

«Ernsthaft, haben wir was anderes erwartet? Ich jedenfalls bin fertig mit ihr. Es ist mir völlig egal, ob sie krank ist oder nicht, ganz im Ernst.»

Bens Unterlippe zittert. Seine Reaktion auf Mums Weggang war anders. Seine Bindung zu ihr war noch in einem rudimentären Zustand und konnte niemals wachsen. Ben hängte sich an Dad, Adam und mich, doch er wirkte immer ein bisschen verloren und weinte auch mehr als Adam und ich.

«Aber... wenn sie uns nun braucht? Ich hätte es wenigstens gern gewusst.»

Ich denke über das Wort «brauchen» nach, stelle mir eine Situation à la *Beim Leben meiner Schwester* vor, in der sie eine Niere oder eine Knochenmarksspende gebraucht hätte. Würde ich mich bereit erklären, einer Mutter zu helfen, die mich vor all den Jahren verlassen hat? Würde ich auf dem Sterbebett ihre Hand halten wollen?

«Sie ist eine Hexe, Ben, eine richtige Hexe. Ich habe meine Mutter gebraucht, und wo war sie da? Und jetzt benutzt sie die Geschichte, damit wir uns auch noch deswegen schlecht fühlen. Das ist richtig mies von ihr.»

Ich höre es an der Küchentür schnalzen, dann sagt Luella etwas zu Gia. Die Tür schließt sich.

«Adam, du solltest nicht so über deine Mutter reden», sagt Dad. Adam schüttelt den Kopf.

«Tut mir leid. Aber unsere Mum hat uns verlassen, als ich sieben war. Was immer ihr passiert, nennt man Karma.»

Ich bin hin und her gerissen. Zwischen dem einen Bruder und seiner Wut und dem anderen Bruder, der bei der Vorstellung weint, dass wir so herzlos sind. Ich bin ausnahmsweise mal sprachlos, also fasse ich Ben an den Schultern und umarme ihn. Ben ist der verletzlichste von uns allen. Er nimmt eine zerknüllte Zeitung aus seiner Schultertasche und liest laut vor.

«Natürlich hätte ich gern meine Kinder bei mir gehabt. Ich wollte es wiedergutmachen. Die Ärzte haben mir gesagt, ich hätte vielleicht noch sechs Monate, also denkt man darüber nach, wie man seine Sachen in Ordnung bringt und sich verabschiedet. Und auch seine Enkel

*kennenlernt. Selbst wenn ich nicht krank wäre, würde ich jeden Tag
an meine Enkelkinder denken.»*

«Verdammt noch mal, Ben, ich kann nicht glauben, dass
du auf diesen Mist reinfällst – das ist doch emotionale Erpressung!»

Dad ist sprachlos. Das Wundervolle an Dad ist, dass er in all
den Jahren nie ein schlechtes Wort über diese Frau gesagt hat,
zumindest nicht zu uns. Selbst wenn Adam eine seiner Tiraden
gegen sie abließ, wenn sie mal wieder einen Geburtstag vergessen hatte oder wir den Muttertag nicht feierten, sah Dad
nur schweigend in sein wütendes Gesicht.

«Aber Adam, das ist so lange her. Und das Leben ist doch zu
kurz, um nicht ...»

Adam lässt ihn nicht mal ausreden.

«Um nicht was? Sich mit ihr zu treffen? Einen auf glückliche
Familie zu machen? Dieser Artikel ändert gar nichts. Wenn sie
uns und die Kinder gern getroffen hätte, dann hätte sie ja bloß
mal aufkreuzen müssen, anstatt zur Presse zu gehen.»

Da muss ich Adam zustimmen, aber Ben sinkt in seinen
Sessel. Ich sage nichts. Meine eine Gehirnhälfte, die bisher so
gut ohne Mutter ausgekommen ist, findet, das sei nicht mein
Problem. Wir sind genauso wenig eine Familie wie ich mit
Mrs. Pattack von nebenan verbunden bin. Doch die andere Gehirnhälfte platzt beinahe vor Fragen und Mutmaßungen, was
für eine Frau sie wohl ist, träumt von dieser Begegnung, die wir
bestimmt irgendwann haben werden und die all die schlimmen
Folgen meiner mehr als zwanzig Jahre ohne sie wiedergutzumachen vermag. Dad setzt sich hin und legt Ben eine Hand
auf die Schulter, während ich Adam ansehe. Wenn es physisch

möglich wäre, würden ihm jetzt Rauchwolken der Wut aus den Ohren steigen.

«Was willst du damit sagen, Ben? Willst du sie treffen?», frage ich.

Ben schüttelt den Kopf und blickt auf seine Hände.

«Ich weiß nicht. Ich glaube schon, ja.»

Dad betrachtet seine Socken und gibt nicht zu erkennen, was er denkt. Adam ist so gegen diesen Vorschlag, dass er schweigend aufsteht und den Raum verlässt, wobei er die Tür hinter sich zuschlägt. Ben packt meine Hand.

«Jools, es tut mir leid. Ich will ja nichts lostreten, aber dieser Artikel hat mir gezeigt, dass ich gar nichts über sie weiß. Und ich habe das Gefühl, wenn ich nicht mit ihr rede oder sie zumindest einmal treffe, dann werde ich das immer bereuen.»

Gott, er meint es wirklich ernst. Er will sie wirklich treffen. Dad klopft sich auf sein Knie.

«Dad, was meinst du denn?», frage ich.

Wieder sieht er nicht auf, sondern hofft, dass seine Knie ihm die Antwort liefern. Ich wiederhole Bens Frage.

«Dad?»

Endlich hebt er den Kopf.

«Am Ende des Tages ist Blut dicker als Wasser. Du bist ein Teil von ihr. Und du bist erwachsen, also werde ich dir nicht sagen, was du tun sollst.»

Ich sehe Ben an. Der kleine Ben. Er kann das nicht allein tun. Sie würde seine Verletzlichkeit ausnutzen und ihn in ein Gefühlschaos stürzen. Ich bemühe mich, meine Worte irgendwie überzeugend klingen zu lassen.

«Also, ich rede mit Luella. Vielleicht weiß sie, wer den Artikel geschrieben hat, und kann uns mit ihr in Verbindung bringen. Denn wenn du sie treffen willst, dann will ich dabei sein.»

Erst jetzt sieht Dad mich an. Genauso hat er mich angesehen, als ich ihm von meiner Schwangerschaft erzählte. Kein Ärger oder Schock. Mehr eine Art Enttäuschung. *Ich werde nichts dagegen sagen, aber ich habe immer was anderes von dir erwartet.* Es tut mir weh, diesen Blick wiederzusehen, und mir kommen die Tränen bei dem Gedanken, er könnte glauben, ich würde ihn verraten. Er steht auf und sagt, er müsse auf die Toilette, und ich ziehe Ben an mich, der den Kopf auf meine Schulter legt, während meine Tränen in seine schokoladenbraunen Haare tropfen.

Als es Abend wird, hängen die Gespräche um meine Mutter immer noch wie eine dunkle Wolke über dem Haus. Adam ist bald nach unserer Unterhaltung zur Arbeit gefahren, Dad kurz danach. Ben blieb noch und half Gia beim Abwaschen. Jetzt ist es neunzehn Uhr, und die Kinder sind mit den beiden und mit Matt oben und lassen sich etwas vorlesen, während Luella mich über verschiedene Pilzsorten abfragt und über die Vorteile von Ziegenmilch. Sie ist klug genug, um mich nicht danach zu fragen, was vorhin los war, aber sie drückt immer mal wieder mein Knie und hält mir ihre aufgerichteten Daumen hin. Oder sie starrt auf die nackte Stelle zwischen meinen Augenbrauen, wo sie versucht hat, sie mir in Form zu zupfen. Nicht, dass es irgendeinen Unterschied macht. Ich habe die letzten zwei Stunden damit verbracht, mich mit den Zwillingen herumzuschlagen und Millie dazu zu bringen, irgendwas zu essen, und jetzt sehe ich aus wie der Grüffelo. Wenn der Grüffelo schlechtsitzende Jeans und einen alten Still-BH tragen würde.

«Also, Jools, wussten Sie, dass fünfundvierzig Prozent aller Kinder unter achtzehn Jahren gar nicht frühstücken? Was sagen Sie zu diesem Skandal?»

Ich starre auf einen bräunlichen Fleck an der Tapete unter dem Sofa.

«Jools?»

Luella sieht mich mit ihrem besten *BBC-News*-Moderator-Gesicht an.

«Oh, ähmmm, ja, das ist schlimm.»

Sie mimt ein künstliches Lächeln, dann fällt sie plötzlich aus der Rolle.

«Etwas mehr Begeisterung, Jools. Sie müssen ein paar kluge Meinungen über die Welt haben. Würzen Sie Ihre Antworten ein bisschen. Der Unterschied zwischen Ihnen und McCoy ist, dass Sie wissen, wie der Hase läuft, und ziemlich komisch sein können, wenn Sie wollen.»

Ich nicke und lege den Kopf in meine Hände. Luella kommt rüber und legt den Arm um mich.

«Das wird schon laufen. Es ist nur ein Zehn-Minuten-Beitrag, da kann eigentlich nichts schiefgehen.»

Sie hat recht. Doch wenn die letzten paar Wochen mich irgendwas gelehrt haben, dann, dass ein falsch platzierter Kommentar oder eine unbeabsichtigte Körperberührung sich in zwanzig Zentimeter Zeitungsartikel verwandeln können. Was können also zehn Minuten alles anrichten? Ich bin nervös, deshalb frage ich Luella: «Was ist mit den Kindern? Wer bringt sie zur Schule?»

«Gia und Ihr Vater machen das. Sie brauchen sich keine Sorgen zu machen.»

Ebenso gut könnte sie dem Meer erklären, nicht salzig zu sein. Mein Herz wird schwer bei dem Gedanken, dass ich nicht genug für meine Kinder da bin, bloß um mich gegen einen selbstverliebten Fernsehkoch zu wehren. Werden sie sich später daran erinnern und es später gegen mich verwenden? Luella sieht nach diesem Tag beinahe ebenso angespannt aus wie ich. Wenn sie mir gerade nichts über Batterielegehennen erzählt hat, hat sie mir Kleidungsstücke angehalten, um mir etwas für meinen Auftritt zusammenzustellen. Selbst als wir die Kinder von der Schule abgeholt haben, hat sie versucht, mir Schmuck anzuhängen.

«Wissen Sie, ich habe nachgedacht. Sie haben gesagt, McCoy hätte Johnno Elswood dafür bezahlt, dass er ein bisschen wühlt. Meinen Sie, er hat das hier auch geplant? Mich kurz vor der BBC-Sendung fertigzumachen?»

Der Gedanke ist mir heute gekommen, als mir aufging, wie gut getimet das alles ist. Nach allem, was Tommy McCoy bisher gezeigt hat, würde es mich nicht wundern, wenn er auch davor nicht haltmacht. Und darum mache ich mir jetzt Sorgen, dass er morgen versuchen wird, über meine Mutter zu sprechen, um mich aus der Reserve zu locken und eine heftige Reaktion zu provozieren. Luella wiegt den Kopf von einer Seite zur anderen.

«Vielleicht. Die Zeitungen wollten die Geschichte mit Ihrer Mutter sowieso noch ausweiten, aber ich bin sicher, dass McCoy seine Hände im Spiel hat, was das Timing angeht.»

«Warum sprechen wir dann nie öffentlich darüber? Ich verstehe nicht, warum wir den Namen dieses Bastards nicht einfach durch den Schlamm ziehen können.»

Luella sieht mich mitleidig an.

«Weil man das so nicht macht. Glauben Sie mir, ich habe genug Mist, mit dem wir die McCoys bewerfen können, wenn wir wollten, aber die Leute sind viel beeindruckter davon, dass wir uns zurückhalten und nicht die ganze Zeit an die Öffentlichkeit gehen – niemand mag Menschen, die sich zu sehr bemühen.»

Ich zucke die Schultern. Mein ganzes Leben fühlt sich an, als würde ich mich ständig zu sehr bemühen. Luella sieht auf die Uhr.

«Ich muss jetzt los. Ich bin aber zuversichtlich, dass das morgen gut läuft. Bitte vertrauen Sie mir. Denken Sie bitte an die kühlenden Eyepads. Sie glauben vielleicht, die Zuschauer sehen die Augenringe nicht, aber HD ist eine echte Plage.»

Ich will ihr nicht sagen, dass das vermutlich sinnlos ist, weil ich heute Nacht sowieso kaum schlafen werde. Sie deutet außerdem auf einen sorgfältig gestapelten Berg an Lektüre, der auf dem Sofatisch liegt.

«Und wenn Sie die Zeit finden … bitte. So viel Sie nur können. Das sind großartige Artikel über die große Bio-Lüge und eine Sache, mit der sie Tommys Arbeit mit Schweinen angreifen können. Ich will einfach nicht, dass er all diesen Kram erzählen kann, und Sie wissen nicht, wie Sie darauf antworten sollen.»

Ich starre erst den Stapel ungläubig an, dann sie.

«Ich schicke Ihnen um fünf Uhr früh einen Wagen. Setzen Sie sich unter Koffein, aber nicht zu viel. Beim letzten Mal waren Sie zu zappelig.»

Sie packt Tupperware in ihre Tasche, denn Gia hat es sich zur

Aufgabe gemacht, jeden in meinem Leben zu bekochen. Und Luella nimmt es nur zu gern an. Ihre Haare sitzen immer noch perfekt und scheinen sich nicht wie meine im Laufe des Tages in eine zügellose Mähne zu verwandeln.

«Und vergessen Sie nicht die Shapewear anzuziehen.»

Ich nicke und begleite sie zur Tür.

«Dann haben wir eine Sache weniger, um die wir uns Sorgen machen müssen. So, ich muss wieder zu meinen *bambini*, also grüßen Sie bitte alle von mir und … Sie schaffen das morgen, das weiß ich. Ich habe vollstes Vertrauen. *Bye, bye, bye.*»

Ich schließe die Tür hinter ihr und hole tief Luft, was sich eher so anfühlt, als würde mein Lebenswille beim Ausatmen aus mir herausströmen. Oben höre ich die Zwillinge von ihrem Hochbett springen. Ich lehne mich mit dem Rücken an die Tür, rutsche zu Boden und rolle mich zu einem Ball zusammen. Plötzlich blicke ich auf. Matt steht oben an der Treppe und schaut mich an. Er kommt langsam runter und setzt sich neben mich. Wir schweigen mindestens zwei Minuten lang. Dann deutet er auf das Kleid, das an der Wohnzimmertür hängt.

«Trägst du das morgen früh?»

Ich nicke. Ein schwarzes, kurzärmeliges Kleid und kanariengelbe Stiefel, die offenbar die Aufmerksamkeit von meinen ausladenden Hüften ablenken sollen.

«Wie findest du es?»

Matt betrachtet das Outfit neugierig.

«Du wirst aussehen wie eine große, modebewusste Kochelfe.»

Ich boxe ihn gegen den Arm, und zum ersten Mal lachen wir wieder. Gemeinsam.

«Ich mag ja lieber deinen Casual Look. Turnschuhe und Jeans und so.»

Er blickt auf seine Hände. So sah ich an der Uni immer aus. Meine Converse und Jeans waren praktisch eine zweite Haut für mich, der Bauch war damals noch flacher und die Kapuzenpullis etwas trendiger. Ich hatte meine Haare normalerweise irgendwie stylisch auf meinem Kopf frisiert, nicht wie jetzt, wo es die meiste Zeit aussieht wie ein Eichhörnchenkobel. Luella wird mir so eine Frisur sicherlich nicht durchgehen lassen. Wir schweigen eine Weile, dann sage ich:

«Wir müssen reden, oder?» Ich weiß nicht, warum ich das jetzt sage. Schlaf, ein langes Bad und eine Flasche Rosé wären jetzt viel besser. An einer Wunde zu picken, die noch blutet, ist dagegen keine besonders attraktive Aussicht. Matt legt den Kopf in seine Hände.

«Müssen wir ja nicht, wenn du dich noch wegen deiner Mum ärgerst.»

Seine Rücksicht irritiert mich etwas – soll das heißen, unsere Beziehung ist weniger wichtig?

«Wie geht's dir damit eigentlich? Ben hat was davon gesagt, dass ihr beide euch mit ihr treffen wollt?»

Ich zucke die Schultern und sehe ihn an. *Ich möchte dir gern so viel sagen. Ich möchte wegen meiner Mutter meine Seele vor dir ausgießen, aber ich kann nicht. Und ich verstehe einfach nicht, warum.*

«Tut mir leid, dass ich den Becher geworfen habe.»

Ich zucke die Schultern. Was ist schon ein zerbrochener IKEA-Becher – ich werde gern nach Croydon fahren und eine ganze Kiste voll von diesem schlechten Porzellan kaufen, wenn es ihm hilft, seine wahren Gefühle zu mir zu äußern.

«Ich hätte dir sagen sollen, dass Richie sich gemeldet hat. Ich weiß nicht, warum ich das nicht gemacht habe.»

Weil er weiß, dass man unsere Unterhaltung oben mithören kann, steht Matt auf und geht ins Wohnzimmer. Ich folge ihm zögernd.

«Worüber habt ihr geredet?»

«Ach, nichts Besonderes. Der Artikel tat ihm leid.»

«Habt ihr ... ich weiß nicht, geskypt, Fotos ausgetauscht ... du weißt schon ...»

Meine Antwort kommt beeindruckend schnell. «Nein! Herrjeh, wir haben uns bloß unterhalten. Er hat mir irgendwas erzählt, dass du ihn geschlagen hättest. Ich hab ihm gesagt, das wäre totaler Blödsinn.»

Matt dreht sich zu mir um und hat denselben Gesichtsausdruck wie Jake damals, als er mir gestehen wollte, dass er die Sommersprossen seiner Schwester wie bei Malen-nach-Zahlen miteinander verbunden hat. Matt hat vermutlich andere Gründe. Er fummelt an den heraushängenden Fäden seines T-Shirts, dann sieht er mir direkt in die Augen.

«Na ja, das ist kein totaler Blödsinn.»

Meine vom Zupfen immer noch schmerzenden Augenbrauen ziehen sich in meine Stirn.

«Er kam vorbei, als er mitkriegte, dass du schwanger warst. Er machte sich Sorgen und wollte dich sehen.»

Ich bin sprachlos, ein bisschen müde, ein bisschen durcheinander. Sie haben sich also wirklich getroffen? Nun, zumindest ist das Universum dabei nicht implodiert.

«Er hat gesagt, ihr beide wärt noch nicht fertig miteinander, dass ihr eine gemeinsame Vergangenheit hättet und so weiter, und dass ich bloß eine Zufallsbegegnung wäre. Er war so arrogant und dreist, dass ich einfach geplatzt bin.»

«Und wie genau?»

Ich stelle mir eine Prügelei vor der Kulisse unseres Paisleysofas vor, dazu eine Menge Flüche.

«Er hat immer wieder gesagt, du und ich wären bloß eine Zwischenlösung. Er hat so getan, als hätte er immer noch irgendeinen Anspruch an dich, als hätte er immer noch Gefühle für dich oder du für ihn. Ich bekam Panik. Ich …»

Ich warte angespannt.

«Ich habe mich mit ihm gestritten und ihm gesagt, er solle sich verziehen, aber er wollte dich unbedingt sehen. Also tat ich das, was ich damals für richtig hielt. Ich meine, du weißt, dass ich kein gewalttätiger Mensch bin, ich prügle mich nicht einfach so. Und es war auch bloß seine Nase …»

«Was?»

Ich kann es nicht fassen. Ich versuche zu begreifen, dass Matt jemanden geschlagen hat und dass ich ihn vor Richie verteidigt habe.

«Ich hab nur … ich meine, er ist gleich danach gegangen. Er hat sich bei niemandem beschwert, also habe ich es dabei belassen, und wir haben ihn nie wieder gesehen …»

Das ist mein Stichwort, auf das ich irgendetwas Ungläubiges sagen sollte, doch es kommt nur Luft.

«Hast du dich entschuldigt?»

Matt sieht mich ebenso ungläubig an und schüttelt den Kopf.

«Ich hab dir ja erzählt, was er gesagt hat – ich bekam einfach Panik. Ich war nicht bei mir.»

Ich denke an Richie und seine demolierte Nase. Nicht, dass ich mir deswegen wirklich Sorgen machen würde, aber irgendwas in mir ist extrem verletzt.

«Aber du dachtest ... Wieso hast du geglaubt, ich würde mich wieder für ihn entscheiden? Oder mit ihm abhauen? Was zum ... Matt, ich war mit deinem Baby schwanger. Ich wäre doch nie ... Hast du wirklich geglaubt, ich hätte dich verlassen? Seinetwegen?»

Er sieht mich mit feuchten Augen an.

«Ich war durcheinander. Ich war jung. Ich wusste, dass ihr eine ganze Weile zusammen gewesen wart, okay? Und die Vorstellung, dass du wieder zu ihm zurückgehen könntest, die war so ...»

«Das wäre niemals passiert. Ich kann nicht glauben, dass du so wenig Vertrauen in mich hattest.»

Matt nickt. *Ich will schlafen. Ich will kotzen. Ich will meinen Mann mit irgendwas Schwerem bewerfen.* Erschöpft lasse ich mich aufs Sofa fallen, während er am Fenster steht und die geparkten Autos betrachtet.

«Na ja, ich habe für deine Ehre gekämpft. Ich wollte mit dir zusammen sein. Manche Frauen würden das schmeichelhaft finden.»

«Manche Frauen würden sich fragen, warum du mir das neun Jahre lang verheimlicht hast. Wieso hast du nie was gesagt? Warum hast du mir nie erzählt, dass er gekommen ist?»

«Na, was sollte ich denn davon halten? Dieser Mann wusste so viel mehr über dich als ich. Ich kannte dich damals noch nicht gut genug.»

Wir schweigen beide und sehen uns an. Nein, wir kannten

uns nicht. Ich wusste bloß, dass er ein süßer Schotte war, der einen guten Geschmack hatte, was Mäntel anging. Ich war ein Mädchen aus dem Süden mit einem Kapuzenpulli und ohne Mutter. Nach neun gemeinsamen Jahren ist auf einmal etwas geschehen. Ich kann noch nicht sagen, was es ist – nichts und alles hat sich verändert, und wenn ich meinen Ehemann jetzt ansehe, dann frage ich mich, ob wir diese neun Jahre bloß damit verbracht haben, uns gegenseitig daran zu erinnern, dass noch jemand den Müll rausbringen muss.

«Dass wir uns nicht kannten, dachte ja jeder um uns herum, nicht nur ich.»

Ich brauche etwas, um zu begreifen, wen er damit meint.

«Hast du darüber neulich mit deiner Mutter auf Italienisch geredet?»

Ich überlege, was sie gesagt haben muss. *Ich habe ja versucht, darüber hinwegzusehen, dass sie eine Hure war, die nicht kochen kann, aber ich hatte offensichtlich recht! Wie immer!*

«Können wir das Thema jetzt einfach beenden? Ich will nicht mehr über ihn reden.»

Woraufhin ich wütend aufstehe.

«So, aber ich will darüber reden. Wenn dich das Thema so sauer macht, dann sollten wir darüber sprechen. Hast du den Artikel überhaupt gelesen? Das war ein Haufen Blödsinn.»

«Ich habe deine Facebook-Nachrichten gelesen.»

«Du hast was?» Mein Gesicht reagiert empört, aber um ehrlich zu sein, bin ich beinahe ein bisschen froh, dass er gesehen hat, dass sie keineswegs so anzüglich waren, wie er vielleicht gedacht hat.

«Du bist also nicht glücklich?»

«Das habe ich nie gesagt.»

«Du hast auch nicht gesagt, dass du es bist.»

Ich schaue in sein Gesicht, das so niedergeschlagen aussieht, so ernst.

«Du denkst also, diese Kochsache könnte dich glücklich machen. Dass sie dir etwas geben könnte, was ich und die Kinder dir nicht geben können?»

Ich schüttle den Kopf. «Darum ging es doch gar nicht. Ich finde es schade, dass du glaubst, ich wüsste nicht, was für ein Glück ich habe.»

«Aber dein Leben hätte anders aussehen können. Du hättest mit ihm zusammen sein können.»

«Oder auch nicht. Vielleicht wäre ich auch mit keinem von euch zusammengeblieben, sondern wäre einer Sekte beigetreten.»

«Hör auf.»

«Womit?»

«Er war deine erste große Liebe. Das bedeutet was.»

«Das bedeutet gar nichts.»

Ich sage das, weil ich weiß, dass eine vergangene Liebe trotz kurz aufwallender Emotionen wirklich nichts bedeutet, wenn man die Entscheidungen getroffen hat, die ich getroffen habe. Man kehrt seinen vier Kindern nicht einfach den Rücken, nur weil man die falsche Wahl getroffen hat. Das Leben, die Familie ist wichtiger als irgendeine launenhafte Schwärmerei für jemand Verflossenes.

«Warum bist du dann mit ihm auf Facebook befreundet?»

«Es ist Facebook. Er ist nicht mein richtiger Freund. Du weißt doch, wie das ist.»

«Ich weiß, dass du ihn stalkst, um zu sehen, wie anders dein Leben hätte sein können.»

Ich hasse dich dafür, dass du anscheinend in mir lesen kannst wie in einem Buch.

«Jools, du kannst es runterspielen, wie du willst, aber dieser Kerl wird immer Macht über dich haben, und ich darf deswegen etwas eifersüchtig sein. Ich meine, nehmen wir mal an, du wärst nicht schwanger geworden. Mal angenommen, wir hätten bloß hin und wieder gevögelt und wären miteinander ausgegangen. Glaubst du, wir wären immer noch zusammen?»

Ich erstarre. Das ist genau die Frage, die mich in der hintersten Ecke meines Hirns sticht wie eine Mücke. Wieso brauche ich so lang, um darauf zu antworten?

«Und wenn er so nach zwei, drei Wochen vorbeigekommen wäre und gesagt hätte, er wäre gern wieder mit dir zusammen? Ich glaube, dann wären wir beide kein Paar. Das glaube ich.»

Sein Gesichtsausdruck ist tiefernst. Ich schüttle den Kopf.

«Du redest Blödsinn. Das glaube *ich*. In einem Paralleluniversum könnte ich genauso mit Simon Seabrook zusammen sein, mit dem ich in der fünften Klasse rumgeknutscht habe.»

Matt sieht mich an, als wolle er mir sagen, dass ich ihn ernst nehmen soll. Ich weigere mich.

«Glaubst du, ich weiß nichts von Paralleluniversen? Ich kenne Leute, die in ihre verschwunden sind, weil sie der vermeintlichen Liebe ihres Lebens gefolgt sind.»

Er starrt mich an.

«Willst du mir damit sagen, dass Richie die Liebe deines Lebens ist?»

Ich denke darüber nach, was ich gerade gesagt habe, und fühle mich etwas schwindelig.

«Nein. Ich habe dabei an meine M–» Er unterbricht mich. «Jools, ich kenne die Umstände nur zu gut, unter denen wir zusammengekommen sind. Wir waren besoffen, wir waren jung. Ich war die Hälfte der Zeit bekifft. Es ist bloß ...»

Ich möchte ihn schlagen wegen all dieser Halbsätze.

«Dein Leben hätte anders verlaufen können. Du könntest mit Richie zusammen sein und einen guten Job haben. Ich sehe diesen Promi-Kram und frage mich, ob du hier glücklich bist, oder ob du nicht immer denkst ... was wäre wenn?»

Bei diesen verdammten Worten erstarre ich wieder. Tatsache ist aber, dass das Leben mir diesen Weg gegeben hat, und selbst wenn ich mich in den letzten Wochen gefragt habe, wie ich hier gelandet bin, würde mich doch nichts dazu bringen, meine Familie zu verlassen. Ich weiß nicht, ob ich mich verletzt fühlen soll. Ich weiß gar nicht, was ich fühle.

Matt wendet sich vom Fenster ab und setzt sich auf die Lehne des Sessels. Ich glaube nicht, dass ich jetzt mit Richie zusammen wäre. Nein. Natürlich fühlt sich Matt wegen meiner Beziehung mit ihm unwohl. Ich kannte Matt bloß ein paar Monate, Richie schon, seit ich fünf Jahre alt war. Meine Liebe zu Matt war anders: Sie überrollte mich nicht, weil ich noch Gefühle für Richie hatte, die sich nicht einfach über Nacht auflösten. Diese Liebe verblasste langsam, die andere reifte und entwickelte sich, und Kinder wurden geboren. Und so lange schon sind es Matt und ich und vier kleine Menschen, die diesen Weg zusammen gehen, und alles passt so perfekt zusammen.

Matt und ich sind wie eine gutgeölte Maschine (na ja, auf

meiner Seite ist sie vielleicht nicht ganz so gut gefettet) – wir haben ein Haus, wir sind gute Freunde, wir haben uns auf das Abenteuer einer großen Familie eingelassen und versuchen, unsere Köpfe über Wasser zu halten. Ich weiß, er wird immer für mich da sein, ebenso wie ich für ihn. Aber manchmal hinterfragt man es. Man fragt sich, ob sich diese Beziehung wirklich auf gemeinsame Leidenschaften gründet oder ob die Liebe einer praktischen Notwendigkeit zum Opfer gefallen ist. Wir sind kein perfektes Paar, weit davon entfernt. Aber wir funktionieren auf einem sehr praktischen und vernünftigen Level, ohne die Leidenschaft eines wilden Mannes aus dem Moor, welche – wie man von Brontë und Shakespeare gelernt hat – bloß ein mit Lust gewürztes Rezept für die Katastrophe ist.

«Ich frage mich eben bloß, ob du und ich …»

«Du und ich was?»

«Ob du und ich je ein Paar hätten sein sollen.»

Und die Antwort darauf sollte einfach sein. Ich sollte jetzt aufstehen und sagen: «Ja, Matteo George Campbell, das ist es, das Beste, was uns passieren konnte. Ich liebe dich.» Vielleicht sollte ich meinem Mann sogar einen Kuss geben. Aber ich sage nichts und starre auf den Boden, woraufhin Matt sich erhebt.

«Ich will doch nur, dass du bloß … Scheiße, Jools. Ich will nicht streiten. Ich will nur …»

Ja, denn Streiten würde Energie kosten, würde ein Feuer anfachen, dass wir gerade nicht löschen können, weil wir zu müde sind. Ich frage mich, was er will. Er spricht seine Sätze ja nie zu Ende. Einen Moment lang starrt er mich an, dann verlässt er das Zimmer.

Achtzehntes Kapitel

Tag ist Nacht, und Nacht ist Tag. Ich sehe auf meinen Wecker, wobei mich die Leuchtzahlen blenden, und schaue den Zahlen beim Wechseln zu. Das Haus schweigt, und meine einzige Gesellschaft sind Matts Bauchgurgeln und ein Baby. Millie wacht immer wieder auf. Wenn sie wach ist, setze ich sie neben mich im Bett hin, und sie scheint mich mit Blicken anzusehen, die mehr Bedeutung haben als je zuvor. Während wir so im Dämmerlicht dasitzen, betrachtet sie mein Gesicht und greift nach meiner Nase. Als wolle sie sagen: «Hey, jetzt lach schon, warum so ernst?» Da sie Brüder hat, die sie gern wie eine Art Rugby-Ball behandeln, und da sie in diesen Zirkus unserer Familie hineingeboren wurde, hat sie immer so einen wissenden Blick, als wäre sie nicht ganz sicher, warum sie hier ist, welchen Beitrag sie zu dieser Familie leisten soll, aber dass alles unglaublich unterhaltsam ist. Es wird mir nicht leichtfallen, sie morgen früh abzugeben. Ich sollte das nicht tun. Es geht noch nicht mal darum, Geld zu verdienen, was ich immerhin als Grund anführen könnte. Das Honorar ist ziemlich niedrig, es reicht gerade, um den Kindern im nächsten halben Jahr Schuhe zu kaufen. Irgendetwas in mir rät mir dringend, hierzubleiben. Matt wacht wieder auf und erinnert mich daran, dass ich Schlaf brauche.

Gestern Abend ging er vor mir ins Bett, sodass wir unsere schmerzvolle Unterhaltung nicht weiterführen mussten. Ich blieb einfach im Wohnzimmer und weinte mich, als Ben runterkam, an seiner Schulter aus und verkaufte es als Tränen um unsere Mutter. Er glaubte mir. Gia nicht.

Sie stand in der Tür und sah zu uns herüber, dann blickte sie zur Decke, weil Matt oben die Badezimmertür zuknallte. Woraufhin sie in die Küche ging und Brot fürs Frühstück backte. Mein Hirn fühlt sich an wie ein Marshmallow. Fragen bohren sich in meine Schläfen. Was werden sie mich fragen? Werde ich in diesen gelben Stiefeln aussehen wie ein Verkehrspoller? Hasst Gia mich? Hasst Matt mich? Bin ich seine große Liebe? Das sollte ich jedenfalls sein, und er meine. Ich frage Millie im Dämmerlicht des Schlafzimmers, was sie denkt. Doch sie schweigt, während ihre kleinen Hände nach meinen greifen und sie sich an meine Brust kuschelt, das Ohr an die Kuhle gedrückt, wo sie mein Herz am lautesten hören kann.

Als es Morgen wird, ist Millie eingeschlafen. Ich stehe um vier Uhr im Badezimmer und starre mein bleiches Gesicht im Spiegel an. Obwohl ich mir das Gesicht geschrubbt habe, um die Farbe hervorzulocken, ist meine Haut teigig und bleich; meine Augen sehen so aus, als würden sie sich gern in meinen

Kopf zurückziehen. Vielleicht könnte ich mir eine Sonnenbrille aufsetzen. Ich hoffe nur, dass die Make-up-Leute bei BBC einen wirksamen Concealer haben.

Als ich aus dem Badezimmer komme, ist das Schlafzimmer leer. Matt und Millie sind unten und machen mir Kaffee und Toast. Über die Jahre hat sich Matts Schlafentzug zu einem Teil seiner Konstitution entwickelt. Anstatt ihn altern zu lassen, scheint er sogar Kraft daraus zu ziehen. Alles ist seltsam ruhig, bis auf das Zischen des Wasserkessels. Ich sollte einfach mit meiner Tochter und meinem Mann hierbleiben. Neben ihnen wirken all diese Boulevard-Geschichten und meine Ansichten über Bio-Smoothies unwichtig. Matt stellt einen Becher mit gesüßtem Kaffee neben mich, weil er weiß, dass ich Zucker und Koffein brauche, um zu funktionieren. Nach neun Jahren kennt er diese Eigenarten. Als der Taxifahrer an der Tür klopft, lässt Matt Millie auf seinem Knie herumhüpfen.

«Ich liebe dich.»

Wenn es drei kleine Worte gibt, die einem in einer Ehe irgendwann sauer aufstoßen, dann sind es diese. Nicht, weil man sie nicht oft genug hört, sondern weil man sie zu oft hört. Sie werden ständig hervorgezaubert, weil sie die Stille füllen und die Risse stopfen. Man braucht ihre Bedeutung gar nicht mehr zu hinterfragen, denn man weiß, wenn man zusammen um 4.30 Uhr mit einem schlaflosen Baby auf den Knien in der Küche sitzt, muss das etwas bedeuten. Dann muss das Liebe sein. Ich sehe ihn an und beschließe, dass es zu dieser unchristlicher Zeit nur den Weg nach vorn gibt.

«Ich dich auch.»

Als ich in meinem Make-up-Stuhl sitze, durchdenke ich immer noch mein Leben mit Matt. Ich habe immer angenommen, dass wir die nächsten Jahrzehnte zusammenbleiben werden, aber aus welchem Grund eigentlich? «Für die Kinder» klingt wie ein abgedroschenes Klischee, das der Zeit nicht standhält, aber ich fühle mich schrecklich, als ich feststelle, dass Matt immer ganz unten auf der Liste steht, wenn ich darüber nachdenke, worüber ich mir klarwerden muss. Ich versuche mir einzureden, dass er reif und verständnisvoll genug ist, um nicht deswegen verletzt zu sein, dass ich uns beide vernachlässige – aber es hat eigentlich mehr damit zu tun, dass ich ihn einfach nicht auf meinem Radar habe, und das macht mir Sorgen. Und zwischen all den Matt-Themen sind die Mum-Themen, und alles wird mit Gias abschätzigen Blicken bedacht. Als ich die silbernen Wet-Look-Leggins der Visagistin betrachte und überlege, ob sie sie mir wohl verkauft, damit ich den Jungs daraus Nashornkostüme nähen kann, kommt Luella rein, sieht mein Gesicht und schnippt vor meinen Augen mit den Fingern.

«Fokussieren, Jools. Kommen Sie, Sie sehen ganz grau vor Angst aus. Mehr Bronzener. Und können wir irgendwas gegen diese Tränensäcke tun?»

Die Visagistin sieht aus, als hätte Luella sie gerade gebeten, einen abgetrennten Arm mit einem Pritt-Stift anzukleben. Ich grüble und grüble und grüble. Und merke gar nicht, wer gerade reinkommt und sich neben mich setzt.

«Morgen.»

Meine letzte Begegnung mit diesem Mann fand im Supermarkt statt, und ich hatte mich wutentbrannt von ihm abgewandt, nachdem ich mich wegen meiner Fischstäbchen mit ihm gestritten hatte. Er trägt ein gestreiftes Hemd, das er in seine Jeans gesteckt hat, und eine dieser Leder-Armbanduhren mit verdecktem Zifferblatt. Seine Haare sind zu einer verstrubbelten Tolle frisiert, und er sieht mich mit seinen großen blauen, hypnotischen Augen im Spiegel an, während die Visagistin mich mit Foundation tränkt.

«Für mich nur etwas Puder, danke.»

Ich will etwas sagen, doch der große Pinsel und die Hand in meinem Gesicht verhindern es. Also winke ich nur wie eine Sechsjährige. Er antwortet nicht. Seine Visagistin kichert und legt ihm eine Hand auf die Schulter, während sie sein Gesicht mit ihrem magischen Staub bestäubt. Luella funkelt ihn im Spiegel an. Er fängt ihren Blick ein, und sie sehen sich einen Moment zu lange an. Sie waren bestimmt ein interessantes Paar. Eines auf Augenhöhe, bei dem sie ihm die Meinung sagte, während er ihre Beharrlichkeit bewunderte. Ich kann es sehen. Dann geht ihr Blick ins Leere, und sie scheint einen Moment über ihre Vergangenheit nachzugrübeln. Sie ist sauer. Das lese ich an der Hand ab, die sich um meine Stuhllehne krallt. Er sagt kein Wort. Ich lege meine Hand auf ihre und flüstere ihr aus dem Mundwinkel zu:

«Fokussieren, Luella, Sie sehen vor Angst schon ganz grau aus.»

Sie lächelt, während er aufsteht, um zu gehen. Ich schaue an seiner Jeans hinunter auf seine spitzen Stiefel. Er sieht total albern aus, auch wenn ich annehme, dass meine Nachwuchspiraten-Söhne die Stiefel ziemlich gut fänden.

«Oh Gott, ich möchte diesen Mann am liebsten aus dem Fenster werfen. Bitte machen Sie ihn fertig.»

Mein mentales Dilemma wegen Matt hat die bevorstehende halbe Stunde ganz aus meinen Gedanken verdrängt. Das nützt mir zwar insofern, als ich mich nicht nervös fühle, aber es bedeutet auch, dass ich nicht besonders konzentriert bin. Ich erwarte beinahe, dass McCoy mich wieder überrumpeln will. Vielleicht kommt er wieder mit diesem Gemüsekorb aus dem Supermarkt um die Ecke; vielleicht wird Ed Hellmann, der Abgeordnete, der heute auch mit dabei sein wird, eine Rede über Ernährungspolitik halten. Tatsache ist, dass ich nichts zu verlieren habe – diese halbe Stunde wird nichts an meinem Leben ändern. In meiner Beziehung mit Matt wird es immer noch die seit langem unbeantworteten Fragen geben; ich werde vermutlich meine Mutter wiedersehen müssen. Tommy McCoy könnte meinetwegen gleich aller Welt verkünden, dass ich eine miese Mutter bin, er könnte mich sogar nackt ausziehen und mich mit Tomaten bewerfen, und es wäre mir vermutlich immer noch egal. Es ist nicht wichtig, wie ich mich fühle. Nein, ich weiß noch nicht mal, ob ich überhaupt etwas fühle.

Als meine Haare und mein Gesicht fertig sind, gehe ich die Flure entlang zum BBC-Nachrichtenstudio, einem seltsam leeren Raum, in den man die roten, herumwirbelnden Logos erst nachträglich einblenden wird. Momentan sieht es hier aus wie in einem riesigen Kontrollraum der NASA.

Diese ganze BBC-Geschichte war bisher etwas enttäuschend. Ich weiß nicht, was ich eigentlich erwartet hatte. Es wirkt viel mehr wie ein großer Kaninchenbau mit vielen Türen und Fluren und ganz normalen Menschen. Oder wie IKEA.

Man bittet mich, auf einem Ledersofa mit niedriger Rückenlehne Platz zu nehmen, und jemand greift nach meinem Kleid, um die Mikrophone und Kabel an meinem Rücken zu befestigen. Tommy setzt sich neben mich, wobei er den Sofarücken streichelt, und Ed Hellmann greift über ihn hinüber und schüttelt mir die Hand. Er trägt einen Anzug und hat schöne Zähne unter einer unförmigen Nase und einem ausladenden Doppelkinn. Die Moderatoren, einer von ihnen Bill Turnbull, werden gebrieft und blättern durch einen Stapel DIN-A4-Seiten, ohne uns weiter zu beachten. Luella stellt sich neben die Kameras, damit ich sie diesmal auch erkennen kann und nicht nur einen hüpfenden Schatten. Ich sehe einen rothaarigen Kameramann und kann nur an Millie denken. Ich wünschte, sie wäre wieder als mein Schutzschild dabei. Ich habe sie als kleines Baby immer Milli Vanilli genannt. In den frühen Morgenstunden erzählte ich ihr von dem Playback-Skandal der späten Achtziger, nur um die Stille zu füllen und mich selbst zu amüsieren. Sie starrte mich immer an, als wäre ich völlig irre. Wir kannten einander noch nicht so gut wie jetzt.

«Und Juliet Campbell, die unfreiwillige Heldin aller Mütter, die erst vor kurzem die Aufmerksamkeit der Medien auf sich zog, nachdem ein Streit zwischen ihr und Tommy auf YouTube erschien. Also, haben Sie beide sich denn mittlerweile wieder vertragen?»

Was? Haben wir schon angefangen? Luella fuchtelt mit den Händen und starrt mich an, während ich eine Hand auf meinem Knie spüre.

«Natürlich haben wir das, Bill. Schließlich darf jeder seine eigene Meinung haben.»

Er hält meine Kniescheibe wie einen Apfel. Aus der Nähe sieht er richtig lüstern aus. Ich habe das Bedürfnis, seine Hand wegzuschlagen wie eine lästige Fliege. Ich überlege, ob ich in Frage stellen soll, dass wir uns vertragen haben. Ich jedenfalls möchte ihn immer noch fest ins Gesicht schlagen, nicht so sehr wegen irgendwelcher Ernährungstheorien, sondern deshalb, weil er die letzten Wochen damit zugebracht hat, meinen guten Namen zu beschädigen, tiefe Gräben in meine Familie zu reißen, und zwar mit Hilfe seines Geldes. Was hat Luella gesagt? Wenn wir uns wehren, dann machen wir es auf die saubere Art, auf die ehrenvolle Art. Jemanden mit Dreck zu bewerfen, bewirkt nichts anderes, als sich selbst zu beschmutzen. Ich bohre meine Backenzähne in meine Zunge, dann lächle und nicke ich. Bill, der von uns allen die beste Laune hat, nimmt das als Stichwort, um weiterzumachen.

«Nun, Tommy, Sie haben gerade eine neue Kampagne gestartet, flankiert von einer neuen Sendung, und zwar rund um die familienfreundliche Küche. Eine Küche, die man sich leisten kann, ganz basic, um die Leute wieder zum Selberkochen zu animieren. Erzählen Sie uns doch ein bisschen darüber.»

Bla, bla, bla. Tommy redet viel mit den Händen und zieht eine Ausgabe seines neuen Buchs unter dem Sitz hervor, auf dessen Cover er einen Doktorhut trägt und mit einem Schneebesen auf eine Schultafel deutet. Das Buch heißt *Die Küche der alten Schule!* Ich muss grinsen, weil Luella mir erzählt hat, dass es bloß ein Aufguss seiner alten Bücher und Rezepte ist, aufgepeppt mit ein paar neuen Farbfotos von seinen Kindern, um den momentanen Presserummel auszunutzen und zu Geld zu machen. Ed Hellmann mischt sich ein.

«Ich finde den Versuch sehr lobenswert, die Leute wieder zum Selberkochen bringen zu wollen, aber ich habe nicht den

Eindruck, dass Sie in diesem Buch viel über Haushaltsbudgets nachgedacht haben. Der durchschnittliche Haushalt hat nur beschränkte Möglichkeiten.»

Tommy nickt, während ich durch das Buch blättere und mir das glänzende Cover ansehe. Ich betrachte ein Bild von Tommy in seiner Küche – die Kinder essen selbstgemachte Waffeln und frisches Obst, die Küche erstrahlt in hellem Holz, und Kasserollen hängen von der Decke. Ed hat Charts und Graphiken mitgebracht, die den durchschnittlichen Verbrauch und das Haushaltsgeld und massenhaft andere Zahlen zeigen und mir zu so früher Stunde Kopfschmerzen bereiten. Tommy stimmt zu, kontert aber damit, dass Bio-Nahrung das Wichtigste sei, was man einem Kind mitgeben könne, abgesehen natürlich von Liebe und Zeit. Meine Nüstern blähen sich. Ich höre, wie einige Frauen im Hintergrund beinahe einen Orgasmus kriegen.

«Würden Sie dem nicht zustimmen, Juliet?»

Ich nicke. Luella zappelt immer noch mit den Händen. Ich bin stumm. Ich weiß wirklich nicht, was ich sagen soll. Billy wird auch langsam ungeduldig mit mir. *Wir bezahlen Sie dafür, dass Sie was sagen, Frau, nicht dafür, dass Sie hier sitzen und blättern.* Ich denke an meine vier Kinder, die zu Hause an einem ähnlichen Tisch sitzen, in einer Küche, deren ehemals durchdachtes Farbenspiel mittlerweile hinter zahlreichen Kinderbildern, Zetteln von der Reinigung und Marmeladenflecken verborgen liegt. An meine Kinder, die nicht essen, sondern mampfen, mit vollem Mund reden oder gar nicht essen, schlechte Laune haben und den Hamster mit dem Essen füttern. Wo ist unser Hamster eigentlich? Lebt er noch? *Rede, Jools, du musst etwas sagen.*

«Ich stimme zu, dass Tommy den Menschen hier einen Hype verkauft anstatt Rezepte, die eine Familie wirklich gebrauchen könnte.»

Tommy starrt mich an. Es ist derselbe tödliche Blick, den mir seine Frau bei unserem gemeinsamen Auftritt zugeworfen hat. *Wie können Sie es wagen, die Fliege in meiner Suppe zu spielen und mich daran hindern zu wollen, dass mein Imperium sich immer weiter ausweitet und die ganze Welt erobert!* Ich blättere durch das Buch und deute auf das Bild mit der Küche.

«Ich meine, wessen Frühstückstisch sieht denn schon so aus? An den meisten Tage habe ich damit zu tun, die Kinder rechtzeitig zur Schule zu schicken. Es herrscht Chaos.»

Ed Hellmann lächelt mich an. Ich glaube und hoffe, dass er mich irgendwie süß findet. Tommy allerdings nicht.

«Nun, das gilt vielleicht für Sie. Bei mir zu Hause sind die Morgen vollkommen entspannt.»

Ich darf seine Haushälterin nicht erwähnen.

«Na, das ist ja schön. Das liegt bestimmt an den ganzen Pastellfarben in Ihrer Küche.»

Ich lächle bei dem Gedanken an unsere bunt zusammengewürfelte Küche und überlege, bei wem dadraußen in der wirklichen Welt das Geschirr und Besteck nicht durchmischt ist von Erbstücken, Kinderplastikgeschirr und bunten Weihnachtsbechern. Luella hopst wieder, aber sie zeigt eine gewisse Vergnügtheit dabei. Ich bin ziemlich beeindruckt von mir, da ich mich bisher beherrschen konnte und Tommy nicht mit seinem Buch die Nase gebrochen habe.

«Alles, was ich sagen will, Tommy, ist, dass dieses Buch – mal abgesehen davon, dass es bloß einen Aufguss Ihrer vorigen

Bücher darstellt – überhaupt nichts mit dem echten Leben zu tun hat.»

Bill sieht mich interessiert an.

«In welcher Hinsicht?»

Ich blättere durch das Buch, um meinen Punkt so gut wie möglich zu begründen.

«Hier. Marinierter japanischer Lachs?»

Tommy nickt, während ich das Bild von seinem zartrosa Fisch auf seinem weißen viereckigen Teller zeige, der derartig perfekt aussieht, dass er vermutlich gephotoshoppt ist.

«Mit einem Ingweraufguss, Sesamreis und Kaiserschoten?»

Tommy nickt immer noch. Ed kann sein Kichern kaum noch verbergen.

«Das klingt köstlich. Aber das ist Restaurant-Essen und hat überhaupt nichts mit meinem Alltag zu tun. Ich meine, ich habe vier Kinder. Das sind sechs Stück Lachs, die mich über zehn Pfund kosten. Das ist ein großer Teil meines Wochenbudgets. Sie wollen also, dass ich sechs Stücke Lachs brate. Und in Reiswein? Ich soll Reiswein in meinem Kühlschrank haben? Eine ganze Flasche Reiswein zu mindestens vier Pfund für ein Essen, das ich höchstens alle paar Wochen kochen werde und die ansonsten sinnlos in meinem Kühlschrank herumsteht und Platz wegnimmt.»

Alle schweigen erschrocken, denn meine Rede hat Hand und Fuß. Ich überschlage schnell, was ich gerade gesagt habe. Habe ich die Japaner irgendwie beleidigt? Vielleicht eher den Lachs. Oder auch nicht. Ich habe gehört, dass Lachs bald ausgerottet sein wird, also habe ich dieser Tierart vielleicht gerade einen

Gefallen getan. Billy lacht und versucht, die Stille zu durchbrechen.

«Es tut mir leid, das war vielleicht ein wenig drastisch. Wir essen zu Hause wirklich gern Lachs, aber ich backe ihn im Ofen, weil das weniger Zeit kostet, oder koche ihn mit Pasta oder mache daraus einen Auflauf, damit wir länger was davon haben.»

Tommy sieht aus, als würden ihm tatsächlich die Worte fehlen. Ich habe nichts mehr über Lachs zu sagen, außer dass ich ihn zu Weihnachten gern geräuchert auf einem Canapé habe. Soll ich jetzt beim Lachs bleiben oder das Thema wechseln? Bill sieht Tommy an, der seine Finger in das Leder gräbt wie eine wütende Katze.

«Sie meinen, Sie kochen Lachs auf die langweilige Art. Aber Sie werden vielleicht feststellen, dass manche Leute sich neue und spannende Ideen für ihre Rezepte wünschen und gern andere Zutaten ausprobieren würden. Reiswein ist wunderbar in Salatdressings und für Teriyaki-Marinaden.»

Ich schweige einen Moment, weil ich weiß, dass ich über Reiswein nichts weiter sagen kann, als dass ich ihn vielleicht mal auf einer Speisekarte bei Wagamama gesehen habe. Er wird mich mit seinem Londoner Kulinarwissen schlagen. Also wende ich mich dem Thema zu, über das ich Bescheid weiß.

«Und dann gibt es in Ihrem Buch ein Kapitel darüber, wie man Pizza selber macht.»

McCoy nickt.

«Darin sagen Sie, dass jede Familie einen Holzofen im Garten haben sollte.»

Er nickt wieder.

«Im Ernst? Ich weiß ja nicht, wie Ihr Garten aussieht, aber

288

in meinem befindet sich eine kaputte Schaukel, ein morscher Apfelbaum und eine Sandkiste, die wahrscheinlich auch als Katzenklo in Gebrauch ist.»

Bill lacht.

«Ich mache gern Pizza, aber die mache ich in einem Ofen in meiner Küche und nicht in einem Eintausend-Pfund-Gerät, das man höchstens vier Monate im Jahr benutzen kann.»

Tommy sitzt mit versteinertem Gesicht da. Ich weigere mich, ihm Zeit zum Antworten zu lassen.

«Ich bin ganz Eds Meinung: Sie haben keine Vorstellung davon, was normale Leute sich an Küchengeräten und Zutaten leisten können. Inwiefern das hier also irgendwie eine ‹familienfreundliche Küche› darstellen soll, ist mir schleierhaft.»

Ich male mit den Fingern ironische Anführungszeichen. Bill wendet sich mir zu.

«Wie würden Sie also eine familienfreundliche Küche definieren, Jools?» Ich lächle, weil er mich wahrgenommen hat und mir offiziell das Wort erteilt.

«Ich glaube, ich bräuchte verlässliche Rezepte, für die ich nicht eine Dreiviertelstunde am Herd stehen muss. Ich möchte wissen, wie ich mit guten, frischen und bezahlbaren Produkten improvisieren kann ... Ich möchte die Mahlzeiten mit meiner jungen Familie genießen und ihnen zeigen, wie man gesund isst.»

Bill nickt und lächelt mich an. Tommy kann sein Unwohlsein darüber, dass er plötzlich von der Unterhaltung ausgeschlossen ist, kaum verbergen. Ich fühle, dass er demnächst wieder ein paar Tiraden loslassen muss und dass diese sich gegen mich, die kleine Hausfrau, richten werden.

«Und wieso soll das bezeichnend dafür sein, was alle wollen? Sie werden feststellen, dass ein Pizzaofen eine wunderbare Ergänzung für jeden Haushalt ist.»

«Ja, wenn man einen Pizzaservice in seinem Garten starten will.»

Ed lehnt sich im Sofa zurück und scheint sehr zufrieden damit, sich nicht am Gespräch beteiligen zu müssen. Ich stelle fest, dass Tommy McCoy mich beim Reden nicht ansieht und seine Kommentare irgendwohin richtet, anstatt zu der Person, mit der er spricht. Ich schaue auf seine Unterarme, die bis zu den Handgelenken mit Selbstbräuner-Spray gefärbt sind. Er hat etwas so Herausgeputztes an sich, dass ich ganz abgelenkt bin. Ich sehe Luella an und denke an die Fassade, auf die er seine Marke errichtet hat. Ist es wirklich meine Aufgabe, ihn in die Knie zu zwingen? All seine Scheinheiligkeit aufzudecken? Oder kratzt etwas an ihm auch an meiner eigenen Oberfläche, und genau das nehme ich ihm übel? Ich denke daran, was ich bei unserer allerersten Begegnung gesagt habe. Dass ich selbst wüsste, dass ich eine miese Mutter sei und dass man mich daran nicht erinnern müsste. Während ich nachdenke und das Lederarmband seiner Uhr betrachte, nehme ich wieder seine Stimme wahr: «Ich weiß einfach nicht, was Sie zu solchen Bemerkungen qualifiziert.»

Ich sehe zu Luella hin und weiß, dass ich gerade einen wichtigen Satz verpasst habe.

«Oh Gott, ja, wir wissen, dass Sie vier Kinder haben, wir wissen, Sie haben ein hektisches Leben, aber das macht Sie doch wohl kaum zur Repräsentantin einer ganzen Nation von Müttern. Das haben uns die Zeitungen der letzten Zeit ja wohl gezeigt.»

Ich sehe Tommy an. Diese Haare. Ich glaube, seine Haare stören mich am meisten. Das und die Tatsache, dass er davon überzeugt ist, mein Leben müsse irgendwie bemitleidet oder sogar bewertet werden.

«Die Zeitungen waren falsch informiert.»

Tommy zuckt die Schultern. *Bleib ruhig, Campbell.*

«Schauen Sie, ich weiß, dass ich für niemanden ein Beispiel bin oder die meisten Mütter repräsentiere. Ich glaube nur einfach nicht, dass Mütter Ihr unangebrachtes Mitleid brauchen, ebenso wenig wie Ihre Überzeugung, dass Sie die Lösung für unsere Alltagssorgen haben.»

Bill lächelt mich an. Ich möchte ihn drücken.

«Ich versuche einfach bloß, jeden Tag mein Leben zu meistern. Ich koche täglich drei Mahlzeiten, während die Kinder mir an den Beinen hängen, von mir wollen, dass ich ihre Hausaufgaben durchsehe, ihnen Namensschilder annähe und ihnen Kaugummi aus den Haaren fummle. Ich schätze, Sie würden es unter diesen Umständen auch schwieriger finden zu kochen. Ganz zu schweigen davon, so zu kochen wie in Ihrem Buch.»

Ed lacht. Ich gebe zu, eine Sache war gelogen. Ich nähe keine Namensschilder mehr an. Ich schreibe die Namen mit einem speziellen Stift auf die Schilder, oder ich bügle sie auf, manchmal klebe ich sie sogar mit Sekundenkleber fest. Selbst Bill sieht mich erwartungsvoll an. Ich überlege, was Matt heute Morgen wohl in meinen Kaffee getan haben könnte, denn ich habe mich selten so energetisch gefühlt. Tommy dreht sich schließlich zu mir um.

«Dann beweisen Sie es mir doch mal. Sie glauben, ich könnte unter stressigen Bedingungen nicht kochen? Ich wurde in den besten Restaurants von London ausgebildet. Also schön, ich fordere Sie heraus.»

Luella wird ganz bleich, während ich Tommy mit schmalen Augen ansehe. Er könnte genauso gut Reitstiefel und Sporen tragen. Er will ein Duell?

«Sie und ich live im Fernsehen. Wir kochen beide dasselbe Gericht mit demselben Budget in derselben Zeit, und dann werden wir von einer Familien-Jury bewertet, was besser schmeckt.»

Bill sieht mich an und scheint mir sagen zu wollen, dass ich das Duell lieber nicht annehmen soll. *Sie können so viele Antworten und gut begründete Meinungen über Ernährung haben, wie Sie wollen. Sie können die ärmere, bodenständigere Mutter sein und ihm sagen, wie es wirklich ist, für eine Familie zu kochen. Aber treten Sie nicht in der Küche gegen diesen Mann an.* Ich habe sowieso nicht die Absicht, das zu tun. Er wechselt doch bloß zu seiner Mobbing-Taktik. Mit Worten und seinem Hochglanzbuch kann er mir nicht kommen, aber in der Küche schon. Ich lächle und schüttle den Kopf.

«Nein, danke.»

«Na, dann hat aber alles, was sie gerade sagt, überhaupt keine Bedeutung. Ich dachte, das hier wäre eine ernsthafte Diskussion über Ernährung. Stattdessen sitzt hier irgendeine Hausfrau und verbreitet ein paar alberne Anekdoten über ihre eigenen Erfahrungen.»

Bill hebt die Hand.

«Also, Tommy, kommen Sie. Das war nun nicht nötig ...»

«Nein, Bill. Ich habe keine Lust, dass irgendeine unfähige Mutter herkommt und mir erzählt, wie ich meinen Job zu machen habe.»

Und in diesem Moment weiß ich, was ich zu tun habe.

«Und ich habe keine Lust, dass Sie mir sagen, wie ich meinen zu machen habe. Nennen Sie Zeit und Ort. Ich bin dabei.»

Neunzehntes Kapitel

«Wie wäre es mit überbackenem Käsetoast? Du machst guten Käsetoast.»

Ich starre Adam an, der in unserer Küche seinen Tee schlürft. Adam, dessen größte kulinarische Herausforderung darin besteht zu entscheiden, ob er sich diesmal das Chicken Vindaloo bestellt oder ob er sein Schinkensandwich mit roter oder brauner Soße übergießen soll. Ich glaube, er besitzt nur einen einzigen Topf. Und ich glaube, momentan dient der dazu, die Tropfen eines leckenden Wasserhahns aufzufangen. Er wirft einen Blick auf die Liste an der Küchentür. Darauf steht alles von Thunfischauflauf über Lammkoteletts bis gebratenem Hühnchen und Ofenkartoffeln mit gebackenen Bohnen (Teds Beitrag). Ja, ich sehe es schon vor mir. Ich steche einfach eine Ofenkartoffel ein, stelle mich eine Stunde lang vor den Ofen und lese dabei in einem Magazin, während sie gar wird. Das sieht bestimmt spannend aus im Fernsehen. Zumindest würde es die Zeit ausfüllen, im Gegensatz zu den zehn Minuten, die ich für Käsetoast brauche.

«Sarkasmus kann ich nicht gebrauchen.»

Adam sieht mich ungläubig an.

«Nee, Jools, ehrlich. Frag Ben. Als wir klein waren, hast du die besten Käsetoasts gemacht. Die waren immer knusprig, und man konnte sie mit der Hand essen. Meine sind immer …»

«Schlaff?»

Ich lache ihn an, während er mir einen finsteren Blick zuwirft und sich wieder der Liste zuwendet. Sie hängt jetzt eine Woche da, seit mir vor der versammelten Fernsehnation der Fehdehandschuh zugeworfen wurde. Zwölf Vorschläge später haben wir immer noch nichts aus meinem Repertoire gefunden, das ich vor ein paar Millionen Leuten kochen könnte. Vielleicht ist Käsetoast wirklich die richtige Richtung, dazu ein paar Tomatenscheiben, um die Nährwertmenge hochzutreiben, ein Spritzer Worcestershiresoße und ein paar getrocknete gemischte Kräuter, damit es nach was aussieht. Ich klammere mich an jeden Strohhalm.

Nach meinem albernen, impulsiven Bedürfnis, mich im Livefernsehen zu beweisen und gesellschaftlichen Selbstmord zu begehen, hat sich die Woche in Richtung Wahnsinn entwickelt. Neben der üblichen Alltagsjongliererei schreiben die Zeitungen über diesen epischen Kampf, als wäre es die Sendung des Jahres. Ist das ein richtiger Preis? Werde ich dann zu einer Feier eingeladen, auf der ich ein hautenges Cocktailkleid trage und mich gemeinsam mit den Stars und Sternchen auf dem roten Teppich drängle? Zum Großteil waren die Artikel recht ermutigend. McCoys Mobbingtaktik ist den Kritikern und den Zuschauern deutlicher geworden, und seine Zustimmungsrate (was immer das sein soll) ist in den Keller gegangen. Selbst Dad hat erzählt, dass es die McCoy-Soßen in seinem Tesco im Sonderangebot gibt. Doch Tommy nutzt die Aufmerksamkeit trotzdem für sich.

In der letzten Woche habe ich sechs Interviews mit ihm gezählt, in denen er über alles Mögliche redet, von seinen Anstrengungen, Essen auf Rädern gesünder zu machen, bis zu seinem neuen Geschäftsmodell – eine neue Serie beschichteter Backformen in seiner selbst patentierten Farbe von McCoy-Braun. Kitty erscheint ebenfalls und winkt mit ihrer Babynahrung und trägt außerdem extra lockere Kleidung, wie Luella mir erklärt, damit die Leute annehmen, dass sie wieder schwanger ist (ist sie nicht. Sie heilt immer noch ihre letzte Bauchstraffungs-OP aus). Die meisten Tage frage ich mich, was ich mir bei der ganzen Sache gedacht habe, an anderen frage ich Luella, ob wir nicht Starkoch Gordon Ramsay bitten könnten, sich eine Perücke und falsche Brüste anzukleben und meinen Platz einzunehmen. Im Moment nimmt das bevorstehende Duell mein gesamtes Leben, mein Haus und meine Familie ein. Falls ich einen ruhigen Augenblick habe, dann kriecht der Gedanke über mich und löst Panik in mir aus. Er steht mitten auf meiner To-do-Liste für heute, gleich hinter den Zwillingen die Zehennägel zu schneiden, einen Mitesser an meinem Kinn auszuquetschen, Millie die Flasche abzugewöhnen, drei Theaterkostüme zu nähen und die Beziehung mit meinem Mann zu kitten. Das ist alles.

«Ben friert sich dadraußen den Arsch ab.» Adam deutet zum

Ende des Gartens, wo Ben nervös an einer Zigarette pafft (ich hoffe, dass es eine Zigarette ist) und mit dem Fuß gegen alte Sandkastenspielzeuge tritt. Meine beiden Brüder sind mittlerweile zu verlässlichen Säulen des Hauses geworden, seit die ganze Sache mit unserer Mutter ihr hässliches Haupt in die Höhe gereckt hat. Nicht, dass es mich stören würde – obwohl wir so unterschiedlich sind, haben wir uns immer gegenseitig unterstützt, auch wenn wir überhaupt keine Ahnung haben, wie wir mit irgendwas umgehen sollen. Über Adam mache ich mir nicht so viel Sorgen, aber Ben nimmt all das eindeutig mit. Er kommt zur Hintertür.

«Wohin führt Dad denn Gia aus?»

«Zum Nachmittagstanz im Rathaus.»

Adam verzieht das Gesicht und kramt in meiner Brotkiste.

«Eines Tages wirst du ... He, Hände weg von meinem Brot, das ist das Frühstück für morgen.» Aber er hört mir nicht zu und geht zum Toaster. Ich höre in der Ferne laute Schritte, weil Matt gerade versucht, die Kinder anzuziehen. Ben steht an der Tür.

«Wo ist denn dein Mantel? Du holst dir noch den Tod.»

Ben antwortet nicht, sondern starrt auf meine schiefe Küchenuhr.

«Ben?» Er schweigt, und Adam kramt in meinen Schränken nach Marmelade.

«Habt ihr beide Zeit? Bloß einen Moment.» Sein Gesicht ist aschfahl und bedrückt. Adam nickt. Ich gehe zu Ben und nehme ihn in den Arm, woraufhin er meinen Kopf gegen meine Schulter legt. «Es tut mir wirklich leid, Jools», flüstert er mir zu.

Ich schiebe ihn von mir weg und schaue ihm ins Gesicht.

Adam steht da und umklammert ein Glas Erdbeermarmelade, in der festen Absicht, sich aus der Umarmung rauszuhalten. Aber er weiß, dass irgendwas nicht stimmt.

«Was ist los? Müssen wir noch mehr über Sie-deren-Namen-nicht-genannt-werden-darf reden?»

Ich kichere, als ich sie mir als Voldemorts ältere Schwester vorstelle. Ben sieht Adam an. «Sind die Kinder in der Nähe?»

Ich nicke. «Ich kann Matt bitten, mit ihnen in den Park zu gehen. Worum geht's denn?»

Ben schiebt den Kopf um die Küchentür herum. «Nein, nein, nein … Es ist vermutlich besser, wenn sie hier sind. Ich meine …»

«Ben, jetzt sag schon.»

In diesem Moment klingelt es an der Tür. «Es tut mir wirklich leid. Ehrlich. Aber ihr habt gesagt, es würde euch nichts ausmachen, also habe ich die Zeitung angerufen, und die haben mir ihre Nummer gegeben, und na ja, wir haben geredet …»

«Ben!» Adam und ich kreischen praktisch im Chor. «Was zum Teufel hast du getan?» Adam zerbröselt seinen Toast in der Faust. Ein Schatten zeigt sich an der Haustür, und mein Herz überschlägt sich beinahe. «Das hast du nicht getan. Hast du das im Ernst getan? In mein Haus? Du hast sie in mein Haus eingeladen?»

Das darf nicht hier passieren. Es sollte auf einem Bootssteg stattfinden. Im Regen. Und nicht jetzt, wo ich meinen Monolog nicht geübt habe, meine Haare nicht gebürstet sind, meine Toilette nicht geputzt wurde, und meine Kinder … Ich kann nicht denken. Es klingelt wieder an der Tür.

«Jools! Geh zur Tür!» Ich höre Schritte auf der Treppe und

erkenne den leicht hopsenden Gang von Hannah. *Nein, nein, nein, nein.* Ich renne in den Flur.

«Han, ich brauche was von oben. Bitte hol es mir.»

«Was?»

«Einen Stift. Irgendeinen Stift. Hol mir einfach einen Stift.»

Sie sieht mich fragend an und zieht sich in ihr Zimmer zurück. Ich kriege Panik. Der Schatten dadraußen hat mich gesehen. Meine Stimme nimmt einen hohen Singsang an. «Ich komme gleich!» Ich renne zurück in die Küche. Adam umklammert eine Packung Cheerios und stopft sie sich in den Mund, offenbar in der Hoffnung, daran zu ersticken, nur um sich nicht mit alldem auseinandersetzen zu müssen. «Ich mache das nicht, Punkt. Du kannst mich nicht zwingen. Ben, du Blödmann, du kannst ihr sagen, dass ich sie hasse.»

«Klar. Soll ihr noch was anderes ausrichten?»

«Nein, das reicht fürs Erste. Arsch.» Er drängt sich an mir vorbei und stürmt nach oben, dem einzigen Ausweg. Man hat ihn überfallen. Man hat uns beide überfallen. Ich starre Ben an.

Wir hören von oben gedämpfte Schritte und Stimmen durch die Wand. Bens Herzschlag dringt durch die Luft wie ein Sonar.

«Benny?»

Scheiße. Matt hat die Haustür aufgemacht. *Nein. Noch nicht!* «Nein. Ich bin Matt. Campbell. Tut mir leid, dass Sie warten mussten. Ich dachte ... Moment mal, sind Sie nicht ...»

«Ich bin Dorothy. Juliets Mutter.»

Dann nichts. Ich frage mich, was in den Köpfen der beiden gerade vor sich geht. Ist es eine unfreundliche Stille? Umarmen sie sich gerade oder schütteln sich die Hände? Vielleicht starrt

Matt sie auch bloß an. Ich höre, wie er zögert, doch dann erinnert er sich an seine gute Kinderstube und bittet sie herein. «Ich wusste nicht, dass Sie kommen, aber ich freue mich natürlich, Sie kennenzulernen ... Ich hole dann mal ...» Ben nimmt meine Hand, und ich folge ihm.

Sie sieht aus wie in der Zeitung, es ist also keine große Überraschung. Aber sie ist kleiner, als ich sie in Erinnerung habe, ihr Schmuck ist aufdringlich und wirkt billig. Sie trägt Khaki-Hosen und schwarze Ballerinas, ein Hemd mit Blumendruck und einen Pashmina-Schal. Und na ja, sie sieht nicht übel aus, anders als ich nach all den Schmollbildern in den Zeitungen erwartet hätte. Matt steht hinter ihr, ihre Tasche und ihren Mantel in der Hand, und sieht ein wenig aus, als stünde er unter Schock. Ich sehe zu ihm hin und kichere nervös. Aber ich kann sie nicht ansehen. Das war nicht mein Plan, sondern Bens. Er stürzt sich auf sie und umarmt sie so fest, wie er die meisten Menschen umarmt, nämlich mit ganzem Herzen und einer Umklammerung wie der eines Orang-Utans. Ich sehe seinen Körper zucken, während er den Kopf auf ihre Schulter legt, und mir kommen die Tränen.

«Oh, wein doch nicht, Schatz.»

Sie sieht zu mir.

«Juliet.»

Ich nicke, schweige, weil ich so sehr das Bedürfnis habe, mich auf sie zu stürzen und sie zu Boden zu schubsen. Matt sieht mich verwirrt an, dann guckt er zur Decke und weiß auf einmal, warum Adam sich da oben bei den Jungs versteckt. Er sieht besorgt aus. Ich fühle mich überfordert. Sie ist hier.

«Dann mache ich uns erst mal einen Tee, oder?», sagt Matt.

Die nächsten fünf Minuten erlebe ich wie im Nebel, denn ich sperre mich gegen die Unterhaltung in diesem Raum. Ich will nicht, dass sie zu einer Erinnerung in meinem Kopf wird. Ich will Dad nicht hintergehen, ich will nichts sagen, auf das ich mich nicht vorbereitet habe. Ich konzentriere mich auf Kleinigkeiten im Wohnzimmer: Wie ist dieser Fleck da aufs Sofa gekommen, auf die Staubschicht auf dem Fernseher? Da ist ja das Puzzlestück, das ich schon im Staubsauger gesucht habe. Ben löchert sie mit Fragen und freut sich so darüber, dass er ihr erzählen kann, was er macht, über die Uni und seine Ziele im Leben. All die kleinen Lebensrisse, die sein Fundament für so lange Zeit instabil gemacht haben, heilen.

«Jools, Mum hat dich was gefragt.»

Ich kehre wieder auf die Erde zurück.

«Wo sind die Kinder?»

Matt kommt mit Tee und Keksen herein und ruft dabei die Treppe rauf. Ich habe das tiefe Bedürfnis, die Tür zu verbarrikadieren und zu verhindern, dass meine Kinder sie sehen. Hat sie es verdient, sie kennenzulernen? Noch nicht mal ich bin dazu bereit. Sie poltern die Treppe herunter, dann bleiben sie im Türrahmen stehen, doch Matt sagt ihnen, sie sollen ruhig reinkommen. Die Zwillinge hüpfen ins Zimmer, doch Hannah bleibt in der Tür stehen. Matt nickt den Zwillingen zu.

«Jungs, wir haben einen Gast.»

«Ich bin Jake. Wer bist du?»

«Jake – ich bin deine Großmutter. Du kannst mich Dot nennen.»

Die Jungen sehen perplex aus. Hannahs Kopf schwingt herum, und sie schaut mich fragend an.

«Wir dachten, du bist tot», sagt Ted kühl. Mir blubbert ein bisschen Tee aus der Nase. «Onkel Adam hat das gesagt.»

«Na, offenbar ist sie nicht tot, stimmt's?», sagt Matt.

«Sie kann ja ein Zombie sein», sagt Jake. Matt antwortet nicht. Meine Mum lächelt höflich. Kein Zombie, eher ein Geist.

Ted holt etwas aus seiner Hosentasche hervor.

«Also, das hab ich für Mum gemacht, aber du kannst es ruhig haben. Das sind Blumen. Die hab ich aus Klopapier gebastelt.»

Ich halte die Luft an bei der Vorstellung, dass Adam sich einen Streich ausgedacht haben könnte und sich vielleicht mit besagtem Papier erst mal den Hintern abgewischt hat, bevor er den Zwillingen gesagt hat, sie sollen es ihr geben. Aber es sind die gleichen Blumen, die sie letztes Jahr zum Muttertag in der Schule gebastelt haben, mit kleinen Stängeln aus glänzenden Pfeifenreinigern. Meine Mutter nimmt sie überrascht und tätschelt ihnen den Kopf. Hannahs Reaktion ist vorsichtiger. Sie steht immer noch in der Tür und betrachtet jedes Gesicht im Zimmer. Matt geht nach oben, um Millie zu holen.

«Ich hab Geschenke mitgebracht.»

Damit hat sie die volle Aufmerksamkeit der Kinder, die ihr mit gereckten Hälsen hinterhersehen, als sie ihre Handtasche aus dem Flur holt. Hannah kommt zu mir und setzt sich auf meinen Schoß.

«Was ist los, Süße? Alles okay?»

Sie nickt und nimmt eine Strähne von meinem Haar und dreht sie in ihren Fingern. Ben legt eine Hand auf mein Knie. Er sieht belebt aus, befreit von allem, was ihm auf den Schultern gelastet hat. Meine Mutter kehrt mit kleinen, perfekt eingewickelten Geschenkpackungen zurück. Autos für die Jungs, Haarspangen für die Mädchen. Die Jungs zerren an mir, damit ich die Packungen für sie öffne – ihre Loyalität hat sie bereits gekauft. Hannah dagegen lässt sich Zeit.

«Gefallen sie dir, Hannah?»

«Glaub schon. Vielen Dank.»

Hannah lächelt sie an, während Millie zur Inspektion hereingetragen wird. Meine Mutter legt ihr die Haarspangen in die Hand.

«Das solltest du lieber nicht machen», sagt Hannah.

Alle im Zimmer erstarren, außer den Jungs, die ihre Autos über das Sofa und über die Sofakante fahren. Ben sieht zu Hannah rüber, und ich drücke sie fest.

«Millie isst Haarspangen und Ohrringe und so was. Also gib sie ihr lieber nicht.»

Ich lächle und nicke und nehme meiner Mum das Geschenk ab. Meine Hand berührt ihre, fühlt ihre Haut, die immer noch superweich ist, so wie früher. Ich zucke zusammen. Meine Mutter spürt es sofort und sieht mich an. Ben schiebt ihr den Teller mit Keksen hin, doch sie steht auf, um den Tee auszuschenken.

«Wie trinkst du ihn, Benny?»

Doch Hannah antwortet.

«Zwei Zucker und viel Milch. Mum nimmt ihren mit einem Stück Zucker.»

Sie klingt ungehalten und verschränkt die Arme vor dem Körper. Ich ziehe sie an mich.

«Han, warum gehst du nicht mit Dad und den Jungs ein bisschen nach oben.»

Die Jungs verschwinden sofort, aber Hannah scheint nicht zu wollen. Matt sieht mich an. Ab welchem Punkt ist es okay, die Regeln der Höflichkeit außer Acht zu lassen? Hannah muss überhaupt nichts tun, was sie nicht will, aber ihre strikte Weigerung, sich mit meiner Mutter anzufreunden, gibt mir zu denken, ob sie vielleicht doch die Zeitungen gelesen oder zumindest mitbekommen hat, was hier alles los war. Ben bittet Hannah zu sich. Sie setzt sich auf seinen Schoß, und er schiebt ihren Kopf unter sein Kinn. Matt hält sich an Millie fest, die meine Mutter neugierig beim Kekseessen zusieht.

«Wo ist denn Adam?»

Ich unterbreche Hannah, bevor sie sagen kann, dass er oben im Zimmer der Jungs ist. Ben schiebt seine Hand in die von Mum. Ich bewundere und verabscheue ihn gleichzeitig dafür, dass er mit ihr so vertraut umgehen kann.

«Er ist noch nicht so weit, Mum. Ich glaube, er braucht noch mehr Zeit, bevor …»

Bevor was, Ben? Etwas in Bens Stimme lässt mich glauben, dass er von einer Zeit nach alldem hier spricht. *Wenn wir uns alle wiedertreffen? Wenn wir uns gemeinsam um einen Tisch setzen und vergessen, dass gewisse Ereignisse in unserem Leben schwerwiegende Konsequenzen hatten?* Egal, ob Adam bereit ist oder nicht, ich bin es sicher nicht. Mein kleiner Bruder hat mich in den Hinterhalt gelockt und mich mit meiner größten Angst konfrontiert, mit dem traurigsten Teil in meinem Leben. Und das in meinem eigenen Haus. Umgeben von Kindern, denen ich die Dinge erklären muss, mit einem Ehemann, der nicht weiß, was hier läuft, und einem überwältigenden Bedürfnis, meine Mutter kurz und klein zu schlagen. Was hat Ben da gesagt? Will er, dass sie auch zukünftig ein Teil seines Lebens ist? Ich dachte, er hätte Fragen. Ich habe viele, aber sie haben keine Form oder Struktur, und wenn ich jetzt rede, dann fürchte ich, dass alles bloß in einer Art tränenerstickten Neandertal-Einsilbern herauskommt. Ich betrachte Hannahs Haare in dem erneuten Versuch, mich abzulenken. Ist das eine Laus oder ein Fussel?

«Nun, es war schön, dass ihr mich eingeladen habt, dass ich euch nach all der Zeit sehen durfte und euch sagen kann ...»

Igitt. Was für ein schleimiger Moment. Vor allem, weil du nicht eingeladen warst, jedenfalls nicht von mir. Und was musst du uns sagen? Dass es dir leidtut? Dass du, wenn du könntest, die Zeit zurückdrehen und alles anders machen würdest? Ich möchte mir am liebsten die Hände über die Ohren legen. Ben sitzt da wie gebannt und klebt an ihren Lippen.

«Ich fand, es wurde Zeit, dass ich herkomme und ganz offen mit euch bin. Darüber, warum ich damals gegangen bin. Ich meine, ich muss mich für diesen Artikel entschuldigen. So vieles daran war falsch, aber der Teil, dass ich gern mit euch in Verbindung treten wollte – der stimmte.»

Ben nickt. Ich will sie nach ihren Motiven fragen. Geld vielleicht? Aber ich sage immer noch nichts. Ben dagegen schon.

«Ich glaube, zuallererst muss ich mal wissen, ob es dir gutgeht. Wir wussten nicht, ob du immer noch krank bist oder schon auf dem Weg der Besserung. Das haben die Zeitungen offengelassen.»

Sie schweigt einen Moment.

«Ich hatte Brustkrebs. Aber die Ärzte haben es in einem frühen Stadium erkannt. Jetzt geht es mir besser, danke.»

Bei ihr klingt es wie eine Erkältung. Im Artikel klang es allerdings, als läge sie bereits auf dem Sterbebett, während wir alle zu Hause saßen und Scrabble spielten und uns nicht die Bohne dafür interessierten.

«Ich denke, Jools und ich ... ich meine, wenn wir das gewusst hätten, dann hätten wir dir sicher gern mehr geholfen.»

Ben unklammert mein Knie und hofft offenbar, dass ich dazu nicke. Hätte ich? Vermutlich. Mein Herz ist nicht vollkommen aus Stein. Glaube ich.

«Oh, nun, Brian und die Jungs waren ja da, und wir haben es gemeinsam durchgestanden. Aber danke, dass du das sagst.»

Alle erstarren wie auf einem riesigen Bildschirm. Von Brian mit dem Vollbart wussten wir, aber da war noch etwas am Ende des Satzes. *Und die Jungs.* Ben starrt mich an. Ich sehe zu Matt herüber.

«Welche Jungs?», sagt Ben.

«Nun, ich dachte, das wüsstet ihr. Scott und Craig, meine beiden anderen Söhne.»

Sie kramt in ihrer Handtasche nach ihrem Telefon, scrollt durch ihre Fotos und hält Ben eins hin.

«Das sind wir letztes Jahr in der Türkei; das sind Brian und Scott, und das ist Craig. Ich finde, er sieht dir sehr ähnlich, Benny.»

Ich kann mein Gesicht nicht bewegen. Aus Bens ist alle Farbe gewichen, und Hannahs kleine Hand gleitet in meine und umklammert meine Finger. *Wer? Was?*

«Wollt ihr mir sagen, dass euer Vater euch das nie erzählt hat?»

Ben und ich schweigen. Matt springt für uns ein.

«Ähm, ich glaube nicht, dass Frank das getan hat, nein.»

Ihre Stimme wird ganz sachlich, beinahe als würde sie uns davon erzählen, was sie zum Frühstück gegessen hat.

«Ich meine, das war die schwierigste Entscheidung, die ich je treffen musste – euch zu verlassen und ganz neu anzufangen. Aber ich liebte Brian, er war mein Seelenpartner, der Mensch, mit dem ich zusammen sein sollte. Ich konnte nicht hierbleiben und wissen, dass mein Herz woanders sein wollte. Also bin ich gegangen. Ich wollte es eurem Dad nicht schwermachen, und es tut mir leid, dass ich ihm weh getan habe, aber ich dachte, es wäre das Beste, euch bei ihm zu lassen. Ich habe euch geliebt, aber ...»

Uns bei ihm zu lassen? Wie einen Trostpreis? Ich sage die ersten Worte, seit sie hier ist.

«Aber ihn hast du mehr geliebt.»

Sie schaut auf das Foto.

«Ein Jahr später bekamen wir Scott und Craig und zogen nach Suffolk. Ich habe euch niemals vergessen, aber ich glaube, so war es am besten. Ihr schient glücklich zu sein. Ich war glücklich. Darum habe ich es so belassen.»

Ben kann seine Gefühle nicht mehr unterdrücken, und die Tränen laufen ihm das Kinn herab und fallen wie kleine schwarze Punkte auf seine Jeans. Ich kann einfach nicht glauben, was sie da gerade gesagt hat. Die Neuronen feuern Ärger, Hass und Wut durch mein Hirn. *Verlass sofort mein Haus.* Wie sollten wir glücklich sein ohne Mutter in unserer Kindheit? Und sie war glücklich? Na, wie schön für sie. Glücklich ohne uns. Das ist ja toll. Denn Glück *und* wir drei Kinder war offenbar etwas, das nicht zusammengepasst hat. Gott, selbst wenn eine neue Liebe sie woanders hingetrieben hat, hätte sie doch irgendeinen Versuch unternehmen können, uns als Teil ihres Lebens zu behalten, damit wir nicht mit dem Gefühl aufwachsen mussten, wir hätten jemanden so unglücklich gemacht, dass er uns verlassen musste. Aber das kann ich ihr nicht sagen. Matt sieht uns an und weiß auch nicht, was er sagen soll.

«Ooooh, Benny, ich wollte dich nicht traurig machen. Die Jungs möchten dich wirklich gern kennenlernen. Ich werde gern vermitteln, damit du und deine Brüder Freunde werden könnt. Das hier ist unser Haus in der Türkei, da bist du immer willkommen.»

Ich kann immer noch nichts sagen. Denn jetzt geht es nicht nur mehr darum, dass sie ihre drei Kinder verlassen hat, sondern sie hat sie auch noch ersetzt. Ben, der immer das Nesthäkchen gewesen ist, hockt nun auf einmal irgendwo in der Mitte. Hannah merkt, wie traurig er ist, und legt ihm die Hände um den Hals. Ben hat keine Wahl, als sie in den Arm zu nehmen. Wir schweigen. Bis Hannah zu sprechen wagt.

«Er heißt Onkel Ben. Keiner nennt ihn Benny. Wenn du seine Mami wärst, dann wüsstest du das.»

Die Luft rauscht durch meine Nasenlöcher. Ben antwortet nicht. Matt sieht peinlich berührt aus.

«Hannah! Ab nach oben mit dir!»

«Schon gut, ich glaube, wie gehen jetzt beide», verkündet Ben. Er nimmt Hannah auf den Arm und verlässt mit ihr das Zimmer. Meine Mutter folgt ihnen mit den Augen, und ich sehe, wie Hannah ihr einen bösen Blick zuwirft. Jetzt sitze ich hier mit meinem Mann, der nicht weiß, wo er hinsehen und was er tun soll. Und mit meiner Mutter.

«Tut mir leid. Ich wollte niemandem weh tun.»

Ich blicke auf meine Hände, fummle an eingerissener Haut herum und betrachte den Schmutz unter meinen Fingernägeln. *Nein, es war ja nicht anzunehmen, dass es uns trifft, wenn du nach zwanzig Jahren so eine Bombe auf uns abwirfst.* Es geht ihr gar nicht darum, ob es ihr leidtut oder wie es uns geht, keine Fragen über unsere Schulzeiten, unsere Abschlüsse, unsere Beziehungen. Sie kommt einfach rein und erzählt uns, dass ihr Leben prima ist, weil es so schön neu ist und wir kein Teil davon sind. Sie dreht sich zu Matt herum.

«Matthew, ich wollte ihnen einfach bloß die Wahrheit sagen. Nach all der Zeit habe ich angenommen, dass sie damit umgehen können.»

Die Luft steigt trocken und rau in meinem Hals auf.

«Mein Mann heißt Matteo.»

Es stand ja nur jede Woche in den Zeitungen, wenn sie sich die Mühe gemacht hätte, über mich zu lesen. Sie sieht mich erschrocken an.

«Das ist italienisch, oder? Schön.»

Matt nickt langsam.

«Wenn du meine Mutter wärst, hättest du es gewusst.»

Sie starrt mich an, und zum ersten Mal sehe ich ihr direkt ins Gesicht. Ich sehe so vieles darin. Ich sehe Adams Stirn und Bens Lippen. Ich sehe den kleinen Leberfleck auf ihrem Kinn. Die Augen. Die Augen sind meine. Ich sehe viele Dinge, aber vor allem eine mir fremde Frau. Jemanden, den ich einmal gekannt habe.

«Ich war nicht glücklich, Juliet. Ich fühlte mich eingeengt, ich war kurz davor, depressiv zu werden, und ich konnte keinen anderen Ausweg finden. So eine Mutter kann niemand gebrauchen.»

«Nein. Wir brauchten bloß irgendeine Mutter.»

Ich starre sie an und nehme jedes Wort und jeden Millimeter ihres Gesichts in mir auf, damit ich mich immer daran erinnern kann. Denn jetzt weiß ich, dass dies das letzte Mal ist, dass ich sie sehen werde. Ich weiß nicht, ob ich von ihr eine Erinnerung hatte – es sind mehr Bilder, all die guten Bilder, die ich mir zu einer Art Collage zusammengeklebt habe, damit ich mir einbilden konnte, dass es einen guten Grund gegeben hat, warum sie gegangen ist. Aber den gab es nicht. Bloß ihre eigene Angst vor einem unerfüllten Leben, eine schnelle Rücktrittsklausel, gegründet auf Launen und Lust, die zur Folge hatte, dass sie drei kleine Kinder im Stich ließ. Es war selbstsüchtig, ohne einen einzigen Gedanken an diejenigen, die sie hätte lieben sollen und für die sie Verantwortung trug. Ich spüre viel Wut, aber auch eine Menge Enttäuschung. Und die verwandelt sich nun in Tränen, die mir in Strömen die Wangen herunterlaufen. Matt steht auf und holt ihren Mantel aus dem Flur.

«Dorothy, ich glaube, Sie sollten jetzt gehen.»

Sie zuckt die Schultern. Diese Gleichgültigkeit bringt mich fast dazu, ihr eine Teetasse an den Kopf zu werfen. Aber sie nimmt ihren Mantel und wirft mir einen letzten Blick zu, bevor sie geht.

«Du hältst dich sehr gut, Juliet. Mit dieser Kochgeschichte. Dein Vater kann stolz auf dich und deine Brüder sein.»

Und dann geht sie. Die Tür klickt leise hinter ihr zu, ich höre ihre Schritte auf dem Weg, und dann spüre ich nur noch Matts

Arme um mich, während ich auf dem Wohnzimmerboden kauere und seine Schultern mit Tränen durchweiche.

Später am Abend findet Dad mich in der Küche, wo ich mich an ein Glas mit Whisky Cola klammere. Matt schläft oben bei den Kindern, während Adam und Ben beschlossen haben, sich im nächsten Pub zu betrinken. Die Neuigkeiten haben Adam nicht umgeworfen, weil er ja sowieso schon das Schlimmste erwartet hatte; aber Ben hat die Sache verständlicherweise nicht gut aufgenommen. Er hatte seine Arme weit ausgebreitet wie ein riesiger, liebevoller Albatros, bloß um dann mitten über dem Meer abgeschossen zu werden. Nach der Begegnung war er ganz still und in sich gekehrt. Adams Lösung lautet darum, ihn bis zum Rand mit Alkohol zu füllen, um den Schock zu betäuben oder um ihm zumindest dabei zu helfen, jemanden aufzureißen, damit er dieses Gefühl mit Hilfe eines bedeutungslosen One-Night-Stands verdrängen kann.

Dad kommt zu mir rein und setzt den Kessel auf.

«Rate mal, wer heute vorbeigekommen ist.»

«Hast du diesen Gasmann endlich überreden können?»

«Nein, rate weiter.»

«Doch nicht der bescheuerte McCoy?»

Ich schüttle den Kopf.

«Dorothy.»

Er dreht sich nicht zu mir um, sondern steht bloß still da und lehnt seinen Kopf gegen den Hängeschrank.

«Ben hat sie eingeladen. In mein Haus.» Er schweigt immer noch.

Er holt zwei Becher aus dem Schrank.

«Wusstest du von den anderen zwei?»

Er sieht mich kurz an, dann blickt er wieder auf den blubbernden, zischenden Kessel.

«Von den anderen zwei Jungen? Hab von ihnen gehört.»

Ich will ihn fragen, warum er uns nie was davon gesagt hat, aber ich weiß es ja. Warum sollte er uns noch treten, wo wir schon am Boden lagen? Er hat es getan, um uns zu schützen, um nicht noch mehr Hass und böses Blut zwischen uns heraufzubeschwören. Trotzdem, wir sind erwachsen. Na ja, ich jedenfalls. Bei den anderen beiden bin ich mir nicht so sicher.

«Wie war sie?», fragt Dad.

«Ich glaub, ich habe nicht lange genug an der Unterhaltung teilgenommen, um das zu sagen.»

«Trefft ihr euch wieder?»

Er sagt es beinahe resigniert, als ob eine Stunde mit meiner Mutter bedeuten könnte, dass sich zwischen uns alles geändert hat, als ob wir mit ihr gehen und glückliche große Familie spielen wollten. Ich schüttle entschlossen den Kopf.

«Ich glaube, ich nicht. Außerdem, wer braucht schon noch zwei Brüder? Zwei reichen mir schon.»

Er lächelt. Da ist eine riesige Wand aus Gefühlen, die ich niederreißen muss, aber nicht hier und nicht jetzt. Diese Frau hat bereits viel zu viel von meiner Zeit eingenommen. Ich habe nichts außer Bitterkeit und Tränen für sie übrig, und ich will sie einfach aus meinem Kopf verbannen. Heute Abend habe ich festgestellt, dass Muttersein mehr ist als Natur, als die Tatsache, dass ich einmal in ihrem Bauch gewachsen bin. Die Beziehung ist symbiotisch, sie muss genährt werden, braucht Fürsorge und Aufmerksamkeit, und die hat sie mir seit zwanzig Jahren nicht mehr geschenkt. Dad stellt sich hinter mich und legt eine Hand auf meine Schulter.

«Wo sind deine Brüder? Wie geht's Ben?»

«Nicht gut. Sie sind im Pub und betrinken sich.»

Er holt tief Luft und schließt die Augen.

«Ich wusste einfach nicht, wie ich vor euch dreien damit umgehen sollte. Ich habe getan, was ich für das Beste hielt. Ich habe immer gehofft, sie würde zurückkommen oder sich zumindest bei wichtigen Ereignissen blicken lassen, aber ... Und du? Wie geht es dir?»

Ich zucke die Schultern. Ich könnte immer noch heulen, aber ich glaube, ich habe heute keine Tränen mehr. Nichts hat sich geklärt, die Fragen stapeln sich immer noch in meinem Kopf. Ich wechsle das Thema, um nicht mehr daran zu denken.

«Hat Gia das Tanzen gefallen?»

Dad sieht mich eine Weile an. Er weiß, wenn er nicht weiter nachbohren soll und dass ich irgendwann schon sagen werde, wie ich mich fühle; das hat er gelernt, als er meine Pubertät mit mir überstehen musste. Er lächelt mich an.

«Sie tanzt ziemlich gut. Ned hat Gefallen an ihr gefunden.»

«Das war klar, dieser perverse alte Kerl. Und hast du Alma heute endlich aufgefordert?»

Er kramt in meinen Schubladen und findet die Teelöffel zwischen dem Kinderbesteck. Er gießt das Wasser über die Teebeutel und lässt sie ziehen.

«Na ja, weißt du, es gibt da dieses Gerücht, sie hätte ihren letzten Mann in den Suff getrieben ... und ihre Haare riechen nicht gut.»

Ich lache leise vor mich hin. Er geht zum Kühlschrank und

wirft einen Blick auf die Liste an der Tür, bevor er die Milch rausholt.

«Weißt du schon, welches Gericht du kochen wirst?»

Ich sehe ihm zu, wie er genau die richtige Menge Milch zum Tee gibt, umrührt und den Löffel dreimal an der Seite abklopft, wie er es immer tut. Ich habe auch so viele Fragen an Dad. *Gab es einen Grund dafür, dass Mum sich so eingeengt fühlte? Warum hast du nicht wieder geheiratet? Liebst du sie immer noch?* Doch auch wenn ich ihn mit Fragen bombardiere, weiß ich doch tief in mir drin, dass nichts von alldem je seine Schuld war. Er hat getan, was man von ihm erwartete. Er hatte seine schlechten Momente, so wie jeder andere Erziehungsberechtigte (er hat Ben einmal im Supermarkt vergessen; und er fand, dass Dosenpfirsiche keine richtige Mahlzeit sind). Aber er war da. Er war immer da.

«Ich habe gedacht, na ja, gehofft, dass du mir beibringen könntest, dein Chili zu machen. Vielleicht könnte ich das kochen.»

Er sieht mich an und lächelt, dann legt er seine Hand in meine, und wir trinken schweigend unseren Tee.

Zwanzigstes Kapitel

Es ist Donnerstag, und siehe da, ich bin wieder einmal in der Küche. Diesmal koche ich allerdings nicht, sondern bin erfinderisch. Bei meinem Abstecher nach Kingston heute Morgen, wo ich etwas zum Abendessen einkaufen wollte, bin ich über zwei hellgraue Handtaschen von Primark gestolpert, die jetzt zu Nashornkostümen für die Schulaufführung umfunktioniert werden. Im Primark hat mich eine alte Dame auf der Suche nach Strumpfhosen um mein Autogramm gebeten. Nachdem ich ihr meinen Namen hinten auf ihre Telefonrechnung kritzelte, erklärte sie mir, ich sei eine nette junge Frau und sie hoffe, dass ich es diesem Mistkerl mit meiner Kocherei zeigen würde. Die Tatsache, dass sie mich für jung hielt und außerdem in der Lage zu gewinnen, hat mir den Tag versüßt. Und jetzt schneide ich mit der Gartenschere in die Handtaschen und beschmiere sie mit Sekundenkleber. Gia steht am Herd und zaubert etwas aus Zucchini, und Donna ist auf einen Kaffee gekommen und schimpft vor sich hin, weil Ciara die Rolle des Delfins bekommen hat, eine der Hauptrollen, aber mit einem sehr viel komplizierteren Kostümproblem. Justin dagegen ist ein Baum, und sie überlegt, ihm einfach seinen kleinen Afro grün zu färben, braune Cordsachen anzuziehen und fertig. Zwischendrin liest sie uns aus der Zeitung vor, die über den großen Entscheidungskampf im Kochen schreibt.

«Scheiße, Jools. Ich wusste nicht, dass der mehrere Scheiß-Michelin-Sterne hat.»

Ich grinse, weil Gia bei Donnas Flucherei die Schultern hochzieht. Gia ist Donna gegenüber immer total höflich, aber ich glaube, all dieser Modeschmuck und ihre hautengen Jeans machen ihr Angst. Ich werfe einen Blick auf den Artikel, in dem Tommy in seinem weißen Küchenchef-Outfit abgebildet ist. Er steht vor seinem Restaurant in Bristol, *Maison de Goût*, das erst vor kurzem als eines der besten Restaurants im Südwesten Englands ausgezeichnet wurde. Auch wenn Luella meint, dass es wie Haus der Kuh klingt, was gar nicht so falsch ist, wenn man bedenkt, wie gern McCoy alles mit getrüffelter Butter beträufelt. Er besitzt außerdem noch das *Mangetout*, ein Bistro an der Themse in London, und einen Gastro-Pub in Hampshire, *The Petit Pois* (man beachte seine Neigung, die französische Sprache zu verfälschen) und wird in verschiedenen Gourmet-Restaurantführern erwähnt. Das hier ist nicht mal mehr David gegen Goliath. Es ist *Star Wars*. Und ich bin leider nicht Prinzessin Leia im goldenen Bikini. Ich bin Yoda. Ich bin zwar noch bei Sinnen, aber geschrumpft und klein und grün vor Angst wegen dem, was die Zukunft für mich bereithält. Meine Kochkünste lassen sich mit Pizza Hut vergleichen. Es ist manchmal ein gewisses Risiko, dort zu essen, aber wenn man ihn braucht, findet man mit Sicherheit einen an der nächsten Straßenecke, und die Pizza bringt einen zum Lächeln. Hoffe ich.

«Hast du das gehört? Er hat sich eine eigene Kuh gekauft und lässt sich seine Bio-Avocados einfliegen, um Guacamole nach einem Rezept vom besten mexikanischen Koch in London zu machen.»

Ich lächle und schneide die großen, auffälligen Schnallen von der Handtasche, die ich gerade bearbeite. Meine Guacamole stammt aus einem Rezept, das mein Dad vor Jahren auf der Rückseite einer Tortilla-Packung gefunden und seither perfektioniert hat. Donna merkt anhand der Art, wie ich mit der Gartenschere hantiere, dass sie das Thema wechseln sollte.

«Na ja, wer interessiert sich schon für den Scheiß, was? Ich hab gehört, Bio ist auch nicht mehr das, was es mal war. Bloß, dass sie noch mehr Pferdescheiße auf das Gemüse schmeißen, damit es größer wird. Stimmt's nicht, Gigi?»

Gia lächelt und zieht ihr «Ich-bin-so-schockiert-dass-ich-lieber-so-tue-als-hätte-ich-gar-nichts-verstanden»-Gesicht. Donna hat sich ein paar Teile meiner Handtaschen gesichert, um Ciara eine Art Kopfschmuck zu basteln. Momentan hat sie nur einen grauen Badeanzug, Leggins und silberne Crocs. Ich versuche mich an den Nashörnern mit Hilfe der Pappröhren von Haushaltstuchrollen und ein paar Tipp-Ex-Stiften. Die Jungs kommen auf der Suche nach Essen hergerannt, und ich setze Ted eine meiner Masken auf.

«Was meint ihr?»

Gia betrachtet mein Werk misstrauisch, während Donna leise kichert. Diese Masken sind ausschlaggebend, denn alles, was ich sonst habe, sind billige, hellgraue Jogginganzüge. Die grauen Lederstücke sind wild zusammengetackert und das Horn ist in der Mitte aufgeklebt.

«Das sieht ein bisschen nach S&M aus, Schnucki.»

«Was ist das, Mami?», ruft eine misstrauische Stimme unter der Maske hervor.

Ich schüttle den Kopf, um nicht antworten zu müssen. Ted sieht aus wie ein Henker oder Berufswrestler, wie er mich so mit seinen kleinen Augen durch die Löcher anstarrt.

«Kriegen wir Cola, Mum?»

«Ähm, nein?»

«Louis Prince darf sogar vor dem Schlafengehen Cola trinken.»

«Ja, und der kleine Scheißer hat so schwarze Zähne, als würde er jeden Tag dreißig Kippen rauchen», fügt Donna hinzu und lacht.

Ich gehe zum Kühlschrank und gieße den Jungs Milch ein, die sie mit beeindruckender Geschwindigkeit austrinken, bevor sie wieder davonstürmen. Gia blickt skeptisch zu Donna und mir. Ich frage mich, was in ihrem Kopf vor sich geht, wie sie alles, was in den letzten Tagen passiert ist, verdaut? Ich denke an die italienische Unterhaltung zwischen ihr und Matt vor einiger Zeit, und an das, was er neulich Abend gesagt hat und nur bestätigt hat, was ich schon von Anfang an wusste: dass alle Gründe der Welt nicht die Tatsache wettmachen könnten, dass ich ihr den Sohn zu früh weggenommen habe. Sie merkt, dass ich sie ansehe, nimmt eine Zucchini und hackt ihr ein Ende ab. Ich schaue weg.

Plötzlich geht die Hintertür auf, und Annie schiebt den Kopf herein.

«Ich bin's nur. Dachte, ich komm mal vorbei und schaue, wie die Lage so ist.»

Meine Schultern entspannen sich bei ihrem Anblick. Annie hat durch Matt von der Begegnung mit meiner Mutter gehört und versucht, mich nach Kräften zu unterstützen, seit ich beschlossen habe, die Herausforderung von McCoy anzunehmen. Gia freut sich immer, sie zu sehen – ich glaube, sie zieht ihren Einfluss auf mich dem von Donna vor. Entweder das, oder sie wünscht sich heimlich, dass Matt eine so erfolgreiche, gut gestylte Frau wie sie geheiratet hätte.

«*Ciao*, Annie! Bleibst du zum Abendessen?»

Annie braucht nur wenig Überredungskünste, so wie jeder, der zu Gias Essen eingeladen wird, und kommt zu mir, um mich zu umarmen.

«Wie geht's dir?»

«Na, du weißt schon. Drama, Drama, Drama.»

Millie streckt die Arme aus, um Annie ein Stück von ihrem Keks abzugeben. Annie gibt Millies Locken einen langen, etwas zu langen Kuss und schnüffelt an ihr.

«Ich komme gerade vom Arzt. Sieht so aus, als könnten wir jetzt mit in vitro loslegen.»

«Wirklich? Du bist doch erst ein Jahr dabei. Was ist mit der Akkupunktur?»

«Die sollte meine Eierstöcke aktivieren, aber ich bekam immer bloß Durchfall davon.»

Donna lächelt sie an. Annie blickt auf Millie.

«Sorry, so genau wolltet ihr es gar nicht wissen, oder?

Kann ich die Kleine hier haben? Dann hättest du immer noch drei.»

Sie streichelt Millie über den Kopf und zieht sie an sich. Ich fühle immer mit Annie und weiß nicht, was ich sagen soll, ohne herablassend zu klingen, wo ich im Hinblick auf Nachwuchs so viel Glück habe. Sie kann Millie natürlich nicht haben, aber vielleicht könnte sie die Zwillinge jeden zweiten Samstag nehmen? Aber dann wechselt Annie das Thema, um sich selbst aus ihrer Babykrise zu holen.

«Jedenfalls habe ich gerade einen Artikel gelesen, in dem steht, dass McCoys Kinder gar nicht von ihm sein sollen.»

Ich starre sie an. Jeder Klatsch über McCoy ist mir gerade sehr willkommen, vor allem, wenn ich in dem Artikel, den Donna gerade vorgelesen hat, sehe, wie McCoy gerade seine eigenen Bohnen erntet.

«Scheint, als ob seine Eier von der ganzen Kocherei geschrumpft sind und spermalos, sodass Kitty sich an eine Samenbank wenden musste, und darum sehen all ihre Kinder auch so unterschiedlich aus.»

Donna schnaubt vor Lachen, und ich schwöre, Gias Schultern zucken etwas. Sie kommt zu uns an den Tisch und stellt Annie einen Becher Tee hin. Donna wird auf einmal ganz munter.

«Das erzählt man sich ja auch über unsere gute Freundin Paula Jordan. Anscheinend hat sie keinen Bauchnabel, weil die das beim Fettabsaugen nach der Geburt von Harriet verpfuscht haben, und darum haben sie Toby aus Estland adoptiert.»

Annie lacht so sehr, dass ihr der Tee aus der Nase läuft. Donna greift nach meiner Hand.

«Ey, das wollte ich dir ja noch erzählen. Ciara hat erzählt, dass dieses Tyrrell-Mädel die ganzen Zeitungen mit in die Schule gebracht hat – alle, in denen du drin warst, und dass das für Ärger gesorgt hat.»

Annie, Gia und ich starren sie an.

«Was?»

«Sie haben versucht, Hannah damit Stress zu machen. Weißt du noch Lynne Fry, die mit dem Kerl abgehauen ist, der ihr den Kühlschrank geliefert hat? Kometen-Colin, nennt Dave ihn. Also, das hat auch so was in der Klasse ausgelöst, und die Kinder haben angefangen, über ihre Eltern zu lästern, und reden ständig von Scheidung und so.»

Ich schüttle den Kopf und schließe die Augen. Meine kleine Hannah. Was hatte ich mir nur vorgestellt, wie Kinder in ihrem Alter mit solchen Informationen umgehen? Offenbar nicht gut. Und all das noch aus dem Mund von Jen Tyrrell – Donnas aktueller Nemesis und Schulhof-Königin. Ich hätte große Lust, zu ihr nach Hause zu gehen und ihr eine runterzuhauen.

Gia mischt sich ein. «Geht es Hannah gut?»

«Oh, um Han muss man sich keine Sorgen machen. Ciara meint, sie trage es mit Fassung und lasse sich nicht kleinkriegen, die Süße. Aber ich dachte, du solltest es wissen.»

«Ja, das war richtig.»

Es tut gut, das zu hören, jedenfalls unter diesen Umständen, aber ich muss mir wirklich die Zeit nehmen und mit meiner Tochter reden. Mal abgesehen von Mobbing glaube ich, dass gewisse Themen meine Mutter betreffend geklärt werden sollten. Nach ihrem Ausbruch neulich hat Hannah Ben gesagt, dass sie nicht zu Leuten nett sein möchte, die selbst nicht nett sind – eine so klare, unschuldige Logik, die ich mir am liebsten als

Mantra aufschreiben möchte. Aber sie wirkte eben auch abweisend, beinahe wütend, und wütende Neunjährige sind nichts Gutes. Ich sehe zu Gia, die sich kühl und schweigend gibt, weil ihre Enkelin in die Frontlinie einer Schulschlammschlacht geraten ist. Mist, das ist kein fröhliches Gesicht. Annie bemerkt es auch und geht zu ihr.

«Gia, kann ich Ihnen vielleicht bei etwas helfen?»

«Sie könnten Zucchini schneiden?»

Ich denke an Annies einhundert Pfund teure Maniküre und ihren vermutlich zweihundert Pfund teuren Anzug. Sie zuckt nur mit den Schultern, nimmt ihre Ringe ab und macht sich an die Arbeit. Das ist wahre Freundschaft. Es klingelt an der Tür, und Donna steht auf.

«Das ist wahrscheinlich Dave, er wollte heute früher Schluss machen und vielleicht noch kurz vorbeikommen.»

Sie geht zur Tür, während ich Millie dabei zusehe, wie sie Kekskrümel aus den Zwischenräumen ihrer Finger leckt. Muss ich gerade irgendwas tun? Vielleicht nachsehen, ob ihre Zähne gut wachsen, und googeln, welche Frisuren am besten zu roten Locken passen. Sie nickt, als würde sie mir zustimmen.

Und dann höre ich es plötzlich. Oder besser gesagt höre ich eigentlich nichts. Vor ein paar Minuten noch stürzten sich die Jungs im Wohnzimmer aufeinander, und der Fernseher plärrte, aber auf einmal ist nur noch das Zischen des Kessels auf dem Ofen und ein Flüstern von der Tür zu vernehmen. Donna und Dave? Ich stehe auf, um nachzusehen, was los ist. Die Haustür steht halb offen, und Donna bedeutet jemandem mit hektischen Gesten zu verschwinden. Die andere Person ist durch das Glas nicht gut zu erkennen.

«Echt, Mann, mach dich sofort vom Acker.»

Ich reiße die Tür auf, ohne zu wissen, wer das sein kann. Vielleicht ein Reporter oder ein Zeuge Jehovas?

«Richie?»

«Jools?»

Als ich sein Gesicht sehe, strömt die Luft aus meinen Nasenlöchern, und ich stehe da und weiß nicht, was ich sagen soll. Als ich ihn zum letzten Mal gesehen habe – mal abgesehen von Zeitungen und Facebook – waren wir in Leeds und kurz vor den Prüfungen des ersten Studienjahres. *Lass uns Freunde sein. Ich bin mir mit uns einfach nicht sicher. Wir haben noch so viel Leben vor uns.* Bei dem Gedanken an dieses Klischee verziehe ich das Gesicht. Er hat in meiner Studentenbude mit mir Schluss gemacht, mich auf die Stirn geküsst, bevor er ging. Ich bin zum Fenster gelaufen und sah ihm nach, wie er verschwand. *Ich liebe dich, Richie Colman, ich liebe dich so sehr, bitte verlass mich nicht.* Ich bin auf dem Boden zusammengebrochen und dachte, das wäre das Schlimmste, was man mir antun könnte, habe mich in Selbstmitleid gewälzt, weil man mich verlassen hatte, und habe Radiohead gehört, während es in meinem Studentenzimmer dunkel wurde.

Doch das ist beinahe zehn Jahre her. Jetzt steht er da in Jeans und einem Topman-T-Shirt mit irgendeinem blöden Spruch darauf. Seine Schuhe sind schlecht: Leder mit Schnürsenkeln, irgendwie Turnschuhe, aber irgendwie auch nicht. Als ich ihm endlich in die Augen sehen kann, sind sie immer noch dieselben – grün wie Erbsen. Ich schüttle den Kopf, als müsste ich mich selbst zum Sprechen bringen.

«Richie? Was zum Teufel machst du denn hier?»

«Meine Mutter hat mir erzählt, dass du hier wohnst. Sie war krank. Sie hatte vor ein paar Tagen eine OP.»

«Alles gutgegangen?»

Er nickt. Peg Colman. Sie hatte wilde Kate-Bush-Haare und spielte regelmäßig am Amateurtheater. Sie witzelte immer und nannte mich die Tochter, die sie nie hatte. Ich war natürlich von solchen Bemerkungen geschmeichelt, besonders wenn sie in Verbindung mit Süßigkeiten geliefert wurden. Ich beschließe, nicht weiter nachzufragen. Donna steht mit verschränkten Armen hinter mir und sieht so aus, als könne sie es mit der ganzen Welt aufnehmen. Zu meiner Rechten sehe ich drei Gesichter, die sich gegen das Fenster drücken und die meinen Zwillingen und Donnas Sohn Justin gehören. Das hier ist auf einmal viel interessanter als Fernsehen.

«Ich wollte einfach mal vorbeikommen und hallo sagen.»

Ich zucke die Schultern – ziemlich gut, wenn man bedenkt, dass ich eigentlich unter Schock stehe.

«Tja, hallo. Grüß deine Mutter schön von mir.»

Donna kichert.

«Hab ich dir doch gesagt – sie will nichts mit dir zu tun haben.»

Er funkelt sie an, kommt aber auf mich zu und beugt sich vor, wobei sein Arm gegen meinen streicht. Die Berührung wirft mich etwas um, und ich sehe ihn länger an als nötig.

«Ich hatte gehofft, wir könnten ein bisschen bequatschen, was alles so passiert ist.»

Er hat sich seit unserer Zeit an der Uni sehr verändert. Die Haare, die modischen Jeans. Ich habe ein ungutes Gefühl. Schuldgefühle. Ein Teil meines Unterbewusstseins verschafft sich laut Gehör – dieser kleine Teil meines Gehirns, das immer mit ihm verbunden geblieben ist. Wenn ich mich mit Matt gestritten habe und innerlich vor Wut kochte, habe ich Matt im Geiste immer gegen Richie ausgetauscht. Gegen den Menschen, der mich wirklich kannte und so viel besser zu mir passte und der Superliebhaber meiner Jugend war, mit dem ich quer im Bett lag und so lange knutschte, bis uns die Kiefer weh taten, der mir sagte, dass wir immer zusammen sein würden. Aber jetzt in diesem Moment möchte ich ihn einfach bloß treten. *Was zum Teufel machst du hier? Du solltest nur ein Produkt meiner Phantasie sein, eine Online-Bekanntschaft, jemand, den ich mal gekannt habe. Du gehörst nicht hierher.*

Eine weitere Person taucht hinter mir auf. Richie hebt die Hand zur Begrüßung.

«Abbie, stimmt's? Hey.»

Annie sieht mich völlig entsetzt an.

«Sie heißt Annie. Was zum … Wieso bist du hier?»

«Ich war in der Nähe.»

Es klingt so, als hätte ich mein Leben lang in Kingston gewohnt. Annie bemerkt die Kinder und läuft wieder ins Haus, um sie vom Fenster wegzuziehen.

«Richie, das ist wirklich gerade kein guter Zeitpunkt.»

Meine Hände sind feucht, meine Schläfen pochen, weil ich ihn hier auf meiner Türschwelle treffen muss. Diese Begegnung habe ich mir immer besser ausgemalt. Mit einem schlagfertigen Monolog im Kopf, einem stylischen Outfit und vielleicht auch ein paar Bauch-weg-Unterhosen. Und meine Schwiegermutter tauchte in meiner Vorstellung mit Sicherheit auch nicht hinter mir auf.

Gia in Schürze und mit einer Zucchini in jeder Hand, das Gesicht leicht mit Grieß bestäubt.

Und mein Ehemann erst recht nicht.

«Hallo, kann ich Ihnen helfen?», sagt er so locker wie immer.

Dies ist der Moment, wo Doctor Who in seiner Zeitmaschine auftaucht und sich das Zusammentreffen dieser beiden Welten als eine Art *Raum-Zeit-Kontinuum-Anomalie* herausstellt, wodurch wir alle in eine andere Dimension gesaugt werden. Oder so. Stattdessen stehen wir alle schweigend da. Bis Matt begreift, wer vor ihm steht.

«Das ist doch nicht dein Ernst, oder?»

Jetzt sollte ich irgendwie diplomatisch reagieren und die beiden Männer voneinander trennen, die bedrohlich aufeinander zugehen. Stattdessen vergleiche ich sie. Matt hat die besseren Haare, coole Kopfhörer und ist drei Zentimeter größer. Ich habe gewonnen.

«Matteo? Wer ist das?» Gia sucht immer noch nach Antworten, während Donna die Szene stumm und vielleicht ein wenig amüsiert betrachtet.

«Ernsthaft. Verschwinde.»

«Ich wollte eigentlich Jools besuchen, nicht dich.»

«Warst du eingeladen?»

Ich schüttle bestimmt den Kopf. Die Luft ist voll mit Testosteron und dem schwachen Duft von Gias Antipasti aus der Küche. Die Jungs sehen der Unterhaltung zu, die wie bei einem Tennismatch hin und her geht.

«Keine Sorge, Matt. Ich hab ihm gesagt, er soll sich verziehen.»

Richie funkelt Donna an. Dann sehen Richie und Matt beide mich an, als müsste ich irgendwie Partei ergreifen. Aber ich möchte einfach nur hier stehen, allein mit meiner Verwirrung, Beschämung und Überemotionalität.

«Du hast die Frechheit, mit meiner Frau online zu flirten, den Zeitungen Scheiße zu erzählen und jetzt auch noch vor meinem Haus aufzutauchen, in dem ich wohne, in dem meine Kinder wohnen?»

«Kumpel, was immer vorgefallen ist, geht nur mich und Jools was an.»

«Was immer vorgefallen ist, war völlig daneben. Ich habe dich schon mal gewarnt, und jetzt tue ich es noch mal: Sie gehört mir.»

Ich zucke bei seinen Worten zusammen. *Seit wann bin ich sein Besitz?* Er klingt, als würde er über den letzten Keks auf dem Teller reden. Aber trotzdem ist es nicht völlig verkehrt. Ich stelle mich näher zu Matt, während Richie die Augen verdreht.

«Ja, beim letzten Mal, als du mich geschlagen hast. Bist echt ein toller Kerl.»

An dieser Stelle sollten wir alle besser gehen, zumindest Richie, und die Beleidigungen und die primitiven Besitzansprüche Frauen gegenüber hinter uns lassen. Doch als ich Matts Blicke sehe, mit denen er mich und meinen Exlover durchbohrt, weiß ich, dass das nicht passieren wird. Richie hat vorher in einer alternativen Wirklichkeit existiert, in meinem grüneren Gras. Aber jetzt ist er hier, in Fleisch und Blut, und es gefällt mir ganz und gar nicht. Ich will ihm einfach nur loshaben und mich in die Welt zurückziehen, die real ist und die funktioniert. *Danke, dass du vorbeigekommen bist und mich an diese Tatsache erinnert hast; danke, dass du jemand bist, der mich nicht die Bohne interessiert. Und jetzt verschwinde bitte einfach.* Eine Person hat bisher noch gar nichts zu alldem gesagt. Ich sehe, wie sie Annie an der Tür befragt. Eine Annie, die kurz darauf merkt, dass sie lieber nicht geantwortet hätte, denn jetzt stürmt Gia den Vorgarten entlang, schiebt Donna in unsere Buchsbaumhecke und fängt an, Richie Colman mit einer Zucchini zu verprügeln. Die Welt hört auf sich zu drehen. Matt grinst. Ich bin überrascht, dass Zucchini derartig schlagkräftig sein können.

«SIE!»

Matt muss all seine Kraft aufbringen, um sie zurückzuhalten.

«*Mamma! Cosa fai?*»

Donna und Annie schauen ihr bewundernd zu.

«Das ist der Junge aus den Zeitungen. *Perché?* Warum verkaufen Sie die Geschichte?»

Richie hält schützend die Hände vors Gesicht und duckt sich vor weiteren Gemüseangriffen.

«Die Zeitungen haben das nicht richtig wiedergegeben, Ma'am. Sie haben meine Worte verdreht und unsere Freundschaft manipuliert.»

«Welche Freundschaft? Wenn Sie Freunde wären, würden Sie den Zeitungen sagen, es ist *stronzo* zu kommentieren, weil Sie das Mädchen kennen und Sie ihre Familie respektieren!»

«Ja, aber …»

Matt und ich sehen uns an und fragen uns, woher dieser Klarblick kommt und wann dieser Mann angefangen hat, ein solch großes Problem zu sein. Ich bin beeindruckt davon, wie vehement Gia unsere Familie verteidigt. Vielleicht ging es nie um sie und mich. Vielleicht ging es immer um größere Dinge wie Kinder, ein Heim, eine Familie. Richie sieht mich hilfesuchend an. Ich grinse bloß, als Gia ihm eine so unhöfliche Geste vor die Nase hält, dass ich die Hand vor den Mund legen muss, um nicht laut loszulachen. Richie wird bleich. Donna feuert Gia weiter an.

«Ich will nichts hören. Sie hat *bambini*, sie hat jetzt einen Ehemann. Sie verkaufen die Geschichte für Geld? Sie lassen meinen Matteo aussehen wie einen fiesen Schläger. Ich habe Mitleid mit Ihnen.»

Richie weiß nicht, was er sagen soll, während Matt versucht, ihren beleidigenden Finger runterzudrücken. Richie dreht sich zu mir um.

«J., ehrlich, es tut mir so leid. Ich wollte bloß herkommen, um mit dir zu reden und zu fragen, ob ich irgendwas tun kann, um es wiedergutzumachen.»

«Gia hat recht. Bloß ...»

Aber ich weiß nicht, was ich sagen soll. Gia keucht vor Wut, Matt starrt mich wütend an, ich schweige. *Ich habe dich einmal geliebt. Es war eine verklärte, schwärmerische Liebe, bei der ich Al Green hörte und glaubte, mein Leben könnte in einem Song zusammengefasst werden. Kleinmädchen-Liebe. Aber dann habe ich jemand anderen getroffen, und das Leben wurde zu einem Musical – manchmal sind die Songs darin schnell und wild, manchmal langsam und beschwerlich, und dazwischen gibt es dramatische Augenblicke, bei der sich der Himmel vor Verzweiflung bewölkt. Und es ist ein unfertiges Werk, es wird ständig bearbeitet. Danke also, dass du dich von mir getrennt hast, sonst hätte ich Matt niemals kennengelernt. Hannah wäre nie geboren worden. Danke also, dass ich mal etwas für dich empfunden habe. Jetzt bist du bloß ein Mann in einem billigen T-Shirt und einer Wampe.*

«*Vaffanculo!*»

Matt kichert, als Gia wieder mit Zucchini vor Richies Nase herumfuchtelt. Ich nehme an, dass das keine Einladung zum Tee war.

«Ehrlich, Lady, ich habe keine Ahnung, wer Sie eigentlich sind. Das hier hat überhaupt nichts mit Ihnen zu tun.»

Woraufhin Gia austickt.

«ICH BIN GIA CAMPBELL! Das ist meine Familie!»

Richie weicht langsam zurück zum Gartentor, stolpert über einen lockeren Pflasterstein, während Gia ihn bis zum Bürgersteig verfolgt.

«Wenn ich Sie hier noch einmal sehe ... *ti taglio i testicoli e li faccio in una zuppa!*»

Ich verstehe nichts außer Suppe und Hoden. Matt geht ihr nach, aber Richie hat das dämliche Bedürfnis, noch einmal nachzulegen.

«Wie die Mutter, so der Sohn.»

Gia reckt ihre Zucchini in die Luft, und Richie rennt los. Gia verfolgt ihn mit erstaunlichem Tempo, wenn man bedenkt, dass sie ihre Samthausschuhe trägt. Matt läuft hinter Gia her, ich hinter Matt. Ich sehe Richie hinter dem Tante-Emma-Laden verschwinden, kurz darauf taucht er vor Louisiana Crispy Chicken in der High Street wieder auf und wird im Gedränge immer kleiner und kleiner, bis er in der U-Bahn-Station verschwindet. *Mach's gut, Richie Colman. Auf Nimmerwiedersehen.*

Einundzwanzigstes Kapitel

«Wirklich, Vernon? Nun, erst mal werden wir die Zwiebel anbraten, bis sie glasig ist und anfängt zu duften.»

Vernon sieht nicht besonders beeindruckt aus. Was kein Wunder ist, da unser Moderator Vernon Kay von einer Mikrowelle gespielt wird, während die Jury aus einer Reihe von Pfannenwendern besteht. Ich rühre in meinem leeren Topf und sehe zur Küchenwand. Hinter mir höre ich Lachen, und das mit bestem Nordwest-Akzent.

«Also, was kommt jetzt, Schätzchen? Ist das Knoooblauch? Toll!»

«Du klingst eher nach Cornwall.»

Abgesehen davon, dass er ungefähr fünfzig Zentimeter kleiner als Vernon Kay ist. Ben schlägt mir sanft gegen den Arm.

«Warum eigentlich Vernon Kay und nicht Dermot? Zumindest hätte man dann irgendwas Interessantes zum Gucken.»

Ich weiß nicht, warum es Vernon sein muss. McCoy hat alles vom Moderator über den Jingle bis zu den Farben am Set persönlich ausgesucht. Auch wenn ich mir aussuchen durfte, was wir kochen, werde ich nur der Pausenfüller sein, um Tommy McCoy dabei zu dienen, sich als phantastischer Wunderkind-Promi-Koch zu produzieren. Luella meint, ich solle mir keine Sorgen machen, aber das heißt nicht, dass ich nicht jeden Tag, wenn ich mal zwei Minuten für mich habe, mit der Mikrowelle rede. Manchmal auch mit dem Brotkasten. Ich zucke die Schultern, als Ben den Stapel DVDs neben mir in die Hand nimmt. Luella schickt mir jeden Tag eine zur Inspiration und damit ich «meine eigene Marke bilde». Im Moment sieht sie mich als eine Art weiblicher Nigel Slater mit Kindern, aber ohne das angeberische Küchen-Vokabular, die Gesichtshaare oder den orgiastischen Gesichtsausdruck bei frisch gebratenem Fleisch.

«*Heiße Typen in der Küche* – das klingt wie ein Porno. Ein ziemlich guter Porno. Sind die nackt?»

«Nein, aber du kannst sie haben. Ich habe herausgefunden, dass ich mit absoluter Sicherheit kein heißer Typ in der Küche bin.»

Er steckt die DVD ein und auch ein paar der frühen Delia-Sendungen und eine Show mit ein paar australischen Jungs, die in Badehose kochen. Er hakt sich bei mir unter und legt seinen Kopf auf meine Schulter. Er sieht anders aus. Seine Kleidung war schon immer perfekt, genau die richtige Prise Fashion-Victim mit seinem Blazer und einer Vintage-Jeans – aber sein Gesicht sieht irgendwie hoffnungsvoller aus. Ich habe ihn nach der Begegnung mit Mum erst ein paarmal gesehen. Adam hat es auf sich genommen, ihn in der Angelegenheit zu beraten, ihn mit Alkohol abzufüllen und ihn sogar in Schwulenbars zu begleiten, damit er sich besser fühlt. Am Ende hat er sich beschwert, dass niemand ihn abschleppen wollte.

Tatsächlich wusste ich auch nicht, was ich ihm hätte sagen sollen, weil meine eigenen Gefühle immer noch sehr gemischt waren. Auf keinen Fall war ich dazu bereit, noch mehr Brüder in mein Leben zu lassen, aber ich wusste auch nicht, auf welcher Seite vom Zaun ich wirklich stand. Ich hasste sie nicht richtig, denn mein erster Ärger war mittlerweile durch wichtigere Gefühle ersetzt worden. Aber ich war auch nicht dazu in der Lage, mit offenen Armen dazustehen und sie einfach so in meinem Leben willkommen zu heißen. Ich fühlte gar nichts, wirklich gar nichts im Hinblick auf diese Situation, was vermutlich schlimmer war als sie zu hassen. Also umarmte ich Ben und überließ es Adam und seiner tobenden Wut, um Ben über seinen Schock hinwegzuhelfen. Und vielleicht hat es sogar funktioniert. Heute jedenfalls strahlt er eine Energie aus, die mich sehr an den alten Ben erinnert. Aber das ist auch kein Wunder, wenn man die Uni gerade mit einem Abschluss von 2,1 beendet hat. Ich platze fast vor Stolz.

«Das ist ein sehr schickes Outfit, Schwester.»

«Das klingt, als würde es dich überraschen.»

«Ehrlich gesagt, tut es das auch. Wo hast du es her?»

«Hose von Oasis, Oberteil von Marks & Spencer.»

«Marks & Spencer? Wie muttihaft.»

Ich remple ihn an, während er mir den Gürtel richtet, sodass er auf meiner Hüfte sitzt, anstatt kurz unter meinen Titten.

«Und wie geht es dir? Alles okay?»

Er nickt stumm und nimmt mein Gesicht in seine Hände und küsst meine Wange.

«Ich dachte, ich bräuchte eine Mutter. Tu ich aber nicht.»

Er klingt sehr entschieden, was mich freut, auch wenn ich fürchte, dass er immer noch das Bedürfnis hat, einen Sinn darin zu finden, dass er ein Kind von ihr ist. Doch für den Moment hat er beschlossen, dass unsere Familie ohne sie funktioniert. Die Kinder platzen herein, als wir uns gerade umarmen. Ich bete zu Gott, dass sie den Teil nicht gehört haben, dass man keine Mutter braucht. Eine Menge Diskussionen zum Thema Aufräumen wären damit von vornherein zum Scheitern verurteilt. Die Jungs haben ein Geschenk für Ben, das sie in Zeitung eingewickelt haben.

«Das haben wir selbst eingepackt.»

Das ist offensichtlich, denn die Zeitung wurde angemalt und mit Dinosaurierstickern zusammengeklebt. Ben öffnet es, während die Jungs zuschauen. Es ist eine Packung mit Uncle Ben's Reis. Wir lachen alle, und die Jungs sehen sehr zufrieden mit sich aus, während Ben sein Geschenk an seine Brust drückt.

«Ich werde es immer in Ehren halten.»

Danke, Jungs, denn jetzt habe ich ein Abendessen weniger für morgen. Immerhin haben die Kinder ein richtiges Geschenk zu Bens Uniabschluss. Ich werde ihn zur Feier des Tages erst einmal zur Schulaufführung der Kinder mitschleifen, wo er zwischen Videokameras und stolzen Eltern sitzen muss. Aber die Jungs sehen ziemlich lustig aus in ihren grauen Jogginganzügen und den zusammengebastelten Handtaschenmasken.

«Lass uns Quidditch spielen, Onkel Ben!»

Ich sehe Ben neugierig an, der bloß die Schultern hebt. Die Jungs gestehen: «Onkel Ben hat es uns gezeigt. Man kann es mit dem Staubsauger und einem Tennisball spielen.»

Ich schüttle den Kopf. «Jetzt ist keine Zeit für Quidditch! Schuhe an.»

Sie rennen an Gia vorbei, die mit einer Handtasche und der größten Kamera der Welt im Flur steht.

«Gia, du siehst so glamourös aus wie immer.»

Gia, die immer gern Komplimente in Empfang nimmt, neigt den Kopf und lächelt. In der Hand hält sie eine Ausgabe der *Sun* von letzter Woche, die mittlerweile mit ihr verwachsen zu sein scheint. Sie winkt Ben zu sich, damit er ihren neu erworbenen Ruhm betrachten kann: ein Foto von ihr, wie sie Richie Colman die Straße runterjagt, Matt und ich hinter ihr, als ob wir für eine Vier-mal-vierhundert-Meter-Staffel in meiner Einkaufsstraße üben. Gia freut sich derartig darüber, dass sie in der Zeitung steht, dass sie jedem, der zur Tür reinkommt, das Blatt unter die Nase hält.

CAMPBELLS: ANGRIFF DER MAFIA-SCHWIEGER-MUTTER

Ben reißt die Augen auf und flüstert mir aus dem Mundwinkel zu:

«Du meine Güte, verfolgt sie ihn da etwa mit einem Dildo?»

Ich verschlucke mich beinahe und stoße ihn mit dem Ellenbogen an.

«Das ist eine Zucchini.»

«Na ja, jedem das seine.»

Gia sieht Ben neugierig an, aber er packt sie bloß an den Schultern und küsst sie auf die Stirn.

«Also, ich finde es super, was du da gemacht hast. Hab ihn nie gemocht.»

«Ich war vier Jahre mit ihm zusammen!»

«Ja, aber ich fand immer, er wäre etwas schwulenfeindlich, und er hatte einen schrecklichen Schuhgeschmack.»

Gegen das letzte Argument kann ich nichts einwenden. Ich betrachte das Foto – Luellas einziger Kommentar dazu war, dass Matt und ich so aussehen, als stünden wir beängstigend atemlos vor einer Grillhähnchenbude. Wenn man das Bild falsch verwendet, könne uns das ruinieren, sagt sie. Aber um ehrlich zu sein, hat es vielleicht genau das Gegenteil bewirkt. Nachdem wir meinen Ex vertrieben hatten, brachten wir Gia nach Hause, und erst dann begriffen wir, warum sie so lange bei uns geblieben war. Es ging ihr gar nicht darum, ihre Küchenweisheiten an mich weiterzugeben oder meine Kräuterdosen zu sortieren, sondern darum, für unsere Familie zu sorgen, die sie so liebgewonnen hat, und sie mit all ihrer Kraft zu verteidigen. Sie hatte vielleicht immer Zweifel an der Beziehung von Matt und mir, aber sie glaubte an unsere Familie, und es war immer ihr Ziel, sie zusammenzuhalten, wie sehr bösartige Zeitungsartikel auch versuchten, uns auseinanderzubringen – und alles mit der Macht von zwei Zucchini. Sie ist hier, um uns aufzubauen, uns zu helfen und sich halb tot zu kochen. Und ich glaube, mir gefällt es; unsere Beziehung hat sich sehr verbessert. Dass sie meine Familie so hoch schätzt, lässt mich zum ersten Mal in neun Jahren glauben, dass sie mich vielleicht doch nicht so sehr hasst.

«Ta-da!»

Hannah kommt in die Küche. Weil sie in ihrem Hula-Outfit viel zu erwachsen aussah, hat Matt sein väterliches Veto gegen die Kokosnusshälften auf der Brust eingelegt, während ich gegen die Thermoweste unter den Kokosnüssen gestimmt habe, um Hannahs Würde zu retten. Am Ende haben wir uns für eine Topfpflanze entschieden, die auf einen alten Badeanzug getackert wurde, den sie jetzt mit schwarzen Turnschuhen, Sportsocken und einem Blumenkranz trägt, den Matt einmal auf einem Junggesellenabend anhatte und der ein bisschen nach Cidre riecht. Ben umarmt Hannah und erklärt ihr, dass sie die schönste Hula-Tänzerin auf der ganzen Welt sei. Ich fummle mit Ohrringen und Kleingeldbörsen und meinen Nashorn-Fetisch-Masken herum. Ben sieht mir dabei zu.

«Und die Jungs gehen also als Elefanten? Süß.»

Da wir Matt in der Schule treffen, komme ich direkt mal pünktlich (ganz untypisch für mich), sodass wir nicht allzu viel Aufmerksamkeit auf uns ziehen und die besten Plätze belegen können. Dad kommt nicht, weil er letztes Jahr eingeschlafen ist und einen nassen Fleck auf Matts Schulter hinterlassen hat. Adam würde sich lieber die Zähne ziehen lassen als zu kommen. Ich habe uns links von der Mitte positioniert, sodass ich die Kinder durch einen Spalt im Vorhang sehe, bevor sie auf die Bühne kommen, und außerdem schnell flüchten kann, falls Millie beschließt, die Aufführung mit ihrem Geschrei zu untermalen. Sobald Donna uns erblickt, kommt sie rüber.

«Ich hab noch Fieberzäpfchen in meiner Tasche – hab Alesha auch damit eingeschläfert, damit sie nicht quengelt.»

Ich lehne das Angebot sanfter Babydrogen ab, und Ben gibt Donna ein paar Luftküsse. Die Eltern platzieren sich wie erwartet: Die Tyrrells und Jordans zusammen in der zweiten Reihe, damit sie den Lehrern über die Schultern sehen, lästern und ihr Ich-bin-ja-so-engagiert-Theater spielen können. Hugh, der Riese, Tyrrell war offenbar maßgeblich an einer Wildnisdoku der BBC beteiligt, jedenfalls wenn man nach der Größe der Kamera urteilt, die auf seiner ebenso riesigen Schulter hockt. Paula hat ihren Mann Greg Jordan im Schlepptau – ein Typ, dem man von weitem ansieht, dass er in Polyester-Shorts Tennis spielt und seine Socken bis zu den Kniekehlen hochzieht. Von ihnen allen ist Greg der Einzige, der die Hand zum Gruß an den Kopf legt, als wäre ich eine Pfadfinderin. Ich grüße zurück. Eltern wie ich, die mit Kleinkindern kommen sowie mit Kameras, die nicht richtig funktionieren und die sich nicht wichtig genug fühlen, um weiter vorn zu sitzen, füllen die Mitte. Poojas Mutter winkt immer mit beiden Händen und trägt wie immer ihr rosa Fleece; Billy Tates Mutter, von der ich nun weiß, dass sie keine Tampons benutzt, kommt zu mir, und wir reden kurz über McCoy; ich spreche auch mit Eve Lingham, der Mutter von Alfie, der Jake Schamhaar genannt hat. Sie hat riesige Korkenzieherlocken und einen Hang zu Maxikleidern, in der Hoffnung, dass sie darin aussieht wie eine trendige Mutter Erde. Um das noch zu unterstreichen, umarmt sie mich und sagt, dass eine Menge Mütter an der Schule hinter mir stehen. Ich schüttle den Kopf und sage, das sei alles bloß ein Sturm im Wasserglas. Sie sieht mich an, als wolle sie mir sagen, dass ich verrückt sei, weil diese Sache riesig ist und ich absolut platt gewalzt werde, oder dass ich offenbar versuchte, bloß bescheiden zu sein.

Der Rest der Eltern lässt sich am besten als bunt zusammengewürfelter Haufen bezeichnen: die Dads im Büro-Outfit; die

Eltern, die alle Tanten, Onkel und Cousinen zweiten Grades mitbringen; und die Paare, die offenbar mitten in der Trennung stecken und nicht zusammensitzen.

Ganz hinten in der Aula sind die Mütter mit den noch kleineren Babys, die hinter den Polyestervorhängen stillen, und die Au-pairs, die zwei Stühle für die Eltern reservieren, die bestimmt zu spät kommen und erst reinschleichen, wenn die Aufführung schon begonnen hat. Paparazzi scheinen keine hier zu sein, denn Mrs. Whittaker steht mit einem großen Stock an der Tür (der soll allerdings zur Aufführung gehören) und sorgt für Ordnung. Eine Frau sieht ständig zu mir rüber und lächelt. Sie ist sehr hübsch auf ihre frische, jugendliche Weise, sodass ich annehme, dass sie keine Mutter ist oder eine Schönheitsoperation hinter sich hat. Als Matt reinkommt, sieht man ihm an, dass er gerannt ist, denn seine Haare sind ganz zerzaust und seine Krawatte hängt ihm über die rechte Schulter. Er tätschelt Millie den Kopf, dann umarmt er Ben, um ihm zum Uniabschluss zu gratulieren.

«Also, wie war's bisher? Kreisen die Geier schon?»

Er schaut dabei hinüber zur Tyrrell- und Jordan-Truppe. Der Vergleich mit den Geiern ist gar nicht mal so falsch, wenn man sich die Strickjacke von Jen Tyrrell ansieht, deren Manschetten und Kragen voller Federn sind. Wir hatten uns auf Gerangel eingestellt, nachdem sie und Donna sich gestritten hatten, aber bisher ist alles sehr zivil abgelaufen. Es hat Blicke gegeben, und wir haben Donna an ihrem Platz an der Wand eingekeilt, damit sie nirgendwohin kann, aber es gab bisher keine fiesen Bemerkungen. Selbst die anderen Eltern scheinen sich meinetwegen nicht besonders aufzuregen; sie lächeln und flüstern, aber nicht auf hinterhältige Art, eher so, als hätte ich irgendwas zwischen den Zähnen.

Tatsächlich konzentrieren sich die meisten Bemerkungen auf alleinerziehende Mütter, fremdgehende Väter und auf eine Mutter, von der es heißt, sie würde besondere Massagedienste in ihrem Wohnzimmer anbieten (nicht aus den Klassen meiner Kinder; sie hat ihre Anzeige im Käseblatt geschaltet und einer der Väter ist drauf gestoßen – kleine Welt usw.). Mein Auftritt im Fernsehen und dass ich so aussehe, als hätte ich mal ein bisschen Geld in Klamotten investiert, scheinen nicht besonders zu interessieren. Und aus irgendeinem Grund ist das sehr tröstlich.

Das Einzige, was an diesem Abend so richtig explodiert, ist der selbstgebaute Vulkan hinten auf der Bühne. Die Clifton Grundschule hat sich in diesem Jahr mit der Beleuchtung, der Kulisse aus Pappmaché und dem Vulkan, der Backpulver herausschießt, wirklich selbst übertroffen.

Das Theaterstück ist süß, wenn auch völlig sinnfrei. Zwei der ältesten Kinder erzählen im Stil eines Buchs von Julia Donaldson von einer Giraffe, die groß ist und sich ausgeschlossen fühlt und die einen Delfin kennenlernt, der ihr die Welt zeigt, und am Ende werden sie richtig gute Freunde. Ich bin nicht sicher, wie Attenborough mit den biologischen Ungenauigkeiten umgehen würde, aber zum Teufel, diese Tiere reden, singen und tragen Masken aus Handtaschen von Primark. Ciara macht ihre Sache als Delfin ziemlich gut – sie trägt eine silberne Badekappe mit Flossen aus besagter Handtasche. Hannah zeigt eine löbliche Hula-Nummer, und Matt macht eine Million Fotos, während ich dasitze und ein armes Mädchen anstarre, dessen Mutter

ein Hula-Röckchen aus einer grünen Plastiktüte gebastelt hat,
durch die man die pastellpinke Unterhose sehen kann. Als meine Jungs dran sind, halte ich den Atem an. Ein Erzähler spricht:

«Die Giraffe war traurig, weil sie niemand verstand,
und die Affen verlangten, dass sie endlich verschwand.
Geh weg, Giraffe,
du gehörst nicht hierher!
So schrien die Affen, und das Herz wurd ihr schwer.
Delfin bat die Nashörner,
faltig und grau:
Ihr müsst ihr jetzt helfen,
ihr seid doch so schlau!»

Und auch wenn ich nicht sicher bin, wie sehr ich mich darüber
freuen soll, dass meine Söhne als stumme Diener gecastet worden sind, so haben sie doch einen großartigen Auftritt, als sie
über die Bühne toben und dabei grunzende Geräusche von sich
geben. Matt und Ben finden sie zum Schreien, wie der Großteil der Zuschauer auch. Gias Finger können gar nicht schnell
genug klicken. Was nur dazu führt, dass sie noch mehr aufdrehen, bis ich sehe, wie ein Lehrer hinter den Kulissen mit den
Armen fuchtelt, um sie zu beruhigen. Erst dann erkenne ich die
zwei Paviane im Stück. Der eine trägt einen kleinen Pelzmantel,
und keiner von beiden hat einen rosa Hintern. Maisy Tyrrell
und Harriet Jordan. Ich sage es Matt, und wir sehen uns an und
werfen dann einen Blick zu den Geiern, die nicht davon beeindruckt scheinen, dass meine beiden fünfjährigen Zwillinge sie
in ein großes Loch in der Savanne verbannt haben. Das Stück

nähert sich seinem Ende, als Ciara ein hübsches Duett mit ihrer Giraffenfreundin anstimmt (nämlich mit dem größten Jungen der Schule, der offenbar ein Kostüm aus Sofaresten trägt). Dann kommen alle auf die Bühne und singen eine Art Michael-Jackson-Hymne. Sie winken alle mit den Händen, alle Hula-Tänzer und Taucher und Nashörner und Seesterne und der arme Kerl, der die Sonne spielen muss und kanariengelbe Strumpfhosen trägt. Die Eltern machen Fotos, und die Kinder sehen fröhlich aus, meine Jungs springen am Rand der Bühne auf und ab und schlagen sich gegenseitig auf den Arm. Ich glaube, ich bin stolz. Ich denke darüber nach, wie man das Stück auf uns übertragen könnte. Wenn Donna der kluge und anmutige Delfin ist und Jen und Paula die lästernden Paviane, dann bin ich offenbar das dicke, unförmige Nashorn mit der verwitterten Haut und den mürrischen Augen. Selbst ein Nilpferd hätte mehr Grazie.

Nach der Aufführung sammeln wir uns alle in der Pausenhalle, wo ich mich auf ein paar Scones und Tee freue, der aus einem großen silbernen Samowar serviert wird. Ich finde immer, das ist eine so schöne altmodische Tradition, dass man in der Schule Tee bekommt. Ich suche nach Eier-Mayonnaise-Sandwiches, aber das Budget scheint dieses Jahr nicht dafür gereicht zu haben. Zum Ausgleich lege ich mehr Kekse auf meinen Teller und stehe mit Ben, Matt, Gia und Millie herum. Die Tyrrells und Jordans stehen irgendwo an der Seite und rümpfen die Nase über die ultrahocherhitzte Milch. Ben schaut sich die Fotos auf seinem Handy an und kichert.

«Jools, deine Zwillinge sind echt zum Schreien.»

Ich lächle zurück. Nachdem alle von der Bühne verschwunden waren, hielt Ted es für eine gute Idee, sich im Stil von Kung-

Fu Panda von der Bühne zu werfen und zu brüllen, dass sich niemand mit ihm anlegen solle. Dabei warf er eine Lehrerin von ihrem Stuhl und riss ein großes Loch in seinen Jogginganzug, sodass jeder seine Unterhose sehen konnte. Daran werden sich die nächsten Jahre vermutlich alle erinnern. Ich fürchte, Videos davon werden ihren Weg in irgendwelche Pannenshows finden.

Jetzt kommen die Kinder herein und laufen zum Tisch mit den Saftbechern. Als sie uns sehen, winken sie, und wir drücken sie, weil sie ihre Rolle so gut gespielt haben, bevor sie wieder davonlaufen und mit ihren Freunden spielen. Jemand tippt mich auf die Schulter – hinter mir steht die energetische junge Dame von vorhin. Matt beäugt sie von oben bis unten.

«Entschuldigung. Ich wollte mich nur kurz vorstellen ... nachdem ich jetzt weiß, dass Sie mit meinem Mann schlafen ...»

Matt, Ben und ich erstarren, doch sie lacht. Gia sieht aus, als würde sie ihr gleich ihren Tee an den Kopf werfen.

«Ich bin Lindsay. Sam Pringles Frau.»

Matt hat sein Gesicht immer noch nicht im Griff, während ich schließlich den Witz verstehe und so nervös lache, dass ich die Luft mit Kekskrümeln besprühe. Ich schüttle ihr die Hand. Ben bemüht sich, Gia die Angelegenheit zu erklären.

«Jools. Campbell. Das tut mir alles so leid. Ich hab mich so geschämt, dass dieses Treffen so dargestellt wurde.»

Sie legt mir den Arm um die Schulter.

«Oh, wir haben herzlich darüber gelacht. Und die Schule hat Sie auch verteidigt. Ich wollte Ihnen bloß viel Glück für Freitag wünschen. Sam und ich drücken Ihnen wirklich die Daumen.

Wir haben sogar das Poster von der *Sun* an unserem Kühlschrank hängen.»

Ja, das Poster. Ein DIN-A3-Monster, das mit der gestrigen Ausgabe kam und das man sich ans Fenster, an den Kühlschrank oder – wie ich es gestern gesehen habe – hinter die Frontscheibe des Autos hängen kann, um seine Partei zu unterstützen. «Campbells SuperMum!» oder «Meisterkoch McCoy!».

Das Bild zeigt mich auf dem BBC-Sofa, wie ich McCoy den Finger entgegenhalte und aussehe, als hätte ich mehrere Doppelkinne.

«Das ist sehr nett. Ehrlich gesagt brauche ich alle Hilfe, die ich kriegen kann.»

Sie lächelt, während Mr. Pringle zu uns kommt. Er strahlt, weil das Stück ein solcher Erfolg war und Teds Sprung von der Bühne der einzige kleine Unfall. Es gibt Küsse und Gratulationen.

«Ich meine, Ben hat Theaterwissenschaft studiert, also kennt er sich aus.»

Ben nickt, auch wenn ich weiß, dass dies hier weit von dem experimentellen, modernen Theater entfernt ist, mit dem er sich sonst beschäftigt. Mr. Pringle lächelt uns alle an; es ist nicht das erste Mal, dass ich ihn seit unserem Zeitungsdebakel gesehen habe, aber er ist offenbar sehr gut darin gewesen, jede Peinlichkeit zu überspielen und Hannah die Situation zu erleichtern. Seine Frau schiebt ihre Hand in seine, während bei Matt und mir der erste Schreck wegen ihrer Begrüßungsbemerkung langsam abebbt. Sie sind ein süßes Paar und noch am Anfang ihrer jungen Ehe, wo häufiger Sex und Ausgehen noch ganz oben auf der Liste stehen, wie ich annehme. Ich bemerke ihren Blick, der über meine Schulter geht, und wie sie das Gesicht verzieht.

«Das sind sie also, Sam?»

Ich drehe mich um und sehe Paula, Jen und ihre Familien hinter mir stehen und sich kollektiv über die Keksauswahl lustig machen. Ich lächle Matt zu. Mr. Pringle nickt und flüstert seiner Frau leise ins Ohr. Ben merkt, dass das sein Stichwort ist, um sich zurückzuziehen, und er stellt sich neben Gia und Millie, während Matt und ich versuchen zu lauschen.

«Ich würde denen ja am liebsten ...»

«Linds, ganz ehrlich, nicht hier.»

Ich höre die Dringlichkeit in seiner Stimme und richte mich wieder auf, lächle und tue so, als würde es mich gar nicht interessieren, was sie als Nächstes sagt. Sie dreht sich zu mir und flüstert mir ins Haar: «Sie wissen, dass die das waren, oder? Die die Fotos von Ihnen und Sam gemacht und an die Zeitungen verkauft haben.»

Mein Kopf schwingt herum, und ich starre sie an. Matts Nasenlöcher blähen sich ziemlich unattraktiv.

«Eine andere Mutter hat sie verpetzt. Das ist wirklich komplett daneben, wenn Sie mich fragen. Und was ihr sonstiges Verhalten angeht ...»

Sie waren es also wirklich? War das die Rache dafür, dass ich Paulas Kindern Fischstäbchen serviert habe? In meinem Kopf dreht sich alles, während ich versuche zu entscheiden, wie ich mit diesen Neuigkeiten umgehen soll. Bevor ich etwas dagegen tun kann, winkt Lindsay Paula zu, die sofort herbeieilt. Natürlich ignoriert sie mich völlig, so wie schon die ganze Zeit, seit McCoy mich als Ernährungs-Kretin gebrandmarkt hat, aber jetzt weiß ich auch, warum: aus Schuldgefühl. Vermisse ich sie denn? Auf keinen Fall. Aber es fühlt sich befriedigend an, ihren Kindern ein bisschen Gluten untergejubelt zu haben.

«Hallo, ich bin Paula Jordan. Und wer sind Sie?»

«Lindsay Pringle. Wir haben mal miteinander gesprochen, als sie um drei Uhr morgens bei uns angerufen haben.»

Was? Hat sie das gerade wirklich gesagt? Oder habe ich bloß zu viele Scones gegessen? Paulas Gesicht nimmt die Farbe eines Granatapfels an, während Matt und ich zwei Schritte nach links treten. Ich reiche Matt einen Schokoladenkeks. Es herrscht ein herrlich betretenes Schweigen. Greg sieht seine Frau fragend an. Mr. Pringle versucht seine Frau fortzuziehen. Ich sehe, dass Ben ein Sandwich hält. Es gibt also doch Sandwiches?

«Wir haben wegen einer schulischen Angelegenheit angerufen», sagt Paula wenig überzeugend. «Ich finde Ihre Andeutungen ziemlich merkwürdig.»

Lindsay sieht so aus, als würde sie gleich mit einer Antwort aufwarten, während ihr Mann den Parkettboden in Augenschein nimmt. Ben hat eine ganze Auswahl an Sandwiches – Thunfisch, Käse mit Gurke, und – ta-da! – Eier-Mayonnaise. Ich scanne den Raum auf der Suche nach der Quelle, während ich gleichzeitig die Unterhaltung verfolge.

«Sogar sehr wichtige schulische Angelegenheiten.»

Eine Stimme spricht so laut und hochmütig, dass ich zur Decke schaue, um zu sehen, ob es vielleicht Gott persönlich ist. Nein, bloß Jen Tyrrell. Ich habe bisher immer vermieden, mit Jen Tyrrell zu sprechen. In erster Linie deshalb, weil sie die Sorte Mensch ist, die einen nie zu Wort kommen lässt, aber auch, weil sie eine Art an sich hat, als halte sie sich für besser als alle anderen im Raum. Sie kommt mit ihrem Mann rüber, dem riesigen Hugh Tyrrell, von dem ich nicht weiß, ob er überhaupt je eine Meinung hat oder einfach bloß unter dem Pantoffel seiner Frau steht. Ben schenkt mir einen Blick, der ausdrückt, wie er sich freut, dass sein Abschlussgeschenk offenbar noch einen echten Nahkampf für ihn bereithält. Er zieht Gia und Millie zur Seite, damit sie sich hinter den Vorhängen verstecken können.

«Nun, wenn Sie damit meinen, dass Sie abends um halb zwölf anrufen können, nachdem sie eine Flasche Rotwein geleert haben, um meinem Mann zu erzählen, dass Sie seit einem Jahr keinen Sex mehr hatten, dann klingt das wirklich nach einer dringlichen schulischen Angelegenheit.» Ich sehe, wie Sam Pringles Gesicht ein hübsches Tomatenrot annimmt. Ben verschluckt sich an seinem Tee, und Matt reißt die Augen auf, als ob sie gleich aus ihren Höhlen fallen. *Ich will mehr! Wer hat noch ein Jahr lang keinen Sex gehabt?* Aber so wie die Farbe aus Paulas Gesicht weicht (was nicht wirklich schwierig ist, so bleich, wie sie ist), kenne ich die Antwort. *Und du trinkst Wein? Ich dachte, du trinkst ausschließlich Mungobohnentee. Unsere Gespräche beim Abholen der Kinder hätten viel interessanter sein können, wenn du mir erzählt hättest, dass du Alkohol trinkst.* Jen Tyrrell macht einen ernsthaften Versuch, ihre BFF zu verteidigen.

«Ihr Mann ist für alle Mütter in der Klasse eine Vertrauensperson.»

«Aber das ist nicht sein Job! Er ist dafür verantwortlich, sich um Ihre Kinder zu kümmern, nicht um Sie.»

«Linds…» Sam greift nach ihrem Arm, aber sie ist noch nicht fertig.

«Und um das alles noch zu toppen und um Ihre Vormittagsstunden im Café noch interessanter zu machen, haben Sie Geschichten über ihn und Mrs. Campbell erfunden, nur um sich zu amüsieren und schnelles Geld einzustreichen. Wirklich ein abscheuliches Verhalten.»

Hey, das bin ich! Jen Tyrrell funkelt mich ziemlich böse an. Ich weiß nicht, was ich tun soll, also hebe ich kurz die Hand, um anzuzeigen, dass ich meinen Namen gehört habe. Lindsay schüttelt den Kopf. Paula versucht, die Gelegenheit des Themenwechsels zu nutzen, um die Aufmerksamkeit von ihrer sexlosen Ehe abzulenken. Andere Eltern haben mittlerweile einen Kreis um uns gebildet, als wollten sie einer Hinrichtung beiwohnen. Endlich findet Sam Pringle seine Stimme.

«Mrs. Tyrrell, Mrs. Jordan, ich weiß es zu schätzen, dass Sie mich in das Leben Ihrer Kinder einbeziehen wollen, aber ich bin ein Lehrer, es gibt Grenzen, und sich Geschichten auszudenken, ist einfach falsch und unanständig. Das ist ein wirklich schlechtes Beispiel für Ihre Kinder.»

Es ist ein so offizielles Statement, dass ich mich frage, ob er bei Luella trainiert hat. Aber es ist eine abschließende Bemerkung, und wir müssen die Sache nicht noch mehr in die Länge ziehen. Vielleicht kann ich jetzt nach einem Sandwich suchen. Oder auch nicht.

«Ach, also ich bin unanständig, ja?»

Mr. Pringles Schultern scheinen zurück in ihre Pfannen zu rutschen, als er merkt, dass er keinen Schlussstrich, sondern die Wut einer Mutter auf sich gezogen hat.

«Ich meinte …»

«Wenn ich unanständig bin, was ist dann bitte Mrs. Campbell?»

Ich mache ein schockiertes und verwirrtes Gesicht. Der wütende Schotte neben mir mischt sich ein.

«Entschuldigung?», bellt er beinahe.

Matt steht kurz davor, sich auf sie zu stürzen wie ein – Nashorn, aber ich halte ihn am Arm zurück.

«Seit ihrem kleinen Anfall im Supermarkt kenne ich wirklich niemanden, der unanständiger ist als sie. Die sich in aller Öffentlichkeit produziert, und dann noch all diese Geschichten über ihre Mutter und ihre Exfreunde und ihre Familie.»

Paula nickt, immer noch in der Hoffnung, von der Tatsache abzulenken, dass der gute alte Greg Jordan keine Lust mehr hat, mit ihr zu schlafen. Lindsay Pringle lächelt mir aufmunternd zu. Matt schäumt etwas an den Mundwinkeln.

«Was für ein Beispiel gibt sie denn für meine Kinder ab? Dass es total in Ordnung ist, mit zwanzig schwanger zu werden, irgendjemanden zu heiraten, den man kaum kennt und seine eigene Mutter zu verleugnen?»

Die Stille senkt sich wie Nebel über die Menge. Jen Tyrrell wurde öffentlich gedemütigt, und jetzt rächt sie sich. Mist, dass Donna schon so früh gegangen ist. Ich habe eine Art Kiefersperre. Ich sehe zu Gia, die offenbar nicht wirklich versteht, was hier los ist, sich aber wünscht, sie könnte sich einmischen. Ich sehe zu Matt, der vor Wut sprachlos ist, und zu meinen Kindern, die weiter hinten an den Türen stehen und versuchen, durch das verstärkte Glas in den Türen zu verstehen, was hier los ist. Matt und ich schauen sie an und merken, dass jede Art von Vergeltung sinnlos ist, da sie nur darunter leiden werden. Sie haben schon genug ausgehalten. Wir müssen jetzt vernünftig sein.

«Wir wissen doch alle, worum es dir eigentlich geht, Jools

Campbell. Du versuchst vielleicht so zu tun, als wärst du irgendeine Promi-Mutter oder Köchin, aber ich kann mir wirklich niemanden denken, der weniger dafür geeignet wäre, über solche Dinge zu reden, als du.»

Das ist der letzte Giftpfeil, den sie abschießt, und es quält mich, dass er einfach so in der Luft hängt. Ich spüre, wie mir die Tränen kommen.

«Und wer sind Sie noch mal?»

Zuerst erkenne ich die Stimme gar nicht; vielleicht, weil er sich so darum bemüht, autoritär zu klingen wie ein Oscar-prämierter Schauspieler – ein bisschen wie Gandalf, wenn er einen Drachen verscheucht. Ich drehe mich um, und er schiebt eine Hand in meine.

«Jennifer Tyrrell. Und wer sind Sie?»

«Ben Hartley. Jools' Bruder. Darf ich Sie denn nach Ihren Qualifikationen als Mutter fragen?»

«Also, ich …»

«Nun, für mich klang es eben so, als hätten Sie einen Abschluss in diesem Fach gemacht, vielleicht sogar einen Doktor?»

Er wendet sich der Menge zu, so ungefähr, wie man es vielleicht im Globe Theater während eines wichtigen Monologs macht. Ich merke, dass er die Aufmerksamkeit und die gute Akustik genießt.

«Glauben Sie mir, die Hälfte dessen, was Sie in den Zeitungen lesen, ist Blödsinn, genau wie das, was gerade aus Ihrem Mund gekommen ist.»

Jen Tyrrell starrt Ben an, flankiert von ihrem Ehemann und ihrer pelzigen Strickjacke. Was bringt eine Frau dazu, ein solches Kleidungsstück zu kaufen? Was bringt eine Mutter dazu, eine solch verbitterte Persönlichkeit zu haben? Die Leute um uns herum lauschen aufmerksam.

«Und Sie sind Vater, ja? Sie wissen, was es bedeutet, Kinder zu haben, und Sie haben Erfahrung in diesem Bereich?»

«Nein, ich bin kein Vater.»

«Was geht Sie das dann an?»

«Weil ich der Mensch in diesem Raum bin, der Jools vermutlich am besten kennt. Ja, wie Sie freundlicherweise jedem hier lautstark mitgeteilt haben, sie war zwanzig, als sie zum ersten Mal Mutter wurde ...»

Ich sehe zu Ben, der meinem Blick ausweicht und so verhindert, dass ich in Tränen ausbreche.

«Aber glauben Sie mir, sie war schon eine Mutter, lange bevor Hannah auf die Welt kam.» Er schweigt und beißt sich auf die Lippen. «Dass Sie sie hier vor allen beschimpfen, beweist nur Ihre eigene Unsicherheit, Ihre Eifersucht, und es ist eine unglaubliche Beleidigung jemandem gegenüber, den ich über alles liebe.»

Die Menge ist gerührt. Was Ben leider nur noch anstachelt.

«Und ich bin sehr stolz auf sie. Es ist besser, in die Welt hinauszugehen und eine vernünftige Meinung zum Thema Familie zu haben, anstatt eine sonnenstudiosüchtige, mittelalte Frau in einem schlechtsitzenden Outfit zu sein, die aus lauter Langeweile Gerüchte verbreitet.»

Lindsay Pringle prustet leise. Matt drückt die Brust raus, so stolz ist er auf seinen Schwager. Ich schließe die Augen, um mich für die unvermeidliche Retourkutsche von Jen Tyrrell zu wappnen.

«Und wie alt sind Sie?»

«Ich weiß zwar nicht, was das damit zu tun haben soll, aber ich bin einundzwanzig.»

«Weil ich es als Frechheit empfinde, wenn mich jemand angreift, der gerade mal halb so alt ist wie ich. Ihre Jugend stinkt nach Ignoranz.»

Man sieht, wie die Hälfte der Menge um uns herum die Rechenaufgabe im Kopf bewältigt.

«Und Ihr Alter stinkt nach Reue, Bitterkeit, mit einer Spur von Rachsucht.»

Ich sehe Jen an, die gegen diese Schlagfertigkeit nicht mehr anzukommen scheint. Sie reagiert panisch.

«Na, zumindest kannte ich meinen Mann, bevor ich ihn geheiratet habe.»

Wäre Matt eine Comicfigur, dann würde er jetzt mit dieser Frau zehn Runden absolvieren, so wie Popeye. Aber wegen der Kinder und seiner Mutter ist er gebunden, daher schüttelt er bloß den Kopf und nimmt zur Antwort meine Hand. Ich möchte so gern wütend sein. Aber aus irgendeinem Grund kann ich es nicht. Solange meine Kinder mich von dieser Tür aus ansehen, fällt mir einfach nichts Gemeines ein. Wenn sie nicht da wären, wäre es so einfach, ihr eins überzuziehen. *Du willst über Ehemänner reden? Nach dem, was ich weiß, vögelt Greg Jordan euer Kindermädchen im Park. Im Gebüsch bei den Tenniscourts!* Donna glaubt außerdem, dass Hugh Tyrrell die Neigung dazu hat, die Schuhe seiner Frau anzuziehen. Andere Eltern um uns herum denken jedoch anders und sind erschrocken über diesen Schlag unter der Gürtellinie – oder freuen sich einfach über die Unterhaltung.

«Sie wollen mir also sagen, Sie wussten, dass Sie einen übergewichtigen, übermäßig körperbehaarten Mann heiraten würden? Wow. Ich bin beeindruckt von Ihrem guten Geschmack,
meine Dame», fügt Ben hinzu.

Der Raum erzittert ein bisschen vom Gelächter. Überra-
schenderweise verzieht der schweißfleckige Hugh Tyrrell keine
Miene. Paula und Greg drängen sich offenbar gerade nicht danach, sich in diesen Streit einzumischen. Gregs Augen huschen
sorgenvoll im Raum herum, weil er fürchtet, dass alle nun
glauben könnten, er sei impotent, und Paula weiß, dass sie es
mit den verbalen Fähigkeiten meines kleinen Bruders sowieso
nicht aufnehmen könnte. Jen steht bloß da und kocht in ihrer
pelzigen Strickjacke vor sich hin, wütend darüber, dass ihr
Familienleben Stück für Stück auseinandergenommen wird.
Willkommen in meiner Welt, Jen Tyrrell.

«Also … also … geh doch zum Teufel, du aufgeblasene kleine
Schwuchtel!»

Ich weiß nicht genau, was als Nächstes passiert. Was mich
angeht, so fängt dieser kleine Teil meines Gehirns an zu brodeln,
der mit der Liebe meiner Familie zu tun hat und der zur Löwin
mutiert, wenn jemand versucht, mein kleines Universum anzugreifen. Jetzt ist Schluss mit Schweigen. Ich hole Luft für einen
McCoy-artigen Anfall. Ich sehe zu den Pringles hinüber, die mit
offenem Mund dastehen, und zu Matt, der seine Augen so weit
aufgerissen hat, dass sie beinahe weiß leuchten. Ben steht mit
hochgezogenen Augenbrauen da, weil er diesen Ausdruck seit
den späten Neunzigern nicht mehr gehört hat. Die Worte steigen in meiner Kehle auf, doch ich komme zu spät.

«Das REICHT! Verlassen Sie meine Schule. SOFORT!»

Die Leute ziehen die Luft ein wie Staubsauger. Ich drehe mich zu Mrs. Whittaker um, die mit rhabarberrotem Gesicht herbeieilt. Selbst ihre Ohren pulsieren in Pink. Mr. Pringle nimmt sie an der Hand.

«Alice, bitte, du …»

Eltern, Kinder und andere Lehrer stehen wie erstarrt da, als würden wir alle Stip-Stopp-Essen spielen. Jen hat ihren Mund so weit aufgerissen, dass man hinten ihre alten Amalgamfüllungen sehen kann.

«In all meinen Jahren an der Schule habe ich noch niemals eine boshaftere und kleingeistigere Mutter als Sie erlebt. Ich kann gerade noch so eben Ihr ständiges Getratsche tolerieren, aber gerade eben haben Sie sich genau hier ein Stück über Diversität angesehen, und jetzt kommen Sie mit solchen Ausdrücken! Sie schulden Mr. Hartley eine Entschuldigung.»

«Niemals.»

Ich weiß nicht genau, was ich tun soll. Selbst Millie nimmt das ganze Drama in sich auf. Man sieht es in Jen Tyrrells Augen: *Geht mir alle aus dem Weg.* Ben blickt beschämt zu Boden. Gia schaut hinter dem Vorhang hervor.

«Wie können Sie es wagen! Ich werde am Montag mit der Schulbehörde sprechen.»

Jens Augen funkeln jetzt so teuflisch, dass ich sie nicht mehr ansehen kann.

«Bitte tun Sie das.»

«Das ist eine Unverschämtheit.»

«Was? Ihr Verhalten? Genau das finde ich auch. Und jetzt verschwinden Sie.»

Jen funkelt sie an, bevor sie endlich nachgibt und ihre Entourage aus dem Raum zerrt. Alle können aufatmen. Die Kinder laufen ihren Eltern in die Arme. Mein Mund steht immer noch offen, auf meiner Unterlippe liegen Kekskrümel. Matt schaut zu Mrs. Whittaker rüber, deren Brillengläser beschlagen sind. Ihr Gesicht ist immer noch gerötet, und sie reibt sich ihre mit Sommersprossen übersäten Hände, während Mr. Pringle sie in seine Arme zieht.

«Alice, du hättest das nicht sagen sollen.»

«Ich weiß. Aber diese Hexe hat es doch drauf angelegt. Es tut mir leid, Mr. Hartley, dass Sie sich so etwas an unserer Schule anhören mussten. Und Ihnen gegenüber tut es mir auch leid, Mrs. Campbell, weil ich diesen Streit nicht früher unterbinden konnte.»

Ich schüttle den Kopf. Sie hat genug getan. Immerhin hat sie die Unterhaltung beendet. Ben legt den Kopf auf die Seite. Ich weiß, dass ihn eine so dämliche Bemerkung nicht kränkt, vor allem nicht von jemandem, den er gar nicht kennt. Aber ich weiß auch, was er gerade denkt: *Das war toll! Das beste Abschlussgeschenk, das ich mir nur wünschen konnte! Wann habe ich schon sonst die Gelegenheit, mittelalte Harpyien öffentlich anzugreifen? Wann habe ich sonst eine so ungeteilte Aufmerksamkeit? Kann ich nächstes Jahr wiederkommen?* Dann sieht er zu mir und schenkt mir sein breites Ben-Lächeln, das ich so gernhabe und das es mir unmöglich macht, jemals sauer auf ihn zu sein, und das mich spüren lässt, dass da irgendetwas in all seinen Worten war, das nur mir gegolten hat.

Zweiundzwanzigstes Kapitel

«Mensch, Daddy! Sie müssen mehr lächeln. Lu, wie kriegen wir den Daddy dazu, dass er sich entspannt?»

Ich sehe zu Matt, der auf der Sofalehne hockt und den Mund verzieht, als würde er gerade furzen oder versuchen, in Anwesenheit der Kinder nicht zu fluchen. Darius, der Fotograf, der von Kopf bis Fuß in Schwarz gekleidet ist und nietenbesetzte Turnschuhe trägt, steht mit herausgeschobener Hüfte und glasigem Blick da und wartet. Das ist kein High-Fashion-Shooting mit Kate Moss, sondern ein Familienfoto mit zwei Jungs, die ihre Zungen nicht im Mund behalten können. Die Schminke fängt langsam an, auf meinem Gesicht zu schmelzen, doch ich versuche, etwas Campbell-Familienspirit hervorzukramen.

«Kommt, Leute, bloß ein Foto. Das machen wir jetzt noch, und dann können wir alle Eis essen.»

Die Kinder erstarren. Matt sieht nicht überzeugt aus. Ich
überlege, ob ich überhaupt Eis im Haus habe. Luella fuchtelt
mit den Händen zu Matt, der ein bisschen so aussieht wie aus
Wallace & Gromit. Für den Bruchteil einer Sekunde schauen wir
alle in die Kamera und bewegen uns nicht. *Komm schon, du Blödmann, mach endlich das bescheuerte Foto.* Klick. Atmen. Die Kinder
rasen in die Küche. Darius wackelt mit dem Kopf, während er
das Bild betrachtet.

«Yeah, vielleicht haben wir was, Lu. Auf jeden Fall besser als
nichts.»

Matt sieht aus, als wolle er sich gleich in Jude-Law-Manier
auf die Kamera stürzen. Ich lege einen Arm um ihn.

«Denk an das Geld.»

Es ist keine sechsstellige Summe, noch nicht mal vierstellig,
aber selbst ich kann in Matts Gesicht lesen, dass diese Blama-
ge mit keinem Geld der Welt zu bezahlen ist. Er verdreht die
Augen, und ich versuche, seinen Blick aufzufangen, während
um uns herum alles voller Leute ist. *Sieh mich bitte an.* Die Dinge
mit Matt befinden sich immer noch in der Schwebe. Wir reden
nicht über die wichtigen, ausschlaggebenden Punkte unserer
Beziehung, sondern verhalten uns einfach ruhig und machen
weiter. Richie Colman wurde zwar von Gia vertrieben, aber tief
in uns drin wissen wir wohl beide, dass wir uns mal die Zeit nehmen müssten, um uns auszusprechen und unsere Beziehung zu
überprüfen. Aber jetzt ist nicht die Zeit oder der Ort dafür. Er
steht auf und geht den Kindern hinterher in die Küche, und ich
höre das Schrammen der Tiefkühlschubladen, die auf der ver-
geblichen Suche nach Eiscreme herausgezogen werden.

Heute ist der Tag, an dem ich schließlich Fotografen in mein

Haus gelassen habe, damit sie nicht mehr hinter Gebüschen hervorspringen müssen. Das Kochduell steht mir drohend in eineinhalb Wochen bevor, und jetzt, sagt Luella, sei es an der Zeit, den Einsatz zu erhöhen. Vor allem, wo das *Hello!*-Magazin neun Doppelseiten von McCoy und seinem Kollektiv abgebildet hat, wie sie alle in ihrem zweiten Zuhause in Cornwall sitzen und strahlen. Aber es ist *O.k.!*, und zwar buchstäblich. Denn Luella hat uns einen Deal mit der Konkurrenz, dem *O.k.!*-Magazin verschafft. Sie glaubt, damit komme ich in der Öffentlichkeit besser rüber und meine Fotos müssten nicht gegen Bilder von Polo-Spielen und Pippa Middleton anstinken. Aber da mein Haus leider kein biologisch abbaubares, klimaneutrales, mit Skandium-Möbeln eingerichtetes Haus in der Mitte von Cornwall ist, musste Luella unserem Heim ein bisschen Make-up verpassen – daher also die fluffigen roten Kissen und die luxuriösen Sofaüberwürfe. Mal ganz abgesehen von den Kids, die richtig herausgeputzt aussehen. Ich sehe, wie Millie mit den Fingern über einen der Überwürfe streicht. *Was ist das nur für ein Material? Das ist doch kein Polyester, wie sonst?* Sie sabbert vor Begeisterung und hinterlässt einen Fleck, weshalb ich fürchte, dass wir ihn nicht mehr zurückgeben können.

«Also, Jools, das ist Polly von *O.k.!*, und sie wird das Interview mit Ihnen machen. Wird Matt auch dabei sein?»

Ich höre ihn nebenan, ebenso frustriert vom Fehlen der cremigen gefrorenen Köstlichkeit wie die Kinder. Er versucht sie mit Obst zu besänftigen. Das wird nie funktionieren. Ich höre auch Gias Stimme im Hintergrund, die den Kindern sagt, dass sie noch Gummibärchen in ihrer Handtasche hat. Die Kinder haben eine Meuterei begonnen.

«Vielleicht später?»

Luella spürt die Disharmonie und versucht, schnell darüber hinwegzugehen.

«Klar. Ich meine, Sie haben schließlich keine Nanny, die Ihnen bei allem hilft, da muss man schon mal ein wenig jonglieren. Ich hoffe, das ist okay, Polly.»

Sie zuckt die Schultern und nimmt Platz. Ich setze mich beinahe auf Millie drauf. Luella nimmt sie gerade noch rechtzeitig hoch, und ich nehme sie auf den Schoß. Ich lache, weiß aber gar nicht, warum. Luella sieht mich hinter Pollys Schulter an, als wolle sie mir sagen, ich solle das alles hier ernst nehmen und nicht lachen wie eine kichernde Betrunkene.

«Also danke, dass Sie uns zu sich eingeladen haben und uns die Gelegenheit geben, Ihre Familie kennenzulernen. Bisher haben Sie ja immer versucht, sie aus dem Rampenlicht rauszuhalten – warum eigentlich?»

Was soll ich dazu sagen? Nun, es sind schließlich Kinder? Ich bin ihre Mutter und nicht ihr Zuhälter? Wenn ich sie für meine eigenen Zwecke verkaufe, dann grenzt das schon an Ausbeutung. McCoy tut es die ganze Zeit, und ehrlich gesagt finde ich es einfach abstoßend.

«Ähm, dieser kleine Medienzirkus, der um uns herum ausgebrochen ist, wirkt auf uns etwas abschreckend, und eine Menge Sachen, die über uns geschrieben wurden, waren ziemlich gemein. Ich möchte sie davor beschützen. Was meinen Mann angeht, so ist er ein wenig schüchtern und eher zurückgezogen, und ich finde es gut, wenn er nicht bei allem dabei sein muss.»

Luella hält mir die Daumen hoch.

«Warum dann also heute?»

Weil Luella es gesagt hat.

«Ich glaube, die Leute interessieren sich für meine Familie, und ein kleiner Blick in mein Haus kann ja nicht schaden. Ich denke, es ist besser, wenn meine Familie im Schutz ihres eigenen Hauses fotografiert wird, als auf der Straße oder vor der Schule.»

Polly scheint mit dieser Antwort zufrieden zu sein. Ich sehe sie neugierig an. Sie trägt einen Tulpenrock und eine Bluse mit Budapester Schuhen.

«Das verstehe ich. Also, erzählen Sie mir von Ihrem Haus. Wie lange wohnen Sie hier schon?»

Ich schweige einen Moment. Das stand nicht auf der Liste genehmigter Fragen, die Luella mit mir vorbereitet hatte. Was will sie wohl genau wissen? Soll ich über die Inneneinrichtung sprechen? *Nun, ja, ich glaube, diese Ecke hier wurde von dem berühmten schwedischen Designer Johannes IKEA inspiriert – und von seinem klassischen Billy-Regal.*

«Wir leben jetzt seit sieben Jahren hier. Damals sind wir nach der Uni wieder nach London zurückgekehrt; und ... na ja, es ist ein bisschen eng für sechs Personen, aber es ist unser Zuhause.»

Millie lächelt jetzt, was mir das Herz wärmt, weil ich mir vorstelle, dass ihr diese kleine Hobbithöhle, in der wir sie aufziehen, irgendwie gefällt. In fünf Jahren wird es ihr vielleicht anders gehen, wenn wir merken, dass wir kein eigenes Zimmer für sie haben und sie im Flur schlafen muss.

«Gibt es irgendwelche Gründe dafür, dass Sie sich für Süd-London entschieden haben? Sie haben in Leeds studiert, stimmt's? Und Ihr Mann ist Schotte.»

Ich fühle mich wieder auf diese Kitty-McCoy-Weise ange-
griffen. Vielleicht wollte ich gern in der Nähe von meinem Dad
wohnen? Und hatte damals Angst vor Matts Mutter? Eine Stimme unterbricht meine Gedanken.

«Wegen der Arbeit. Außerdem bin ich in Edinburgh aufge-
wachsen und wollte meine Kinder nicht der Kälte aussetzen.»

Polly lächelt. War das eine Beleidigung gegenüber Edinburgh? Matt hat eine Familienpackung Cornettos in der Hand,
die sich entweder in den eisigen Tiefen unseres Tiefkühl-
schranks versteckt hatte oder die Gia eben an der Tankstelle gekauft hat. Er bietet allen eins an, und Luella sieht etwas besorgt
aus, als sollten wir dieser schicken Reporterin lieber Espresso
anbieten und kein Erdbeereis. Polly scheint nichts dagegen zu
haben.

«Ooooh, ich hab schon ewig kein Cornetto mehr gegessen.
Vielen Dank. Wie retro.»

Cornettos sind retro? Ich dachte immer, das gilt nur für Nogger.
Matt lächelt und setzt sich neben mich. Er gibt Millie ein kleines
Stück von der Waffel mit Schokolade dran. Millie als würdiges
Campbell-Familienmitglied sagt natürlich nicht nein. Ich frage
mich, ob das auch in den Artikel kommt.

«Also, Matt, wie denken Sie über den plötzlichen Aufstieg
Ihrer Frau in die Welt der Promis?»

Matt sieht mich nachdenklich an.

«Nun, es war ein ziemlicher Schock, aber ich finde, sie hat
sich vor der Presse sehr gut gehalten.»

Ich sehe ihn an und nehme seine Eis-freie Hand. Polly macht
sich Notizen. Plötzlich kommen unsere anderen drei Kinder
mit Eis in den Händen und um die Münder herum ins Zimmer.

Glücklicherweise wird sie das erst mal beschäftigen, aber ich sehe, wie Luellas Blick zu den weichen Überdecken schwenkt, besonders weil Ted mit seinem Eis herumfuchtelt, als wäre es ein Schwert.

«Ich hoffe, die Kinder stören Sie nicht. Ich kann sie auch wieder in die Küche schicken.»

Mir ist durchaus bewusst, dass das klingt, als würde ich über ein Rudel Hunde sprechen, aber Polly lacht nur und schüttelt den Kopf.

«Oh, nein! Ehrlich gesagt, habe ich sogar ein paar Fragen für sie, wenn das okay ist?»

Hannah setzt sich aufrecht hin. Die Zwillinge rümpfen die Nase, als hätte man sie gebeten, die Rechtschreibregeln aufzusagen.

«Also, was haltet ihr denn von den Kochkünsten eurer Mami?»

Alle erstarren. Die Zwillinge sehen nachdenklich aus, als könnte das eine Fangfrage sein. Matt umklammert meinen Oberschenkel. Millie sabbert in seinen Schoß. Hannah ist die Einzige, die etwas sagt.

«Ich mag ihre Spaghetti carbonara am liebsten.»

Matt dreht ihr den Kopf zu. Ich denke an alle Gerichte, die es gibt. Hannah hat für dieses noch nie etwas übriggehabt.

«Ich mag Spaghetti mit cremigen Soßen, und sie macht das richtig toll, und es kommt nicht aus der Dose.»

Polly lacht. Den Zwillingen scheint schließlich einzufallen, was sie gern essen. *Bitte, sagt nicht Baked Beans. Bitte, sagt nicht Toast.*

«Mami macht leckeren Kartoffelbrei», sagt Ted.

«… und die besten Rühreier», fügt Jake hinzu.

Es hätte besser, aber auch deutlich schlimmer kommen können.

«Nun, erzählt doch mal, was ihr heute gegessen habt.»

Die Jungs merken, dass das keine Fangfrage sein kann, und Ted schiebt die Brust raus, weil er die richtige Antwort weiß.

«Wir hatten süßsaures Hühnchen mit Couscous.»

Polly nickt beinahe beeindruckt mit dem Kopf und sieht mich an.

«Die Kinder essen also viele internationale Gerichte?»

Wieder fühle ich mich überfallen. Es war bloß Couscous, und kein Tajine auf dem Holzfeuer. Ich koche Couscous, weil er mein Freund ist – Mist, dass mir das nicht als Gericht gegen McCoy eingefallen ist: Einfach mit heißer Brühe übergießen, fertig, und die Kinder lieben es. Auch wenn es nett wäre, wenn sie es auf ihrer Gabel behalten könnten. Ich sehe einen dicken Klumpen davon unten an Matts Socke und etwas in Millies Haaren. Ich überlege, ob Polly darüber schreiben wird, dass meine Kinder große, dicke Läuse in Couscous-Form mit sich herumtragen.

«Ich versuche es.»

Das Hühnchengericht ist allerdings bloß insofern marokkanisch, weil ich es mit etwas Kreuzkümmel würze und ein paar kleingeschnittene Aprikosen hineintue. In meinem Haus bedeutet «griechisch» Feta und schwarze Oliven, «französisch» heißt Brie sowie eine ganze Knoblauchknolle, und «hawaiianisch» eine Dose Ananasringe.

«Na ja, bei meinem Familienhintergrund essen wir natürlich viel italienisch, aber Jools kann auch tolle Eintöpfe, Fajitas, und wir haben es auch schon mit milden Currys und Gerichten wie Satay und Sushi versucht.»

Das haben wir in der Tat. Matt ist sehr diplomatisch, wenn man bedenkt, dass die Sushi vom Supermarkt stammten und die Currys von den Kindern rundweg abgelehnt wurden, weil sie lieber Papadum und Mangochutney essen. Ich frage mich, warum ich mich daran nicht erinnern konnte. Luella sieht sehr zufrieden damit aus, wie sich das Interview entwickelt.

«Aber das Sushi schmeckte so nach Meerwasser. Das war nicht so lecker», sagt Jake.

Hannah stößt ihm den Ellenbogen in die Rippen. Polly beugt sich zu ihm vor.

«Keine Sorge, ich bin auch kein großer Sushi-Fan.»

Jake lacht und zieht Hannah eine Grimasse.

«Und was denkt ihr über Mamis Kochwettbewerb im Fernsehen gegen Mr. McCoy?»

Wieder senkt sich Schweigen über das Zimmer. Wir haben den Kindern noch nicht viel davon erzählt, weil wir versuchen, alles so normal und stressfrei wie möglich für sie zu halten. Hannah guckt mich an.

«Der Mann aus dem Supermarkt? Gegen den kochst du?»

Die Kinder ziehen die Augenbrauen hoch. Selbst sie verstehen, was für eine absolut dämliche Idee das ist.

«Wer?», fragt Ted.

Hannah flüstert ihm was ins Ohr, und Ted begreift, über wen sie spricht.

«Gegen den? Hoffentlich gewinnst du, Mami. Der war gar nicht nett zu dir. Und er hat komische Haare.»

Polly grinst. Jake schnaubt aus den Nasenlöchern.

«Ja, ich hoffe, du kochst wie ein Ninja und machst ihn fertig.»

Jetzt ist Matt dran mit Kichern. Ja, warum habe ich daran noch nicht gedacht? Wir könnten in Ninja-Schlafanzügen kochen. Wir könnten sogar mit Messern werfen. Jake hält die Hände ausgestreckt, als wollte er gleich Karate-Schläge austeilen. Polly zeigt Ted einen Artikel über McCoy in ihrer Akte, in dem er erzählt, wie all die Schweine in seinen Restaurants regelmäßige Massagen mit Kirschbrandy bekommen und über sattgrüne Weiden mit Gänseblümchen und Meeresblick wandeln. Er reckt die Nase, um McCoys Gesicht zu sehen. *Ich liebe dich, Ted.*

«Mami, was kannst du da gewinnen?»

Das ist eine sehr gute Frage. Meinen Selbstrespekt, vielleicht, oder einen Moment, um am Ende meiner Tage sagen zu können: «Hey, Warhol hatte recht. Ich hatte meine fünfzehn Minuten, aber die habe ich wenigstens nicht bei Big Brother verschwendet oder indem ich jede Woche Karaoke singe; ich habe McCoy zu Brei geschlagen und eine kleine Schlacht gewonnen, und das für die Mütter in diesem Land.»

«Hm, gar nichts. Aber ...»

«Warum machst du's dann?»

Polly sieht mich neugierig an. Ich erstarre. Denn ich habe mir schon seit längerem Fragen über meine Doppelmoral gestellt. Matt schaut auf sein Knie, denn er hat ja von Anfang an seine Bedenken gegen diese aufdringliche, medienfokussierte Karriere gehabt. Warum also? Ich habe diesem dämlichen Kochwettbewerb nur zugestimmt, weil McCoy mich provoziert hat. Ich hätte das tun sollen, was ich den Kindern immer rate zu tun, nämlich einfach freundlich lächeln und weggehen. Ich hätte versuchen sollen, den Kindern wieder etwas Normalität zu vermitteln, damit sie in der Schule nicht gehänselt werden, damit sie nicht das Gefühl haben, dass ihre Familie auseinanderbricht. Tue ich es für Geld? Für einen Buchvertrag? Magere Summen für Gastauftritte in britischen Kochsendungen, die keiner anschaut? Ich weiß es selbst nicht mehr.

Ich habe mir eingeredet, dass ich es vielleicht für mich selbst tue, um zu beweisen, dass hinter dieser halbgaren Mutter von vier Kindern auch eine studierte Frau steckt, mit Zielen und Wünschen, die mehr erreichen möchte, als etwas aus Lego bauen und rückwärts in einen wirklich kleinen Parkplatz vor der Schule einparken. War das hier die Chance auf eine Karriere? Die Gelegenheit, etwas für mich selbst zu tun? Doch die rituelle Demütigung, die damit einhergeht, baut meine Moral nicht gerade auf. Ich schweige lange. Hannah setzt sich auf.

«Weil Mamis lieber ihr zuhören als einem komischen Mann mit albernen Haaren.»

Matt und ich starren uns an und wünschten, es gäbe eine Möglichkeit, die Worte wieder zurückzunehmen. Polly lacht. Luella fällt fast von der Sofalehne. Die Jungs sind sehr zufrieden mit der Erklärung. Matt springt ein.

«Hannah hat auf gewisse Weise recht. Das Beste an meiner Frau ist, dass sie nicht perfekt ist und dass sie es zugibt und anderen Müttern damit das Gefühl vermittelt, dass sie in Ordnung sind. Ich verstehe nicht, wie jemand wie McCoy mit all seiner Scheinheiligkeit derartig beliebt sein kann.»

Hannah lächelt, weil sie sich bestätigt fühlt, ohne auch nur die Hälfte der Worte zu verstehen. Pollys Hände fliegen praktisch über die Seite. Luella reckt den Kopf, um zu sehen, was sie da schreibt.

«Denken Sie auch so über McCoy, Jools?»

Wieder einmal benebelt mir der Zwang, diplomatisch zu sein, derartig meinen Verstand, dass ich nicht mehr weiß, was ich antworten soll. Das, was durch den Nebel hindurchdringt, ist *Wichser, Wichser, Wichser*.

«Ich denke, wir führen einfach zwei sehr unterschiedliche Leben.»

Polly nickt und wartet auf mehr, aber ich werde ihr nicht mehr geben. Ich lächle bloß. ich glaube, es ärgert sie sogar ein bisschen, jedenfalls lese ich das an der nächsten Frage ab, die sie jetzt stellt.

«Also, Matt, Sie haben vorhin gesagt, dass Ihre Frau nicht perfekt ist – was meinten Sie damit?»

Matt zögert, vor allem weil die Kinder hier sind und die Krümel ihrer Cornettos von ihren Pullis picken.

«Ich meine, sie ist ein normaler Mensch. Und wir haben alle Fehler.»

Sein Ton ist etwas brüsk und könnte sich leicht in «Wütender Schotte» verwandeln. Vielleicht braucht er noch ein Cornetto. Ich zwinge mich, Polly anzulächeln.

«Unsere Beziehung ist vielleicht keine Story in einem Hochglanzmagazin. Wir haben uns nie darum geschert, wie wir nach außen wirken, oder behauptet, dass wir alles richtig machen. Das tun wir sicher nicht. Wir halten es einfach realistisch, und dafür arbeiten wir verdammt hart.»

Ich sehe ihn an. *Und wie genau tun wir das?* Es ist seltsam, wenn man sich nach neun Jahren plötzlich fragt, was sich eigentlich verändert hat. Hat sich unsere Beziehung eigentlich entwickelt? Ich bin nicht sicher, ob sie das hätte tun sollen – umhüllt einen die Liebe und macht einen zu einem anderen Menschen? Wird sie von großen, monumentalen Ereignissen bestimmt, an die ich mich nicht erinnern kann? Ich schweige, weil ich nicht genau sagen kann, wie hart ich an uns gearbeitet habe. Polly sieht mich neugierig an.

«Und das unterscheidet Sie von den McCoys?»

Matt nickt.

«Ernsthaft, die sitzen in ihrem Leuchtturm in Cornwall und erzählen den Leuten, dass alles die ganze Zeit ja so biologisch und toll und schick ist, und das ist doch einfach bloß ein Haufen Sch…»

«Das ist nur sehr weit weg von Ihrer eigenen Lebenswelt», springt Luella ein.

«Ich meine, was war das denn in diesem Artikel in *Hello!*» Polly zuckt bei der Erwähnung des Konkurrenzblatts zusammen. «‹Wir sind ja so aufeinander abgestimmt – wir streiten uns nie – wir fördern gegenseitig unser inneres Gleichgewicht …› Was soll denn das?»

Luella lacht leise. Ich frage mich, wann er bitte *Hello!* gelesen hat. Polly wendet sich an die Kinder.

«Streiten sich eure Eltern denn?»

Matt funkelt Polly mit geblähten Nüstern an. Hannah sieht nachdenklich aus. Ted dagegen scheint ziemlich stolz auf sich zu sein.

«Sie streiten sich, wenn Daddy nasse Handtücher auf dem Bett liegen lässt. Mami sagt, das ist eklig.»

Matt errötet leicht. Jake fällt auch etwas ein.

«Und einmal hat Daddy Mummy dabei erwischt, wie sie im Bett Chips gegessen hat, und er hat sie Schweinchen genannt.»

Jetzt bin ich dran mit Rotwerden.

Hannah will auch etwas sagen.

«Aber sie streiten nicht wie andere Eltern. Billy Tate hat gesagt, seine Mum hätte seinen Dad mit dem Bügeleisen die Straße runtergejagt. Das hat meine Mummy noch nie gemacht.»

Polly nickt. Ich frage mich, was Fiona Tate mit dem Bügeleisen vorhatte. Ich fürchte mich ein wenig davor, was noch so zur Sprache kommen könnte, aber Matts Prioritäten sind eindeutig die Kinder, und ihm gefällt gar nicht, wie Pollys versucht, ihnen Informationen für ihren Artikel abzuluchsen.

«Kinder, warum geht ihr nicht mal zu Nonna in die Küche?»

Sie stehen alle auf. Ted umarmt Polly zum Abschied.

«Isst du auch Chips im Bett?», fragt er, um herauszustreichen, wie normal das ist. Polly wird rot, was ich mal als Ja deute – ich tippe auf Krabbenchips. Und damit rennt er davon. Matt schließt die Tür hinter ihnen. Luella sieht besorgt aus. Er kommt zurück und setzt sich neben mich.

«Wir streiten uns schon, und dafür muss man sich nicht schämen. Und ich finde es auch nicht schlimm, wenn meine Kinder die Schwierigkeiten in unserer Beziehung mitkriegen, solange sie auch sehen, wie wir unsere Schwierigkeiten lösen. So zu tun, als wäre immer alles hundertprozentig in Ordnung, fände ich total falsch.»

Luella ist mit dieser Antwort zufrieden und nickt Matt zu. Polly sieht aus, als ob sie noch weiterbohren möchte.

«Also, Sie meinen, es stört Sie nicht, dass Ihre Kinder all das lesen, was über Ihre Exbeziehungen in der Presse steht?»

Oh, nein, das hat sie doch nicht wirklich gesagt. Ein dicker, fetter Klumpen bildet sich in meiner Kehle, und ich sehe, wie Luella die Luft anhält. Die nächste Antwort ist kritisch. Ich sollte schnell sein. Aber ich bin zu spät.

«Es stört sehr, dass eine Menge davon total erfundener Mist ist.»

War das schlecht? Ich weiß es nicht mehr. Matt kocht erstaunlicherweise gar nicht, so wie ich es erwartet hätte. Er köchelt nur leicht vor sich hin.

«Wenn ich also in Ihrer Gegenwart den Namen Richie Colman erwähne ...»

Dann schmeißt er einen Kaffeebecher an die Wand und schickt seine Mutter los, damit sie ihn die Straße runterjagt. Ich höre, wie Matts Backenzähne in seinem Mund aufeinanderreiben. Jetzt muss ich wirklich etwas sagen:

«Dann würde ich sagen, er ist jemand aus meiner Vergangenheit.»

Matts Blick geht zu Boden.

«Jemand aus einer völlig anderen Zeit in meinem Leben. Ich fand es unglaublich taktlos von ihm, dass er mit seiner Geschichte an die Presse gegangen ist.»

Polly hört mir gar nicht richtig zu, sondern achtet eher auf Matt, der in seinem Sitz hin und her rutscht. Ich lege ihm eine Hand aufs Knie, um ihn zu beruhigen.

«Ich sehe, dass Matt offenbar nicht gern über ihn spricht ... Bestimmt er über Ihre Beziehungen mit anderen?»

Ich schaue Matt an.

«Nein.»

Er liest in meinem Gesicht und wird ruhiger.

«Nun, dann kommen wir doch mal zu Ihrer ersten Begegnung. Viele Leute denken ja, dass Sie noch viel zu jung waren, als Sie zusammenkamen, dass alles ein bisschen zu schnell ging. Würden Sie da zustimmen?»

Ich nicke, auch wenn ich gar nicht sicher bin, weswegen ich nicke, denn dieses Thema war schon immer irgendwie um uns, so wie eine lästige Fliege, wie ein Zweifel, der sich nie richtig aufgelöst hat. Ich spüre, wie Matts Finger sich in meine schieben und meine Hand drücken. Ich sehe ihn an, und er holt tief Luft.

«Ich würde schon zustimmen. Wir waren jung, und es war alles ein bisschen verrückt. Aber am Ende habe ich das Richtige getan.»

Ich warte gespannt, was er als Nächstes sagen wird. Er hat das Richtige, Ehrenhafte getan und das Mädchen geheiratet, das er geschwängert hat? Er hätte ein anderes Leben führen können. Er hätte mich dazu überreden können, in eine Klinik zu gehen und die Angelegenheit zu regeln, er hätte einfach aufstehen und gehen können, aber er war ein guter Mann – und hat das Richtige getan?

«Ich habe meine Frau geheiratet und zu ihr gehalten, weil ich sie wirklich liebte.»

Alle im Zimmer halten inne. Aber mein Gesicht wird etwas taub. Luellas sonst so abgehärtete Journalistenaugen werden feucht und mitfühlend. Polly hat keine Wahl als zu lächeln.

«Also Liebe auf den ersten Blick?»

Ich sehe Matt an.

«Vielleicht. Ich glaube, es reicht manchmal, ein paar Tage mit jemandem zu verbringen und zu wissen, dass alles anders ist. Keine Show, keine Spielchen, alles funktioniert einfach. Und so war es immer mit Jools. Alles passt zusammen.»

Nicht weinen, nicht weinen. Ich zupfe an meinen Wimpern, um so zu tun, als hätte ich was im Auge.

«Und mal abgesehen von der Liebe arbeiten wir einfach gut zusammen, wenn es um die Kinder und das Haus geht. Wir sind gute Partner.»

«Und Sie, Jools? Würden Sie dasselbe sagen?»

Ich nicke. Es gäbe so viel zu sagen. *Ich wusste nie, dass du unsere Beziehung so klar und logisch betrachtest.* Ich liebe Matt. Natürlich tue ich das. Aber ich weiß, dass ich unsere Beziehung viel zögerlicher eingegangen bin – alles andere wäre gelogen. Ich hatte das Gefühl, dass sich die Dinge im Laufe der Zeit schon irgendwie entwickeln würden, dass er ein anständiger Typ war, mit dem man gut zusammenleben konnte. Matt sieht mich an, und sein Blick lechzt förmlich danach, dass ich etwas von ähnlicher emotionaler Wucht von mir gebe. *Dies ist das absolut einzige Mal, dass ich etwas Schnulziges zu dir sage, Frau – Zeit, deine wahren Gefühle auf den Tisch zu legen.* Aber ich schweige. War ich denn wirklich blind dafür, wie sehr er mich von Anfang an geliebt hat? Hat er immer geglaubt, dass meine Liebe für ihn anders war – gegründet auf Verpflichtung? Oder auf dem Bedürfnis, mich mit einer eigenen Familie zu umgeben und die Fehler meiner eigenen Mutter zu korrigieren?

«Ja, ich glaube, es … ich habe wirklich Glück.»

Polly nickt, nimmt es mir aber nicht ab. «Das stimmt wohl.»

Matt blickt zu Boden und schluckt so laut, dass es klingt, als würde jemand einen Felsbrocken von einer Klippe werfen. Ich war die Liebe seines Lebens. Und er sollte meine sein. Aber bei Richie hatte ich ein wirkliches Verlustgefühl, es waren tiefe Gefühle in Bewegung. Mit Matt dagegen ist es immer, als segle man auf einem stillen See. Und für jemanden, der so emotional durchgedreht ist wie ich, macht mir diese fehlende Leidenschaft zu schaffen. Liegt es daran, dass ich weniger für ihn empfinde, als ich für einen anderen empfinden würde?

«Um ehrlich zu sein, beneide ich Sie um Ihre Beziehung.»

Alle sehen auf. Polly schreibt weiter und merkt offenbar gar nicht, dass sie etwas von größerer Bedeutung von sich gegeben hat.

«Was meinen Sie damit?», frage ich.

«Sie hatten mit zwanzig schon einen Mann, mit dem sie etwas aufbauen konnten. Mein Freund ist neunundzwanzig, und wir können uns noch nicht mal auf eine Katze einigen.»

Luella lächelt mich an und nickt.

«Und Sie haben hier jemand Unkomplizierten, der Sie offenbar anhimmelt und wirklich zu Ihnen hält. Das ist sehr selten.»

Ich lächle und sehe Matt an, der immer noch auf den Teppich starrt. *Ja, ich verstehe. Du bist hier, weil du nicht wie deine Mutter sein wolltest. Du bleibst bei mir, weil es bequem ist, weil ich dir keine andere Wahl gelassen habe.* Aber nein. Nach neun Jahren kann das nicht der Grund sein.

«Matt hat recht. Wir passen einfach gut zusammen. Wir hatten zwar einen ungewöhnlichen Start, aber wir passen zusammen und kommen gut miteinander klar. In meinem Leben gab es schon immer Wahnsinn und Drama, und dann kam Matt, und er war schon immer ...»

Das Epizentrum von allem, was normal, gesund und logisch

ist. Und ich weine. Denn ich weiß nicht, wo ich die letzten neun Jahre ohne ihn gewesen wäre. Ich hätte in einer chaotischen Küche gesessen, ohne die vier verrücktesten Kinder in der Welt, ohne einen wirklichen Partner, ohne die Liebe meines Lebens. Und auf einmal rastet etwas in mir ein, und Schuld und Liebe und eine neue, klare Sicht von uns strömt durch mein Hirn.

«Er war immer das Einzige, was wirklich Sinn ergeben hat.»

Es gibt kein Drama, denn bei uns ist keins notwendig. Luella lächelt und nickt. Polly kritzelt und kritzelt und ahnt nicht, dass sie gerade etwas erreicht hat, wofür wir einem Therapeuten Tausende von Pfund hätten zahlen müssen. Und zum ersten Mal sieht Matt mich an und lächelt, und auch wenn er es niemals zugeben würde, sehe ich eine kleine Träne in seinem Augenwinkel.

Dreiundzwanzigstes Kapitel

Noch genau sechsunddreißig Stunden bis D-Day, bis ich ins Fernsehen komme und alles geben werde, um diesen Angeberkoch aus der Hölle zu überleben. Jake hatte recht mit seiner Frage, warum tue ich das eigentlich? Auf die letzten Meter überschlagen sich die Zeitungen und Redakteure förmlich. Es wird Liveblogs geben, und William Hill wettet 25:1, dass ich McCoy unter den Tisch koche. Natürlich stehen McCoys Chancen 3:1, dass er das ganze Ding gewinnt und sich in einem Jahr kein Mensch mehr an mich erinnert. Die Paparazzi sind wieder in meinem Leben. Mrs. Whittaker (die gerade eine Überprüfung über sich ergehen lassen muss, weil sie Jen Tyrrell zur Sau gemacht hat) scheucht sie regelmäßig hinter den riesigen Müllcontainern der Schule hervor, doch ein paar sitzen immer vor der Hecke in ihren Autos. Mrs. Pattak von nebenan öffnet ihre Vorhänge jetzt gar nicht mehr, und wenn sie mich trifft, sagt sie irgendwas auf Hindi, was ein Fluch oder ein Gebet sein könnte. Ich verdiene vermutlich beides. Heute Morgen sind die Zeitungen voll mit McCoy. Offenbar sind die Überflutungen in Südostasien gerade nicht so wichtig wie die Tatsache, dass McCoy sich für den Wettkampf die Haare gefärbt hat. Jetzt ist er platinblond. Es gibt Bilder von ihm, wie er mit Kitty den Friseur verlässt – sie hat sich Strähnen in der gleichen Farbe machen lassen –, und weitere, wie er in seinem Gastropub auftaucht oder ein Baby küsst. Darunter ist ein Foto von mir, wie ich die Kinder von der Schule abhole, ohne Make-up, in einer Hand die Schulranzen, Millie im Buggy, ihre Hand voller Rosinen, einer schlechtgelaunten Hannah, weil ich ihr nicht erlaubt habe, zu einer Freundin zu gehen, während die Zwillinge Grimassen ziehen. Luclla hat das Bild eingekringelt und mir heute Morgen geschickt. Darunter steht: WIMPERNTUSCHE! WENN SIE KEINE ZEIT ZUM SCHMINKEN HABEN, TRAGEN SIE WENIGSTENS WIMPERNTUSCHE AUF! BÜRSTEN SIE SICH DIE HAARE! DIE JUNGS SOLLTEN HINTER IHNEN GEHEN!

Adam kommt und erwischt mich dabei, wie ich das Bild betrachte und die Nachricht lese. Er legt sein Kinn auf meine Schulter.

«So schlecht siehst du gar nicht aus. Hey, McCock, die Neunziger rufen und wollen ihre Haare zurück.»

Ich lache und lege die Zeitung zur Seite. Adam nimmt sich einen frisch gebackenen Muffin und greift mit der anderen Hand nach einem Kaffeebecher – alles Gias Werk, logischerweise. Er sei gekommen, um mich zu unterstützen, behauptet er, aber die Wahrheit ist, dass er es auf das Gebäck abgesehen hat.

Er blättert durch einen weiteren Artikel über McCoy in der *Sun*, während er Millie gleichzeitig mit etwas Panettone füttert.

«Offenbar hat man ihn in die USA eingeladen, um vor Übergewichtigen zu sprechen und bei den Oscarverleihungen zu kochen», informiere ich ihn.

«Vielleicht kann er ja gleich dortbleiben», meint Adam.

Ich kann nichts darauf antworten, denn in den nächsten Tagen wird er leider nirgendwo hingehen. Darum nehme ich mir bloß einen Muffin und stopfe ihn mir ganz in den Mund. Kohlenhydrate sind mein einziger Trost. Vielleicht kann ich mich in ein Zuckerkoma essen und muss das alles nicht mehr miterleben. Während ich auf dieses Ziel hinarbeite, kommt Gia herein und funkelt mich an, weil die Muffins für die Gäste gedacht sind. Mein Bruder verbeugt sich vor Gia, wie er es immer tut, wenn er sie sieht.

«Adam, hast du das *O. k.!*-Magazin gesehen?»

Ich verdrehe die Augen, als sie ein Exemplar unter der Obstschale hervorzieht, wo ich es versteckt habe, und durch das Interview und die Fotos blättert. Es hätte noch viel schlimmer kommen können, das stimmt. Dass Matt und ich heulsusige Wracks waren, die sich gegenseitig ihre Liebe erklärten, steht da glücklicherweise nicht. Auch nicht, dass die Kinder McCoys Frisur dämlich finden. Nein, Polly hat geschrieben, dass meine Familie bunt und energetisch sei – ich schätze, das ist ein Code für hyperaktiv und unkontrollierbar. Adam schaut über die Fotos, und ein Stück Muffin fliegt aus seinem Mund.

«Haben die ...? Nein, das haben die nicht ...»

Doch, haben sie. Aus irgendeinem Grund, den ich bei McCoys Lager von Presse-Interventionisten vermute, haben sie beschlossen, Millies Haare zu photoshoppen. Jetzt sieht sie total aus wie Ronald McDonald. Matt hat vor Wut gekocht, weil sie seine Tochter digital verändert haben, seine schielenden Augen aber offenbar nicht bedeutsam genug fanden. Gia nimmt das Heft wieder an sich.

«Ich denke, die Familie ist sehr *bellissima*. Mir gefällt das. Ich zeige den Artikel der ganzen Familie in Italien.»

Ich nicke, bin aber immer noch ziemlich fertig mit den Nerven. Gia hakt sich bei mir unter.

«Ich wasche die Stofftiere und werfe diese Pflanze im Badezimmer weg, sie riecht komisch. Hast du eine Idee, was ich noch machen soll?»

Ich lächle sie an. *Massenhaft. Du könntest McCoy überfahren, eines seiner Restaurants in Brand stecken, eins deiner Chilis kochen und es mir während der Sendung durch eine speziell installierte Geheimtür im Set zuschieben oder mir wie ein Geist eine besondere Gabe fürs Kochen schenken.* Ich schüttle den Kopf und stopfe mir noch einen Muffin in den Mund. Weiße Schokoladenstücke und Himbeeren dämpfen meine Angst für den Moment.

«Gestern habe ich geträumt, dass McCoy Mum in die Show eingeladen hat und sie mitten in der Sendung durch einen Vorhang kommt», sagt Adam.

Ich lache nicht. Ich sage noch nicht mal etwas. Tatsache ist, ich würde es ihm sogar zutrauen. Gia starrt Adam an.

«Das war ein Witz, Schwester.»

Ich nehme einen Finger und steche ihn in seine Achsel, woraufhin Millie einen Lachanfall bekommt. Ich mache es gleich noch mal. Seit Mutter aus dem Nichts aufgetaucht ist, habe ich nicht viel mit Adam gesprochen, aber er wirkt auf mich nicht so, als hätte ihn die Sache besonders mitgenommen. Seine Psyche hat Mum bereits herausgefiltert und gelernt damit umzugehen, dass sie kein Teil seines Lebens ist. Ich hasse ihn ein bisschen für diese psychologische Effizienz. An mir nagt es immer noch, poppt immer wieder in meinem Bewusstsein hoch und führt dazu, dass ich lange an Wände starre.

«Hast du noch irgendwas von der alten Dottie gehört?», fragt er jetzt.

Ich schüttle den Kopf.

«Ich auch nicht. Falls du dich gefragt hast.»

«Hab ich nicht.»

Gia setzt sich leise hin und tut so, als würde es ihre volle Konzentration erfordern, Millie den Mund abzuwischen. Adam drückt meine Schultern im halbherzigen Versuch, mich zu umarmen. Es ist seine Art, mir zu zeigen, dass er auf meiner Seite ist. Ich drücke zurück. Adam betrachtet sich im Spiegelbild des hinteren Küchenfensters.

«Wie sie wohl aussehen», sagt er.

«Die anderen?»

Die Brüder. Ich weiß nicht, ob ich mir das Foto überhaupt richtig angesehen habe, aber einer von beiden versuchte offenbar gerade, sich einen dieser flaumigen Bärte wachsen zu lassen, der andere trug ein Batik-T-Shirt. Ich zucke die Schultern.

«Ich stelle mir vor, dass dadraußen zwei Typen rumrennen, die genauso aussehen wie ich und Ben.»

«Noch zwei von euch? Der Gedanke lässt mich schaudern.»

Er boxt mir leicht gegen den Arm und sieht mich an. Adams Blicke sind nie so verspielt und strahlend wie die von Ben – sie scheinen mit etwas belastet zu sein, das ich nie ganz verstehe. Ich glaube, er fürchtet sich davor, seine Gefühle zuzulassen.

«Ich schwöre dir, ich will Ben nie wieder so abgefuckt erleben … Sorry, Gia.»

Er dreht sich um, aber Gia hält die Hand in die Höhe, als würde sie es ihm ausnahmsweise gestatten. Sie fängt meinen Blick auf und lächelt. Gia war in Bezug auf die Situation mit meiner Mutter besonders taktvoll. Sie hat gesehen, wie meine Brüder und ich vor ihr zusammengebrochen sind und hielt sich dabei immer an der Seitenlinie. Aber die Ereignisse betrüben sie. Ich habe mitbekommen, wie sie mit Matt darüber gesprochen hat.

«Sie ist eine dumme Frau», äußert sie plötzlich.

Dumm ist wahrscheinlich untertrieben, aber Adam nickt zustimmend, weil er nun weiß, dass er nicht der Einzige ist, der so denkt.

«Es ist schade, dass sie nicht die Mutter ist, die ihr braucht. Sie ist dumm, weil sie nicht sieht, wie viel Glück sie hat mit Kindern wie euch.»

Adam und ich verdauen schweigend den letzten Satz. Ich lächle. *Gia, Gia, Gia – erst vor drei Wochen hast du dich wie ein typisches Schwiegermutter-Klischee verhalten. Aber dann ist irgendwas passiert. Du hast meine Familie verteidigt, hast die Geister von Exfreunden verscheucht und Massen von hausgemachter Pasta gekocht.* Und während ihre Besuche sonst oft angestrengt waren und gezwungen, fühlt es sich jetzt irgendwie herzlich an, wenn sie in der Nähe ist und aus unserer Küche heraus für Trost sorgt. Adam schweigt immer noch.

«Komm, du musst zu deiner Probe, *no?*»

Ich nicke. Gia hält ihre Hand hoch und legt sie mir auf die

Wange, als wolle sie mich segnen. *Ich respektiere dich jetzt, Mutter meiner Enkelkinder – gehe hinaus in die Welt mit den Rezepten, die ich dir mitgegeben habe, und setze deine guten Werke fort.* Aber nein. Stattdessen legt sie etwas in meine Hand.

«Das für dich, für morgen. Hab Vertrauen, *mia.*»

Ich sehe auf meine Handfläche, und darauf liegt ein kleines, goldenes Kreuz an einer Kette. Adam, der gerade Millie auf dem Arm hält, kann sich kaum beherrschen, in lautes Lachen auszubrechen. Yep, genau das brauche ich jetzt. Ein verdammtes Wunder.

12 : 36 Uhr

Ich bin nicht sicher, wo dieser armageddonartige Koch-Showdown in meiner Vorstellung hätte stattfinden sollen. Ich dachte, wir würden zumindest in irgendeiner Küche kochen, aber nein, das Set hier ist monströs. Das Studio sieht aus wie eine Höhle, man hat das Gefühl, im Inneren des Raumschiffes in *Alien* zu sein. Wenn mich irgendwas einschüchtert, dann sind es die vielen Kabel und das Metall, das überall runterhängt, als würde sich gleich irgendein industrieller Unfall ereignen.

«Noch sieben Minuten!»

Ich bin zu einer Mini-Generalprobe mit Luella gekommen. Man hat mich in ein Fünfziger-Jahre-Kleid gesteckt, inklusive Pumps und Schmuck, und meine einzige Zuschauerin ist Annie, die hier ihre Mittagspause verbringt, weil ihr Büro nur zehn Minuten entfernt liegt. Um ehrlich zu sein, habe ich keine Ahnung, wie diese Probe mir helfen soll, außer dass ich noch nervöser werde. Am schlimmsten ist, dass ich unter dieser Art

Druck gar nicht kochen kann. Gemütliches Samstagskochen, wo die Hälfte für mich getan wird, funktioniert. Wenn vier Kinder an meinen Armen zerren oder an meiner Hüfte baumeln, kann ich es auch. Aber wenn Luella mir ständig sagt, dass ich noch soundso viele Minuten übrig habe, und dann unter der Hitze dieser Scheinwerfer und bei all den Leuten, die jede meiner Bewegungen in Frage stellen, ist mein Scheitern vorprogrammiert. Ich weiß nicht, warum ich meine Avocados auf diese Weise schneide. Ich mache es einfach. Jake würde mir nie solche Fragen stellen. Eine Stimme dröhnt über das Set.

«Wow, Tommy! Das duftet ja köstlich!»

Ich schaue rüber zu der leeren Arbeitsplatte neben mir, wo Tommy McCoy von einem Besen dargestellt wird, und Moderator Vernon von einem Mikrophonständer.

«Sie dürfen nicht abgelenkt wirken, Jools! Vernon wird mit solchen Sätzen ständig um sich werfen, und Sie dürfen sich davon nicht beeindrucken lassen.»

Ich bin mehr von der Tatsache abgelenkt, dass meine Soße aussieht wie Pipi. Warum ist sie so wässrig? In dieser Beleuchtung kann ich nicht erkennen, ob meine Guacamole anfängt grau zu werden oder einfach insgesamt misslungen ist. Ich presse noch mehr Zitrone darüber. Dann stehe ich einen Augenblick einfach da und starre. Luella macht sich richtig Sorgen.

«Sie müssen aktiv wirken. Waschen Sie zur Not irgendwas ab.»

Ich sehe verwirrt aus. Muss ich das? Zu Hause wäre das jetzt der Moment, wo ich das Essen vor sich hin köcheln lasse und mich hinsetze, um einen Schluck Tee zu trinken und ein Magazin zu lesen. Ich nicke und staple das Geschirr in der Spüle. Dann wasche ich den Reis und decke den Tisch.

«Drei Minuten!»

Wenn Ted das zu Hause mit mir machen würde, wäre ich versucht, ihn aus dem Küchenfenster zu werfen. Ich häufe alles auf den Teller, so wie geplant, und habe sogar noch Zeit, eine Serviette danebenzulegen. Was machen die Chefköche noch mal mit den Geschirrhandtüchern? Wischen sie damit nicht die Tellerränder sauber? Ich versuche es, aber dadurch entsteht nur ein größerer Schmierfleck auf dem Teller. Ich wische ihn mit dem Finger weg und sehe, wie Annie lacht.

«Dreißig Sekunden ... achtundzwanzig ...»

Ich bin fertig. Ich stehe da und lege die Hände auf den Rücken. Ich werde nicht abwaschen, weil ich keine Lust dazu habe. Ich nehme bloß ein bisschen Koriander und streue ihn an den Rand.

«Zehn, neun ...» Ich lasse die anderen Zahlen über mich ergehen, damit Luella ihren dramatischen Abschluss haben kann.

«AUFHÖREN ZU KOCHEN!»

Annie macht ein gespielt wütendes Gesicht, woraufhin ich kichere, und dann kommen sie beide zu mir. Ich fuchtele mit den Händen und präsentiere ihnen mein Essen, als würde ich sie dazu auffordern, ihre Karten auszuspielen. Sie betrachten mein Gericht neugierig.

«Also, wollt ihr mal probieren?»

Annie zuckt die Schultern und haut rein. Luella legt einen Notizblock hin, und ich sehe, dass sie meinen Fehlern in der letzten Stunde zwei ganze DIN-A4-Seiten gewidmet hat. Sie nimmt eine Gabel und stochert in meinem Reis herum.

«Es ist lecker, Jools. Ein absolut gutes Chili. Vielleicht nur noch etwas schärfer, ein bisschen mehr Chilipulver?», sagt Annie. Sie kommt und umarmt mich. Luella presst die Lippen aufeinander.

«Der Reis könnte noch besser abgeschmeckt werden. Den Koriander würde ich lieber weglassen – Teufelszeug. Und die Guacamole ist einen Tick zu sauer.»

Ich nicke. Das sind alles konstruktive Bemerkungen, die ich bestimmt zu meinem Vorteil nutzen kann.

«Aber ich habe noch mehr», sagt Luella.

Ich halte die Luft an.

«Erstens: Sie können nicht ins Publikum grinsen und winken, weil die Zuschauer zu Hause nicht wissen, was Sie da machen, und es sieht total dämlich aus.»

Ich habe bloß versucht, witzig zu sein, weil Annie meine einzige Zuschauerin ist, aber egal.

«Zweitens: Wir sollten noch mal über Ihr Kleid nachdenken. Sie machen ständig diese Plié-Beuge, als ob Sie gerade furzen oder irgendwas da unten nicht stimmt.»

Annie lacht so sehr, dass ihr die Salsa aus dem Mund fliegt.

«Ich … ich bin einfach nicht an dieses Set gewöhnt. Normalerweise muss ich mich immer hinknien, um meine Töpfe aus den Schränken zu holen, darum greife ich aus Versehen immer erst mal nach unten.»

Luella sieht verwirrt aus, nickt aber.

«Nun, vielleicht können wir Ihnen etwas Bequemeres anziehen. Im Moment sieht es so aus, als wollten wir Sie in Bree aus *Desperate Housewives* verwandeln. Und diese Stammes-Armreifen lassen wir auch weg, da verfängt sich ständig irgendein Mist drin.»

Ich nicke. Annie drückt meine Hand.

«Außerdem sollten wir noch ein bisschen an Ihrer Präsentation auf dem Teller arbeiten. Es muss nicht zu schickimicki aussehen, aber das hier wirkt etwas grob. So ein bisschen wie ...»

Ein Klumpen Katzenkotze? Ich denke daran, dass ich das Essen für die Kinder anrichte, indem ich das Obst auf dem Teller in Grinsegesichter lege.

«Ein bisschen amateurhaft.»

«Aber sie ist doch ein Amateur», informiert sie Annie.

«Stimmt. Aber momentan sieht es aus wie Schulessen, das man auf einen weißen Teller geklatscht hat, und das ist zu langweilig.»

Annie legt den Kopf zur Seite. «Wir könnten irdenes Geschirr nehmen, damit es besser aussieht», sagt sie.

Luella nickt und macht sich Notizen.

«Es gibt doch diese tollen Tapas-Teller, die so unterteilt sind – das könnte doch funktionieren», fügt sie hinzu.

«Oder wir könnten eine Mariachi-Band mitbringen und die Jury mit Margaritas bestechen», schlage ich vor.

Sie lachen beide, aber in Luellas Blick sehe ich, dass sie überlegt, ob das wirklich möglich wäre.

19:16 Uhr

Nach meiner Generalprobe fuhr ich quer durch London, um die Kinder einzusammeln, und stellte fest, dass Hannahs Klasse mir eine Karte gebastelt hatte und mir viel Glück wünschte. Was mich aus irgendwelchen Gründen zum Heulen brachte – heute hatten mir die Leute alle gesagt, dass ich direkt in mein Unglück laufe und dass das Einzige, das mich noch retten könnte, ein Wunder oder Alkohol wäre. Also habe ich Letzteres gewählt, bin nach Hause gefahren, habe eine Flasche Weißwein aufgemacht und angefangen zu trinken.

Und jetzt bin ich völlig entspannt und gucke mir im Fernsehen *The One Show* an, aus vermutlich dem gleichen Grund wie alle anderen: weil sie läuft, bevor das richtige Abendprogramm beginnt, und es sonst nichts anderes als Nachrichten gibt. Die Kinder beschäftigen sich in ihren Zimmern, Dad kocht mit Millie das Abendessen, und ich betrinke mich. Das fühlt sich beinahe surreal an. Als wäre es ein ganz normaler Tag. Nicht, dass ich sonst auch mitten unter der Woche trinke – es gibt noch hundert Dinge, die erledigt werden müssen, bis der Tag rum ist. Morgen könnte nichts oder alles Mögliche passieren. Aber ich fühle immer noch nichts. Ich nehme noch einen Schluck Wein. Vielleicht liegt es am Alkohol. Ich lasse mich noch tiefer ins Sofa sinken und spüre ein herrliches, warmes Gefühl in meinen Schultern. In letzter Zeit habe ich ziemlich viel getrunken – so viel, wie seit meiner Studentenzeit nicht. Ich denke daran, was sich seitdem alles verändert hat. Zum einen färbe ich meine Haare nicht mehr in albernen Farben. Ich verwende auch keine Batiktücher als Vorhänge oder trinke Wein für zwei Pfund von Spar. Aber manche Dinge sind auch gleich geblieben: Matt; meine halbherzigen Versuche, regelmäßig Sport zu treiben; die Tatsache, dass ich immer noch keine Mutter habe; und diese großen, fetten Selbstzweifel, die über meinem Kopf schweben. Ich trinke noch ein halbes Glas Wein. Hannah kommt herein und setzt sich neben mich, legt den Kopf in meine Armbeuge.

«Ist das Kitty McCoy?»

Ich bin so angetrunken, dass ich sie gar nicht bemerkt habe. Ja, das ist sie. Sie spricht über den morgigen Tag und trägt einen seltsamen Überwurf, unter dem man ihren BH sehen kann. Dürfen Leute in ihrem Alter so etwas tragen? Ich denke an die angegrauten BHs in meiner Schlafzimmerschublade: die bequemen aus Baumwolle, die weichen aus Spitze, die sich schon auflösenden Still-BHs mit alten Milchflecken. Ich überlege, dass ich vielleicht morgen einen davon anziehen sollte. Dann wären die Leute so schockiert von dem Anblick, dass keiner mehr auf meine Kochkünste achten würde. Ich sehe zu Kitty. Selbst ihre Ellenbogen glänzen wie poliert. Ihre Haare sind golden und glitzern in den Studioscheinwerfern wie Weihnachtsdeko. Ich nicke.

«Ich bin froh, dass sie nicht meine Mutter ist.»

Ich sehe Hannah an und lächle.

«Warum denn?»

«Sie sieht nicht besonders lustig aus.»

Ich interpretiere das so, dass ich offenbar lustig bin. Ich bin vielleicht nicht dünn oder blond oder zeige meine Möpse, aber ich habe Humor. Gut.

«Harriets Mum ist auch so. Wenn wir rausgehen, dann passt sie immer auf, dass ihre Schuhe zu ihren anderen Sachen passen, und Harriet sagt, sie geht nie raus ohne Lippenstift, noch nicht mal, um Milch zu kaufen.»

Sie starrt mit hochgezogenen Augenbrauen auf den Bildschirm, und ich seufze vor Erleichterung, dass sie solche Eitelkeiten als Versagen bewertet. Dann seufze ich wieder, weil ich daran denke, dass ich manchmal zur Tankstelle gehe und mir bloß eine Jeans über meinen Schlafanzug gezogen habe und eine Mütze auf meine ungekämmten Haare.

«Kommen wir morgen mit zum Fernsehen?»

Ich nicke. «Ja. Onkel Adam und Onkel Ben begleiten uns auch und Tante Annie. Ihr seid alle mit dabei und könnt zugucken.»

Sie kuschelt sich dicht an mich. *Ihr könnt live zusehen, wie eure Mutter vor aller Welt einen Nervenzusammenbruch bekommt. Wer möchte nicht, dass seine Neunjährige das miterlebt?*

«Warum bist du dann traurig, Mummy? Hat Tommy McCoy wieder gemeine Sachen zu dir gesagt?»

Na ja, irgendwie schon, aber das erzähle ich ihr nicht. Ich schüttle den Kopf.

«Ist es wegen deiner Mummy?»

Ich schüttle wieder den Kopf und frage mich, woher all diese empathische Einsicht kommt.

«Du denkst, meine Mummy macht mich traurig?»

Hannah zuckt die Schultern und nickt. «Du weinst oft. Wenn Leute bei *EastEnders* sterben. Oder wenn wir *X Factor* gucken und die über ihre Kinder reden und so. Du wirst immer traurig.»

Das klingt, als wäre ich ein totaler Trauerkloß. Ist es gesund für mein Kind, dass es mich so oft heulen sieht?

«Nun, Leute werden manchmal traurig. Bist du gerade über irgendwas traurig?»

Sie schüttelt den Kopf. Ich fühle eine Welle der Erleichterung.

«Ich werde traurig, wenn du traurig bist. Das ist alles.»

Große Weißwein-Wirbel drängen irgendwas in meinem Hirn nach vorn, und die Tränen laufen mir über die Wangen.

Hannah wird ganz blass, weil sie glaubt, sie hätte irgendetwas Unpassendes gesagt. Sie springt auf meinen Schoß und drückt mich. Ich nenne das Wirbelsturmumarmung – diese Umarmungen, die einem die Rippen zerdrücken und einem die Zunge aus dem Mund schieben wie einem Frosch. Seit wann ist sie eigentlich so groß? Wenn sie so auf mir liegt, belegt sie drei Viertel meines Körpers. Seit wann ist ihr Hirn so voll mit Informationen? Ich muss an die Zeit denken, als sie noch ein Baby war und wir in Leeds auf dem Bett saßen und zusammen Bücher aus der Bücherei anschauten. Seitdem hat sie sich so sehr entwickelt. Sie hat mehr Haare. Sie verbringt nicht mehr den ganzen Tag im Schlafanzug. Sie hat einen kleinen Überbiss, der in drei oder vier Jahren vermutlich eine Zahnspange notwendig macht. *Meine kleine* Hannah Banana. *Vielleicht bist du ja wirklich der Grund, warum die Dinge so sind, wie sie sind. Wenn du nicht gezeugt worden wärst, wäre ich denn noch mit Matt zusammen? Hätte ich vier Kinder? Wäre ich verheiratet und würde morgen im Fernsehen auftreten? Vermutlich nicht.*

Sie scheint nicht zu merken, dass ich sie anstarre und die Folgen ihrer Existenz hinterfrage. Sie klammert sich nur fest, und ich drücke sie zurück. Dad kommt ins Zimmer und sieht zu uns herüber. Er bemerkt meine Tränen, dann die halb leere Weinflasche auf dem Boden. Er nickt und geht wieder, wobei er murmelt:

«Abendessen ist fertig.»

«Was gibt es, Grandpa?»

Er lächelt, die Ofenhandschuhe in der Hand.

«Es gibt Fischstäbchen-Auflauf. Wir können essen, wenn ihr so weit seid.»

Ich muss so lachen, dass mir der Schnodder aus der Nase und in Hannahs Haare fliegt.

2 : 34 Uhr

Der große Tag ist gekommen. Ich sehe auf die Uhr. Technisch gesehen ist das Duell heute, denn ich schlafe nicht. Ich kann nicht und werde nicht. Hin und wieder drifte ich weg, doch meine Träume sind grässliche Versionen möglicher Vorkommnisse, bei denen ich spontan in Flammen aufgehe, mich einnässe oder Finger abschneide, die nicht meine eigenen sind, dass ich in kaltem Schweiß erwache. Das Zimmer ist in seltsames marineblaues Licht getaucht, ohne Geräusche oder Gerüche, sodass ich langsam glaube, dass ich den Verstand verliere. Und ich habe Angst. Es ist die Sorte Angst wie vor einer Geburt, wenn alles, was nach diesem Ereignis kommt, das Leben für immer und unwiederbringlich verändert. Wird die Show einer dieser Fernsehmomente sein, die für alle Ewigkeiten im Gedächtnis bleiben, sodass die Leute auch noch in Jahren mit dem Finger auf mich zeigen und lachen? Darum schlafe ich nicht. Ich liege bloß in meinem Bett und denke an all die Dinge, die mich mit Furcht erfüllen. Meine Mum. Mein Dad. Meine Kinder. Meine Kinder zu verlieren. Kinder, die von der Straße gekidnappt werden. Matt. Matt zu verlieren. Matt, der Affären mit dünnen Frauen aus seinem Büro hat, die es gar nicht gibt. Frauen mit hübschen Schuhen und ohne Unterhose. Dass Adam nie die Richtige findet. Dass Ben irgendein armer, verlotterter Schauspieler wird. Dass meine Kinder mich später hassen oder auf einmal Messer tragen oder sich beim Eiswagen in der Nähe des

Friedhofs Drogen kaufen. Oder dass wir unsere Hypothek niemals abbezahlen werden.

«Bist du wach? Schlaf wieder, Jools. Du musst schlafen.»

«Ich kann nicht. Ich bin zu nervös.»

«Bei all dem Alkohol, den du gestern Abend in dich reingekippt hast, müsstest du eigentlich bewusstlos sein.»

Auf den Wein folgte eine weitere Flasche zum Abendessen und vor dem Schlafengehen noch ein Glas warmer Brandy. Genug Alkohol, um auf der Treppe zu stolpern, aber nicht genug, um in ein Koma zu fallen. Ich denke an die Fischstäbchen, die mir noch immer im Bauch liegen, orangefarbene künstliche Brotkrumen, die mit dem Weißwein tanzen. Mein Magen hebt sich.

«Bitte sprich mit mir.»

Matt dreht sich um und nimmt mich in die Arme. Ich spüre die Wärme seines Atems hinten an meinem Hals, eine Hand greift nach meinem Post-Schwangerschafts-Hüftgold. So kann er weiterschlafen, während ich ins Leere rede.

«Kitty McCoy war heute Abend im Fernsehen. Sie verkauft jetzt Baby Ganoush in Dosen. Und eine ganze Serie von neuen Fruchtdips.»

«Schön.»

«Ich habe in meinem ganzen Leben noch keinen Fruchtdip gemacht.»

«Weil es keinen Grund dafür gibt. Man isst das Obst einfach so, wie es ist.»

Schweigen.

Matts Atem verlangsamt sich, während er versucht, wieder einzuschlafen.

«Was, wenn ich aufs Essen kotze?»

«Nimm Sellerie. Das überdeckt alles.»

Ich stoße ihn in die Rippen und denke an das Chili, das ich heute gekocht habe. Vielleicht würde es mir helfen, mich zu übergeben? Ich spüre, dass Matt unter der Decke die Füße aneinanderreibt. Das hilft ihm beim Einschlafen. Kleine Hobbithaare reiben an meinem Knöcheln.

«Glaubst du, ich kann McCoy schlagen?»

Er schweigt. Schläft er? Er murmelt etwas, das ich nicht verstehe. Ich drehe mich zu ihm um.

«Was hast du gesagt?»

Seine Augen sind geschlossen. Ich drücke meinen Finger gegen seine Nase.

«Ich finde, du bist der tapferste Mensch der Welt, dass du das machst, aber …»

Aber was, du gemeiner Halbsatz-Mistkerl? Er sieht mir direkt ins Gesicht, dann zieht er mich an sich. Ich weiß nicht, was ich empfinden soll. Auf der einen Seite ist Matt immer brutal ehrlich zu mir. Aber auf der anderen Seite will ich, dass er mir sagt, dass ich McCoy fertigmache. Dass ich ihn unter die Arbeitsplatte koche und so siegreich aus der Sendung hervorgehe, dass zu meinen Ehren Paraden abgehalten werden. Vielleicht kann ich sogar eine kleine Krone tragen. Ich will, dass er zumindest daran glaubt, dass ich dazu fähig bin. Warum mache ich das sonst? Um eine Spielfigur in McCoys Medienspiel zu sein, in dem er wieder einmal zeigen kann, dass er besser ist als alle anderen? Nur um zu beweisen, dass ich mutig bin? Ich grüble immer noch darüber nach, wie das alles kam, wie eine Amateurköchin sich vom größten Chefkoch im Land herausfordern lassen konnte, mit all seinen Auszeichnungen und Bestsellerbüchern, als ich fühle, wie etwas gegen mein Bein drückt. Mein bevorstehendes Versagen turnt meinen Mann an? Ich schiebe ihn weg.

«Es freut mich, dass dich die Tatsache, dass ich mich im Fernsehen komplett blamieren werde, derartig erregt.»

Er lacht. Auch nicht sehr aufmunternd. Er streicht mir die Haare aus dem Gesicht und schaut mich an. Dann küsst er mich, damit ich ihn nicht zu einer Antwort dränge, die er mir nicht geben wird. Idiot. Idiot, weil es beinahe funktioniert. Das ist kein normaler Kuss. Es ist ein sanfter, langgezogener und aufmerksamer Kuss, als wären wir frisch verliebt. Seine Hände sind an neuen Stellen – nicht auf meinen Möpsen, so wie sonst. Sondern an meinem Gesicht, unter meinem Kinn, er fährt die Außenlinie meiner Wangen entlang. *Du Mistkerl. Du versuchst bloß, mich mit Küssen abzulenken.* Er rollt sich auf mich, unsere Beine drängen sich auseinander, unsere Füße berühren sich. Sein Gewicht auf mir, sein Flüstern in meinem Ohr.

«Alles wird gut.»

Der Sex oder das Kochen? Ich bin zu müde, um ihn zu fragen. Ich lasse zu, dass er meine Hose herunterzieht und sie vom Bettrand kickt. Es ist immer dasselbe mit Matt – sicherer, warmer Sex, wie eine heiße Wärmflasche. Besser als das. Vielleicht hilft es mir beim Einschlafen.

7:10 Uhr

Der Sex half mir tatsächlich einzuschlafen. Es war, als befände ich mich auf einem Schiff, das langsam und auf einer sanften Strömung zum Ufer schaukelt. Matt schlief in mir ein, ohne gekommen zu sein, bis ich ihn von mir schob und zudeckte. Dann drehte ich mich um und schlief selbst ein. Diesmal träumte ich davon, dass ich auf einem Schiff kochte, umgeben von Wein, mit dem ich mich unter der griechischen Sonne bewusstlos soff, bis es mir völlig egal war, was ich da gerade kochte. Um ehrlich zu sein, war das sehr angenehm.

Am nächsten Morgen, während Matt und ich noch halbnackt im Bett liegen, reißt uns Luella aus dem Schlaf. Und zwar buchstäblich. Sie platzt einfach, ohne zu klopfen, in unser Schlafzimmer.

«Aufstehen, Leute. Ihr Vater hat mich reingelassen.»

Sie reibt die Hände zusammen, während Matt versucht, sich so unter der Decke zu positionieren, dass sie seine bloßgelegte untere Hälfte nicht sieht. Mein Vater?

«Alle sind schon auf Position. Gia und Ihr Dad machen Frühstück, und die Zwillinge gucken Cartoons.»

Sie verlässt das Schlafzimmer, nachdem sie, wie ich feststelle, auf meiner Unterwäsche am Fuß des Bettes gestanden hat. Draußen ist der Himmel grau, und die Wolken hängen tief, als wüssten sie, was der heutige Tag bringt. Ich betaste meine Stirn, ob ich vielleicht Fieber habe. Leider nein.

Der heutige Tag ist mit militärischer Präzision durchgeplant worden, wie wir nur zu gut wissen, da Luella den Ablauf laminiert und an jede Wand unseres Hauses gepinnt hat. Die Kinder werden wie immer zur Schule gehen. Um zwölf Uhr kommt ein Wagen, um mich und Luella zum Fernsehstudio zu bringen. Dad und Gia, die zu aufgeregt sind, um dabei zu sein, werden mit Millie zu Hause bleiben und sich alles im Fernsehen ansehen. Um fünfzehn Uhr werden die Kinder von Onkel Ben aus der

Schule abgeholt und ins Studio gebracht. Onkel Adam, Annie und Matt werden gegen achtzehn Uhr ins Studio kommen. Der Livemitschnitt beginnt um zwanzig Uhr.

Da ihr Tag also eigentlich erst mittags richtig losgeht, frage ich mich, was Luella schon am frühen Morgen hier zu suchen hat. Ich ziehe mir meine Schlafanzughose und einen Morgenmantel an und gehe zu Millie, die in ihrem Bettchen sitzt und schon gehört hat, wie alle herumlaufen. Sie reckt ihre Ärmchen zu mir hoch. Es ist schade, dass sie nicht mitkommen kann. Sie war dabei, als alles begonnen hat, sie hat sich Kitty McCoy gestellt wie ein getreuer Page und wurde Opfer eines Photoshop-Angriffs. Jetzt muss sie mit meinem Dad das Finale im Fernsehen anschauen. Sie legt ihren Kopf gegen meine Brust und umarmt mich, soweit sie das kann. *Ich bin für dich da, Mum, du schaffst das. Und ich brauche eine neue Windel.*

Unten in der Küche dampft es vor Aufregung und frisch Gebackenem. Gia und Dad hielten es offenbar für nötig, den Tag mit einem Haufen Donuts, Croissants und Schinkensandwiches zu beginnen, sodass sich der Küchentisch biegt. Dad, der mir erzählt, dass er in der Nacht kein Auge zugetan hat, ist früh hergekommen, um dabei zu helfen, *die Party vorzubereiten*, wie er sagt. Er ist zappelig, weil er zu viel Kaffee getrunken hat, was dazu führt, dass er beschlossen hat, meine Schubladen aufzuräumen. Neben dem Küchentisch stehen Blumen. Von Tante Sylvia über Hugh Fearnley-Whittingstall bis zu Mrs. Pattak nebenan stammen eine ganze Flut von Karten und Blumenarrangements. Es ist ein bisschen wie auf einer Beerdigung und überwältigt mich.

Daneben liegt ein großer Stapel Zeitungen, die Luella für uns mitgebracht hat. Matt sitzt schon am Tisch und liest die *Sun*, auf der mein Gesicht neben dem von McCoy abgebildet ist, so als würden wir gleich in den Ring steigen. Die Schlagzeile und das große Bild sind normalerweise für das Halbfinale der Fußballweltmeisterschaft reserviert: KRIEG! Es mag ein paar Menschen im mittleren Osten geben, die diese Behauptung anzweifeln.

Ich schaue Matt über die Schulter – wir haben eine Doppelseite mit Leserkommentaren und zwei Kolumnisten bekommen, die ihre Einschätzungen abgeben. Die eine ist sehr pro-McCoy und findet, dass die Sendung ziemlich überflüssig sei, während der andere mich als Außenseiterin anfeuert. Ich nehme den *Guardian*, der der Sache einen ganzen Artikel widmet. Vom Stil her ein bisschen kluge Profanität gemischt mit bissiger Nonchalance über Leute und die Welt im Allgemeinen, aber er ist außerdem total anti-McCoy («*Seinetwegen würde ich mir am liebsten die Augen rausschneiden, sie in Balsamico-Essig sautieren und dann Zitronensaft in meine leeren Augenhöhlen träufeln*»), also möchte er, dass ich gewinne.

Draußen warten vier Paparazzi in ihren Autos, und als wir den Laptop öffnen, platzen Twitter und Facebook (oder Twitface, wie wir es mittlerweile nennen) beinahe vor Kommentaren und Daumendrücken von Unbekannten. Es ist ein bisschen zu viel. Also stopfe ich mich mit Croissants voll und sehe den anderen beim Herumwirbeln zu. Croissants. Als ich das letzte Mal eins gegessen habe, war ich bei Sainsbury's und hatte danach dicke Krümel am Kinn. Ich lege das Croissant verschreckt hin und nehme mir lieber einen Donut. Vielleicht kann ich noch mal auf meinen Plan zurückkommen, so viel zuckrige Glutenprodukte zu mir zu nehmen, dass ich ins Koma falle und nicht an den heutigen Events teilhaben muss. Vielleicht. Ich weiß nicht genau, wie ich mich fühle. Ich bin sicher, dass mich diese tief verwurzelte Angst wieder lähmen wird, sobald die Kameras angehen und ich zugekleistert mit falscher Gesichtsbräune dastehe (das war Luellas Vorschlag, da ich sonst offenbar aussehe wie einer der Untoten in *Twilight*). Aber im Moment fühle ich nichts. Ich bin wie betäubt und glaube, ich muss pinkeln. Aber das ist auch alles. Ich glaube, ich will weder weinen noch lachen noch zusammenbrechen. Höchstens weglaufen. Weiß aber nicht, wohin. Luella redet, als würde sie von einem Generator angetrieben werden.

«Man muss die Leute vom *Guardian* einfach lieben. Erinnern Sie mich daran, dass wir ihnen irgendwas schicken. Vielleicht ein paar Steaks.»

Ich nicke. Ich glaube, ich sollte mich anders fühlen. Ich sollte den Flur rauf und runter laufen und mich selbst anfeuern, gegen die Wände boxen und die Familie zum Gebet um mich versammeln, indem wir uns alle an den Händen halten und gemeinsam etwas singen. Aber nichts. Es fühlt sich weder an wie Weihnachten noch wie der Morgen vor einem großen Examen. Gott, bin ich etwa zu ruhig? Dass ich so dringend pinkeln muss, beweist mir das Gegenteil. Ich höre die Kinder nebenan vom Sofa springen. Hannah kommt rein und nimmt sich ein Pain au Chocolat, ihre Haare sind struppig wie ein Werwolf.

«Die reden im Fernsehen über dich, Mummy.»

Luella rennt nach nebenan. Hannah kommt zu mir und legt die Arme um meinen Hals. Ich starre aus dem Fenster und über die Hecken, zu dem kleinen Streifen Himmel, den ich in der Ferne sehen kann, eingerahmt von Telefonmasten und unbeschnittenen Bäumen. Matt legt seine Hand in meine und schaut mir in die Augen, auf dieselbe Weise wie gestern Nacht vor unserem unbeholfenen Versuch der Leidenschaft, und er sagt nichts. Er muss auch nichts sagen. Ich greife bloß so fest nach seinen Fingern, dass ich in seiner Handfläche kleine Halbmonde hinterlasse. Die Jungs kommen plötzlich in die Küche geschossen, und ihre Augen leuchten beim Anblick der Gebäckstücke auf. Alle sind sehr still, abgesehen von Ted, der von all den Blumen niesen muss. Er schnaubt direkt in Luellas Kaffee. Die scheint es nicht zu merken. Jake geht zu meinem Dad und fragt nach einem Pfannenheber, um damit nach seinem Bruder zu schlagen. Hannah dreht sich zu mir um – ihre Finger sind voller Schokolade, und sie hat damit ihr Gesicht verschmiert wie mit Kriegsbemalung.

«Tommy McCoy ist so ein Klugscheißer.»

Was? Matt verschluckt sich an seinem Croissant.

«Han, wo hast du dieses Wort gelernt?»

«Der Kerl im Fernsehen hat ihn gerade so genannt.»

Matt zuckt die Schultern und grinst.

«Verwende es nicht noch mal, okay?»

Hannah lächelt. Ich jedoch muss mir die Schläfen reiben. *Was zur Hölle ist heute los mit mir?* Ich schiebe Hannah von meinem Schoß und gehe nach oben ins Badezimmer, wo ich mich an die Tür lehne. Ich höre Luellas Stimme von unten.

«Jools? Jools?»

Ich höre Schritte hochkommen. Es klopft sanft.

«Bitte Luella, ich brauche mal fünf Minuten für mich. Das ist alles ein bisschen viel.»

«Jools, ich bin es, dein Dad.»

Ich schließe die Tür auf und setze mich auf den Badewannenrand. Er setzt sich neben mich. Unsere Zehen berühren die kaputten Fliesen, die Matt und ich aus Geld- und Zeitmangel nie erneuern, auch wenn wir befürchten, dass darunter Schimmel wächst.

«Der reinste Zirkus in eurem Haus.»

«Ich bilde mir das also nicht bloß ein?»

Dad schüttelt den Kopf und legt eine Hand auf mein Knie.

«Willst du das immer noch tun?»

«Es geht nicht darum, was ich will, Dad. Ich muss. Ich habe einen Vertrag mit der Produktionsfirma abgeschlossen.»

Er nickt langsam. *Vielleicht können wir eine Blinddarmentzündung vorgaukeln oder deine Hand in einen Mixer stecken.* Er kramt im Geist zwischen seinen erprobten Phrasen herum, die mich aufmuntern sollen. Davon hat er viele. Als ich in der Schule durch die Deutschprüfung gerasselt bin (nicht das Ende der Welt, nur Deutsche sprechen deutsch); als Richie Colman mit mir Schluss gemacht hat (es gibt noch mehr Fische im Meer); als ich herausfand, dass ich mit Zwillingen schwanger war (es könnte schlimmer sein, du könntest Drillinge kriegen). Er ist nicht sehr einfallsreich, aber ich hatte immer das Gefühl, dass ich für ihn seit Mums Verschwinden der einzige Grund bin, in die weibliche Psyche einzutauchen. Er war deshalb immer vorsichtig, hat mich nie zu schnell verurteilt, um mich nicht auch noch zu vertreiben. Ich erwarte also meine Dad-Phrase der Woche.

«Dann tu es, Schatz, und zwar richtig. Geh da mit erhobenem Haupt raus. Ich lasse nicht zu, dass irgend so ein aufgeblasener Schwachkopf von Fernsehkoch meine Tochter bloßstellt. Du zeigst diesem Wichser, aus welchem Holz du geschnitzt bist.»

Ich sage nichts. Ich rutsche bloß rückwärts, wobei ich in die Wanne falle, und wir prusten los vor Lachen.

Vierundzwanzigstes Kapitel

Am Ende des Vormittags sprudelt die nervöse Energie immer noch über, aber in einer angenehmen Jacuzzi-Art und nicht wie vorher, als die Blasen heftig über den Rand geschossen sind. Das Gespräch mit meinem Dad und mein darauffolgender ziemlich uneleganter Rutscher in die Badewanne haben etwas in mir bewegt. Ein kleiner Funke Kampfgeist ist in mir erwacht, hauptsächlich aus der Erkenntnis heraus, dass der ganze Rummel um diese Situation vor allem von McCoy selbst angeheizt wurde, um sich an mir zu rächen und mich genau dorthin zu bringen, wo ich eben war, nämlich zusammengekauert hinter der Badezimmertür. Dieser Bastard hat mich vielleicht ein bisschen nervös gemacht, aber ich bin umgeben von Menschen, die mich aufmuntern, von den einzigen Menschen, deren Meinung mir wichtig ist. Die Kinder ganz vorneweg mit ihren Umarmungen und guten Wünschen, als sie sich auf den Weg zur Schule gemacht haben. Und dann natürlich Matt. Als die Make-up-Leute kamen, um an mir herumzuzupfen und mich auf Vordermann zu bringen, hatte ich plötzlich das Gefühl, ich könnte diesen Tag wirklich in Angriff nehmen und vielleicht sogar am Ende lebendig aus der ganzen Sache herauskommen. Vielleicht.

Als wir auf dem Weg zum Studio im Wagen sitzen, kann ich nicht sagen, ob Luella dasselbe empfindet. Sie ist still und scheint mein ganzes Leben auf zwei lila Klemmhefter reduziert zu haben, die sie immer wieder durchblättert, während sie den Fahrer anbrüllt, dass er wegen des beschissenen Verkehrs nicht über Hauptstraßen und Überführungen fahren soll. Ich habe vergessen, dass ihr dieser Tag vermutlich wegen der Sache mit ihrem Exlover viel bedeutet.

Ich habe ihre Vergangenheit mit McCoy seit damals nicht mehr angesprochen, weil ich das Thema nicht unnötig breittreten wollte oder mir die Möglichkeit ins Bewusstsein rufen, dass sie sich vielleicht bloß über mich an ihm rächen will. Der Wagen rumpelt über ein Schlagloch, und ein paar Dinge fallen aus ihrer Mulberry-Tasche, darunter eine Portemonnaie und ein paar Fotos. Ich helfe ihr dabei, die Sachen einzusammeln, und werfe einen Blick auf ihren französischen Mann und die Designerkinder in ihren farblich aufeinander abgestimmten Regenmänteln von Vertbaudet.

«In einem Paralleluniversum würden die jetzt Cinnamon und Fennel heißen.»

Ich lache ein bisschen zu viel und schnaube. Schlafentzug und blanke Nerven machen mich etwas hyperaktiv. Sie betrachtet die Fotos und lächelt.

«Haben Sie McCoys Kinder schon mal getroffen?», frage ich sie.

Sie schüttelt den Kopf und schürzt die Lippen.

«Nur Ginger und Kitty, als wir bei *This Morning* waren, aber als ganze glückliche Familie? Nein. Ich habe ihn bei der BBC tatsächlich zum ersten Mal wiedergesehen seit ...»

Mein Mund steht offen. Seit er mit ihr Schluss gemacht hat, ihre Verlobung gelöst und sie gegen einen dünneren, blonderen Drachen eingetauscht hat? Ist das eine gute Voraussetzung für mich? Immerhin haben wir blanke Messer am Set. Ich frage mich, welches Chaos mir droht, während ich Zwiebeln schneide und das Fleisch anbrate. Sie spürt meine Bedenken und lacht.

«Keine Sorge, das Schiff ist davongesegelt. Er wird immer ein Teil meines Lebens sein, aber ich habe keine Gefühle mehr für ihn. Darüber bin ich hinweg.»

Ich schweige. Ich habe vergessen, dass Luella in letzter Zeit Zeuge meines Lebens gewesen ist. Bis jetzt war sie unparteiisch und sehr professionell, aber manchmal lässt sie einen Kommentar ab, an dem ich merke, dass sie alles mitbekommen hat, was in unserer Familie los war.

«Nicht, dass es mir nicht eine gewisse Freude bereiten würde, wenn Sie seinen Chefkoch-Arsch zum Mond schießen, aber heute geht es um Sie. Sie sind mein Gewinnerpferd.»

Ich hoffe, das ist kein Hinweis auf die Größe meines Hinterns und lächle, als sie nach meiner Hand greift. Luella Bendicks mit ihrem Pornonamen und ihrem schmalen Bob. Wäre ich ohne sie hier? Vielleicht. Aber ich würde viel weniger über Bio-Gemüseanbau wissen und billige Leggins tragen, die mein Kleid hochrutschen lassen, bis alle Welt meinen Zwickel sehen könnte. Ich drücke ihre Hand zurück. Der Fahrer dreht sich zu uns um.

«Oh-oh. Menschenauflauf voraus.»

Luella starrt aus der Windschutzscheibe, wo sich eine Menschenmenge teilt, um das Auto durchzulassen. Zuerst verstehe ich nicht, warum die ganzen Leute da sind. Vielleicht ein Unfall oder eine Demo. Dann fangen die Kameras an zu blitzen, und ein paar Leute rufen meinen Namen. *Wegen mir?* Luella schaltet in den Panik-Modus, räumt all ihre Sachen ein, ermahnt mich, die Beine übereinanderzuschlagen und mir mit der Hand die Augen zu beschatten, damit sie im Blitzlichtgewitter nicht so hervorquellen. Halten sich Promis bei solchen Gelegenheiten nicht immer irgendwelche Sachen über den Kopf? Oder gilt das nur für Hochzeiten oder auf dem Weg ins Gericht?

«Fahren Sie einfach durchs Tor! Wir nehmen den Hintereingang.»

«Ich kann nicht durchfahren! Die liegen auf der verdammten Zufahrt.»

Luella dreht sich zu mir um.

«Denken Sie dran: Beine zusammenhalten. Folgen Sie mir. Sagen Sie zu jedem hallo, sagen Sie, dass Sie sehr aufgeregt sind und es kaum erwarten können. Sonst nichts. Und was auch immer Sie tun, hören Sie nicht auf das, was die sagen.»

Ich nicke. Sie öffnet die Autotür, und ich befolge ihre Anweisungen ganz genau. Das Geschrei ist ohrenbetäubend. *Wo sind Ihre Kinder? Kommt Ihr Mann/Ihre Mutter/Ihr Lover auch? Was halten Sie von McCoy?* Ich lächle einfach und winke und wünsche allen einen schönen Tag. Luella zieht mich am Arm mit sich zur Tür, und ich drehe mich um, um zu winken, und mache aus irgendeinem Grund einen Knicks. Glücklicherweise finden die Fotografen das lustig. Und dann gehen wir rein. Wäre ich ein Pferd, wäre das wohl meine Vorführung vor dem Rennen gewesen. Und jetzt werden die Wetten gesetzt.

14:39 Uhr

Ich habe eine eigene Garderobe mit meinem Namen an der Tür. Seit ich zwölf war, hatte ich keine Tür mehr mit meinem Namen darauf, darum bin ich ein bisschen aufgeregt. Es ist ein komischer Raum. Nicht voller Orchideen, weißem Damast oder Schüsseln mit Süßigkeiten. Dafür habe ich einen Mini-Kühlschrank mit kleinen Wasserflaschen und Cola light, die ich aber nach Luellas Anweisung nicht trinken soll, weil sie meine Zähne verfärben könnten, und außerdem findet sie, dass ich kein Koffein brauche. Vorhin ist Vernon reingekommen, um mich zu begrüßen. Er ist echt groß. Wie ein Basketballspieler. Er war sehr nett und umarmte mich, woraufhin ich mich wie ein Zwerg fühlte. Aber jetzt sitze ich erst mal hier. Ich habe ein schönes Hühnchensalat-Sandwich mit Gourmet-Chips bekommen, habe durch ein paar Magazine geblättert und mit der Wand geredet sowie so getan, als würde ich eine Zwiebel schneiden. Mein schickes Klo habe ich ebenfalls schon benutzt. Das Toilettenpapier ist sogar gesteppt.

Das Klopfen an der Tür reißt mich praktisch aus meinem Stuhl, und ich gehe hin, beinahe froh über die Ablenkung. Vielleicht noch ein Promi? Oder vielleicht eine Kellnerin mit Tee und leckeren Keksen? Ich bin schon ganz aufgeregt, bis die Tür aufgeht und ich erstarre.

Ein Überfall. Schon wieder. Kann das wahr sein?

«Hi, Jools, wie geht's denn so? Ich dachte, ich komme mal vorbei und wünsche Ihnen Glück.»

Mein erster Reflex ist, nach Luella zu rufen, als wäre ich ein Kind und jemand Fremdes stünde an der Tür. Der zweite ist, die Tür zuzuknallen und zu hoffen, dass sie ihm ein paar Zehen abtrennt.

«Tommy. Hi.»

Wir starren uns an. Hinter ihm steht ein Mann im Anzug mit Aktentasche, der mir zur Begrüßung mit seinem kahl werdenden Kopf zunickt.

«Dürfen wir reinkommen und uns ein bisschen mit Ihnen unterhalten?»

Ich schaue den langen und gewundenen Flur hinunter, aber von Luella keine Spur.

«Ich meine, sind Sie gerade beschäftigt? Dann können wir auch später wiederkommen.»

Er schiebt seinen Kopf durch die Tür und sieht meine leere Garderobe, in der mir nur meine Handtasche und ein paar Brotkrumen Gesellschaft leisten. Mistkerl. Aus genau diesem Grund halten sich Promis eine Entourage. Ich könnte jetzt Donna gut gebrauchen.

«Ähm, nein, aber ich glaube …»

Er versteht das als Aufforderung einzutreten und sieht sich in meiner Garderobe um. Ich deute auf zwei Stühle und ziehe mir selbst einen heran. Meine Anspannung steigt, am liebsten würde ich mich auf diesen Kerl stürzen und ihm ganze Büschel seiner frisch blondierten Haare ausreißen. Aber das tue ich nicht.

«Also, das hier ist Roger Kipling, mein Anwalt, und wir wollten einfach vorbeikommen und mit Ihnen plaudern und gucken, wie alles läuft. Fühlen Sie sich bereit?»

Ein Anwalt. Ich habe eine Anwältin. Sie heißt Annie. Sie ist noch nicht hier, und sie muss sich ihre Haare auch nicht über ihre Glatze kämmen. Ein Punkt für mich.

«Ich glaube schon.»

Ich beäuge den Anwalt und seinen schicken Anzug. Annie würde Kaschmir tragen. Noch ein Punkt für mich.

«Nun, das ist doch toll. Sie sind eine Kämpferin, das gefällt mir.»

Ich nicke. «Mir geht's gut. War's das dann? Kann ich Ihnen sonst noch helfen?»

Vielleicht will er sich entschuldigen oder eine Diskussion über die Vorteile von gebratenem Lachs führen. Mein Herz klopft mir aus irgendeinem Grund heftig in der Brust. Ich erwarte beinahe, dass der Anwalt eine Waffe trägt. Vielleicht will er mich verklagen.

«Nun, ich möchte mich für die Medien entschuldigen. Das ist alles ziemlich aus dem Ruder gelaufen – all diese Geschichten, die da durch die Presse gegangen sind, das war wirklich schlimm.»

Schlimm für ihn? Bestimmt.

«In welcher Hinsicht?»

«Niemand möchte, dass seine Familie in so etwas reingezogen wird.»

«Nun, nach dem, was meine Pressesprecherin mir sagt, hatten Sie einiges damit zu tun, diese Geschichten an die Presse zu bringen.»

Er grinst etwas. Ich erspähe den Feuerlöscher im Augenwinkel und frage mich, ob ich ihm damit den Kopf einschla-
gen könnte. Ich bin sicher, so was habe ich mal bei *CSI* gesehen.

«Ihre Pressesprecherin?»

«Luella Bendicks. Sie war bei der BBC-Sendung dabei. Ich
glaube, Sie kennen sich.»

Er fährt mit der Zunge über seine Vorderzähne und
schweigt.

«Sie konnte mir sehr gut erklären, wie dieser Medienzirkus
abläuft. Ich habe eine Menge von ihr gelernt.»

«Das glaube ich.»

Für mindestens zehn Sekunden herrscht betretenes Schweigen. Der Anwalt hüstelt etwas, um die Stille zu unterbrechen.
Ich stehe auf und hole mir eine Flasche Wasser aus dem Kühlschrank. Das Einzige, was ich tun kann, um meine Wut aus-
zudrücken, ist, ihnen nichts anzubieten – *keine Cola light für
euch, ihr Wichser.* Der Anwalt flüstert Tommy etwas zu, der zu
mir sieht.

«Jools, wir sind hier, weil das alles etwas aus dem Ruder
gelaufen ist. Ich bin gekommen, weil es mir aufrichtig leidtut,
dass ich Sie dazu genötigt habe, an diesem Kochduell teilzunehmen.»

Ich stehe da und trinke schweigend aus meiner Flasche, dann
setze ich mich wieder hin. Schon besser. Entschuldigungen. In
einer Zeitung oder live im Fernsehen wäre es noch besser, aber
zumindest kann ich hier annehmen, dass er es ernst meint. Der
Anwalt greift in seine Aktentasche und zieht ein Dokument heraus.

«Ich möchte Ihnen daher Geld anbieten als Entschädigung für all die Unannehmlichkeiten, die Sie durch mich erleiden mussten.»

Sie schieben das Dokument und einen teuer wirkenden Füllfederhalter zu mir rüber. Jetzt liegen sie da vor mir auf dem niedrigen Tisch. Ich schaue auf den rechteckigen Zettel, der vorn anhängt und verschlucke mich fast. Fünfzigtausend Pfund. Für mich. Auf meinen Namen.

«Bitte, nehmen Sie es an.»

Sie nicken beide. Das muss eine Falle sein. Ich nehme die Zettel in die Hand und fange an zu lesen. Nein, nein, nein. Das soll wohl ein Scherz sein. Ich lese noch mal und bleibe an einem Satz hängen

«Die Summe könnte Ihnen und Ihrer Familie guttun. Bitte denken Sie darüber nach.»

Ich lese den Satz wieder und wieder, bis die Worte vor meinen Augen verschwimmen.

«Sie wollen mich bestechen? Hier steht, wenn ich das Kochduell verliere, gehört das Geld mir.»

Sie nicken beide. Der Anwalt schiebt den Füller noch näher an mich heran. Fünfzigtausend verdammte Pfund. Bye-bye, Großteil der Hypothek, hallo, neues Auto! Hallo, Computer und Großeinkauf, ordentlich sitzende Schuhe und Musikstunden für die Kinder. Bye-bye, Selbstachtung.

«Das ist ein Haufen Geld. Ist es wirklich so wichtig für Sie, dass ich heute Abend verliere?»

Roger Kipling wirft seine Autorität in die Waagschale.

«Mrs. Campbell, Mr. McCoy bietet Ihnen dieses Geld in der besten Absicht an. Nachdem wir von Ihrer Vergangenheit und

Ihrer familiären Situation wissen, haben wir das Gefühl, dass dieses Geld Ihnen sehr nützlich sein könnte.»

Ich sitze mit offenem Mund da und krümme mich bei dem Gedanken, wie sie auf meine Familie herabsehen. Dass sie glauben, ein bisschen Geld würde mein Leben in Ordnung bringen. Die beiden Männer sehen so unglaublich selbstgefällig aus, so überzeugt davon, dass sie Macht über mich haben.

Die Tür fliegt auf, und Luella steht da.

«Hallo?!»

Tommy und Luella schauen sich einige Augenblicke lang an, und ich erhebe mich von meinem Stuhl.

«Jools? Ist alles in Ordnung hier?»

Ich nicke. «Ja. Mr. McCoy und sein Anwalt wollten gerade gehen.»

Sie nehmen ihre Dokumente nicht mit, sondern lassen sie auf dem Tisch liegen. Tommy lächelt mir auf dem Weg nach draußen zu – es ist ein diabolisches Lächeln, wie ein Fuchs eine Gans anlächelt, bevor er sie tötet. Ich lächle nicht zurück.

17:35 Uhr

«Geben Sie mir das verdammte Telefon, ich rufe jetzt die *Sun* an. Die können das gleich mal auf ihre Website stellen.»

Matt sieht nicht glücklich aus. Er zerknüllt Papier in seinen Händen und schreitet im Zimmer auf und ab, während Luella vor Wut kocht und Annie sich die Dokumente schnappt und einen juristischen Blick darauf wirft. Ben und die Kinder spielen in der Ecke irgendein Kartenspiel, essen Snacks und sehen in ihren GAP-Klamotten und Converse-Schuhen sehr schick und trendy aus. Adam hat sich offenbar in eine der Visagistinnen verknallt, jedenfalls haben wir ihn irgendwo auf den Fluren des Studios verloren. Ich gehe zu den Kindern rüber, und Ben legt einen Arm um mich.

«Sieh es doch mal so: McCoy denkt offenbar, dass du ihn wirklich schlagen könntest, und das hat ihn so verunsichert, dass er dich fürs Verlieren bezahlen wollte.»

Das ist auch eine Sichtweise. Könnte ich dieses Duell wirklich gewinnen? Er hat es wohl tatsächlich gedacht, sonst hätte er keinen Anwalt aufgesucht und ihn keine wichtig aussehenden Dokumente aufsetzen lassen. Ich denke an das Geld. Eine Summe, die meine Familie gerade so gut gebrauchen könnte, vor allem meine Kinder, und vielleicht ist das ja alles, was zählt. Matt hält die Sache jedoch für eine üble Beleidigung, weil seine Fähigkeiten als Familienversorger in Frage gestellt wurden. Er stampft in die Zimmerecke, wo Luella ihm noch einen Plastikbecher mit Champagner vollgießt (den hat Annie mitgebracht, um die Stimmung aufzulockern). Ben hat sogar Valium dabei, das er von einem seiner Mitbewohner bekommen hat, aber ich nehme keine, weil er sagt, es könnte auch was anderes sein, denn offenbar ist ihr Badezimmerschrank nicht vertraut mit einem Etikettiersystem. Die Zwillinge kommen zu mir und schnüffeln an den Bechern auf der Suche nach etwas zu trinken. Ich packe Jake und setze ihn vor mich hin. Die Stylisten haben seine Haare gegelt, darum sind sie jetzt ganz hart und glänzen.

Dann ziehe ich mir Ted heran, nehme sie beide in den Schwitzkasten und gebe ihnen einen Kuss auf die Stirn, den sie sofort abreiben.

«Jools! Ruinieren Sie nicht ihre Frisuren!», schreit Luella

durch das ganze Zimmer. Dann versucht sie Matt zu beruhigen und deutet auf eine glänzende Hose, die für ihn bereitliegt. Ich muss gar nicht hören, was Matt dazu sagt. Aber mir gefällt er auch so, wie er ist, genau richtig trendy in seinem Ramones-T-Shirt und seinen ausgelatschten Turnschuhen.

«Wo ist McCoys Garderobe? Ich habe die größte Lust, zu ihm zu gehen und ihm zu sagen, er soll sich seinen Bestechungsversuch dahin stecken, wo kein Sonnenlicht hinkommt.»

Ich sehe Luella an und lächle, dann stopfe ich mir eine ganze Handvoll Chips in den Mund, damit sie den Champagner aufsaugen. Annie kommt zu mir.

«Das ist wirklich das Letzte.»

«Aber was, wenn sie sowieso verliert?», fragt Ben.

Annie wirft ihm einen finsteren Blick zu. «Nun, dann würde sie das Geld ebenfalls bekommen, nur zu welchem Preis, Benjamin?»

Ben wiegt den Kopf hin und her.

«Aber im Dokument steht, dass Jools auch absagen kann oder einfach nicht zur Sendung erscheinen, und trotzdem würde sie das Geld bekommen, also ... es ist deine Entscheidung. Aber da ist noch was ...»

Meine Ohren kribbeln.

«Er will, dass du ganz von der Bildfläche verschwindest. Dass du ihm nicht länger bei seiner Promi-Geschichte in die Quere kommst, sondern verschwindest, als hätte es dich nie gegeben.»

«Was denkst du darüber?», frage ich meine kluge Anwaltsfreundin.

«Ich denke, er ist ein Arsch. Es geht ihm offensichtlich nur darum, sich und seine Interessen zu verteidigen. Ich glaube nicht, dass es irgendwas mit einer Entschädigung zu tun hat. Er fühlt sich von dir bedroht, weil du ihm mit deiner liebenswerten Art seine Feinschmecker-Show stehlen könntest.»

Ben nickt zustimmend. Matt stampft immer noch in seiner Ecke herum. Ich weiß nicht genau, ob es um das Geld geht oder um die fiese Hose, aber ich sehe die blinde Wut in seinen Augen, die nur in den seltenen Augenblicken zum Vorschein kommt, wenn es um jemanden geht, der für ihn von großer Bedeutung ist. Um mich, anscheinend. Ich stehe auf, sehe zur Uhr und denke lange und angestrengt darüber nach, warum ich eigentlich hier bin. Wegen des Geldes? Aus Stolz? Oder geht es nicht vielmehr um einen anderen Grund, der einer wütenden, BH-losen Frau eines Montagmorgens im Supermarkt eingefallen ist? Denn McCoy ist nicht wie ich, wir kommen aus zwei völlig unterschiedlichen Welten. Wann habe ich das aus den Augen verloren? Ich stehe auf.

«Luella, in fünf Minuten findet das Fotoshooting im Studio statt. Wir sollten besser hingehen.»

Alle sehen mich überrascht an. Selbst ich bin von mir überrascht. Zugleich fühle ich mich sehr ruhig. Hat Ben das Valium über die Chips gekrümelt? Ich gehe rüber zu Matt, der mit dem Scheck in der Luft herumfuchtelt und zerreiße ihn. Alle erstarren. Ich ebenfalls.

18:00 Uhr

Fünfzehn Minuten später zittern meine Hände immer noch, weil ich das Gewinnerticket zerrissen habe. Alle starren auf die vier Papierfetzen auf dem Fußboden, als hätten sich damit all unsere Träume von Ferien, gut sitzenden Jeans und Extensions für immer in Luft aufgelöst. Aber ich habe meinen Stolz. Glaube ich zumindest. Und jetzt sind wir alle im Studio und lassen uns fotografieren. Das war meine Bedingung. Während McCoy unbedingt seine Familien an die Öffentlichkeit zerren will, möchte ich meine Kinder raushalten, also habe ich mit der Produktionsfirma vereinbart, dass bloß ein paar Fotos geschossen werden, und das war's. Die Zwillinge sind natürlich aufgeregt, vor allem nach ihrem kürzlichen Erfolg bei der Schulaufführung, also hüpfen sie förmlich auf das Set. Hannah drängt sich dicht an mich, Matt hält meine Hand. Die Zwillinge sehen die anderen Kinder zuerst: ein Mädchen, das in ihrem Tüllkleidchen und Ballerinas aussieht wie ein Pfau, während die beiden Jungs die identischen Fair-Isle-Pullis tragen. Die Jungen kommen heran, werden aber von einer vollbusigen Frau weggezogen. Ich kenne sie schon von *This Morning*: die Nanny der McCoys. Das müssen also Basil, Mace und Clementine sein. Als Hannah auf «Baz» zugeht, um sich seinen Nintendo DS anzusehen, dreht der sich sofort weg. Matt legt einen Arm um sie.

«Alles Klugscheißer.»

Hannah lacht etwas erschrocken auf, während Baz hinter einen Vorhang läuft – dahinter wird ein Haufen Menschen sichtbar. Einer von ihnen eilt herbei, um mir die Hand zu schütteln. McCoy. Ich höre die Kameras klicken und sehe, dass Matt seinen Fuß in Stellung bringt, um ihm vielleicht ein Bein zu stellen.

«Jools! Wie geht es uns denn? Sind wir bereit?»

Ich schüttle seine Hand und sage nichts, drehe aber lächelnd den Kopf und sehe, wie Luella mir von der Seite bedeutet, mehr Zähne zu zeigen.

«Danke, gut. Das müssen Ihre Kinder sein.»

Die Kinder flattern herbei, gefolgt von Skinny Kitty, die Matt wütend anfunkelt. Natürlich nicht vor den Kameras. Die Kinder machen mich fertig. Eben noch sahen sie alle aus wie Todesdrohnen kurz vor dem Abschuss. Jetzt wirken sie plötzlich alle ganz artig und gruppieren sich wie kleine Engel um ihren Vater herum. Selbst die kleine Ginger scheint zu wissen, wie sie ihr Köpfchen an Daddys Knie legen muss.

«Bei Ihnen fehlt eines. Die Rothaarige.»

«Sie ist zu Hause mit ihren Großeltern. Sie hat sich aus den Medien zurückgezogen. Es wurde ihr ein bisschen zu viel.»

Die Fotografen lachen ein bisschen, während Tommys Gesicht versteinert, weil er merkt, dass ich mit dieser Bemerkung vielleicht auf ihn und sein dauerndes Bedürfnis abgezielt habe, seine Familie in die Öffentlichkeit zu zerren. Er steht direkt vor mir, weil er weiß, dass ich zu klein bin, um ihm direkt ins Gesicht zu sehen, selbst mit Absätzen. Es ist wie das Wiegen der Boxer vor einem Ringkampf, allerdings ohne die Kiloangaben, Gott sei Dank. Matt steht hinter mir und legt mir die Hände auf die Schultern. Dies ist das erste Mal, dass er die McCoys trifft, und im Gegensatz zu ihnen und ihrer Medienscharade ist er nicht so gut darin, seine Gefühle zu verstecken, besonders nach allem, was in den letzten Stunden vorgefallen ist. Das merke ich daran, wie Luella ihm durch Gesten klarzumachen versucht, dass er aufhören soll, die Nüstern zu blähen. Was meine Kinder angeht, sind sie noch nicht so geübt darin, sich richtig ins Bild zu setzen, darum stellen sich die Zwillinge für die Fotos einfach neben mich, während Hannah sich zu meinen Füßen hockt. Kitty lächelt die ganze Zeit, vermutlich vor allem darüber, wie unprofessionell wir alle sind. Einer von der Produktionsfirma kommt jetzt auf das Set.

«Gut, dann sollten wir langsam fertig werden. Wir müssen mit unseren Gästen noch ein paar Dinge besprechen.»

Alle Leute mit Kamera werden weggeschickt, und Luella eilt herbei, während die Produzenten, die angezogen sind wie Pantomimekünstler mit Clipboards, wie aus dem Nichts erscheinen. Als der letzte Fotograf verschwunden ist, löst sich auch das McCoy-Theater auf. Die Kinder lassen die Schultern fallen, und Kittys Gesicht verzieht sich zu einem Zähnefletschen. Tommys Entourage stürmt auf die Bühne, richtet die Scheinwerfer aus und verteilt seine Bio-Produkte. McCoy steht bloß da und zählt auf, was er alles braucht.

«Also, wir haben hier ein paar Messer, die wir gern verwenden möchten. Eine deutsche Marke, die nach einem Kooperationspartner sucht. Und ich werde meine Kochuniform tragen.»

Matt und ich sehen Luella an, die die Schultern zuckt. Ich habe kein Problem mit schicken Messern und auch nicht damit, dass McCoy wieder mal jeden darauf aufmerksam machen muss, dass ER EIN CHEFKOCH IST. Er setzt seinen Wunsch sofort in die Tat um, indem er vor unseren Augen strippt und seine weißen Chefkoch-Klamotten über seinen öligen Torso zieht. Chippendale-Restaurant-Auftritt. Ich merke, dass Luella einen Augenblick zu lang auf seine glänzende Brust schaut, auf der kein Haar zu sehen ist – was bedeutet, dass er sich wachsen lässt. *Igitt.*

«Und wir wollen, dass die Kinder am Set sind. Und Kitty auch.»

Wieder zuckt Luella die Schultern und verdreht die Augen.

Ich sehe zu Matt, dessen Finger meine so fest umschließen, dass ich den Puls in meinem Daumen spüre.

Der Produzent schaut mich an, ob ich ähnliche Wünsche habe.

«Nun, ich würde gern einen Sombrero tragen und eine Flasche Tequila in der Hand halten.»

Alle lachen, außer natürlich der McCoy-Clan.

«Und was ist mit Ihrer Familie? Sollen Ihre Kinder auch bei Ihnen am Set sein?»

Ich sehe Luella an, die mir in allen Belangen Ratschläge erteilt, aber auch weiß, dass ich bei meiner Familie das letzte Wort habe. Ich sehe, wie Kitty sie von oben bis unten mustert – ohne Zweifel weiß sie, wer sie ist. Ich drehe mich zu dem Produzenten um.

«Nein. Ehrlich gesagt sehe ich keinen Sinn darin.»

Der Produzent kann seine Freude über meine Entscheidung kaum verhehlen, und Matt kichert leise. Die McCoys werden weggeführt, offenbar außer Hörweite meiner beleidigenden Bemerkungen. Ben, der nervös hinter Luella gestanden hat, nimmt die Kinder zur Seite. Luella lächelt, und es ist das breiteste Lächeln, das ich je an ihr gesehen habe.

«Ich liebe Sie. Ich liebe Sie verdammt noch mal wirklich. Haben Sie seine fettige Brust gesehen? Er hat sich all die Stoppeln rausgezupft. Ich will, dass Sie rausgehen und ihn fertigmachen. Idiotenpack.»

Sie stürmt davon. Matt hält immer noch meine Hand, während die Leute um uns herumhasten und wir schließlich allein auf meiner Seite der Set-Küche stehen. Ich stelle mich an den Tresen und fahre mit den Händen über das helle Holz, als könne es mir Glück bringen. Matt stellt sich mir gegenüber und lächelt.

«Weißt du noch, als Millie zur Welt kam? Hatten wir da nicht gerade McCock im Fernsehen gesehen?»

«Ja.»

«Hast du ihn nicht angeschrien, dass er ein scheiß Aufschneider ist und dass du nicht willst, dass er der erste Mensch ist, den unser Kind sieht?»

Ich lache, antworte aber nicht. So hat alles angefangen. Als wir die Familie wurden, die wir jetzt sind, als das Leben völlig verrücktspielte. Und ich lächle, als er mich auf die Stirn küsst und wir gemeinsam vom Set gehen.

Fünfundzwanzigstes Kapitel

«Also, heute ist der Tag der Entscheidung. McCoy gegen Campbell ... irgendwelche letzten Worte, bevor wir loslegen?»

Vernon ist immer noch groß. Bei jemandem von dieser Körpergröße sind selbst hohe Absätze zwecklos. Ich hätte unseren Badezimmertritt mitbringen sollen, auf den sich die Zwillinge stellen, wenn sie pinkeln wollen. Bei dem Gedanken daran muss ich grinsen.

«Möge der Bessere gewinnen.»

Ich denke immer noch an diesen Hocker und daran, wie wir Ted erklärt haben, dass er sich daraufstellen muss, um zu pinkeln. Genau das tat er auch, allerdings ohne in die Kloschüssel zu zielen. Danach betrachtete er die Pfütze auf dem Boden und kratzte sich am Kopf. Ich lache. Niemand anderes lacht. *Wie war das eben?* Der Bessere – aber ich bin eine Frau.

«Möge die bessere Person gewinnen.»

Die wenigen Zuschauer im Studio lachen, und Vernon johlt und drückt auf den roten Knopf. Dann zählen große Zahlen im Hintergrund runter, so als würde gleich eine Bombe explodieren.

Es ist merkwürdig. Ich bin wirklich total ruhig und hochkonzentriert. All die Nervosität und Panik ist verschwunden. Ich denke an die Kinder, die mir aus der Sicherheit meiner Garderobe zuschauen, während eine DVD mit *Toy Story* läuft. Onkel Adam, der es nicht erträgt, live dabei zu sein, sitzt bei ihnen und flößt ihnen Apfelsaft ein. Wie gewünscht, ist die ganze McCoy-Familie am Set und schaut aufgereiht wie die Kelly Family von der Seitenlinie aus zu. Ich habe nur Matt, Luella und Ben dabei, die aus der Ferne mitfiebern, alle drei halten sich die Hände vor den Mund. Ben hebt hin und wieder die Daumen in die Höhe. Ich sehe, wie McCoy ihn nachäfft und wie Kitty lacht. Ich frage mich, ob man diese Messer hier auch werfen kann.

Also, wo war ich gerade? Chili con carne. Ich muss eine Zwiebel klein schneiden. Vernon ist gerade bei Tommy und befragt ihn darüber, wie man am besten Zwiebeln schneidet, ohne zu heulen, und über Rotwein versus Weißwein. Ich mache mich einfach an die Arbeit, und ein Kameramann nähert sich meinen Händen, als ich die Zwiebel schäle. Ich mache ihn extra auf meine Maniküre aufmerksam, und er grinst. Nachdem die Zwiebel geschält ist, fange ich an zu schneiden. Meine Technik ist zwar ein bisschen langsam, aber viel besser als sonst. Tolles Messer! Die Schneide geht durch die Zwiebel wie durch Butter. Ich werde ein bisschen schneller und blicke rüber zu McCoy, der seinen Knoblauch zerdrückt und sich benimmt wie ein schmieriger A… *Ach du Scheiße!* Ich schaue auf meine Hände und stelle fest, dass ich nicht nur in die Zwiebeln geschnitten habe, sondern auch in meinen Finger. Heiliger Mist. Ich verziehe das Gesicht, und der Kameramann merkt, was passiert ist und macht einen Satz zurück, wobei er dem Produzenten hektisch winkt. Ich fuchtele panisch mit der Hand herum und sehe das Blut aufs Hackbrett tropfen. Der Finger ist noch ganz, aber er hat einen tiefen Schnitt, und das Blut läuft ungebremst daraus hervor. Eine der Aufnahmeleiterinnen kommt, packt meinen Finger und hält ihn in die Spüle, wobei sie mir ins Ohr flüstert:

«Geht es Ihnen gut? Wollen Sie unterbrechen?»

Vernon schaut herüber, ebenso McCoy. Kitty grinst sich im Hintergrund eins.

«Geben Sie mir einfach ein Pflaster.»

Die Aufnahmeleiterin, eine dieser energetischen Typen mit glänzenden Haaren, klebt mir mit Hilfe von jemandem, der mit einer großen grünen Kiste angelaufen kommt, ein Pflaster auf. Mein Finger ist jetzt völlig steif und unbeweglich, aber davon lasse ich mich nicht aufhalten. Ben ist verschwunden. Luella starrt zu Boden. Aber Matt ist noch da. Ein bisschen blasser, aber noch da. Ich höre McCoy neben mir reden.

«Die meisten würden langweiliges, ordinäres Rinderhack verwenden, aber am besten eignen sich tatsächlich Kurzrippensteaks, denn damit wird es ein richtiges Männer-Chili.»

Ich schaue auf meinen eigenen rosa Haufen Hack in seinem schwarzen Behälter. *Konzentrier dich, Mädel.*

«Und ich finde es wichtig, die Zutaten authentisch zu halten, darum benutze ich mexikanische Chipotles statt einfaches Chilipulver, frische Chilis und etwas durchwachsenen Speck, um den Geschmack zu intensivieren.»

Ich schneide meine Selleriestangen und die Karotten und frage mich, wie zum Teufel er das mit dem Budget von zehn Pfund gekauft haben will, das unser Limit ist. Mein Finger sieht total albern aus. Luella rennt hin und her und wirkt, als würde sie gleich hyperventilieren. *Ich bin hochkonzentriert, ich schaffe das.*

Eine Hand auf meiner Schulter lässt mich zusammenfahren, und meine Karotte fällt mir aus der Hand und rollt auf den Boden. Der nette Kameramann hebt sie auf und reicht sie mir, und ich wasche sie ab. *Blöder Vernon.* Ich höre ein kleines Kind im Hintergrund kichern.

«Entschuldigen Sie. Wie läuft's denn so? Wie fühlen Sie sich? Ganz ruhig, Sie machen das super. Oh, schon eine blutige Schlacht ausgetragen?»

Ich lache und halte meinen Finger in die Höhe.

«Das müssen diese Messer sein. Ich weiß nicht, ob ich diese Marke so gut finde. Das sind richtige Todesfallen.»

McCoy knallt seine Sauciere auf den Herd. *Das war's dann wohl mit deiner Kooperation.* Ich höre Matt leise lachen und sehe Luella grinsen, als hätte mich diese Bemerkung gerettet.

«Aber sie kämpfen weiter, also erzählen Sie mir von Ihrem Chili.»

Ich schaue hinab auf das heiße Kochfeld und wieder in das große Schwarze Loch, das meine Kamera ist. *Hallo, Dad! Hallo, Gia! Hi, Millie!*

«Nun, das ist ein Rezept von meinem Vater. Er hat es schon

gekocht, als wir noch klein waren. Ich schwitze jetzt das Gemüse an, dann kommen das Hack und die Kräuter und so dazu.»

Schaut mich an! Ich «schwitze das Gemüse an». Vernon spielt mit meinen Gewürzdosen und der Tüte mit Zutaten.

«Schokolade? In einem Chili? Sind Sie verrückt?»

Das dachte ich von Dad auch. Aber offenbar hat er diese Zutat in all den Jahren verwendet.

«Ja. Wir haben Zimt, Chilipulver, Knoblauch und Kreuzkümmel, und zum Schluss schmelze ich ein paar Stücke dunkler Schokolade, um den Geschmack noch mal zu verstärken.»

Ich sehe McCoy ein paar Sachen im Mörser klein reiben und mich dabei anstarren. Hat er auch Schokolade? Kitty reckt ihren hageren Hals weit über die Köpfe ihrer Kinder. Sie trägt nur Designerklamotten, irgendwas mit dicken Schulterpolstern und dazu Lederhosen. Luella hat mir ebenfalls eine Hose gestattet: eine schwarze, enganliegende Hose mit einem lockeren Kleid darüber. Ich glaube, sie sitzt gut.

Aber ich gebe mir Mühe, diesmal nicht andauernd ins Plié zu gehen, auch aus Angst, dass die Hose doch platzen könnte. Vernon nickt und starrt auf mein Hackfleisch. Es ist sehr blutig. Zu blutig. Ist es nicht mehr gut? Dann bemerke ich das dünne Rinnsal auf meiner Theke und stelle fest, dass etwas Blut aus meinem Finger in das Hack getropft ist. *Scheiße. Ich koche Menschenblut-Chili.* Vernon scheint es nicht bemerkt zu haben.

«Und was geben Sie noch dazu?»

Einen Spritzer frisches AB positiv.

«Etwas Worcestershiresoße. Manchmal nehme ich auch etwas Sojasoße.»

Vernon lächelt. Ich sehe Blut. Sieht sonst noch jemand Blut?

Ich rühre einfach um, bis alles in meinem großen Topf gleichmäßig dunkelbraun wird. Ich koche hier buchstäblich mit Blut, Schweiß und Tränen.

«Und was gibt es bei Ihnen als Beilage?»

«Also, normalerweise essen wir Chili mit Reis, Tortillas und ein paar Dips. Also werde ich eine einfache Guacamole zubereiten und ein bisschen Salsa. Ich meine, darum habe ich dieses Gericht überhaupt ausgesucht … weil es so ein tolles Rezept für unter der Woche ist.»

«Nun, es sieht jedenfalls gut aus, und ich wünsche Ihnen beiden viel Glück. Wir haben jetzt noch eine halbe Stunde Zeit, also lassen wir Sie jetzt kochen und machen eine kurze Werbepause. Wir sind gleich wieder da.»

Die Lichter erlöschen. Vernons Hände legen sich auf meine Schultern.

«Beruhigen Sie sich, Schätzchen. Alles wird gut.»

Ich sehe zu ihm hoch, erkenne aber bloß den Umriss von einem großen Mann, und nicke eifrig. Luella rennt ans Set und packt meinen Finger. Ich zucke vor Schmerz zusammen.

«Wie geht es Ihnen? Sollen wir das Pflaster wechseln?»

Ich schüttle den Kopf – keine Zeit zu antworten, weil ich mich mit meinen Avocados beschäftigen muss. Aber weil ich jetzt eine Aversion gegen superscharfe Messer entwickelt habe, krame ich den Stein mit bloßen Fingern aus der Frucht, sodass das Avocadofleisch zu Brei wird. Ich sehe McCoy seine Kräuter hacken und Chilis entkernen. Dann drehe ich mich um. Matt. Er nimmt einen Dosenöffner, um mir beim Öffnen der Tomatendosen zu helfen. Er sagt nichts. Natürlich können die McCoys das so nicht einfach hinnehmen. Schon stürmt Kitty herbei.

«Entschuldigen Sie mal, wir haben abgemacht, dass solo gekocht wird. Ohne Hilfe. Das ist ein klarer Regelverstoß.»

Matt scheint gar nicht zu registrieren, dass sie da ist, und macht einfach weiter. Luella kommt dazu, das war klar. Ich hoffe, dass keiner von ihnen über den Bestechungsversuch redet – das wäre mit Sicherheit der größte Regelverstoß.

«Jetzt regen Sie sich mal ab, sie hat sich gerade halb den Finger abgeschnitten, und zwar mit einem Messer, das Ihr Mann ihr aufgedrängt hat. Matt macht ihr bloß eine Dose auf.»

Er rührt auch in meinem Reis, aber von Kitty ist kein Mitgefühl zu erwarten. Sie schnippt mit den Fingern, und von der Seite läuft ein kleiner, spanisch aussehender Mann mit einem merkwürdigen, irgendwie bösartigen Bart in Crocs und karierten Hosen herbei, fuchtelt mit einem Gemüseschneider herum und stürzt sich direkt auf die Limetten.

«Was soll das denn jetzt?»

Kitty zuckt mit sardonischem Lächeln die Schultern. Luella äfft sie nach und bedenkt den ihr zugewandten Rücken mit einem Fluch.

«Das werden wir ja sehen.»

Luellas Hände sind überall auf meinem Tresen, und in Windeseile hat sie all die kleinen Schalen mit den abgemessenen Zutaten auf mein Hack gekippt. Alles, auch die Schokolade.

«Neeeeiiiin!!»

Aber es ist schon zu spät. Sobald die Schokolade anfängt zu schmelzen, klebt sie am Boden des Topfes fest und verwandelt sich in eine heiße, dunkelbraune Masse. *Scheiße.* Ich sehe Kitty herzhaft lachen, während wir drei um den Topf stehen. Matt hat die Geistesgegenwart, die Tomaten hinterherzuwerfen, um das Ganze noch zu retten, doch dadurch wird die verbrannte Schokolade nur in Flocken an die Oberfläche getrieben. Matt dreht sich schweigend zu mir um, während mich zwei Produzenten anstarren, weil meine Grundlage in der Hitze anfängt zu schmelzen.

«Wir sind in einer Minute wieder auf Sendung.»

Ich sehe rüber zu McCoy. Wohlriechende Düfte steigen von seiner Seite des Sets auf, während sein kleiner Sous-Koch gerade den Salat zerteilt. Ich blicke auf meinen Salat im Durchschlag in der Spüle, der bereits in sich zusammenfällt, als ob er weiß, dass er auf der Verliererseite steht. Das kann es doch nicht gewesen sein, oder? Nein. Ich packe die Dose Kidneybohnen und leere sie in den Topf, um die Schokolade darunter zu verstecken. Es ist ein nicht-köchelnder Topf voller Matsch. Matt reicht mir einen Deckel, während ich Luella zuflüstere:

«Das Blut. Ist mein Blut ins Hack getropft?»

Ihr Gesicht wird aschfahl, aber sie hat keine Zeit, mir zu antworten, denn jemand kommt herbei, um Matt, Luella und den bärtigen Sous-Koch vom Set zu scheuchen.

«Und schon sind wir wieder da. McCoy gegen Campbell live in einem Kochduell, bei dem es um nichts weniger als ein Duell zwischen kulinarischem Genie und Alltagsküche geht. Und ich bin jetzt hier bei Jools Campbell. Das Chili ist fast fertig, darf ich mal sehen?»

Ich packe Vernon gerade noch am Ärmel und ziehe ihn weg, bevor er den Topf erreicht. Er zuckt zurück.

«Vorsicht, das ist heiß. Hier, warum probieren Sie nicht mal etwas Guacamole?»

Ich halte ihm einen Löffel an den Mund und kleckere etwas

auf sein Hemd. Aus den Augenwinkeln sehe ich, wie Luella sich die Hände über die Augen legt. Er nickt und hebt die Daumen, um mir anzuzeigen, dass es ihm schmeckt. Vielleicht will er auch bloß nicht unhöflich sein. Dann fängt er mit seinen Fragen an.

«Also, dann erzählen Sie doch mal: Was ist Ihr bester Spartipp für die Mütter dadraußen, wenn Sie dieses Gericht kochen?»

Ich schweige einen Moment, während ich mit meinen Limetten ringe und mich dabei mit Saft bekleckere.

«Ähm, wow. Also, um ehrlich zu sein, würde ich so was niemals von Grund auf selbst kochen.»

Alle am Set erstarren. Ich spreche mich hier offenbar gegen das Bio-Ethos des Senders aus. Alle nehmen an, ich würde gleich anfangen, von Take-aways oder Fertiggerichten zu sprechen, oder noch schlimmer: Dosenessen. Zeit, mich mit meinem Holzlöffel aus der Grube zu graben.

«Ich meine, unser Chili besteht meistens aus Resten. Also, ich habe zum Beispiel noch Hack von einer leckeren Bolognese übrig, und dann gebe ich einfach noch ein paar Kidneybohnen und Gewürze dazu, und schon habe ich wieder ein gutes Gericht.»

Ich schaue kurz zu Matt hinüber, der lächelt, weil ich so effizient klinge. Die Wahrheit ist, dass ich ziemlich oft einfach eine Dose gebackene Bohnen über etwas Hack kippe und es den Kindern als Chili verkaufe. Aber das erzähle ich Vernon nicht.

«Das ist genial. Toller Tipp. Zum Hack kommen also Zwiebeln und …»

«Sellerie, Karotten, eigentlich jede Art Gemüse, das man in

den Tiefen des Kühlschranks findet. Man brät das Hack mit dem Gemüse an, fügt die Gewürze hinzu und gießt etwas Brühe darüber. Eine super Basis für eine Menge Gerichte.»

Vernon lächelt.

«Ich meine, Mr. McCoy dadrüben spricht von Steaks, Chipotle und frischem Chili, aber mal ganz im Ernst, wenn man für Kinder kocht, dann muss man schon darauf achten, dass er nicht zu scharf wird – und nicht zu teuer.»

Vernon versteht mich. Wir nicken und reden über Beilagen wie Polenta oder Kartoffeln, und ich klinge beinahe, als wüsste ich, worüber ich spreche, obwohl ich mich noch nie an Polenta herangewagt habe und mein Chili bedrohlich zischt. Statt mich darum zu kümmern und zu schnipseln, was das Zeug hält, lehne ich an meinem Tresen und plappere fröhlich vor mich hin. Ich genieße es, McCoy hinter Vernon zu sehen, der sich schon fragt, warum er überhaupt keine Aufmerksamkeit bekommt.

«Jetzt haben wir also von Jools gehört, und nach der Pause sind wir wieder bei Tommy. Leute, wir haben noch ungefähr achtzehn Minuten. Wir sind gleich wieder da.»

Schon wieder eine Werbepause? Luella eilt wieder herbei und öffnet den Topfdeckel, um das Chili anzuschauen. Es sieht tatsächlich gar nicht so schlecht aus. Die Kidneybohnen überdecken die verbrannten Schokoladenstücke, und der tomatige Anteil köchelt langsam ein. Matt kommt und rührt wieder in meinem Reis, was Kitty natürlich sofort bemerkt. Sie schickt ihren bärtigen Sous-Koch zurück ans Set, um Teller bereitzustellen und Töpfe mit Sour Cream zu öffnen.

«Das war phantastisch. Sie machen das sehr gut. Nur weiter

so mit Ihren Antworten. Dann vergesse ich auch, dass Sie Vernon mit Avocado bekleckert haben.»

Ich lächle, auch wenn ich weiß, dass dieses Chili in meinem Topf Wunder vollbringen muss, um anständig zu schmecken. Ich stelle meine Guacamole in den Kühlschrank und sehe in der Ofentür mein Gesicht. Offenbar habe ich einen Schweißbart. Hoffentlich saugt die Grundierung das auf. Zurück an meinem Tresen ist Kitty wieder neugierig auf meine Seite marschiert. Die kleine Clementine ist bei ihr, ein Kind mit welligen, honigfarbenen Haaren. Sie legt ihre Hand auf den Tresen und versucht zu gucken, was ich mache.

«Wirklich, das geht jetzt aber gar nicht, Kitty. Ich glaube, das ist ein totaler Regelverstoß.»

Luella funkelt ihre Erzfeindin lächelnd und mit dem Blick eines Todesfalken an. Sie muss irgendeine besondere Befriedigung daraus ziehen, sie so anzufauchen, aber ich fürchte, dass doch Eifersucht eine große Rolle dabei spielt. Will Luella das Thema etwa heute während der Sendung aufbringen? Ein paar Sekunden lang stehen sie bloß da, während Kitty es wagt, in meinem Gewürzregal zu kramen. Matt sieht aus, als würde er ihr am liebsten auf die Hand schlagen.

«Oh, die Tortillas haben Sie gekauft? Na, das ist ja toll.»

Ich lächele sie an. *Sie haben eine Tochter, die heißt wie eine Zitrusfrucht? Na, das ist ja toll.* Ich verstehe nicht, was sie hier will. Einen Augenblick lang dachte ich, sie wäre gekommen, um sich zu entschuldigen. *Lasst uns alle kochen und glücklich sein!* Aber nein. Sie betrachtet meinen Herd, dann kommen die Produzenten wieder angerannt und scheuchen alle zurück zu ihren Plätzen, und Vernon eilt hastig herbei.

«Und schon sind wir wieder da! Noch zwölf Minuten, liebe Leute. Und ich bin jetzt bei Tommy McCoy! Wie läuft es denn so? Erzählen Sie uns doch mal, was jetzt mit Ihrem Reis passiert.»

Ich blende die Stimmen aus. Ich muss nicht hören, wenn er Vernon erklärt, wie man eine Avocado befummelt oder warum das Fleisch ruhig ein bisschen fett sein darf. Ich muss mich auf mein eigenes Essen konzentrieren.

«Sie werden feststellen, dass in ein richtiges mexikanisches Chili keine Kidneybohnen gehören.»

Ich sehe meine leere Dose in einer Ecke des Tresens und werfe sie in den Müll. Dann hole ich die Tomaten heraus und bereite meine Salsa vor. Zumindest Salsa wird es geben. Und ich rühre den Reis noch einmal um. Er sieht ganz gut aus. Allerdings ist er seltsam ruhig. Ich rühre noch mal und sehe Matt an der Seitenlinie die Finger seiner Hand nach oben richten und damit rauf- und runterwackeln, so wie er Mitte der Neunziger getanzt hat. Ich kneife die Augen zusammen, um zu erkennen, was er mir den Lippen sagen will. *Feudel? Vorher? Feuer? Was ist mit dem Feuer?*

Es ist verdammt noch mal aus, das ist damit. *Was? Wieso?* Ich beuge mich runter und drücke alle möglichen Knöpfe. Aber als Matt vorhin den Reis gerührt hat, war es noch nicht aus. Es war an, bis ... bis Kitty mit ihrer Tochter gekommen ist, die an meinem Kochfeld herumgeschnüffelt hat. Ich starre das kleine, dickwangige Mädchen mit ihren glänzenden Haaren an, und sie winkt mir zu. *Du kleines Biest!* Kitty tätschelt ihr den Kopf, während ich den Reis wieder zum Kochen bringe. Matt flüstert Luella etwas zu – vermutlich hat er begriffen, was passiert ist, und sie stürmt wie ein Derwisch zu der Produzentin in der Haremshose hinüber. Der Reis ist immer noch hart. Wir haben noch zehneinhalb Minuten.

Halt durch, Campbell. Aber ich schaffe es nicht. Er hat gewonnen. Ich bin besiegt. *Um Himmels willen, heul bloß nicht im Fernsehen. Wag es nicht.*

Ich schaue rüber zu McCoy. Und dann sehe ich zu Matt. Hinter seinen Beinen schauen die Kinder hervor. Sie staunen über die Scheinwerfer, die Kameras, die Action und winken mir aus vollem Herzen zu. Matt sieht mich an und lächelt sein Lächeln, das ich in all den Jahren so sehr kennen und lieben gelernt habe. *Schau dir dieses Chaos an, in das wir uns reinmanövriert haben. Aber ich bin hier, und du bist hier, ich stehe hinter dir und drücke dir die Daumen.* Und meine Tränen versiegen, ich bekomme wieder Luft und tue das, was Luella mir verboten hat: Ich grinse zurück wie eine gestörte Katze und winke. *Ich liebe dich,* formt er mit den Lippen. Ich nicke. Und dann beugt er sich zu Hannah herunter. Sie flüstert Jake etwas zu, und der wiederum seinem Zwillingsbruder. Wieso kommen sie jetzt her? Luella sieht ihnen nach, und ich weiß, was sie denkt. *Warum stehen Jakes Haare hinten hoch? Wo ist die Fat-Face-Strickjacke, die ich Hannah gegeben habe?* Die Kinder bleiben nervös am Ende meiner Arbeitsfläche stehen, und ich gehe zu ihnen rüber.

«Wir sind die Verstärkung», sagt Hannah lächelnd.

«Daddy hat gesagt, du sollst das nicht ganz alleine machen.»

Ich streiche ihr über den Kopf und fühle mich einerseits schrecklich, dass sie hier vor der Kamera stehen, bin aber andererseits froh, dass sie hier sind – vertraut, warm und lächelnd.

Die Zwillinge umklammern meine Beine, und ich lege ihnen meine Arme um. Ted zieht mich zu sich runter. «Können wir dir helfen?»

Ich schaue auf die heißen Töpfe und die scharfen deutschen Messer und kaue auf meiner Unterlippe. «Könnt ihr den Salat klein rupfen?» Jake scheint nicht besonders von dieser Aufgabe begeistert zu sein, aber sie gehen zum Tresen und tun, worum ich sie gebeten habe. Ich sehe Kitty an der Seite stehen, gemeinsam mit ihrer sprachlosen Ansammlung von Kindern. Hannah schiebt eine Hand in meine.

«Du musst umrühren, sonst brennt es an.»

Und dann muss ich lachen. Ich weiß nicht, warum. Vielleicht, weil das so oft passiert. Immer wenn ich abgelenkt bin, fungiert Hannah als meine Eieruhr. Dann hängt sie sich an meinen Arm, so wie jetzt, und wir machen diesen albernen Wiegetanz, den wir auch machen, wenn sie sich langweilt oder umarmt werden möchte. Ich drücke sie an mich. Meine Kinder. Meine kleinen, wunderbaren Kinder.

Auf der anderen Seite der Küche sehe ich Kitty ihrem Sohn Baz etwas zuflüstern, und er geht rüber zu seinem Vater und legt ihm die Arme um die Hüften. McCoy sagt etwas zu ihm, das ich nicht verstehe, aber ich sehe seinen Blick, und Baz setzt sich wieder hin und zuckt die Schultern. Ich grinse. In diesem Moment wird mir schlagartig klar, wie ich die ganze Sache schon längst hätte aufziehen sollen. Ich schaue Hannah an.

«Meinst du, du könntest den Tisch für mich decken? Und ein paar Servietten falten?» Hannah lächelt und nickt und macht sich an die Arbeit.

«Wie war's denn heute in der Schule?»

«Wir haben was über Florence Nightingale gelernt. Aber beim Rechnen war ich nicht so gut. Ich konnte das Neuner-Einmaleins nicht.»

Einen Augenblick lang habe ich ganz vergessen, wo ich bin.

«Aber ich hab dir doch diesen Trick gezeigt, oder? Mit deinen Händen?» Ich stelle mich hinter sie und halte ihre Hände hoch. «Einmal neun ist – schau dir einfach nur deine Hände an.»

Ich höre sie lachen. Und das ist alles, was ich höre, denn an McCoys Tresen ist es verdächtig still. Ich sehe den Kameramann lächeln. Ich greife in ihre Haare und küsse sie auf die Stirn. Die Jungs kommen angelaufen.

«Wir sind fertig mit dem Salat – und Ted hat was davon gegessen.» Ted boxt Jake. Ich trenne sie und reiße ein Stück Küchenrolle ab, um Jakes Nase zu putzen.

«In diesem Haus wird nicht gehauen.»

«Wir sind gar nicht in einem Haus.»

«Schlaumeier! Wollt ihr mir mit dem Koriander helfen?»

«Noch mehr Grünzeug?» Jake rümpft die Nase, und ich äffe ihn nach. Sie gehen rüber zum Schneidebrett, und Jack steckt sich Koriander in die Nase und niest ihn wieder aus.

«Jake!» Ich rühre den Reis um und nehme den Deckel vom Chili-Topf. Oh Gott, was ist das für ein Gestank? Das Chili ist dick, matschig und hat eine seltsam orange Farbe. Damit werde ich bestimmt nichts gewinnen. Auf dem Boden bildet sich eine gummiartige Kruste, die geschwärzten Schokoladenstücke kleben an den Kidneybohnen und lassen sie aussehen, als hätten sie eine Art Bohnenpocken. Das ist der Moment, an dem ich normalerweise das Gas abdrehen und alles erkalten lassen würde, damit ich es später leichter in den Müll werfen kann.

Um dann zum Tiefkühlschrank zu gehen und Fischstäbchen zu braten. Ich muss grinsen.

Eine vertraute Hand legt sich mir auf die Schulter. Ich drehe mich um. Matt.

«Das sieht aus wie der Inhalt von Millies Windeln.» Ich lache und lege den Deckel wieder drauf. Der Kameramann schaut weg. Luella aber sieht uns alle an und hebt die Daumen.

«Jetzt kommst du ins Fernsehen. Du wirst einer von diesen Fernsehkaspern, die du so hasst.»

Matt lächelt. «Na, zumindest sind wir zusammen.»

«Wie Sonny und Cher.» Er lacht. Er nimmt eine Haarsträhne, die mir über mein linkes Auge hängt, und streicht sie mir aus dem Gesicht. Und es ist vorbei. Ich weiß es. Ich habe verloren. Aber mir geht's gut. Schon die ganze Zeit. Ich lache, streiche mir über die Stirn und gehe zu Jake, der mich mit einem Auge anschaut, das andere auf meine Tortilla-Chips gerichtet.

«Muuuum, Ted und ich haben solchen Hunger.»

«Na, dann wollen wir mal schnell etwas dagegen tun, hm?»

Sechs Monate später

Ich wüsste gern, wie Weihnachten wohl in anderen Häusern
aussieht. Ich stelle mir immer vor, dass es woanders sehr zi-
vilisiert abläuft. Es gibt einen deckenhohen Weihnachtsbaum,
Bing-Crosby-Musik und einen riesigen, glänzenden Truthahn-
braten, der vom Mann des Hauses zerteilt wird, alle sitzen um
den Tisch herum, trinken Glühwein und überreichen sich Geschenke, während die Kinder vor Glück über Christkind und
Weihnachtsmann um die Wette strahlen. Unser Weihnachten
beginnt damit, dass Ted mitten in der Nacht an meinem Bett
sitzt und heult.

«Der Weihnachtsmann ist nicht gekommen, Mum! Aber ich
hab doch gesagt, dass mir all die schlimmen Sachen leidtun, die
ich gemacht habe!»

Ich wache auf und ziehe ihn unter meine Bettdecke, da sich

das Haus so kalt anfühlt wie ein Kühlschrank. Die Uhr zeigt 4.56 Uhr.

«Ted, er ist bloß noch nicht bis zu uns gekommen. Schlaf weiter.»

Der Weihnachtsmann hat sogar die Strümpfe diesmal im Schrank gelassen, um eine Wiederholung der Ereignisse vom letzten Jahr zu verhindern, als die Jungs nämlich als Erste runtergegangen sind und sämtliche Geschenke geöffnet haben, bevor die anderen wach waren. Matt und ich mussten Hannahs Geschenke alle noch mal in Zeitungspapier und Alufolie einpacken. Ted scheint mit meiner Erklärung zufrieden zu sein und kuschelt sich in meinen Arm. Ich kann keinen Schlaf mehr finden. Truthahn-Ängste quälen mich. *Geht es ihm im Kühlschrank gut? Wie lange muss er noch mal in den Ofen?* Ich rechne die Vorbereitungszeit zum x-ten Mal durch und denke an andere Weihnachtskatastrophen (explodierende Desserts; weiche Bratkartoffeln). Millie, die ihren Bruder gehört hat, ist auch aufgewacht. Sie steht in ihrem Bettchen und starrt wie ein kleiner Dschungeltiger in die Dunkelheit. Ich nehme sie auf den Arm, hole die Geschenke heraus und steige die Treppe hinab, um das große Ho-Ho-Ho vorzubereiten.

Es ist eisig kalt, darum ziehe ich Hausschuhe und Morgenmantel an. Im einen Arm halte ich Millie, die noch ganz schläfrig und warm ist, im anderen eine große IKEA-Tüte. Ich gehe damit zum Kamin und hänge die Geschenke auf, gemeinsam mit einem Zettel, den Matt mit Kohlestift geschrieben hat. Dann esse ich den Hackbraten, den die Kinder für den Weihnachtsmann übrig gelassen haben, nehme einen Schluck Baileys, lege die Karotte für die Rentiere wieder in den Kühlschrank. Millie sieht mich an, als hätte ich sie fürs Leben gezeichnet.

«Mami! Was machst du da?»

Scheiße, Scheiße, Scheiße. Es ist Jake, das eine Hosenbein hochgezogen, das andere unten, die Haare stehen um seine Ohren ab. Ich wische mir die Krümel vom Mund.

«Jake? Wieso bist du denn aufgestanden?»

«Ich warte auf den Weihnachtsmann?»

«Du hast ihn eben gerade verpasst.»

«Echt? Oh Mann! Was hat er gesagt?»

«Wir haben uns sehr nett unterhalten. Und ihm gefiel unser Tannenbaum.»

Jake schaut zum Baum rüber. Wir haben ihn dieses Jahr ein bisschen zu spät gekauft, er sieht etwas mager aus und auch ein bisschen schief, da wir ihn in eine Zimmerecke quetschen mussten. Jake hat den Verdacht, dass der letzte Satz gelogen ist.

«Geh wieder ins Bett, Schatz. Du kennst doch die Regeln, wir machen die Geschenke alle zusammen auf.»

Er protestiert nicht, sondern geht rauf und wirft sich auf unser Bett. Ich gehe zurück in die Küche, öffne den Kühlschrank und beschließe, den Truthahn rauszunehmen. Er ist blass und picklig, so wie ich etwa Ende der Neunziger. Ich stelle ihn ins Spülbecken und setze den Wasserkessel auf.

Die Tür geht auf, und Matt kommt rein.

«Jesus Christus!»

Ich zucke die Schultern. «Nein, ich bin es, aber heute ist immerhin sein Geburtstag.»

Er lacht schläfrig, dann nimmt er mir Millie ab, während ich uns Tee koche.

«Dann also frohe Weihnachten ...»

Er küsst mich neben das Ohr, und ich erwidere seine Geste mit Milch und einem Stück Zucker. Wir setzen uns hin, und er betrachtet die selbstgemachten Platzkarten, die Hannah gestaltet hat und auf denen genügend Glitzer klebt, um die Zahnfee ein Jahr lang einzukleiden. Daneben liegen ein paar Weihnachtskarten unserer Freunde: anzügliche nackte Santas von Donna, Annies Ultraschallbild, eingerahmt in Stechpalme, und ein vollständiges Krippenspiel von Gia. Daneben steht unser Weihnachtsgeschenk von Luella: ein schicker Holzrahmen mit einem Zeitungsartikel.

Bösewicht des Jahres: Tommy McCoy

Schreckliche Weihnachten für Promi-Koch McCoy, der seine schleppende Karriere mit mehreren Angriffen auf eine vierfache Mutter aufzupeppen versuchte. Die Rache kam während eines Livekochduells, wo der Sieg des Chefkochs einfach nur peinlich war, und sich noch schlimmer gestaltete, als bekannt wurde, dass er die Bemühungen der Mutter zu sabotieren und sie sogar zu bestechen versucht hatte, damit sie verlor. Seitdem die Buchverkäufe dramatisch gesunken sind, die Restaurantkritiken negativ ausfallen und seine Frau einen geschmacklosen Vorstoß in Sachen Babymode unternommen hat (neonfarbene Overalls für Babys?), scheinen die McCoys offenbar ziemlich verzweifelt um Aufmerksamkeit zu betteln, und das Imperium, das einst so Michelin-hell strahlte, ist zum Opfer seines eigenen Erfolgs geworden.

Heldin des Jahres – Jools Campbell

Die vierfache Mutter, die sich den McCoys entgegenstellte, verlor zwar das Kochduell (wir alle sahen das Blut ins Hack tropfen; wir sind froh darüber, dass sie die Jury bat, nicht zu probieren), gewann jedoch einen Platz in all unseren McCoy-verabscheuenden Herzen. Obwohl ihr Privatleben durch den Medienfleischwolf gedreht wurde (ihre einzige Twitter-Reaktion darauf war: «Hier gibt es nichts zu sehen»), kam sie am Ende mit Würde daraus hervor, ohne auf den Promi-Zug aufgesprungen zu sein. Stattdessen steckte sie ihre Energien in ein Familienkochbuch mit besonderer Note: geschrieben von ihrer ganzen Familie. Eine herzerwärmende Sammlung von Rezepten, angefangen vom Chili ihres Vaters bis hin zur ultimativen Lasagne al forno ihrer Schwiegermutter, das kürzlich vom Good Food Magazine zum besten Familienrezept gekürt wurde. Ein neuer Hausfrauen-Star ist geboren: liebenswert, ehrlich und ohne ein einziges Kind mit essbarem Namen.

Neben ein paar alten Vinylplatten und vielleicht den Kindern ist dies mittlerweile Matts Lieblingssache im ganzen Haus. Ich starre immer noch den Truthahn an und denke, wenn sie heute bei uns zu Hause Kameras loslassen würden, dann sähen die Artikel völlig anders aus. Wie hat Nigella das nur gemacht? Hat sie ihren Truthahn nicht eingelegt, oder so etwas?

Matt loggt sich bei Facebook ein, um seinen Freunden *frohe Weihnachten* zu wünschen, dann geht er auf Amazon. Er liest sich gern die Buchkritiken durch und flucht über die Rezensenten, die mein Buch einen Haufen Mist nennen.

«Sieh dir das an! Kunden, die dein Buch gekauft haben, haben auch die *Greatest Hits* von den Spice Girls gekauft.»

Wie bitte? Nach all den Monaten ist das vielleicht das Mieseste, was man mir gesagt hat. Matt lacht mich aus, während ich auf den Bildschirm starre. Sie haben auch *Delia's Christmas*, DVDs von *Family Guy* und *Kerplunk!* von Green Day gekauft. Na super. Matt nimmt meine Hand und lächelt. Ich wünsche mir, dass er jetzt irgendwas Kitschiges sagt, so einen richtigen Weihnachtssatz, bei dem imaginäre Glocken erklingen und Schneewolken das Küchenfenster weiß bestäuben. *Dies wird unser schönstes Weihnachten! Du bist alles, was ich zu Weihnachten brauche!* Doch er sagt nichts, typisch Matt. Jedenfalls nicht, bis er den Truthahn sieht.

«Warum ist der Truthahn noch gefroren?»

Der Truthahn ist wirklich gefroren. Ich hatte ihn zu tief in den Kühlschrank geschoben, sodass die Hälfte an der Rückwand festklebte und gefror. Was bedeutet, dass wir einen Eimer finden müssen, um die gefrorene Hälfte in warmem Wasser aufzutauen, während die ungefrorenen Beine in die Luft ragen wie kleine, dicke haarlose Maulwürfe. Und in dem ganzen Truthahn-Chaos entwickelt sich der Tag zu einem Durcheinander, angefangen bei falschen Kochzeiten bis hin zu einem launischen Ofen. Die Pastinaken sind schwarz und klebrig, weil ich vergessen habe, dass Honig anbrennt, also bringt Dad sie in den Garten und erklärt mir bei der Rückkehr, dass er sie an unserem Grillplatz vergraben hat. Der Rosenkohl hat dieses komische Dunkelgrün, das besagt, dass sie nach Furz schmecken werden, und die Kartoffeln sind nicht ganz durch. Zwar knusprig, weil ich dieses Gänsefett verwendet habe, das mich fünf Pfund gekostet hat, aber ein bisschen zu *al dente*. Können Kartoffeln *al dente sein? Hallo, ich bin jetzt Promi-Köchin. Ja, können sie.* Gott sei gedankt für Matt und seine Schinken-Kastanienfüllung. Gott sei gedankt für die leckeren Würstchen, die man einfach auf ein Backblech legen und die man sich einfach in den Mund schieben kann, wenn alles ein bisschen zu stressig wird.

Als wir uns zum Essen hinsetzen, folgen wir unserer alten Familientradition: Ein Geschenk haben wir uns bis zum Essen aufgespart und öffnen es am Tisch. Es streckt die Aufregungen des Tages ein wenig, denn sonst sind die Kinder unausgelastet und fangen irgendwann an, Zeitungen und Kataloge zu zerfetzen, bloß um das Geräusch von reißendem Papier zu hören. Aus Tradition bekommen Dad und die Jungen Strümpfe, und wir lachen, weil sie sogar zusammenpassen. Bens aktuelles Date, Leo, ein ungepflegter Bohemien mit Haaren wie Stahlwolle und Krawatte, lacht wie ein Blasebalg. Millie gruselt sich und fängt an zu weinen. Ich nehme sie auf den Schoß. Hannah wirft die Arme um mich, als sie feststellt, dass ich sie mit zu einem

Schlittschuh-Musical mitnehme, bei dem Figuren anwesend sind. Sie ist glücklich. Ich weniger, aber es gibt kaum etwas, das sich nicht mit etwas Gin und Ohrenstöpseln ertragen lässt.

Die Jungs, die noch etwas Zeit brauchen, bis sie sich über ein Stück Papier so freuen können, bekommen Sachen für ihre Autorennbahn, auch wenn ich vermute, dass Matt sie eher für sich selbst gekauft hat. Adams Augen leuchten bei ihrem Anblick auf. Hoffentlich essen sie auch noch was. Aber vermutlich schon, denn es hat seit dem Frühstück nichts mehr gegeben – es sei denn, sie haben den letzten Schoko-Baumschmuck verzehrt. Millie ist die Letzte, und Hannah reißt ihr das Papier auf. Sie bekommt eines von diesen sprechenden Computerdingern, von denen ich beim Erwerb glaubte, es würde ihr Gehirn auf Einstein-Kapazität tunen, was mich aber vermutlich nur mit seinen schrecklichen Geräuschen und seinem amerikanischen Akzent in den Wahnsinn treiben wird.

Aber die Kinder sind glücklich, und ihre Gesichter strahlen wie in der Werbung. Es gibt ziemlich viel Alkohol, vor allem wenn man bedenkt, dass wir sonst oft mit Weihnachten geknausert haben, weil wir nicht genügend Geld übrig hatten. Aber das Buch hat zur Folge, dass wir dieses Jahr prassen können. Ich habe sogar Luxus-Knallbonbons gekauft. Wir haben einen Teil der Hypothek abgelöst und uns ein neues Auto gekauft. Und ein neues Sofa, das allerdings schon am nächsten Tag durch schwarzen Johannisbeersaft ruiniert wurde, wir haben daraufhin einfach bloß die Kissen umgedreht. Matt und ich tauschen jetzt unsere Geschenke aus. Ich bin sehr stolz auf meines. Matt hat letzte Woche seinen Job gekündigt. Er hat so lange und so hart in einem Job gearbeitet, den er hasste, und nun hat er mir einen Teil der finanziellen Verantwortung für die Familie übertragen, bis mein Stern verblasst. Und bis er entschieden hat, was er tun möchte, habe ich ihn bei ein paar Abendkursen angemeldet. Er wollte schon immer Japanisch lernen, also habe ich ihm einen zehnwöchigen Kurs an der Uni geschenkt. Ich habe ihm sogar ein neues Federmäppchen gekauft. Als er die Päckchen öffnet, lächelt er. Er lächelt überhaupt viel in letzter Zeit. Wir küssen uns, was Jake als eklig bezeichnet, und Ben stimmt zu, also rotten sich alle gegen uns zusammen und reißen ihre Knallbonbons auf, wir machen unlustige Witze (der Luxus scheint sich nicht auf den Humor auszuwirken), tragen unsere Papierkronen, die schließlich auf dem Boden landen. Ich schaue Matt an, der Millie sieht und ihr hochkonzentriert eine Kartoffel klein schneidet. *Ich bekomme also nichts?* Ich beiße mir auf die Lippen. Nicht, dass es so was nicht schon gegeben hätte. Wir hatten so einige Geschenke-Dürren: Billige Pralinenschachteln zum Geburtstag, und noch fürchterlichere Hochzeitstage, an denen er mir erklärte, dass er mir sich selbst schenkt. In mir drin schmolle ich und verschränke die Arme, doch äußerlich versuche ich so zu tun, als sei meine Familie doch alles, was ich brauche. *Ja, klar.*

«Mum! Jake hat mehr Füllung als ich!»

Natürlich streiten sich meine Kinder um die Füllung, nicht um den ganzen Rest des Abendessens, den ich zubereitet habe. Ich versuche Ted mit einem weiteren Würstchen zu besänftigen. Ansonsten läuft alles so wie immer: Adam nimmt mehr Kartoffeln, als es die Höflichkeit gebietet, Dad überschwemmt seinen Teller mit Soße, Hannah glaubt, ich wüsste nicht, dass sie ihren Rosenkohl in ihrer Serviette versteckt. Ich schaue runter auf meinen Teller, der bis oben hin voll ist. Das ist zwar kein Hochglanzbild in einem Feinschmecker-Editorial, aber ich muss doch lächeln, und ich nehme meine Gabel zur Hand. Ich sehe ein Stück Knallbonbon-Folie an einem Würstchen und picke es raus. *Moment. Ein Ring? Oh, vielleicht waren diese Luxus-Knallbonbons ja doch ihr Geld wert. Scheiße, das ist ein richtig schöner Ring. Irgendwie Vintage mit einem superhübschen kleinen Stein in der Mitte. Perfekt. Ich mag billigen Schmuck, der besser aussieht, als er ist. Warum zum Teufel grinst Matt mich so an? Er schaut immer auf den Ring. Ist doch nicht meine Schuld, dass in deinem Knallbonbon ein Taschenrechner war.* Aber dann fällt der Groschen, genauso wie der Ring, nämlich direkt in meine Füllung.

«Ein Ring? Für mich?»

Er nickt. «Der Verlobungsring, den du nie bekommen hast. Der uns nie so wichtig war. Bis jetzt.»

Ich bin überglücklich – und kurz davor zu heulen und mich in seine Arme zu werfen. Aber ich tue es nicht, weil ich Dads Klapptisch nicht traue, der sich bereits unter dem Gewicht des Essens biegt. Also strahle ich bloß.

«Iss, Schatz. Was ist los?»

Dad schaut zu mir rüber, während Matt seine Hand in meine schiebt. Dad kaut langsam – offenbar wartet er auf eine Ankündigung von mir, dass der Truthahn sofort ausgespuckt werden muss, weil ich irgendwas falsch gemacht habe.

«Nichts. Bloß …»

Ich schaue wieder auf meinen Teller, um meinen Ring aus der Füllung zu kramen und auf den Finger zu stecken. Ich höre es neben mir husten.

«Ted?»

Ich klopfe ihm automatisch auf den Rücken. Er hört auf zu keuchen und schaut mich mit knallrotem Gesicht an.

«Da war was Hartes in deiner Füllung, Mum. Hab es fast nicht runtergekriegt.»

Danksagung

Es ist sehr einfach, nicht zu schreiben. Darum danke ich Shirley Golden, Sara Hafeez und Claire Anderson-Wheeler dafür, dass sie mich immer von der Seitenlinie angefeuert haben, damit ich dranbleibe.

Dank an Accen Press, ganz besonders an Cat Camacho, für ihren Glauben an mich und für all die harte Arbeit.

Grazie, bella Helen, per il vostro aiuto con la traduzione. Sei una stella!

Und noch ein größerer Dank an dich, Nick Bailey, dass du an mich geglaubt hast, als ich mich selbst schon aufgegeben hatte; dass du mich aus diesem tiefen Tal herausgeholt hast, als ich bereits süchtig nach Online-Scrabble wurde und davon überzeugt war, dass alles, was ich schreibe, der größte Mist ist. Du hast mir gezeigt, dass ich kein Mist bin. Ich bin froh, dass ich dich geheiratet habe.

Das für dieses Buch verwendete Papier ist FSC®-zertifiziert.